www.bbulmedia.com

KB155244

www.bbulmedia.com

그대가…
…아니면

그대가…
…아니면

초판 1쇄 찍음 2016년 9월 30일
초판 1쇄 펴냄 2016년 10월 7일

지은이 | 유수경
펴낸이 | 정 필
펴낸곳 | (주)뿔미디어

기획 · 편집 | 이영은, 김수정

출판등록 | 2002년 9월 11일 (제1081-1-132호)
주소 | 경기도 부천시 원미구 소향로 17, 303(두성프라자)
전화 | 032)651-6513 / 팩스 | 032)651-6094
E-mail | dahyangs@naver.com
블로그 | http://blog.naver.com/dahyangs
홈페이지 | http://bbulmedia.com

값 9,000원

ISBN 979-11-315-7468-3 03810

※파본은 구입하신 서점에서 교환하여 드립니다.
※이 책은 (주)뿔미디어를 통해 독점 계약되었습니다.
저작권법에 의해 보호를 받는 저작물이므로 무단 전재와 무단 복제를 엄금합니다.

DAHYANG
ROMANCE
STORY

유수경 장편 소설

그대가…
…아니면

contents

프롤로그

자꾸 시선이 느껴져 불편했다. 연지는 누군가가 아까부터 계속 쳐다보고 있는 것 같은 불편한 느낌에 시달리고 있었다. 괜한 오해와 착각은 아닐까 하는 생각에 대놓고 주변을 휘둘러볼 용기도 내지 못했다. 그저 집에 얼른 닿기만을 바라고 또 바랐다.

"잠깐만."

뒤에서 들리는 남자의 목소리에 비명을 지를 뻔했다. 온몸이 차갑게 굳었지만 겁먹은 표정을 보이면 안 된다는 흐릿한 마음의 소리를 붙들었다. 연지는 뭔가 휘두를 무기가 없을까 생각하며 주머니에서 휴대폰을 꺼내 꼭 쥐면서 돌아섰다.

"무슨 일인데요?"

마주한 남자는 훤칠한 키와 건장한 몸을 가지고 있었다. 쉽사리 저항할 수 없을 것 같아 가슴이 덜컥했다. 다만 한 가지 그나

마 침착한 척할 수 있었던 건 남자의 인상이 딱딱해 보이긴 했지만 두려움을 가질 어떤 낌새는 찾을 수 없었기 때문이다. 하긴, 범죄자가 범죄자로 보이는 사람이 얼마나 되겠어?

"아까부터 따라와서 미안해요."

"아, 따라왔었나요?"

괜한 오해와 착각은 아니었나 보다. 그러나 남자가 정직하게 말했다고 해서 안심이 되지는 않았다.

"말을 걸고 싶은데 적당한 기회가 없어서요."

"무슨, 말씀을 하고 싶은데요?"

"허락 없이 지켜봤는데, 사귀고 싶습니다."

"……."

연지는 남자의 고전적인 데이트 신청에 말문이 막혔다. 아니지, 데이트 신청이 아니라 아예 사귀자고 했어. 말도 안 돼.

"갑자기 놀랐겠지만 이상한 사람은 절대 아닙니다. 사귀고 싶습니다."

"아, 저, 저는, 저는 결혼할 사람이 있어요. 그냥 하는 말이 아니라 진짜로 그래요."

정호가 떠올라 다행이었다.

"결혼? 애인이 아니라 결혼할 사람입니까?"

"네. 거짓말 아니에요. 서로 약속했고 부모님도 모두 알고 계시고요."

"……그렇군요. 이미 정한 사이를 깨라고는 못 하겠군요. 오랫동안 고민하고 결정했을 테니 말입니다."

"네. 맞아요. 진지하게 생각하고 정한 결혼입니다."

남자의 침묵에 힘이 들었다. 바로 말을 해 주지 않았다면 뒤로 물러설 뻔했다.

"행복하게 사시길 바랍니다."

"감사합니다."

남자는 매정하게 느껴질 정도로 주저함도 없이 돌아섰다. 돌아서기 전에 안경을 고쳐 올리는 게 보였다. 돌아서 멀어지는 남자의 뒷모습을 연지는 한참 바라보았다. 쓸쓸한 바람이 느껴져 이상하다는 생각이 들었다. 처음 만난 남자의 뒷모습이 어딘가 낯이 익다는 생각이 들어 더 이상했다.

아까 너무 놀라서 그런 것인지 여전히 가슴이 뛰는 게 느껴졌다.

❀

장바구니가 무거워 휘청거리는 몸이 위태롭다. 엘리베이터가 없는 오 층 건물 꼭대기에 올라갈 생각을 하니 현기증까지 나는 것 같아 연지는 바구니를 다른 손으로 옮겨 잡았다. 손님이 온다고 해서 부랴부랴 장을 보기는 했는데 한 번, 아니 몇 번은 더 사다 날라야 할지도 모른다.

"휴."

저절로 입에서 한숨이 나왔다. 시어머니에 시할머니까지 있는 집에서는 어떤 여자가 더 힘이 드는 걸까? 가끔 시어머니가 시할머니와 다투는 걸 보면 그녀 자신은 조금 나은 것처럼 느껴졌다.

환갑을 바라보는 시어머니가 팔순에 가까운 시할머니와 줄다리기를 하고 있으니까.

몇 번씩 쉬어 가며 겨우 오 층을 올라 집으로 들어갔다.

"그깟 장 보는데 왜 이렇게 시간이 걸리니?"

시어머니의 카랑카랑한 잔소리가 제일 먼저 연지를 맞았다.

"부지런히 온다고 왔는데, 늦었어요?"

연지는 시어머니의 말을 예민하게 받아들이지 않으려 엷은 미소를 지으며 주방 바닥에 장바구니를 놓았다. 별 반응 없이 시어머니는 장바구니 안에서 물건을 빠르게 꺼냈다.

"한 번에 많이 사면 시간을 줄일 수 있잖니."

"저도 그러고 싶은데……."

"됐어. 약해 빠져서는, 쯧쯧. 손님이 몇인데."

연지는 찬거리를 다듬는 시어머니의 등을 잠깐 멍하니 봤다. 그렇게 약한 걸까? 튼튼하면 또 뭐가 좋은 걸까? 힘세고 튼튼해서 더 많은 물건을 한 번에 척척 사다 나르면 시어머니는 좋을지 모르지만 자신이 좋은 건 하나도 없었다. 약해도, 튼튼해도 쉼 없이 일해야 하는 이 상황이나 분위기에 차이는 없을 것 같았다.

"두부하고 닭고기 사야죠?"

"일일이 말해야 알아? 벌써 몇 번째 손님 치르는 건데 알아서 할 수 없어?"

"그래도 또 갈지 모르니까 확인하려고요. 음료수도 사야죠, 다들 찾으니까?"

"큰 걸로, 싼 거 사. 어휴, 지겨워. 이놈의 일은 평생 끊어지질 않네."

더 이상 시어머니에게 말하지 않고 몸을 돌렸다. 이 지겨운 일에서 벗어나고 싶은 마음은 시어머니가 더 간절해 보였기 때문이다. 그렇겠지. 벌써 수십 년 일하면서 사셨으니까.

"할머니, 하실 말씀 있으세요?"

시할머니가 현관 입구에서 조용히 연지의 가는 길을 막았다. 허리가 일찍 굽어 전형적인 꼬부랑 할머니가 된 시할머니는 보이는 모습과 달리 정정하셨다.

"시금치 사 와라. 꿀 사탕도."

"사탕은 안 된대요."

"네 시어민 몰라서 그래. 꿀 사탕은 먹어도 된다고 그랬어. 사와."

할머니는 노인성 당뇨를 앓고 계셨다.

"어머니 아시면 난리 나요."

"사 와."

이럴 때가 제일 힘이 든다. 시어머니와 시할머니 사이에 딱 끼어 버린 거니까. 시할머니의 건강이 나빠지면 그 뒤치다꺼리를 시어머니가 하셔야 하니까 예민하시다. 충분히 이해는 한다. 그래도 양쪽에서 줄다리기를 하면 힘이 든다. 밥하는 것부터 청소하는 것까지 이것저것 두 사람의 눈에 띄는 모든 일에 의견이 다르다. 그 다른 의견을 따라야 하는 연지는 눈치를 보기에 여념이 없다. 할머니 달래랴 어머니 의견 수렴하랴 몸보다 정신이 항상 더 힘들었다.

"있으면 사 올게요."

"고기도 사 와라."

"고기는 많이 있는데요?"

"없어. 고기를 못 먹어서 기운이 없어."

냉동실에 가득한 고기는 시할머니 때문이었다. 그러나 시할머니는 늘 부족하게 고기를 먹는다고 여기신다. 시할머니 밥상에 매일 고기 한 접시씩 구워서 올리는 시어머니는 이런 말을 들을 때마다 격노하신다. 배신감이 드시는 거다.

"빨리 안 갔다 오니? 언제 다 하려고 꾸물대는 거니?"

시어머니의 날카로운 목소리에 퍼뜩 놀란 연지는 할머니에게 인사하고 얼른 현관을 나섰다.

연지는 두 번을 더 장을 봐야 했다. 마지막 장바구니를 들어 올렸을 때는 주저앉고 싶을 만큼 힘이 들었다. 그러나 별다른 소리 못 하고 일을 끝냈고 후들거리는 다리와 팔로 사 가지고 온 찬거리들로 음식 만드는 일을 도왔다.

다행히 힘겹지만 시간은 제대로 흘러갔다.

"다녀왔습니다."

연지의 남편인 정호가 퇴근했다.

"어서 와라. 수고했다."

시어머니의 인사말에 연지는 그저 뒤에서 웃고 서 있다가 정호의 옷을 정리하려고 방으로 따라 들어왔다.

"네 남편 밥 차려라."

방문을 넘어 들어온 시어머니의 호령에 정호와 잠시라도 말을 하고 싶었던 연지는 들어오자마자 바로 나가야 했다.

"내가 네 남편 수발까지 들어야 하니?"

"아니에요."

이럴 때만 아들이 장가간 걸 깨닫게 되시나 보다.

"찌개 팔팔 끓여. 정호는 뜨거운 거 좋아해."

"네."

정호는 옷을 갈아입고 대충 씻고 와서 식탁에 앉았다. 깔끔하게 차린 밥상을 받으며 앉은 그는 연지가 바라는 다정한 눈길도 없었고 말 한마디 없었다. 열 시가 다 되어 퇴근하고 돌아와 피곤하다는 건 알지만 하루 종일 왜 사는지 모르고 움직였던 연지로선 정호의 존재가 샘물 같았다. 그런 정호의 존재를 좀 느끼고 싶었지만 갈증은 해결되지 않았다.

"내일 고모들 오세요?"

연지가 듣고 싶었던 정호의 목소리는 시어머니를 향했다.

"할머니 챙겨 드린다고 다들 모여 온다는구나."

"아버지는요?"

"네 아버지야 친구들하고 술 마시고 계시겠지. 그 술은 언제 지겨워지나 모르겠다."

시어머니와 남편의 대화를 들으며 연지는 주방을 정리했다. 뭐라도 하지 않으면 정신이 힘들어진다는 걸 알기에 빈 시간을 웬만하면 만들지 않았다. 움직임 속에 두 사람의 대화가 멀어지고 생각도 잠시 멈추었다.

"튀김이라도 해야겠다."

갑자기 들린 시어머니의 소리에 연지는 깜짝 놀랐다. 이 밤에 튀김이라니? 정호는 식사를 다 끝냈다. 식탁을 정리하면서 일어선 시어머니의 움직임을 잠시 바라보았다.

"왜 멍하니 서 있니? 넌 어째 아직까지 적응이 안 됐니?"

"밥 먹었으니까 조금만 해 주세요."

이럴 수가! 남편이 튀김을 해 달라고 했나 보다. 적어도 거절이 아니라 찬성한 것이 분명했다. 연지는 기운이 빠졌다. 이제까지 쉼도 없이 일했는데 남편과 오붓하게 마주할 시간도 없이 또 음식을 해야 하다니. 정호와 오붓하게 마주하고 싶은 마음은 벌써 달아나 버렸지만 휴식 시간은 간절했다.

힘들다고 하면 또 몸이 약하다는 둥 하면서 핀잔을 주시겠지? 열두 시간을 쉬지 않고 일하고 힘들지 않은 사람을 부디 찾아내서 보고 싶다. 정말 꼭 보고 싶다. 그런 튼튼한 사람을 말이다.

이제 정호를 위한 미소는 사라졌다. 연지는 묵묵히 마저 식탁을 정리하고 시어머니와 함께 튀김 준비를 했다. 연지는 튀김을 좋아하지 않는다. 기름진 것 자체를 즐겨하지 않기 때문에 이렇게 거창하게 뭘 해도 먹는 기쁨을 누리지 못한다. 그것도 죄책감을 가져야 했다. 결혼하고 함께 살면서 시댁 식구들과 입맛이 다른 게 죄가 되는 때가 꽤나 자주 있기 때문이다.

"맛있다."

"맛있지? 하여튼 넌 튀김을 참 좋아해."

두 모자가 마주 앉아 기쁜 시간을 가지게 되었을 때 연지의 몸은 파김치가 되었다. 눈이 뻑뻑하고 다리는 돌덩이처럼 무겁고 딱딱하게 느껴졌다. 밤 열한 시가 훌쩍 넘은 시간이었다.

"사모님. 우리 집 예쁜 사모님, 머슴이 돌아왔습니다."

시아버지가 술이 잔뜩 취해서 돌아오셨다. 발음이 약간 꼬이고 몸도 휘청거렸다.

"오셨어요."

연지는 얼른 현관으로 달려 나가 인사하고 시아버지 손에 들린 검은 비닐 봉투를 받아 들었다. 맥주 두 병. 아직도 술이 모자라신가 보다.

"그놈의 술은 언제 질려요?"

"질리면 안 되지. 내 평생 친구인데."

"밥은요?"

"안주 먹었어."

"안주로 돼요? 국수 삶아요?"

"국수 좋지."

"어미야, 아버지 국수 삶아 드려라."

"네."

연지는 국수도 좋아하지 않는다. 그래서 국수를 잘 삶아 내지 못한다. 시집살이 다섯 달 반. 아직 음식을 잘할 수 없었다. 시어머니의 명령에 대답은 했는데 뭘 어떻게 시작해야 할지 몰라 당황했다. 자신이 없으니 하는 방법도 잘 떠오르지 않아 주방에서 머뭇거렸다.

"시아버지 국수도 제대로 못 삶아 드리니? 내가 할 테니 거들어."

"네."

시어머니의 핀잔이 있었지만 국수를 손수 하지 않아도 된다는 사실에 안심이 되어 가볍게 넘어갔다. 연지는 다음에는 잊어버리지 않으려고 열심히 시어머니의 하는 법을 관찰했다. 국수는 금방 삶아졌고 시아버지는 만족스러운 소리를 내며 천천히 먹었다. 정호는 잠시 거실에 앉아 텔레비전을 보는 것 같았다.

"어, 정호야, 들어가서 자. 내일 출근해야 하잖아. 어서 들어가."

소파에서 자다가 일어난 정호는 비척거리며 방으로 들어갔다. 그러나 연지는 들어갈 수 없었다. 거실에서 아직 시아버지가 국수 그릇을 다 비우지 않았기 때문이다. 지난번에는 자려고 들어간 것도 아니고 정호와 말하고 싶어서 먼저 들어갔다가 한 소리를 들었다. 감히 시부모가 거실에서 들어가지 않고 있는데 며느리가 먼저 방으로 들어갔다고 혼이 났던 것이다.

졸린데 티도 못 내고 얌전히 거실 구석에 앉아 편안한 척 몇 마디 건네며 거실에서의 시간이 끝나기만 바랐다. 이렇게 원하지 않는 방법으로 보내는 원하지 않는 시간을 시어머니는 휴식이라고 생각하시는 것 같다. 쉴 거 다 쉬고 뭐가 그리 힘드냐고 매번 말씀하시니 말이다.

"다음엔 며느리가 끓여 준 국수 좀 먹어 보고 싶네."

평소엔 시아버지가 좋은데 이럴 땐 서운했다. 연지는 말없이 웃음으로 대답하고 상을 치웠다. 설거지를 하고 주방을 다 정리하면 들어가서 잘 수 있다는 생각만 하며 부지런히 정리했다.

"안 자요?"

튼튼한 시어머니도 드디어 피곤하신가 보다.

"영화 끝나면. 어미는 들어가서 자라."

"네. 안녕히 주무세요."

연지는 시어머니의 불편한 눈길에도 시아버지의 말에 대답하며 방으로 들어왔다. 새벽 한 시가 다 되어 가는 시간이었다. 요즘은 부쩍 더 몸이 피곤하고 힘들었다. 시간이 지나면 적응할 수 있을 거라고 생각했는데 날이 갈수록 더 힘이 드는 것 같았다. 코를 골면서 자고 있는 남편을 내려다보며 긴 한숨을 쉬었다.

이런 게 결혼 생활일까? 이렇게 살아야 잘 사는 걸까? 언제쯤이 되어야 결혼 생활에서 웃을 수 있을까? 웃을 수 있는 시간은 오는 걸까? 연애결혼인데. 장남에 층층시하라고 다들 말렸지만 사랑하는 사람하고 살고 싶다면서 결정한 결혼인데 잘못된 걸까? 사람이 다르면 같은 상황이라도 다를 수 있다고 믿었는데 아닌가 보다.

정호와 이렇게 살아갈 줄은 몰랐다. 사랑하는 사람이긴 한데 결혼 생활이 쌓여 갈수록 정호가 자신을 사랑하는 것 같지는 않다. 사랑하는 줄 알았다. 결정은 자신이 했지만 서로의 사랑에 기대를 하고 어려울 줄 알면서도 택한 결혼인데 가슴 안에서는 줄곧 갈증을 느낀다. 결혼하고 정호의 사랑을 느낄 수 없게 되었다. 시간이 갈수록 더 분명하고 확실하게 느껴져서 당황스러울 지경이다.

인정하고 싶지 않은데. 서로 맞지 않는다는 걸 이렇게 빨리 깨닫는 것이 더 슬펐다. 선택한 책임이 있어서, 주는 게 사랑이라는 생각으로 지금껏 버티고 있지만 고단함에 점점 힘이 빠지고 있었다. 실패하고 싶지 않아. 못 하겠다고 손을 들고 물러서기 두려워.

침대에 누워 눈을 감았다. 정호는 반사작용처럼 옆에 누운 자신을 꼭 감싸 안았다. 의식이 있는 건지 없는 건지. 품에 꼭 안고 다시 코를 골고 자는 정호 때문에 하루 동안 쌓였던 원망을 매일 풀어냈는데 이젠 그것도 잘되지 않는다. 사랑인 줄 알았는데 그 믿음에 의심이 들었기 때문이다.

이틀에 한 번으로 정확히 계획한 것처럼 잠자리를 하는 정호. 자신이 아무리 피곤하고 지쳐 있어도 그의 요구는 정확했고 집요했다. 거절이란 건 꿈도 못 꾸게 하는 그의 열정에 몸은 두 배로 힘들었다. 결혼 생활에서 적응해야 하는 건 밤에 남편과의 잠자리도 포함되는 거라는 걸 힘들게 배웠다.

❀

속이 뒤집히는 느낌에 몇 번이나 토하려고 노력했지만 뒤집어진 속은 아무것도 올려 보내지 않았다. 연지는 몇 번이나 아찔한 통증을 느낀 후에야 겨우 정신을 차릴 수 있었다.

"왜 그러니?"

화장실에서 신음 소리가 들려 걱정이 되었는지 시어머니가 물었다.

"구역질이 나서요."

"혹시 임신했니?"

"네? 아, 그게……."

"한번 검사해 봐. 약국에서 간단하게 검사할 수 있는 거 판다잖아."

"네."

손주가 생기는 게 싫으신가? 시어머니의 딱딱한 표정에 연지는 상처를 받았다. 시부모님들은 손주를 기다리는 게 아니었나? 잘못 본 거겠지. 아니야. 모르겠다.

부랴부랴 약국으로 가서 임신테스트 시약을 샀다. 아침에 검사해야 정확하다니 내일까지 기다려야 한다. 집으로 돌아오는 길에 하늘을 보았다. 시집와서 제대로 하늘을 쳐다본 적도 없었던 것 같다. 약을 사러 나온 시간에서 짧은 자유를 느꼈다. 어디를 갈 때마다 장소와 목적과 시간을 일일이 다 보고하고 나와야 했기 때문이다.

정호와 주말에 데이트하라고 결혼한 지 두 달 만에 허락을 받고 나와서 세 시간 데이트하고 들어갔다. 생각해 보면 참 이상한 결혼 생활인데. 가정부도 아니고 노비도 아닌데 자기 남편하고 데이트도 허락을 받아야 한다니 뭔가 이상해. 하늘을 보니 이제야 이상한 삶을 살고 있다는 생각이 들었다. 정신없이 휘말려 살아가는 동안엔 뭐가 어떻게 잘못된 건지 느낄 수가 없는가 보다.

"임신인 것 같아요."

조심스럽게 모두에게 임신 사실을 알렸다. 남편인 정호의 표정에 연지는 두 번째로 상처를 받았다. 시어머니와 똑같은 표정을 했기 때문이다. 아이를 원하지 않아. 자연스러운 건데 전혀 자연스럽고 기쁘게 받아들이지 않는 건 뭔가 잘못된 게 분명해. 이젠 정말 결혼 생활에 대해 진지하게 다시 생각해 봐야 할 때인 것 같았다.

"병원에 가서 확인해 봐라."

"병원은 왜 가? 그냥 배 부르면 낳으면 되지."

시할머니가 탐탁지 않은 목소리로 말하고는 몸을 돌렸다. 연지는 이제 정신이 좀 들었다. 그래, 이상해. 사랑도 단란한 가정도 없는 이 상황은 분명 옳지 않은 거야. 먹고살기 어려운 살림도 아니고 자신이 턱없이 부족한 며느리도 아니었다. 죄인처럼 매번 뭔가에 눌리고 밀리면서 사는 이 삶은 정상이 아니야.

"내일 병원에 갔다 올게요."

누구도 함께 병원에 가 주겠다는 사람이 없었다. 남편마저도.

연지는 첫 임신의 두려운 마음으로 병원에 갔다. 임신 10주. 조금 빠른 입덧일 수도 있는데 예민한 사람은 그럴 수 있다면서 몸조리 잘하라는 소리를 듣고 집으로 돌아왔다. 임신이 맞다는 소리만 하고 방으로 들어왔다. 아이. 되돌릴 기회는 사라진 걸까? 아이를 위해서 이 삶이 이상하다는 생각은 더 이상 하면 안 되는 걸까?

아랫배가 딱딱해지는 느낌이 들어 연지가 계단에서 멈춰 숨을 크게 쉬었다. 장바구니를 내려놓고 한참을 쉬고 다시 움직였다.

"너무 조심하는 거 아니니? 이 세상에서 너만 애 낳는 줄 알겠다. 세상 여자들 다 임신하고도 할 일 다 하면서 애 낳고 살았어.

너무 조심해 봐야 살쪄서 애 낳을 때 힘들기만 해."

"배가 자주 딱딱해지는 건 안 좋은 거죠?"

"가끔 그러기도 하고 그래. 그러게 평소에 잘 먹고 좀 튼튼하지 그랬어? 내가 이래서 말렸는데. 결혼식장에서 너 본 내 친구들이 다 그러더라. 저렇게 말라서 어디 애나 제대로 낳겠냐고. 말라도 강단이 있어서 괜찮다고 하긴 했는데……."

더 마주하면 속이 상할 것 같아서 연지는 주방에 장바구니를 내려놓고 움직였다.

"병원에 자주 다니면 안 돼. 기계 대고 그러면 애한테 안 좋단다. 병원엔 웬만하면 가지 마."

시할머니가 둘 사이에 불쑥 끼어들며 말씀하셨다.

"어머니, 어머니는 왜 그러세요? 지금이 어머니 시절 아니잖아요. 연지가 다 알아서 해요."

연지는 시어머니와 시할머니의 대화도 무시했다. 이 집에서 그녀 존재의 가치는 일하는 여자 그 이상은 아닌 것 같아서였다. 가족이라는 안전한 울타리는 고사하고 따뜻한 공기조차 느낄 수 없는 공간이었다.

모두의 축복 속에 자라나는 아기가 아니었다. 남편인 정호는 너무 일찍 아이를 가졌다고, 좀 더 신혼 생활을 가지고 싶었다며 아기에 대해 기쁘게 반응하지 않은 이유를 말했다. 신혼 생활? 그런 게 있기는 있었나? 하긴 정호는 그랬을 수도 있었다. 그러나 그녀 자신은 조금도 신혼인 줄 알 수 없었다.

화장실에서 연지는 두 눈을 의심했다. 변기 안의 붉은 핏물 때문이었다. 배가 불러 오기 시작했는데 갑자기 피가 나다니. 무서워서 손이 떨렸다. 차가워진 몸을 느끼며 겨우 정신을 차리고 화장실을 나와 마주한 시어머니에게 피가 난다고 말했다.

"병원에 가 봐라."

병원에 가 봐라. 함께 가자도 아니고. 마침 주말이라 방 안에서 자고 있던 남편을 깨웠다. 피가 나니 병원에 가야 한다고. 처음엔 멍하던 정호의 얼굴이 놀라 딱딱해졌다. 연지는 이제 다른 사람을 살피거나 배려할 정신이 없었다. 아기가 잘못될 수도 있다는 생각에 빠져 아무것도 보이지 않았다. 정신을 차려 보니 병원이었고 검진을 받는 동안에도 출혈은 계속 되었다.

"큰 병원에 가고 싶으시면 가세요. 유산이 거의 확실합니다."

무책임하게 들리는 의사의 소리에 연지의 얼굴에서 표정이 사라졌다. 정호는 연지를 살피며 큰 병원에 가자고 했다. 연지는 기계적으로 고개를 끄덕였다.

다시 정신을 차리니 대학 병원 응급실에서 산부인과로 옮겨져 있었다. 아직 완전히 유산이 이루어지지 않았으니 혹시 살릴 수도 있지 않을까 하는 희망이 있었다.

"스트레스를 많이 받았나 보네요."

희망이 커지다가 한꺼번에 사라졌다. 아이는 유산이 되었다. 연지에게 남았던 마지막 희망이 사라진 것이다. 하얀 침대 위에 누워 소리 없이 눈물만 흘렸다. 침묵의 시간을 한참 보내고 연지는 눈을 돌렸다. 옆에서 비통한 표정으로 앉아 있는 정호가 보였다.

"이혼해."

"연지야."

"결혼하자고 내가 먼저 말했는데 미안해. 이혼해."

동갑내기 남편이지만 어른들 모시고 사는 이유로 깍듯하게 존
대했다. 불만은 없었지만 이젠 그러지 않아도 되니까. 뭐든 얽매
였던 것에서 벗어나고 싶었다.

"아기는, 네 책임 아니야. 넌 아무 잘못 없어."

지금 이 남자, 무슨 소리를 하는 걸까? 아이를 유산한 죄책감 때
문에 미안해서 이혼하자고 하는 줄 아는 걸까? 진짜? 정말? 자기
책임은 조금도 없다는, 빌어먹게도 무책임한 위로의 말이 아닌가.

"역시, 하, 잘못된 선택이었나 봐. 난 말이지, 유산이 내 책임
이란 생각 털끝만큼도 안 해. 아기를 위해 난 최선을 다했으니까.
오히려 멀쩡한 얼굴로 위로하는 척하는 당신에게 기막힐 뿐이야.
나 같으면 아내한테 미안하고 죄스러워서 얼굴 들고 그런 소리
못 할 텐데."

"무슨 소리야? 연지야, 내가 뭘 잘못했던 거야? 그래서 우리
아기가 잘못된 거야? 대체 무슨 소리를 하는 거야?"

"모르면 됐어. 다 내 책임이야. 속 시원하지? 다 어리석었던 내
책임이니까 내가 책임질게. 이혼해."

연지는 정호의 손을 뿌리치고 눈을 감았다. 이젠 눈물은 더 이
상 나오지 않았다. 실패. 결혼은 실패했다. 결혼 생활을 다시 하
고 싶지 않다는 생각이 너무 강해서 이혼을 말하는 순간 해방감
마저 느꼈다. 실패. 그래. 실패다.

하늘.

갑자기 하늘이 눈물 나게 그립다. 기억하는 시간 안에 항상 떠오르던 단어. 그리움과 함께 애틋함이 느껴지는 그 하늘을 언제부턴가 잊고 있었다. 정호와 사랑한다고 느꼈을 때조차도 하늘이 항상 그리웠는데. 이젠 하늘을 실컷 봐야지. 하늘을 볼 수 있는 인생을 살아야지.

하늘이 파랗게 빛나는 아침이다. 연지는 커다란 창밖으로 보이는 하늘을 하염없이 올려다보았다. 매일 하늘을 보려고 노력했다. 아무것도 거칠 것 없는 넉넉한 하늘은 메마른 마음을 덮어 주었기 때문이다.

"어서 오세요."

작고 아기자기한 가게 안으로 손님이 들어섰다. 하늘을 보고 있던 연지는 얼른 자세를 바로 하고 손님을 맞았다. 주말 동안은 하루 종일 손님들이 들락거린다. 오늘 첫 손님은 남자였다.

"건너편 이 층에 커피숍을 하게 돼서 인사차 들렀습니다."

"아, 네."

그동안 옆집, 뒷집, 앞집에 새로 가게들이 생겼지만 찾아와 인사를 하는 사람은 거의 없었다. 한곳에서 일 년을 넘기기 힘든 어려운 때라서 더욱이 넉넉한 인사는 드물었다. 연지는 접대용 미소를 지으며 건성으로 끄덕였다.

"테이블에 끼워 넣을 적당한 걸 고르고 싶은데 추천할 만한 것이 있습니까?"

인사차 들렀다고 해서 긴장을 풀었던 연지는 남자의 말에 바로 몸에 힘을 주었다. 물건을 사려는 줄 몰랐는데. 사실 이곳은 남자에게 그리 어울리지 않는 장소였기 때문이다. 손으로 만든 장식품과 작은 일상용품이 있기는 했지만 모두 여성스럽고 아기자기했다.

"장식할 만한 걸 찾으시는군요. 테이블 크기가 대충 어느 정도나 되나요?"

"여기 이 테이블과 거의 같습니다."

"전체적인 분위기가 어떤지 몰라서 추천드리기 조금 난감하네요."

커피숍이라고 했는데 어떤 분위기인지 짐작이 가지 않았다. 남자에게서 힌트를 얻으려고 했지만 회색 니트 위에 무난한 코트를 걸치고 있는 남자에게 드러나는 특별한 분위기는 없었다.

"그럼 시간 내서 한번 들러 주시겠습니까?"

안경을 살짝 고쳐 올리면서 남자가 제안했다. 콧대가 제법 강하고 높게 서 있었다.

"그거 좋은 생각이네요. 말 나온 김에 지금 잠깐 갔다 올까요?"

남자가 말한 건너편 이 층을 바라봤지만 안이 잘 들여다보이지 않는 것이 불이 꺼져 있는 것 같았다.

"잠깐 잠그고 얼른 갔다가 오면 되니까 지금 가요. 직접 봐야 제대로 된 걸 추천할 수 있으니까요."

아직은 손님이 그리 많을 때가 아니니까 지금이 가장 적합한 시간이기는 했다. 연지는 한산한 거리를 보며 다시 확인했다. 오면서 점심때 먹을 빵이라도 사야겠다는 생각을 했다. 오늘따라 급히 나오느라 점심을 준비하지 못했기 때문이다.

"그래도 된다면 그럽시다."

남자가 다시 안경을 고쳐 올렸다. 연지는 남자가 가게를 먼저 나가는 걸 본 후 잠시 자리를 비운다는 팻말을 문손잡이에 걸고 그를 따라 가게를 나왔다. 길 건너편 건물에 직접 와 보긴 처음이었다. 일 년이 넘게 마주 바라보던 건물에 들어서는 게 좀 이상했다. 그녀가 올 일이 없었던 이유는 일 층은 네일숍과 고급 수제 가죽 신발 가게였기 때문이다.

남자와 눈이 마주치는 바람에 멋쩍은 미소를 지은 후 이 층으로 그를 따라 올라갔다. 생각해 보니 이곳은 계속 커피숍이었다. 주인만 바뀌었나 보다. 분위기를 바꾸고 싶기는 하겠지.

"어머, 아늑하네요. 이런 분위기일 줄은 몰랐는데."

"괜찮습니까?"

"아, 네. 그런데 전 이런 곳에 잘 안 다니니까 제 의견은 별로 도움이 안 될 수도 있어요."

"왜 안 다니십니까?"

"커피를 못 마셔요."

"그럼 여유 있는 시간에 어떤 차를 마십니까?"

"따로 차를 마실 시간은 안 내고 게임을 하거나 책을 읽어요.

정신이 사나운 날이 가끔 있잖아요. 그럴 때 게임에 빠져서 마지막까지 집요하게 임하는 거죠. 그러고 나면 기운도 빠지고 노여움도 함께 빠져요. 아, 이렇게 말한다고 제가 게임을 아주 많이 알고 있다거나 그런 쪽에 관심이 많다고 생각하시면 안 돼요. 옛날 간단한 게임을 말하는 거니까."

놀란 남자의 표정에 쓸데없는 말을 덧붙였다. 연지는 더 이상의 잡담을 피하려고 그에게서 떨어져 가게를 둘러보았다. 남자의 예의 바른 태도에 어울리게 가게 안은 깔끔했다. 나무 본연의 색이 드러난 의자와 테이블이 편안하게 공간을 차지했다. 다른 장식은 하나도 없지만 천장에 나무로 된 마감 때문에 오래된 낡은 농장 건물 느낌이 났다.

"제가 가지고 있는 것 중에 추천해 드릴 만한 것이 생각났어요. 가서 보시고 마음에 드시면 말씀하세요."

"차 한잔하시지 않겠습니까?"

"아니에요. 가게 잠깐 닫았잖아요. 가다가 살 것도 있고."

연지의 움직임에 그가 따랐다. 들어올 때와 달리 이번에는 연지가 앞장섰다. 커피숍을 나와 길을 가로질렀다. 가게로 다시 들어가려는데 남자가 불러 세웠다.

"아까 살 것이 있다고 하지 않았습니까?"

"아, 제가 착각했어요. 손님을 끌고 어딜 가려고 했으니 말이에요. 나중에 사면 돼요."

"지금 가서 사도 됩니다. 가시죠."

"죄송해서."

후회를 얼른 지웠다. 남자와 다시 가게로 돌아와야 한다는 생각을 못 해서 불쑥 그런 계획을 세운 거였다. 빵 가게는 가까이 있었고 얼른 사서 들어가는 게 지금으로선 최선이었다. 남자의 키가 커서 그런 건지 연지의 서두름에 조금의 부담도 없어 보였다. 성큼 몇 걸음으로 연지를 금방 따라왔다.

"점심에 먹으려고요."

빵 가게를 나오면서 미안한 웃음을 지으며 남자에게 설명했다.

"우리 가게에도 이 정도 먹거리는 있었습니다."

"그랬나요? 다른 생각하느라 보질 못했어요."

가게로 들어서면서 연지는 자연스럽게 말하려고 애를 썼다. 보기는 봤는데 비싸고 너무 달아 보여서 외면했기 때문이다. 얼굴을 보지 않고 말했으니 잘 넘어갔을 것이다. 연지는 팻말을 치우고 남자에게 보여 줄 퀼트 제품과 십자수 작품 몇 개를 펼쳐 보였다.

"오래된 유럽 농장 스타일이던데 이런 건 어떠세요? 나무 색하고 잘 어울릴 것 같은데."

"다 직접 하신 겁니까?"

"네."

"같은 제품을 여러 개 만들려면 시간이 오래 걸릴 것 같은데요."

"수제품의 특징이 똑같지 않은 거죠. 분위기와 주제가 맞으면 그림이 달라도 되거든요."

남자가 본인 가게 안의 테이블의 숫자를 세고 있는 것이라고 생각한 연지는 부지런히 설명했다. 테이블 숫자대로 똑같은 작품을 사용하지 않아도 된다는 걸 말해 주고 싶었다.

"십자수와 퀼트 두 가지를 적절히 섞어서 진열하고 나중에 보완하면 되겠습니다. 주문한 대로 만들어 주실 것 같은데."

"맞아요. 여기 없는 디자인이라도 원하시면 해 드릴 수 있죠. 그런데 시간이 좀 걸려요."

"괜찮습니다. 그럼 일단 이걸로 먼저 가져가겠습니다."

"네. 감사합니다."

남자가 물건을 들고 가게를 나가는 걸 지켜보았다. 통유리 너머로 그가 건너편 건물로 올라가는 것까지 훤하게 보였다.

천명은 퀼트 한 장 한 장을 손끝으로 꼼꼼히 만져 본 후 테이블 유리 밑에 깔았다. 십자수로 된 작품까지 가게 안 테이블에 불규칙적인 배열을 해서 깐 후 가만히 둘러보았다.

"어머, 벌써 나오셨어요?"

직원인 영희를 시작으로 미진과 창식이 이어서 들어왔다.

"어? 이거 어디서 많이 보던 건데. 와, 사장님 이거 직접 사 오신 거예요?"

미진이 달라진 분위기에 반색하며 물었다. 거리 어딘가 한곳을 바라보던 천명은 몸을 돌렸다.

"주인이 바뀌었으니 분위기도 좀 바뀌어야 할 것 같아서."

"몇 달이 지나서야 그런 생각이 나셨어요? 전 처음에 들어오실 때 바로 바꾸실 줄 알았는데."

천명이 이 커피숍을 인수한 건 넉 달 전이었다. 영희와 미진은 전부터 일했던 직원이었다. 창식을 데려온 천명이 아무도 내보내지 않고 모든 걸 그대로 인수한 덕분에 예전보다 더 안정된 마음으로 일을 할 수 있게 된 미진과 영희는 천명을 좋아했다.

"드디어 '연지네 집'에 가신 겁니까?"

창식이 웃음을 누르며 물었다. 미진과 영희는 창식의 말에 사장인 천명을 바라보았다. '연지네 집'이라면 길 건너편 가게다. 어디서 많이 봤다고 생각했던 건 오다가다 눈에 익어서 그랬던 것이다. 별로 이상할 것 없는 그 일이 창식의 이상한 표정과 질문으로 이상한 기운을 띠었다.

"시끄러워."

"그래도 가시긴 했네요. 전 평생 보기만 할 줄 알았거든요."

"입 다물어."

천명이 무서운 얼굴로 창식에게 말했지만 창식의 표정은 변하지 않았다. 오히려 갈수록 더 웃음을 참지 못하는 얼굴이었다. 미진과 영희는 얼른 머리를 굴렸다. '연지네 집'엔 귀여운 주인 아가씨가 있었다. 설마 사장인 천명이 그 귀여운 주인 아가씨를 마음에 담았다는 소린 아니겠지?

"드문드문 빈 테이블은 채우실 겁니까? 다시 가기로 하신 거죠?"

"구창식! 더 말하면 가만 안 둬."

"옙. 입 다물겠습니다. 자 두 아가씨들 얼른 준비합시다. 우리 사장님 지금 기분 몹시 안 좋습니다. 너무 안 좋아서 둥둥 떠다니실지도 모릅니다."

"너!"

천명이 안경을 벗자마자 창식은 부리나케 주방으로 숨었다. 벗었던 안경을 다시 쓴 천명은 늘 앉아 있던 창가 자리에 가서 앉았다. 그곳은 '연지네 집'이 정면으로 보이는 자리였다. 아까부터 그가 보고 있던 곳이기도 했다.

가게 안에서 연지는 드문드문 오는 손님을 맞기 위해 자리에서 일어섰다가 앉았다. 손님이 없는 틈엔 수를 놓는 건지 바느질을 하는 건지 정확히 몰라도 손을 부지런히 놀렸다. 가끔 진열한 것을 바꾸고 거리를 멍하니 내다보기도 했다. 커피숍의 오분의 일도 안 되는 작은 가게는 전면이 통유리로 되어 있어 안이 다 보였다. 구석진 작업 공간에 들어가면 그녀를 볼 수 없어서 섭섭했다.

"그러고 보니 여기선 '연지네 집'이 잘 보이네요."

영희는 천명에게 차를 한 잔 내주면서 슬쩍 말을 걸어 보았다. 창식이 한 말에서 짐작한 그 일을 확인하고 싶었다.

"함부로 참견하지 마."

"네."

영희는 덜컥했던 가슴을 쓸며 주방으로 돌아왔다. 평소 무던하던 인상이 가끔 엄청나게 무섭게 변할 때가 있었다. 천명의 진짜 직업이 뭔지 궁금해지는 순간이었다. 이곳을 인수하고서 한 시간 반을 고정석에 앉아 밖을 보다가 가 버렸기 때문이다. 시간을 정확히 지키는 걸 보면 시간이 정해진 어떤 일을 하는 것이 분명했다.

커피숍은 창식이 하는 것 같기도 했다. 주인은 천명이지만 창식이 모든 걸 관리하고 점검했다. 따로 두 사람이 어떤 관계를 맺고 있는지는 몰라도 천명은 분명 이곳에 아주 잠깐 들르는 셈이었다.

"오늘은 주말인데 좀 더 있다가 가십시오."

창식이 웃음기를 완전히 지운 얼굴로 천명에게 말했다.

"됐어."

"저번 주말에 어떤 남자가 찾아왔는데 우리 연지 씨 표정이 별로 안 좋던데."

"우리 연지 씨?"

"그럼 뭐라고 합니까? 연지라고 할 수는 없잖아요."

"어떤 남자?"

천명은 약간 굳은 표정으로 다 마신 찻잔을 밀어 유리 아래로 드러난 십자수를 내려다보며 물었다.

"그야 모르죠. 아는 사람은 분명했습니다. 손님은 아니었으니까요. 그 남자가 가고 난 후부터 우리 연지 씨는 그날 하루를 우울하게 지냈습니다."

"그 말을 왜 이제야 해?"

"손님들과 어떻게 지내는지에 대해선 말해 달라고 하지 않았잖습니까? 우리 연지 씨를 하루 종일 살필 수도 없는 노릇이고."

"자꾸 이상한 호칭 쓸 거야?"

"그럼 와이 양이라고 할까요?"

창식의 얄미운 도발에도 천명은 반응 없이 생각에 잠겼다. 건너편 가게에선 손님을 맞는 연지가 보였다. 손님에게 이것저것 설명하며 편안한 미소를 지었다. 뭔가를 산 손님이 나가고 난 후 연지는 전면 유리창에 붙어 하늘을 올려다보았다. 미소는 없었다. 하늘을 올려다보는 연지의 얼굴은 언제나 슬프게 보였다. 천명은 연지가 하늘을 올려다보는 게 싫었다.

"그 남자, 혹시 이 남자 아니야?"

지갑에서 사진 한 장을 꺼낸 천명은 창식에게 사진을 보여 주었다.

"아, 글쎄 잘, 맞는 것도 같고. 이거 좀 오래된 사진이죠? 지금 이 남자 살도 좀 찌고 그런 거네. 아는 남자입니까?"

"됐어."

천명은 안경을 벗고 눈을 감았다. 창식은 더 이상 천명에게 말하지 않고 자리를 떠났다. 천명에게 안경은 방어막이며 안전장치였다. 도수가 없는 안경은 그의 감정을 가려 주거나 어색하고 힘든 마음을 포장해 주었다.

"가시게요?"

자리에 앉아 눈을 감고 있던 천명이 안경을 다시 쓰며 자리에서 일어났다. 창식은 조금 걱정이 되어 물었다. 그 남자에 대해 괜히 말한 걸까? 한참 고민하던 일이긴 한데 결론이 나질 않아 불쑥 말해 버린 거였다. 혹시 나중에라도 그 일로 연지가 떠난다면 말하지 않았던 자신의 책임이 될 수도 있으니까. 그러나 지금 천명의 표정을 보면 말한 것이 후회되었다.

천명은 대답 없이 커피숍을 나왔다. 거리에 섰을 때 잠시 연지의 가게를 보았다. 커피숍 밖에서 연지를 살피는 일은 절대 하지 않았다. 그러나 지금은 그런 규칙이 흔들렸다. 연지는 구석에 앉아 뭔가를 열심히 하는 중이었다. 흘러내리는 머리카락을 귀 뒤로 쓸어 넘긴 후에 다시 손을 움직였다.

드으윽.

주머니에서 휴대폰이 진동을 했다. 퍼뜩 천명은 자신이 연지의 가게 앞에 바짝 와서 선 것을 깨달았다. 아직 연지는 뭔가를 하느라 아무것도 모르고 있었다. 얼른 몸을 돌린 천명은 두어 걸음 만에 연지네 가게를 벗어났다.

휴대폰의 진동은 끊어졌다. 꺼내서 누구에게 왔는지 확인해 보니 창식이었다. 위에서 보고 있다가 자신의 어리석은 움직임에 경고를 보내 준 것이다. 천명은 커피숍을 올려다봤다. 아슬아슬했던 순간을 벗어나게 해 준 창식에게 말없이 고마운 마음을 전한 후 천명은 빠르게 걸어 주차장으로 갔다. 연지의 전남편인 정호의 존재 때문에 잠시 흐트러진 감정과 생각들을 정리해야 했다.

피곤한 몸이지만 기분은 좋았다. 연지는 늦은 저녁을 챙겨 먹으며 안도의 한숨을 쉬었다. 잡생각에 몰두할 시간이 없어서 하루 종일 가벼운 머리를 유지할 수 있었기 때문이다.

"일이 생겨서 좋네."

상을 치우고 아담한 침대 머리맡에 기대어 앉아 아까부터 하던 십자수를 꺼냈다.

"어딘가 낯이 익은 건 흔치 않게 많은 작품을 사 갔기 때문이겠지?"

오전에 만났던 남자 손님을 떠올렸다. 오늘 하루는 그 남자가 때때로 떠올라 일을 자주 쉰 날이었다. 낯이 익은 탓이라고 매번 생각했는데 지금까지 그 생각이 떠나질 않았다.

"오다가다 만났을 수도 있으려나? 진짜 어색하지 않은 사람이었어. 이름도 모르는데."

하늘.

"이상하네. 미쳤어."

왜 그 남자의 이름을 하늘이라고 생각한 건지 모르겠다.

"아야."

기어이 바늘에 찔렸다. 일반 바늘보단 뭉툭해서 피가 날 만큼 상처를 입지는 않았다. 아픔에 겨우 정신을 차린 후 자신에게 혀를 차며 십자수에 몰두했다. 그러나 몇 번이나 다른 곳에 바늘을 꽂아 넣는 바람에 넉넉한 천이 좀처럼 채워지지 않았다.

"어후."

끝내 기막힌 한숨을 쉬며 십자수를 놓았다.

"피곤해서 별 이상한 상상도 하는 건가 보네."

혼자서 중얼거린 후 내일을 위해 과감하게 일을 마무리하기로 했다. 서둘러 정리하고 씻고 자리에 누웠다. 내일 오늘 하지 못한 일까지 하려면 더 바쁘게 움직여야 했다. 잘 자고 일어나 몇 배로 열심히 하기로 마음을 먹었다.

띠리링.

휴대폰 벨이 울렸다. 자려고 노력하는 중에 울린 귀찮고 반갑지 않은 소리였다. 번호를 확인하니 정호였다. 술을 마시고 전화했을 거다. 늦은 시간 가끔 술에 취해 전화를 했다. 처음엔 몰라서 받아 주었다가 이젠 그마저도 끊었다. 이미 다른 길을 가기로 해 놓고 마주하는 시간을 만드는 건 반대였다. 다시 합칠 생각은 조금도 없었다.

정호는 헤어진 아내를 잊지 못해서가 아니라 곁을 채워 줄 마땅한 배우자를 찾지 못했기 때문에 하지 말아야 할 전화를 하는 거다. 아이를 잃은 것 이외에 결혼 생활에서 뭐가 어떻게 잘못된 건지 정호는 아직도 이해하지 못하고 있었다.

휴대폰을 완전히 끊고 이불을 머리끝까지 덮었다. 잘못된 선택의 결과를 치러 내는 일이 생각보다 어렵고 길었다. 사람 사는 일이라 그렇다는데 마음처럼 생각처럼 분명하고 깔끔하게 정리되는 일이 없는 것 같다. 실패자라는 낙인이 찍히는 건 참겠는데 그 실패를 인정하지 않는 주변 사람들과 지내는 일이 힘들었다. 정호는 물론이고 친정 엄마와 식구들 모두 한숨지으며 힘든 얼굴을 좀처럼 바꾸지 않는다.

모두와 단절하고 사는 길을 택한 이유였다. 벌써 일 년하고도 팔 개월이 지나가고 있었다. 욕도 먹었다. 어쩜 그렇게 매정하고 독하냐고. 결혼 생활 내내 매정하고 독한 마음을 다지고 다져서 그런가 보다. 끝내자는 결심을 하기가 어려웠지, 끝내자고 결심한 후 돌아서는 건 어렵지 않았다. 미련도 거의 남지 않았다. 다시 정호와 산다는 건 그래서 꿈도 안 꿨다.

이상한 결혼 생활이라는 걸 이해시키기 어려웠다. 스스로도 그걸 깨닫는 데 시간이 걸렸고 그래서 개선의 시기를 놓친 걸 수도 있었다. 어쨌든 목이 졸릴 것 같은 지난 시간을 미련 없이 털어 버리고 싶었다.

이불을 다시 내리고 달려드는 생각들을 밀어 내려고 했다. 정호에게 짜증이 난다. 잘 지내는 사람을 흔드는 것 같아 밉기도 했다. 가만히 두면 고마울 텐데 자기 기분과 감정에 밀려 상대를 배려 없이 대하는 이기적인 정호가 원망스러웠다.

결혼 생활 내내 자기밖에 모르던 삶이 생각나 더 싫었다. 알고 싶고 이해하고 싶은 마음이 있었다면 자기 아내가 얼마나 힘들고 각박하게 사는지 조금이라도 느낄 수 있었을 거다. 뻔히 늦은 시간까지 일하면서 상을 차려 내고 자기하고 함께 잠들지 못하는 것을 보면서도 아무것도 몰랐다면 뭘 어떻게 해야 알 수 있는 걸까?

몰라서 책임감을 느끼지 못하는 거겠지. 모른다는데 뭘 어떻게 하겠나. 말하지 않으면 모르는 게 당연하다는데 할 말이 없었다. 그래. 말하지 않은 죄로 이 지겨운 뒤처리를 감당해야 한다면 해야겠지.

오늘도 잠을 제대로 자기는 틀린 걸까? 지고 싶지 않다. 이런 작은 도발에 무너져 힘들어 헐떡이는 삶을 살고 싶지 않다. 의연하게 넘기고 무시하고 잊어버리고 편안하게 살고 싶다. 그러려고 이혼했는데 그렇게 살지 못하면 또 실패한 거니까.

몇 번이나 심호흡을 하며 생각을 떨쳤다. 어두운 천장을 바라보며 다른 생각을 끌어왔다.

그 남자. 커피숍이 깔끔하고 좋았어. 안경을 만지던 손가락이 인상적이야. 남자답게 강하면서도 긴 손가락과 큰 손. 뭘 하는 사람일까? 맞다. 커피숍 사장님이지. 그런데 왜 아닌 것 같지? 웃기네. 하늘. 하늘이 생각나는 사람이라서 이름을 하늘이라고 떠올린 건 아닐까? 그럴 수도 있어.

눈이 감기고 머릿속이 먹먹해졌다. 기분이 다시 좋아졌다. 그래. 이 편안한 피로감이 좋아. 자면 말끔하게 지워진 머리로 다시 깨어날 수 있으니까.

정호는 끊어진 전화를 들고 한참을 그대로 있었다. 술은 마시지 않았다. 지난번에는 술을 마시고 전화했지만 정신이 오락가락할 만큼 취하지 않았었다. 술은 취할 만큼 마실 수가 없는 체질이었다. 술을 많이 마시면 토하고 찢어지는 통증을 느껴서 정신을 잃기 전에 마실 수 없게 된다. 연지는 그의 술버릇을 알지 못한다. 연지는 술을 아예 못 하기 때문에 술자리를 함께해 본 적이 없었기 때문이다. 그래서 짐짓 술이 취한 척 전화를 할 수 있었다.

연지의 불 꺼진 가게를 마주하고 서 있었다. 캄캄한 거리에 불이 켜진 집은 술집과 커피숍뿐이었다. 그립다. 연지가 너무 그리웠다. 사랑하는데 왜 그렇지 않다는 걸까? 많이 힘들었다는데 왜 몰랐을까? 말했으면 그런 삶을 살게 하지 않았을 텐데. 고생시키고 싶지 않았다.

연지를 놓치고 싶지 않아서 돈을 별로 모으지 못했지만 서둘러 결혼했다. 부모님께 의지한 결혼이다 보니 요구하고 주장할 것들을 대부분 덮어 두었다. 분가를 시켜 주신다는 약속을 의지했고 부모님을 믿었다. 연지에게 다르게 대할 것이라고 생각해 본 적이 없었다. 딸처럼 여겨 주실 거라는 말씀을 의심할 어떤 이유도 없었다.

피를 흘리며 아이를 잃어버린 연지의 모습에 얼마나 고통스러웠는지 모른다. 이혼하자던 그날. 아이와 아내를 동시에 잃었다. 모든 걸 잃었다.

분가를 해서 연지와 알콩달콩 살아갈 욕심에 일을 더 열심히 했다. 퇴근 시간도 잊고 일했다. 회사에서 일하는 긴 시간 동안 연지가 혼자 있는 것이 아니라 부모님과 함께 있다는 생각에 안심이 되어 야근도 마다 않았고 출장도 넙죽 받아들였다. 가끔 피곤해 보이는 연지의 모습에 달리 해 줄 위로가 없었다.

넉넉하지 못한 무능한 남편은 아닐까 하는 미안함에 달리 말도 못 하고 그저 꼭 안아 주는 것으로 대신했다. 그러나 그게 모두 헤어지게 된 이유가 되었다는 걸 알게 되면서 절망했다. 뭘 어떻게 했어야 연지를 잃지 않을 수 있었을까?

연약하고 순한 연지는 가끔 무섭게 냉정해지곤 했다. 그걸 알기 때문에 조심스러웠는데. 연지가 불평이 적다는 걸, 그건 상황이 좋아서가 아니라 참고 견디는 연지의 인내가 그렇게 한다는 걸 좀 더 일찍 알았어야 했다.

친구들과 한잔 가볍게 할 때마다, 부모님과 잘 지내지 못하는 아내에 대한 불평을 말할 때마다, 속으로 비웃었다. 연지는 부모님에 대한 불만이나 흉을 한 번도 말한 적이 없었기 때문이다. 그게 고마운 일이라는 걸 몰랐다. 심지어 부모님이 연지에게 잘해 주시기 때문에 별다른 문제가 없는 것이라고 생각하기까지 했다.

이혼에 대한 마음을 좀처럼 바꾸지 않는 연지에게 많은 것을 들을 수는 없었다. 장모님의 원망 섞인 말 속에서 연지가 그동안 어떻게 지냈는지 조금 알 수 있었다. 그게 다가 아니겠지. 그런데 그것도 요즘에서야 깨달은 것이다. 정말 몰랐다.

연지는 몰랐다는 걸, 정말 몰라서 도와줄 수 없었다는 걸 참작해 주지 않았다. 처음 하는 결혼에 처음 사랑하는 아내였다. 형제가 없어서 멀리서 지켜볼 기회도 없었고 여자 형제가 없어서 가까이서 들을 기회도 없었다.

시집살이에 대한 드라마를 볼 나이도 아니고 그런 삶에 관심도 없었다. 정말 몰랐다. 이건 억울하기까지 했다. 조정할 기회도 박탈당한 것 같아 더 고통스러웠다. 알고 바꿀 기회를 주었어야 하지 않는가.

"흠."

길고 긴 한숨을 내쉬었다. 차가운 공기를 가르며 입김이 거리에 퍼져 나가며 사라졌다. 연지의 마음처럼 밤공기가 차가웠다. 맞은편에서 따뜻한 빛을 뿜고 있는 커피숍을 올려다보았다. 이대로 집에 들어가면 또 어머니와 말다툼을 할 것 같았다. 커피숍으로 올라갔다.

"어서 오세요."

명랑한 여직원의 인사에 커피를 시키려다가 연지가 좋아하던 레몬차가 생각나서 그걸 주문했다. 어두운 거리가 내려다보이는 창가 쪽 테이블에 가서 앉았다. 연지네 가게가 잘 보였다. 언뜻 내려다 본 테이블에 연지네 가게에서 봤던 것과 비슷한 것이 있었다.

손재주가 좋은 줄도 몰랐다. 연지가 이혼 후에 가게를 냈다는 소리를 듣고 찾아와서 직접 만든 것들로 매장을 채웠다는 걸 알 고 놀랐다. 혹시 이것도 연지가 만든 걸까?

탁.

"주문하신 레몬차 나왔습니다."

내려다보고 있던 테이블에 레몬차가 나왔다. 남자 직원이 차를 가져다주었다. 찻잔이 연지의 작품을 가리는 것 같아 얼른 옆으로 치웠다.

"장식이 마음에 드십니까?"

"아, 예. 생각나는 사람이 있어서."

정호는 직원에게 대답하며 맞은편 연지네 가게를 내려다보았 다. 블라인드 셔터가 내려진 불이 꺼진 가게 안은 거의 보이지 않 았다. 가로등의 희미한 불빛에 아기자기한 간판만 보였다. 한참을 내려다본 정호는 문득 시선을 느껴 고개를 돌렸다.

남자 직원은 눈이 마주치자마자 고개를 돌렸다. 남자가 야심한 밤에 혼자 커피숍에 앉아 있어서 눈길을 끈 것일까? 커피숍 안에 는 남자 손님이 둘 더 있었다. 그 손님들이 자신과 비교해서 젊은 사람이라는 것을 빼고 다른 건 없어 보였다.

"안녕히 가세요."

정호는 여직원의 인사를 들으며 커피숍을 나왔다. 레몬차는 한 모금도 마시지 않았다. 오늘 밤은 어머니와 별다른 마찰 없이 지나갈 수 있을 것이다. 연지가 그리울 때면 울컥 화가 나서 어머니에게 쏟아 내 버린다. 그러나 어머니만의 잘못일까?

처음 며느리를 맞아서 자신의 삶과 어떻게 섞어야 할지 몰랐던 어머니의 탓으로만 돌리기엔 염치가 없었다. 연지는 마지막까지 시집살이에 대한 불평을 하지 않았다. 아마도 책임이 자신에게 있다는 걸 말하고 싶었는지도 모른다. 그러나 아직도 가슴 깊이 이해하며 반성할 수 없다. 뭐가 어떻게 된 건지 여전히 알 수가 없어서 그저 안타깝고 억울할 뿐이다.

천명은 창식의 전화를 받았다.

"이 시간에 문을 닫는 건 아닐 텐데 왜 전화했어?"

— 레몬차.

"뭐? 뜬금없이 그게 무슨 소리야?"

— 우리 연지 씨는 레몬차를 좋아했을 거라는 아주 강력한 필이 생겼습니다.

"너 정말 혼나고 싶은 거냐?"

— 내일 확인해 보십시오. 천 퍼센트 확실하니까. 확인해 보시고 맞으면 알게 된 이유, 말씀드리겠습니다.

"아주 재미가 들린 거로군."

— 아닙니다. 오늘은, 지금은 아주 심각합니다. 이만 끊습니다. 안녕히, 아니 잘 주무시면 안 될지도 모릅니다. 어쨌든 일단 내일까지는 쉬십시오.

"이⋯⋯."

전화는 끊어졌다. 천명은 어이가 없었다. 그러나 차츰 불안함이 밀려왔다. 창식의 목소리에 장난기가 없었다는 걸 기억하면서부터다. 심각하다는 그의 말은 사실인 것이다. 왜? 갑자기 레몬차는 어떻게 튀어나온 걸까?

하여튼 창식은 엉뚱한 녀석이다. 잠잘 시간은 아직 좀 남았지만 오늘은 창식의 말대로 그 자는 시간마저 더 늦어질 것 같았다. 가슴이 불안하게 뛰기 시작했다. 책상에서 기어이 일어선 천명은 화려한 조명으로 낮의 각박함을 모두 감춰 버린 시내를 내려다보았다.

"레몬차."

내일 연지를 찾아가야 할 미션이 내려진 것 같다. 뭔가 이유가 생겨서 기쁘기도 하고 두렵기도 했다.

"연지."

언제가 되어야 연지를 연지라고 부를 수 있을까? 그리운 그 이름을 독점할 날이 언제가 되어야 찾아올까? 매일 혼자서만 반복해서 부르는 그 이름을 진짜 연지를 부르는 데 쓰고 싶었다. 손을 뻗어 창에 손바닥을 대어 봤다. 차갑다. 언젠가는 차가운 창문이 아니라 연지의 따뜻하고 부드러운 뺨을 만질 수 있을지 모른다. 그날을 매일 기다리고 있었다. 그 기다림이 더 길어지지 않기를 바랄 뿐이다.

2

연지는 뜬금없는 남자의 선물에 멍하니 그를 올려다보았다.

"오전엔 손님이 드무니까 차 마실 여유가 있을 것 같았습니다."

커피숍의 남자가 내민 따뜻한 컵을 뭐라 말도 못 하고 받아 들었다. 언뜻 뚜껑의 작은 구멍으로 익숙하고 좋은 냄새가 났다. 무의식적으로 코에 가까이 가져다 댔다.

"레몬차입니다."

"아, 레몬차."

연지는 상큼한 향기에 웃음을 지었다. 두 손으로 따뜻한 컵을 쥐고 가슴 가까이 대었다가 책상 위에 놓았다.

"싫으시면."

"아니에요. 제가 좋아하는 차예요. 지금은 자주 마시지 않지만 한때 제가 아주 좋아했었어요."

"다행이군요."

"아직 가게 열 시간 아닌데 수고하셔서 어쩌죠?"

남자의 얼굴을 계속 보기가 어색해서 그가 오기 전에 들고 있었던 십자수를 생각도 없이 만지작거렸다. 훤히 들여다보이는 가게 안에 있는 거지만 그래도 단둘이 있다는 사실이 새삼스럽게 부담스러웠다. 가게 안에서 남자 손님과 단둘만 있는 것이 처음도 아닌데.

"아닙니다. 가게가 바로 코앞이고 내가 마실 것 준비하다 함께 준비한 거니까 부담 안 가지셔도 됩니다."

"감사합니다. 잘 마실게요."

남자가 몸을 돌려 입구로 향하는 순간 연지는 속으로 안도했다. 역시 매너가 좋은 남자였다. 아주 잠깐의 어색함만을 남기고 바로 퇴장해 주었기 때문이다. 이번에도 남자가 건너편 건물로 들어가는 걸 지켜보았다.

"레몬차, 오랜만이네."

하늘을 보려다 책상 위에 둔 레몬차가 떠올라 바로 몸을 돌렸다. 아직 뜨거워서 마실 수는 없지만 레몬 향은 맡을 수 있었다. 뚜껑을 열자 김이 모락모락 나면서 레몬 향이 더 진하게 쏟아져 나왔다. 의자에 앉아 가만히 냄새를 맡으며 컵 속을 들여다보았다. 커피를 좋아하는 정호와 함께 커피숍에 갈 때 항상 마시던 차였다.

정호 이외에 다른 남자와 연애다운 연애를 많이 해 보지 않았기 때문에 자신이 레몬차를 찻집에서 파는 것 중에서 가장 좋아한다는 걸 정호와 사귀면서 알게 되었다. 연애할 때 상대를 알아가는 것도 있지만 자신도 새롭게 알게 된다는 걸 알았다.

하늘.

의자에 앉아 건물 사이의 틈으로 손톱만큼 보이는 하늘을 보았다. 입구 쪽 넓은 창에 바짝 붙어 올려다봐야 보이는 하늘을 마음으로 그려 보았다.

'사귀고 싶습니다.'

'아, 저는 결혼할 사람이 있어요.'

하늘을 생각하는데 갑자기 흐릿한 기억이 떠올랐다. 꿈이었을까? 마치 꿈처럼 아련하고 명확하지 않은 그 장면이 왜 지금 갑자기 떠올랐을까? 아주 가끔 데이트 신청을 받기는 했지만 사귀자고 직접적으로 말한 사람은 없었다. 정호 이외에 데이트에 성공한 사람도, 사귄 사람도 없었다. 분명 일어난 일처럼 떠오르는데 기억 어디에도 그 남자는 없었다. 자리에서 일어나 창에 붙어 넓은 하늘을 보았다.

"공주병이 심해서 착각을 한 걸지도 몰라."

민망한 마음에 이미 단정한 머리를 두 손으로 다독이며 다시 의자로 되돌아왔다.

"얼굴도 기억나지 않는 사람이 왜 뜬금없이 떠오른 건지 모르겠네."

레몬차로 시작한 과거의 회상이 희미해져 가는 기억을 되살렸나 보다. 그때 정호와 사귀고 있지 않았다면 그 사람과 만났을까? 다정한 눈빛이었는데. 아니다. 모르겠다. 바람일 수도 있겠지. 얼

굴도 모르면서 눈빛을 어떻게 기억해? 그런 남자를 원하는 마음
에 있지도 않은 기억을 만들어 넣었을 수도 있어.

호르륵.

사방팔방으로 생각이 날뛰는 것 같아 얼른 레몬차를 마셨다.
마셔서 없애면 생각도 마음도 모두 진정될 것이다.

"앗, 뜨거워. 빨리 마시진 못하겠네."

겨우 몇 모금 넘기고 뚜껑을 닫았다. 정오가 가까워지면서 거
리의 소음도 점점 커지고 있었다. 휴일을 연인과 또는 친구와 보
내고 싶어 집에서 모두들 나오는 것 같았다.

"어서 오세요."

"조카한테 예쁜 화장품 파우치를 선물하고 싶은데요."

명랑한 아가씨의 주문에 연지는 마주 웃으며 물건을 보여 주었
다. 명랑한 아가씨를 시작으로 손님들이 이어져 날뛰던 생각들은
사라지고 부지런히 몸을 움직이는 하루가 되었다.

미진은 '연지네 집'에서 산 화장품 파우치를 커피숍 테이블에
올려놓았다.

"조카한테 선물해야 할 일이 있어서 처음 들어가 봤는데 예쁜
물건이 꽤 많았어."

영희가 화장품 파우치를 만지작거리며 창가 고정석에 앉아 아
래를 내려다보는 천명을 흘긋 보았다. 휴일엔 가게에 나오지 않던
천명이 일찌감치 먼저 나와 있었다. 창식이 사정상 조금 늦는다고
해서 천명의 눈치만 보면서 살피고 있었다.

"있지, 연지네 아가씨 우리 사장님하고 뭔가 있기는 있나 봐."

눈치를 보는 영희를 살짝 끌어당긴 미진은 소리를 낮춰 조심스럽게 속삭였다.

"왜? 뭐가?"

"레몬차 냄새가 나서 보니까 책상 위에 우리 집 컵이 놓여 있더라고. 우리가 오기 전에 누가 레몬차를 타다 줬겠어?"

"설마, 우리 사장님이?"

"우리보다 먼저 와 계셨잖아. 게다가 레몬 냄새가 생생한 거 보니까 오늘 가져다준 게 분명한데 우리 사장님밖에 없잖아. 자기가 우리 가게에 들어와서 혼자 타서 가져가진 않았겠지. 그건 정말 아니다, 그치? 그 아가씨 우리 가게에 온 적도 없어."

"그건 그러네."

미진과 영희는 구석에 모여 천명을 쳐다보았다. 둘이 무슨 사이일까?

"둘이 우리 사장님은 왜 그렇게 살펴? 마음에 있기라도 한 거야?"

"어머!"

언제 왔는지 창식이 들어와 가방을 싱크대 밑 사물함에 넣고 있었다.

"아니요. 오빠, 우리 사장님하고 연지네 집 아가씨하고 뭐가 있기는 있나 봐."

"그건 왜?"

"내가 '연지네 집'에 가서 물건을 사는데 방금 가져다준 레몬차가 있었거든. 우리가 모두 출근하기 전에 이루어진 일이니까 사장님밖에 없잖아요."

"쓸데없는 말 하면 진짜 혼난다."

"어휴, 오빠도 사장님처럼 가끔 너무 무섭다니까. 말이 그렇다는 거죠. 그리고 진짜 그런 것 같다니까요."

"시끄러워. 사장님 앞에서는 절대 이상한 내색 하지 마. 진짜 큰일 나니까."

"알았어요."

미진과 영희에게 단단히 주의를 준 창식은 천명에게 갔다.

"벌써 미션을 완수하셨습니까?"

"어떻게 안 거냐?"

천명은 눈도 돌리지 않고 창식에게 물었다. 어떤 젊은 남자가 '연지네 집' 안으로 들어가는 걸 뚫어지게 살피고 있었다. 뭐라고 말하고는 연지가 보여 주는 물건을 열심히 살핀 남자는 멋쩍은 인사를 하며 가게를 나섰다. 연지가 아는 남자는 아닌 것이다.

"어젯밤 늦게 그 남자가 와서 레몬차를 시키더군요."

"뭐?"

그 남자라는 소리에 천명은 정색을 하며 창식을 마주 봤다.

"늦게까지 우리 연지 씨 가게를 보더니 올라와서 레몬차를 시켜 놓고 지금 사장님이 앉은 그 자리에 앉아 마시지는 않고 내내 테이블에 있는 십자수 작품만 내려다보다가 갔습니다."

"그 남자."

천명은 테이블에 깔린 십자수를 내려다보며 중얼거렸다.

"어제 사장님이 사진으로 보여 줬던, 주말에 연지 씨를 우울하게 만들었던 그 남자입니다."

"그렇게 다시 반복하지 않아도 알아."

"레몬차 좋아한다죠?"

"……."

"어떤 사연이 있는 건지 몰라도 우리 연지 씨, 다시 그 남자가……."

"시끄러워."

"주저하지 말고, 좀."

"구창식."

"예, 예. 아무 말 하지 않겠습니다. 이젠 그 남자가 우리 연지 씨한테 뭘 해도 말 안 할 겁니다."

무섭게 경고하는 천명에게서 멀어지며 창식이 화를 냈다. 그렇게 오랫동안 마음에 담으며 힘들어했는데 앞으로 또 그래야 할지도 모른다는 생각에 안타까웠기 때문이다. 왜 다가가지 않는 걸까? 왜 남자답게, 천명답게 연지를 품에 안지 않는 걸까? 창식은 평소의 성격대로 하지 않는 천명이 이상하고 불만이었다.

휴일 커피숍엔 손님들이 많았다. 천명은 자기 자리를 내어 주고 어딘가로 사라졌다. 창식은 돌아갔을 거라고 생각했다. 마음이 잔뜩 상해서 어딘가에서 구겨진 인상을 하고 말없이 생각에 잠겨 있겠지. 창식은 한숨을 쉬며 '연지네 집'을 내려다보았다.

"어?"

돌아갔을 거라고 생각했던 천명이 '연지네 집' 앞에 있었다.

서둘러 휴대폰을 꺼내 지난번처럼 경고를 하려고 했다. 저절로 몸이 움직일 만큼 좋아하면서 왜 참는 건지. 마지막 버튼을 막 누르려는데 천명이 문을 열고 안으로 들어갔다. 늦었다. 아니다. 차라리 잘된 걸지도 모른다. 이젠 서성이는 건 끝을 내야 해.

이미 차가워진 레몬차를 한 모금 마신 연지는 다시 손님이 오기 전에 잠깐 의자에 앉아 쉬기로 했다.

"어머, 어서 오세요."

왜 또 왔느냐고 말할 수 없었다. 커피숍 사장이 문을 열고 들어섰을 때 갑자기 익숙함을 느꼈다. 항상 왔던 사람처럼 느껴져 반갑게 다가가려고 했다. 두어 발자국 움직이고 퍼뜩 놀라서 멈추었다.

"이름."

"네?"

"내 이름, 모르죠?"

"아, 네."

"알려 주고 싶어서요."

연지는 갑자기 현기증이 났다. 레몬차 때문에 떠오른 흐릿한 과거 기억과 버무려져 아찔함을 느꼈다. 다른 사람, 다른 공간이야. 과거의 흐릿했던 그 남자처럼 사귀자는 것도 아닌데 거절할 이유가 없었다. 그때도 그 남자의 청을 거절하고 싶지는 않았는지 모른다. 아쉬움이 아직까지 기억과 함께 남아 있었으니까. 모두 있지도 않은 환상일지 모르지만 지금 남자가 이름을 언급한 순간 이번엔 거절하지 말자는 생각이 들었다.

"천명입니다."

"아."

하늘. 이것도 착각이겠지. 그래, 우연의 일치야.

"창천명."

"……혹시, 예전에, 아니, 아니에요."

예전에 만난 적이 있느냐고 물으려다 말았다. 천명의 눈길이 매섭게 느껴졌다. 마치 잊어버린 그녀를 탓하는 것만 같았다. 모르는 사람이야. 모르는 사람인데 어째서 원망하고 있다고 느껴지는 걸까? 이것도 착각이겠지.

연지는 천명의 눈길을 외면하고 그가 아침에 주고 간 레몬차를 쳐다봤다. 레몬차를 좋아한다는 건 정호를 사귀면서 알게 된 새로운 사실이었다. 천명이 레몬차를 주었다고 해서 다른 생각을 할 이유가 없었다. 그런데, 그럼에도 지금 천명이 준 레몬차가 갑자기 큰 의미로 다가왔다.

"연지."

"네?"

멍하니 다른 곳을 보고 있던 연지는 이름을 듣고 퍼뜩 정신을 차렸다.

"무슨 연지인지 모르는데."

"아, 간판에 제 이름이 있었죠. 깜짝 놀랐네요. 호연지. 호연지예요."

어색함이 연지의 입을 무겁게 했다. 겨우 이름 석 자를 말하는데 꽤나 힘을 들였다.

"호연지."

천명은 연지가 본인 입으로 직접 말하는 걸 듣고 싶었다. 불쑥 찾아와 통성명을 하는 바람에 긴장하고 있는 연지의 얼굴을 가만히 살폈다. 이번엔 작정하고 용기를 냈다. 물러설 수도 그리고 싶지도 않았다. 다시 다른 남자에게 가도록 둘 수 없으니까. 한발 늦은 그때가 되풀이된다면 이번엔 살 수 없을지도 모른다.

"어서 오세요."

천명의 존재감에 숨이 막히려고 할 때 감사하게 가게 안으로 손님이 들어왔다. 연지는 기회를 틈타 재빨리 천명의 시선에서 벗어나 손님에게로 갔다.

"제 친구가 여기서 예쁜 머리핀을 샀더라고요."

"여기 여러 종류가 있어요. 한번 골라 보세요."

"이거 다 직접 만드신 거죠?"

"네. 세상에 하나뿐이죠. 같은 건 다시 만들지 않아요."

"어머, 그럼 부탁드려도 안 돼요?"

"비슷하게 해 드릴 수는 있어요. 그렇지만 더 마음에 드는 게 있을 거예요. 똑같은 사람은 없으니까요."

"맞아요. 그 친구 머리핀이 진짜 탐이 났는데 이거 보니까 이게 더 좋은 것 같아요."

염색으로 윤기를 잃은 긴 머리에 몇 번씩 핀을 해 보던 손님은 마침내 만족스러운 웃음을 지으며 핀을 하나 샀다. 연지는 직접 만든 작은 봉투에 핀을 담아 주었다.

"안녕히 가세요."

연지는 인사를 하고 돌아서다가 깜짝 놀랐다. 아주 잠시 천명의 존재를 잊고 있었기 때문이다. 커다란 그의 몸을 작은 가게 안에서 하나도 느끼지 못했다는 게 더 신기했다. 갑자기 나타난 것처럼 불쑥 그의 모습이 눈앞을 가득 채웠다.

"여기까지 들어와 이름을 말해 주기까지 오래 걸렸습니다. 너무 오랫동안 준비를 했기 때문에 당신이 어색하고 불편해도 물러설 수가 없습니다. 스토커는 아닙니다. 놀라지 말았으면 좋겠습니다."

그의 존재를 겨우 감당하던 연지로선 천명의 말에 감정을 다스리기 힘들었다. 갖가지 생각들이 얼굴에 그대로 드러났던 건지 천명이 한발 뒤로 물러섰다.

"물건을 샀던 건, 일부러 없어도 되는 일을 만든 게 아닙니다. 그것도 오해가 없었으면 좋겠습니다. 가게에 장식할 물건은 시간이 걸려도 다 만들어 주셔야 합니다."

"저는……."

"내일, 휴일인데 약속이 없다면 과수원에 함께 가시겠습니까?"

"네? 과수원이요?"

"일한 만큼 넉넉하게 보상을 받을 수 있는 곳이라 손해는 없을 것 같은데."

천명의 눈을 마주하고 싶은데 연지의 마음과 반대로 그는 시선을 피해 밖을 바라보고 있었다. 피하고 싶을 땐 빤히 보던 그가 정작 원할 때는 자기가 다른 곳을 바라보았다. 쑥스러운 걸까? 믿기지는 않지만 그렇게밖에 해석할 수 없는 상황이었다. 그래서 바로 거절하기 어려웠다. 다른 곳도 아니고 과수원? 게다가 일을 하라고?

"크게 도움은 못 될 텐데요."

"아침 아홉 시에 데리러 가겠습니다."

"아니, 지금……. 저기 그게."

천명은 자기가 할 말만 하고는 냉큼 가 버렸다. 사람 말을 끝까지 야무지게 들어야지 어째 후딱 가 버리는 거야? 연지는 겨우 정리한 거절의 말을 꺼내지도 못하고 그를 보냈다. 보낸 것이 아니라 그가 가 버린 거지만 어쨌든 엉겁결에 약속이 정해져 버렸다. 지금이라도 커피숍에 올라가서 안 된다고 말할까?

"어서 오세요."

하지만 연지는 천명에게 거절할 말을 어떻게 전할지 고민할 시간이 없었다. 생각할 시간을 주지 않기로 했는지 손님이 평소보다 더 많이 왔다. 어렵게 정신을 차리고 손님을 맞았지만 몇 번이나 정신이 흐트러지는 바람에 다른 물건을 포장했다가 다시 하는 실수를 저질렀다. 점심도 도시락을 우연히 발견하고서야 찾아서 먹을 수 있었다.

실수로 가득한 시간이 흘러 마침내 가게 문을 닫을 시간이 왔다. 여전히 현실감이 떨어져 마지막 손님을 보내고 금방 가게를 정리하지 못했다. 자꾸만 손을 멈추고 멍하니 섰다가 다시 시작하느라 다른 때보다 시간이 오래 걸려서 가게를 정리하고 나왔다.

"연지야."

익숙한 것이 싫지만 많이 들었던 탓에 익숙한 목소리. 정호가 가로등 불빛을 받으며 서 있었다.

"……."

연지는 정호를 보고 아주 잠시 멈춘 후에 바로 다시 걸었다. 아프고 힘들게 헤어진 상대를 기운 빠지게 하는 저 아무렇지도 않은 얼굴. 미워하지도 말자. 화내지도 말자. 연지는 마음으로 계속 다짐하고 다짐하며 걸었다. 정호가 한발 떨어져 따라오고 있다는 걸 알지만 모른 척했다. 할 말도 없고 특별한 반응도 보이기 싫었다.

"연지야."

그러나 결국 끝까지 버티지 못했다.

"내가 마음 아픈 소리 없이 헤어져서 이래? 얼마나 힘들게 결정했는지 말 안 해서, 몰라서 이러는 거야? 몰라서 이런 식으로 사람 힘들게 괴롭히는 거지? 언제나 그러잖아? 몰랐다고. 모르는 게 너무 많은 거 아니야? 어디서부터 어디까지 설명하고 상세히 말해 줘야 이 이기적인 짓을 끝내 줄래? 얼마나 자세히 알려 줘야 알아듣고 이해하고 우리의 상황을 인정할래?"

이러기 싫은데, 이런 식으로 화내고 소리 질러야 알아들을까? 다시는 마주하고 싶지 않은데 왜 착각하는 걸까? 어떤 식으로 상처를 줘야 다시 시작할 생각을 접을 수 있는 걸까? 무슨 생각을 하고 사는 건지 정호의 머릿속이 너무 궁금했다. 결혼 생활 내내 궁금했는데 지금도 궁금해 미치겠다.

"난."

정호의 말이 이어지는 것이 싫었다.

"우리 이혼한 거 몰라? 난 당신하고 헤어지고 싶어서 이혼한 거야. 다시 안 만나고 싶어서 이혼한 거라고."

"난 아직도 우리가 왜 헤어져야 하는지 이해가 안 가. 아기 때문이라면……."

"그렇게 알고 있어 그럼. 아기 때문에 우리가 헤어진 거라고 알고 있어. 그걸로도 충분하잖아? 한 생명이 사라졌어. 그 충격으로 우리 둘이 헤어질 수 있는 거잖아? 그렇게 이해하고 헤어지자. 제발."

몰랐다는 걸 이해시킨다고 해도 달라질 것은 없었다. 그가 충분히 이해하고 다 알게 된다고 해도 받을 상처는 이미 다 받았고 그때의 시간은 이미 지나가 버렸다.

"헤어질 수 있어. 네가 충격을 많이 받았다는 것도 충분히 이해해. 그래서 이혼하자는 네 말에 따랐어. 이젠, 시간이 많이 흘렀으니까 그 상처 좀 아물지 않았어? 나한테 벌을 주고 싶었다면 충분히 받았어. 많이 힘들었으니까."

"그래서?"

"다시 시작하자. 힘든 시간 보냈으니까 처음과 같지 않잖아? 네가 힘들었던 거 다 개선하면서 다시 살자. 너 없이 힘들어."

"양말 챙겨 줄 사람이 없어서? 아무 신경 안 쓰고 일만 하게 해 줄 사람이 없어? 어머니는 이래라저래라 잔소리 많으신데 난 잔소리도 없으니 옆에 두기 더 편해?"

그의 다시 시작하자는 말이 다시 그때처럼 상처를 주고받자는 말로 들렸다.

"연지야."

"왜 나 없이 힘든지 궁금해서 그래. 정말 궁금해. 나 없이 뭐가 어떻게 힘든데?"

"알잖아?"

"모르겠는데? 난 하나도 모르겠어. 대체 당신이 힘들다는 그 마음은 어떤 것이 충족되지 않아서 힘든 건지 난 조금도 모르겠어."

"아침부터 밤까지 다 힘들어. 아침에 일어나서 네가 챙겨 준 밥 먹고 네 웃는 얼굴 보고 네 입맞춤 받고 회사 나가고 싶은데 그럴 수 없어서 힘들고 퇴근하고 돌아왔을 때 반갑게 맞아 주는 네 웃는 얼굴 보고 피로를 풀고 싶은데 그럴 수 없어. 밤에 널 안고 온기를 나누며 잠들고 싶은데 그것도 할 수 없어."

다시 합칠 생각은 조금도 없었지만 그래도 일말의 기대는 했다. 그가 그녀의 마음을 이해해 주길 아주 조금 기대는 했다. 그러나 역시 그는 여전히 그의 시선 안에서 나오지 않고 있었다. 이 기적이야.

"얼른 다른 여자를 찾아. 그런 거 해 줄 여자 있을 거야. 출근 준비해 주고 웃으면서 키스해 줄 여자 얼마든지 있어. 밤에 온기를 나누는 것도 물론 누구나 할 수 있는 일이야."

"아니야. 난 너하고 그러고 싶단 말이야. 너 아니면 싫어."

"믿을 수도 없고 믿고 싶지도 않아. 나여야만 한다는 그 말을 믿을 수가 없어. 누구든 지금 말한 사항을 해 주기만 하면 만족할 수 있다는 소리로 들려. 나만이 할 수 있는 일도 아니야. 나 아니면 안 되는 일도 아니야."

"난 너여야만 해."

"아직 나밖에 그렇게 해 준 사람이 없어서 그랬겠지. 어머니가 채워 줄 수 있는 사항은 언제든 어머니로 대체했잖아?"

"그게 무슨 말이야?"

"저녁에 먹고 싶은 거 말할 때 피곤한 내 얼굴 살필 생각 같은 건 없었잖아? 어머니가 먹을 거냐고 물으면 날 살피기보다 그걸 해 줄 수 있는 어머니의 말에 반응했잖아? 먹고 싶은 걸 해 주고 편안하게 해 주는 사람만 봤어. 당신 시선은 언제나 뭔가를 해 줄 수 있는 사람에게만 머물렀어."

이렇게 그에 대해 다 말해 주기 싫었다. 그에 대한 그녀만의 시선일 수 있기 때문이다. 혹시 다른 여자라면 그의 그런 행동을 좋게 받아들여 줄 수도 있는 거니까. 게다가 말하면서 과거로 돌아가는 것 같아서 아팠다. 왜 반복적으로 과거로 끌고 들어가 아프게 하는 건지 그가 원망스러웠다.

"연지야."

"어머니가 아니라 날 봤다면 피곤하고 지친 내 표정을 볼 수 있었을 거야. 이젠 좀 쉬고 싶다는 내 마음을 알 수도 있었을 거야. 날 똑바로 봤다면 말이야."

"앞으론 널 볼게."

"됐어. 사람은 말로 바뀌지 않아. 그랬다면 난 어머니의 잔소리에 바뀌어서 천하에 둘도 없는 강하고 일 잘하는 무적의 며느리가 되어 있어야 해. 그렇지만 난 변하지 않았어. 심지어 그런 요구에 맞추기 힘들어 도망까지 쳤잖아?"

바뀌지 않아. 그때 몰랐으면 나중에도 모르는 것투성이일 거야.

아니, 바뀌길 바라지 않아. 그를 바꿔서 다시 살고 싶을 만큼의 의지도 마음도 없으니까.

"널 살펴 주지 않아서 미안해. 그건 내가 부족해서 그래. 이젠 알았으니까 널 살펴 줄 수 있어."

"나도 그것 때문에 헷갈렸고 고민했어. 말하고 조정하면 변할 수 있는 건데 그냥 이렇게 끝내도 되는 걸까 하고. 그런데 길지 않은 결혼 생활이지만 그래도 짧지 않은 그 시간을 지내면서 당신의 모습을 다시 기억하면서 확신했어. 당신은 처음부터 그런 사람이었고 앞으로도 그런 사람일 거라는 걸."

"그게 무슨 소리야?"

"사람은 잠시 실수를 할 수는 있어. 그렇지만 본성은 바뀌지 않아. 당신은 배려하기보다 배려를 받아 왔고 주변을 살피기보다 주변에서 알아서 맞춰 주는 환경에 익숙해. 버릇처럼 당신 삶에 깊이 그런 삶의 방식이 배어 있어서 그걸 고치는 건 불가능해."

그걸 깨닫는 데 꽤나 큰 희생이 따랐다. 그에 대해, 또 그녀 자신에 대해 깊이 생각해 보는 시간을 갖게 되기까지 너무 험난했다.

"그런 건 없어. 누구나 변할 수 있고 그래야 하잖아? 나도 마찬가지야. 처음 한 결혼이었고 처음 다른 사람과 한 가족으로 살게 되었어. 모르는 게 많은 건 당연한 것이고 익숙하지 않은 것도 당연한 거야. 모르는 게 많지만 고치고 싶은 마음만 있다면 변하게 돼."

"맞아. 나도 처음 한 결혼이었고 처음 낯선 사람들과 한 가족으로 살게 되었어. 모르는 게 많은 건 당연한데 어느 누구한테도 그 당연함을 배려받은 적이 없었어. 익숙하지 않고 다른 게 너무 많은데 그걸 인정받은 적도 없었어."

"미안해. 이제 다 고칠게. 이제 알았으니 서로 배려하고 인정하면."

"그러고 싶지 않아. 그럴 마음이 난 없어. 지치고 힘들고 억울해서 못 하겠어. 그러니까 가능하지 않아. 나한테는 당신하고 다시 뭘 하고 싶은 마음이 하나도 남지 않았으니까."

연지는 더 이상 마음이 후벼지는 고통을 느끼고 싶지 않았다. 쳇바퀴를 도는 어리석은 짓을 하고 싶지 않았다. 정호에게서 돌아서 가려던 길을 갔다. 차가운 바람이 느껴지지 않을 만큼 가슴이 차갑게 식었다. 그걸 알았는지 아니면 알아들은 건지 정호는 더 이상 따라오지 않았다.

집에 돌아온 연지는 굳어 버린 표정 그대로 불도 켜지 않고 의자에 앉아 한참을 있었다. 결혼하기로 결정했을 땐 할 수 있는 건 다 해 주려고 했다. 행복하게 해 주고 싶었는데 그러지 못했다. 결국 아무것도 해 주지 못한 채 상처만 남기고 도망을 쳐 버렸으니까.

참을 수 있을 줄 알았고 참으려고 했는데 그럴 수 없었다. 한계가 어디까지인지 몰라 마지막까지 몰아간 자신을 용서할 수가 없다. 중간에 얼른 포기하고 엎어졌어야 했는데, 그랬다면 이렇게 차디차게 마음이 식지 않았을 텐데.

이기적인 건 정호가 아니라 자신일지도 모른다. 손 내밀 줄 모르고 주저앉을 줄 몰라서, 아니 그러고 싶지 않아서 끝까지 견뎌 보다가 마지막에 모두에게 상처를 주고 포기해 버린 자신이 가장 이기적인 사람일 것이다.

결혼하는 모든 사람들이 결심하듯 좋은 아내, 좋은 며느리가 되고 싶었다. 칭찬받으며 사랑받으며 감사하며 기쁘게 함께하고 싶었다. 그걸 이루고 싶어 노력했고 희망도 가졌다. 그러나 결국 그 어떤 것도 이룰 수 없다는 걸 받아들여야 했을 땐 너무 아팠 다.

누군가를 원망하는 것도 힘들고 자신을 비난하는 일도 힘들다. 이혼 후에 남과 나를 동시에 비난하는 시간을 견뎌 내기 가장 힘들 었다. 정호가 제발 그런 시간을 더 많이 만들지 말았으면 좋겠다. 원망하는 것도 자책하는 것도 힘들고 지쳐서 하고 싶지 않았다.

"후."

의식하지 못하고 눈물을 흘리다 힘이 들어서 한숨을 쉬었다. 떨어져 내리는 눈물을 대충 닦아 내고 의자에 기댔다. 이런 시간 을 가질까 봐 하루 종일 고되게 일했다. 아무런 생각 없이 지쳐서 쓰러져 잠드는 날이 가장 감사했으니까.

"졸려."

고되게 일하는 것보다 우는 게 더 힘든가 보다. 현기증이 날 만 큼 기운이 빠졌다. 가끔 울고 싶을 땐 참지 말아야겠다. 마지막까 지 울고 나면 지쳐 쓰러져 잘 수 있을 테니까. 천천히 일어나 욕 실로 들어가 씻었다. 씻고 나와 침대에 누우니 이상하게 개운하다 는 느낌이 들었다.

눈도 뜰 수 없을 만큼 모든 기운이 다 소진된 몸과는 달리 가슴은 새로 피어난 새싹처럼 생생함을 느꼈다. 정호에게 가슴에 담았던 말을 쏟아 내서 그런 건지 바닥까지 긁어내며 울어서 그런 건지 이유는 정확히 모르겠지만 뭔가 더럽고 괴로웠던 것이 빠져나가 비워지고 치워진 느낌이 들었다.

"아침 아홉 시에 데리러 온다고 했는데 우리 집을 어떻게 알고?"

갑자기 생각난 천명. 무작정 약속을 하고 나가 버린 탓에 이런 황당한 일이 벌어진 것이다. 어디 연락할 곳도 없고 난감했다. 자기 잘못이니까 멋대로 기다리면서 고생 좀 하라지. 그러나 그런 생각은 일 초 이상 가지 못했다.

시간을 보니 자정이 다 되었다. 정호와 만나고 온 후 꽤나 오랫동안 울고 있었던 것이다. 커피숍에 갈 시간이 지났으니 마지막 기회는 사라졌다. 아침에 다시 가게로 가야 하는 건가? 가게로 데리러 오겠다고 한 걸지도 모른다. 좀 어이없고 웃기는 일이지만 당황해서 그렇게 생각하고 가 버렸는지도.

가게에 가서 없으면 할 수 없는 거지. 마지막까지 방법을 쥐어짜다가 결국 포기하고 유일한 방법에 의지하기로 했다. 정말 할수 없는 거지 뭐. 너무 졸려서 억지로 정리하고 끝냈다. 기운을 마지막까지 다 써서 기발한 방법이 생긴다고 해도 지금 그걸 할힘이 없었다. 기절하듯 잠이 들었다.

연지는 정신없이 자고 일어났다. 그렇지만 간밤의 치열하고 후

련했던 시간이 고스란히 드러났다. 퉁퉁 부은 눈과 얼굴이 그랬다. 잘 자고 일어난 몸치고 꽤나 무겁다는 생각을 하며 거울을 본 순간 얼마나 놀랐던지. 시계를 보니 부은 눈을 위해 조치를 취할 시간이 없었다. 그냥 가지 말까 하는 생각이 수없이 들었다. 어차피 약속 장소도 분명치 않았으니 그 핑계로 안 나가면 여러모로 좋다는 생각에 꾸물거렸다.

"진짜 신경 쓰이네. 하필 오늘. 못 살아."

끝까지 견디지 못하는 자신을 비난치 않으려 애를 쓰며 옷을 입었다. 과수원에 일하러 가는 거니까 편한 청바지에 후드티셔츠를 입었다. 도톰한 겉옷을 입고 지갑을 주머니에 쑤셔 넣었다. 머리는 부은 얼굴과 눈두덩에 어울리게 부스스했다. 모든 것이 최악이었다.

"선보는 것도 아닌데 뭐가 어때서. 일꾼이 이만하면 됐지 뭐."

꽤나 호방한 척했지만 현관을 나설 때는 다시 한숨이 나왔다. 이제 가게로 뛰어가야 했다. 지금 막 정류장을 떠난 마을버스를 다시 기다리는데 시간이 다 지나갈 것 같았다. 두 정거장이니 뛰면 더 빨리 도착할 수도 있었다. 버스 시간을 다시 확인하고 뛰려고 막 몸을 돌렸을 때였다.

"연지!"

"어!"

뒤에서 이름이 들려 돌아보니 조금 떨어진 곳에서 천명이 빠르게 걸어오고 있었다. 얼마나 놀랐던지. 연지는 지금 몰골이나 상태를 다 잊고 뛰어서 그에게 갔다.

"지금 가게로 가려고 했어요. 만나기로 시간만 정하고 장소를 정하지 않았잖아요. 여긴 어떻게 오셨어요?"

"이 근처가 집이라서 가끔 연지 씨 봤습니다."

"어머, 세상에. 그럼 우리 집 근처로 온다는 소리였어요?"

"그랬습니다."

"전 그런 것도 모르고 어제 밤새 고민했단 말이에요."

"그래서 잠을, 못 잔 겁니까?"

"네? 아, 뭐, 눈 많이 부었죠? 이래서 안 가고 싶었는데 연락할 데도 없고."

처지를 깨달았지만 늦었다. 연지는 머리를 몇 번이나 손가락으로 빗어 넘기며 투덜거렸다.

"하하하. 과수원에 가다 보면 다 가라앉을 겁니다."

"일할 때 모자 좀 얻어 주세요. 아주 깊이 눌러쓰고 조용히 과일이나 따야겠어요."

천명의 시원한 웃음소리가 마음을 편안하게 해 주었다. 연지는 편안해진 마음에 웃음을 되찾았다.

"일단 차에 탑시다. 아침도 먹고 비행기도 타야 하니까 바쁩니다."

"네? 비행기를 타요?"

"아직 겨울인데 어느 과수원에 과일이 달렸겠습니까?"

"없겠죠. 그런데 과수원에 가자고 하셨잖아요?"

"제주도 감귤 농장입니다."

"네?"

"갑시다."

"아니, 저기, 비행기로 일하러 간다니 뭐가 어떻게 되는 건지 모르겠네요."

항의를 해야 하는 건지 아니면 질문을 해야 하는 건지 헷갈렸다. 앞서 걷는 천명을 따라 부지런히 발을 놀리느라 반쯤 생각이 엉켰다. 그가 타라는 차는 버스 정류장과 그리 멀지 않은 곳에 있었다. 차 문을 열어 주기에 얼른 안으로 들어가 앉았다. 차는 공항으로 출발했다.

"아침 안 먹었죠?"

"안 먹었어요. 끝까지 안 나오려고 버티다가 나중엔 늦어서 서둘렀거든요. 그나저나 지금 비행기 타고 가면 일은 얼마 못 할 텐데."

"퉁퉁 부은 눈을 보면 정상참작을 많이 해 줄 것 같습니다."

"그렇게라도 써먹을 수 있으면 고마운 거죠."

공항에서 간단하게 아침을 먹고 비행기를 탔다. 한 시간 후에는 제주도에 도착했고 공항에서 차를 타고 어딘가로 한참을 달렸다. 주머니에 지갑을 쑤셔 넣고 나온 연지는 지갑을 꺼내 쓸 기회를 얻지 못했다. 품삯에 포함되어 있으려니 하면서 편안하게 생각하려고 했다.

감귤 농장까지 가는 길이 좋았다. 쌀쌀한 공기가 맑았고 하늘도 파랬다. 차창 밖으로 보이는 풍경에 넋을 놓고 구경하느라 지루한 줄도 몰랐다.

"거의 다 왔습니다."

"차비가 너무 많이 들었어요. 배보다 배꼽이 더 커요."

"만나고 싶은 분이 계셔서 배꼽을 많이 키운 겁니다."

"그래요?"

"식사는 확실히 책임질 수 있으니 그걸로 잊어 주면 좋겠습니다."

"밥을 먹어 봐야 책임지신 건지 알 수 있으니까 나중에 계산해야겠네요."

"하하하. 긴장하고 준비하겠습니다."

이국의 경치가 펼쳐지면서 커다란 비닐하우스들이 다닥다닥 붙어서 서 있는 곳이 보였다. 깨끗하게 관리가 되어 비닐하우스들이 경치에 적극 참여하고 있는 듯했다. 연지는 천명의 시원한 웃음을 들으며 주변을 다시 살폈다. 천명은 누굴 만나러 온 걸까?

탁.

주차장에 차를 세우고 내렸다. 문이 닫히는 소리를 듣기라도 한 것처럼 모자를 쓰고 작업복을 입은 중년의 남자가 서둘러 다가왔다.

"오셨습니까?"

"예."

연지는 서로 예의 바르게 인사를 나눈 두 사람을 보며 언제 어떻게 인사를 해야 할지 고민했다.

"지금 일하고 계십니까?"

"예. 기다리고 계십니다."

"여긴 호연지라고 합니다. 연지, 이분은 이 농장에서 제일 높은 분이십니다."

"안녕하세요."

"아, 예. 제가 제일 높은 사람은 절대로 아닙니다."

멋쩍은 웃음을 지으며 연지의 인사를 받은 중년의 남자는 천명에게 하듯 연지에게도 깍듯하게 대했다. 연지는 불안해지기 시작했다. 생각하고 기대했던 상황과 거리가 한참 멀어진 것 같아서였다. 천명의 얼굴을 올려다봤지만 그는 어딘가 있다는 그분을 만나기 위해 앞장섰다.

"저기."

천명 씨라고 부르기도 어색하고 사장님이라고 부르기도 어색했지만 연지는 그를 불러서 뭐라도 물으려고 시도했다. 그러나 미적거리다 시간을 놓친 것인지 연지의 말은 완성되기도 전에 끊어졌다.

"선생님."

비닐하우스 안으로 들어서자마자 보게 된 머리가 하얗게 센 사람에게 천명이 선생님이라 부르며 다가갔다. 연지는 혹시나 하며 불안으로 예상했던 호칭이 아니라 마음이 놓였다. 천명이 자기 가족들이 있는 곳에 온 건 아닐까 하는 생각에 불안하고 곤란해하고 있던 참이었기 때문이다. 괜한 착각이 미안하고 부끄러워 천명을 제대로 볼 수가 없었다.

공주병이 심각한가 보다. 천명이 몇 번 만난 앞집 여자를 왜 가족들에게 소개해 주려고 하겠는가? 실패한 결혼에서 아직도 교훈을 얻지 못한 것이 분명했다.

"아, 어서 와라. 어서 와."

반갑게 천명을 맞이하는 선생님과, 천명을 뒤따라오던 연지의 눈이 마주쳤다.

"어서 와요. 우리 천명이와 함께 와 준 겁니까?"

"네. 호연지라고 합니다."

"아, 그래. 연지. 바로 그 연지로구먼. 우리 천명이가."

"선생님, 어제 서로의 이름을 알자마자 오늘 바로 데려왔습니다."

천명이 뭔가를 말하려던 선생님의 말을 막았다. 선생님은 천명의 말을 듣더니 놀란 얼굴로 연지를 다시 보았다.

"천명이 실례를 했습니다. 그저 편안하게 있다가 가세요."

"네."

진심이 느껴지는 선생님의 말에 더 당황한 연지는 기어들어 가는 소리로 겨우 대답하고 다시 천명을 보았다. 그러나 이번에도 천명은 연지를 보지 않았다. 도대체 이 상황이 어떤 상황인지 정말 궁금했는데 물어볼 기회를 얻을 수 없었다.

"선생님, 오늘 연지하고 저하고 일하러 왔습니다. 밥만 맛있게 해 주시면 열심히 하겠습니다."

"아, 그래. 마침, 품종개량 중인 귤이 익었으니까 그걸 따 줘. 먹어 본 후에 품평도 해 주고. 연지는 맛있으면 많이 가져가도 됩니다."

"네. 말씀 놓으세요."

"그럴까? 이리 와 봐."

천명과 연지는 선생님을 따라 하우스 안으로 깊이 들어갔다. 더위가 느껴져 연지는 눈치를 보면서 겉옷을 벗었다. 즉시 천명이 연지의 겉옷을 달라고 하더니 자기 겉옷과 함께 하우스 중간에 플라스틱 박스가 쌓여 있는 곳에 놓아 주었다.

"여기서부터 저 끝까지 그 귤이니까 잘 익은 것들로 따서 먹어 봐. 난, 점심을 준비하러 가야겠어. 일꾼들 배를 채워 줄 의무가 있으니 말이야."

선생님은 연지와 미소를 나눈 후 감귤 나무 사이로 사라지셨다.

"장갑 끼고 날 따라와요."

천명이 준 장갑을 끼고 가위를 받아 들었다. 귤나무 사이에 천명과 나란히 섰다.

"이게 잘 익은 겁니다. 이런 걸 이렇게 잘라서 따면 돼요."

연지는 진짜 일을 하게 되자 집중했다. 일을 하려고 온 그 명분에 맞추고 싶었다. 아니면 자꾸 이상한 생각이 들어서 혼란스러웠기 때문이다. 키가 큰 천명은 연지에게 맞춰 주려고 몸을 조금 숙였다.

"이걸 이렇게."

"잘 안 보여요."

그가 말한 귤을 자세히 살피려고 가까이 갔지만 나뭇가지가 가로막아서 제대로 보이지 않았다. 천명이 더 가까이 다가왔다.

"이건 보입니까?"

"네."

천명이 뒤에 바짝 붙어 연지의 눈앞에 귤을 찾아 보여 주었다. 연지는 나뭇가지와 나뭇잎 사이로 얼굴을 들이밀고 그가 잡은 귤에 집중했다. 어떻게 하는 건지 자세히 보고 난 후 몸을 돌리려는데 뭔가가 사방으로 막고 있었다. 천명의 두 팔과 가슴이 그녀를 품고 있었다. 이런 자세로 귤을 보고 있었는지 몰랐다.

"바구니에 담으면 되는데 무거우니까 조금씩 담아 날라요."

"아, 네."

이번에도 연지는 오래 당황하지 않았다. 천명이 시간차를 두고 멀어졌기 때문이다. 괜한 오해와 착각은 아까 선생님을 만났을 때 끝내야 했는데 여전히 작은 일에도 두근거리는 가슴이 원망스러웠다. 도둑이 제 발 저리듯 미안함에 일을 열심히 하려고 노력했다.

"이제 그만합시다. 시장에 내다 팔 게 아니니까 너무 많이 딸 필요 없어요."

"네."

연지는 할 일이 없어진다는 사실에 기쁜 것이 아니라 두려웠다. 아직도 가슴은 진정되지 않았는지 천명의 목소리와 모습에 다시 두근거렸다. 마음과 생각과 상관없이 두근대는 가슴 때문에 불안하고 초조했다. 결국 천명을 마주 볼 일이 없기만을 바라게 되었다.

"연지."

"네?"

갑자기 천명이 불러 세우더니 다가왔다. 그의 시선은 너무 곧

앉고 그래서 피할 수가 없었다. 두근거림이 다시 느껴지면서 불안해졌다. 고개를 돌려야 해. 마음으로 명령을 내리며 그를 보지 않기 위해 고개를 돌리려고 했지만 몸은 천명의 시선에 잡혀 꼼짝하지 못했다.

"놀라지 말고."

"네, 네?"

"움직이지 마."

연지는 여러 생각과 감정에 휩쓸리느라 그가 갑자기 말을 놓았다는 걸 깨닫지 못했다. 정확히 그녀를 바라보며 점점 다가오는 그를 최선을 다해 감당하고 있었다. 움직이지 말라는 그의 목소리에 다른 뜻이 있는 것처럼 느껴졌다.

"……버, 벌레예요?"

벌레이길 얼마나 다행인가! 아무리 흉한 벌레라도 인사하고 싶었다.

"위험하진 않아. 그냥 좀, 징그러울 뿐이야. 눈을 감아."

천명의 말에 눈을 감았다. 바라던 바였다. 눈을 감고 천명을 보지 않으니 가슴도 머릿속도 진정이 되었다. 감은 눈 안으로 어둠이 덮일 만큼 바짝 다가온 천명이 느껴졌지만 이젠 가슴이 뛰거나 말도 안 되는 상상이 되진 않았다.

"됐어요?"

머리에서 그의 손길이 느껴지는데 좀 시간이 길어지는 것 같아 물었다.

"머리카락 속으로 들어가서 좀."

"놓치지만 마세요."

침묵의 대답을 듣고 연지는 기다렸다. 이젠 머리카락 속을 움직이는 그의 손길도 느끼지 못했다. 어디로 갔는지 찾고 있는 걸까? 어떤 동작도 느껴지지 않는 짧은 시간을 보냈다.

"찾았어."

"아, 네. 다행이네요. 이제 눈 떠요?"

"아니, 아직. 됐어."

눈을 떴을 때 천명의 등을 볼 수 있었다. 벌레를 잡아서 나무에 놓아줬나 보다. 이상하게 그와의 사이에 있는 공간이 크게 느껴졌다. 돌아선 그의 등이 그런 느낌을 주는 걸까?

"하나 먹어 봐. 선생님한테 가기 전에 할 말을 생각해 두면 좋으니까."

"그렇겠네요. 껍질도 잘 까지고, 음, 속껍질도 부드럽고 얇아서 깨물 때 기분이 좋아요. 맛있다. 달콤하기만 하면 질리는데 상큼한 신맛이 느껴져서 좋아요. 아주 조금이지만 그런 신맛이 또 먹고 싶게 만드는 것 같거든요."

천명이 말을 놓고 있다는 걸 깨달았을 땐 이미 많이 듣고 난 후였고 그에게 말을 놓지 말라고 말할 이유와 적절한 때를 찾지 못했다. 그의 말투가 단정해서 그런 것인지 그녀를 깔보거나 다른 부정적인 느낌은 받을 수 없었다.

"여기 취직해도 되겠는데?"

"귤을 좋아해서요."

"먹을 만큼 가져가."

"가방 안 가져왔어요. 이럴 줄 알았으면 큰 여행 가방 가져오는 건데."

"작은 박스에 담아 달라고 하면 돼."

"왜 작은 박스예요? 이왕이면 큰 박스로 해 주지."

"새것으로 자주 먹는 게 좋으니까."

연지의 혼란스러운 생각을 알았는지 천명이 몸을 돌려 앞장섰다. 장갑을 벗고 겉옷을 챙겨 든 그의 뒤를 따라 따뜻한 비닐하우스를 나왔다. 겉옷을 받아 입으려는데 천명이 뒤에서 옷을 입혀 주었다. 차가운 바람이 아무렇지도 않은지 천명은 자기의 겉옷을 한 팔에 걸치고 그대로 걸었다. 높고 큰 비닐하우스촌을 지나자 깔끔하게 정리된 돌담길이 나왔고 좁고 긴 그 길을 따라 조금 걸으니 크고 작은 나무들 사이로 유럽식 이 층 주택이 보였다.

"와, 예쁘다."

"돌아가신 사모님이 원하시는 대로 선생님이 다 해 주신 결과지."

"돌아가셨어요?"

"몇 년 됐어. 홀로되신 후부터 일을 더 많이 하셔."

천명의 깊은 그늘이 느껴져 연지는 입을 다물었다. 사모님이 돌아가신 것을 선생님만큼이나 가슴 아파하고 있는 것 같았다.

"아, 참. 점심 식사 여러 사람들과 함께 해야 하는데 괜찮겠어?"

"여기 농장 식구들과 다 함께 하는 거예요?"

"불편하면 다른 곳에서 먹으면 돼."

"아니에요."

절대. 이것도 감사한 일이다. 오해와 착각을 완전하게 막아 주는 상황이니까 말이다. 천명을 의식하지 않을 수 있다면 뭐든 감사했다. 안심이 돼서 그런 건지 없던 시장기가 느껴졌다. 연지는 긴장을 완전히 풀고 예쁜 집으로 들어갔다.

"이리 와서 앉으세요."

아까 만났던 제일 높으시다는 아저씨였다. 편안한 웃음을 지으며 홀로 개조된 거실의 한편으로 안내했다. 연지는 지나치며 눈이 마주치는 사람들에게 다 인사를 했다. 실수한 걸까? 연지는 문득 함께 식사하는 일이 그리 좋은 것 같지 않다는 생각이 들었다. 식구들처럼 느껴지는 분위기 때문이었다.

"저도 움직여야 할 것 같은데."

연지는 자리에 앉으려다가 다시 일어섰다. 식탁을 차리는 사람이 따로 있는 것이 아니라 모두가 함께 움직였기 때문이다. 아무리 손님이지만 가만히 앉아서 상을 받아먹을 수는 없었다.

"내가 할 테니 앉아 있어."

"아니에요. 같이 해요."

천명과 연지는 자리에 겉옷을 두고 주방과 식탁으로 움직이며 상 차리는 일을 도왔다. 상이 다 차려지는 동안에도 내내 인사하느라 더 바빴다. 모두가 한 마디씩 묻고 대답하면서 시간이 후딱 지나갔다. 선생님과 함께 앉아 식사를 시작했다.

"맛이 있어야 할 텐데."

"맛있어요. 정신이 하나도 없는 이런 때에도 맛있다면 정말 맛있는 거죠."

연지의 명랑한 대답에 선생님은 기분 좋게 웃었다. 시작처럼 마침도 정신이 없기는 마찬가지였다. 다 먹은 그릇과 반찬들을 치우고 설거지를 한다 만다 실랑이를 하다가 겨우 집을 나왔다.

"피곤할 텐데 좀 쉬자."

"따뜻한 평상에 뻗고 싶어요."

낯선 곳에서 낯선 사람들을 만나느라 지친 연지는 솔직하게 말했다. 한 일은 아무것도 없는데 피곤했다. 어젯밤 때문일지도 모르고 하루 종일 착각과 오해 속에 긴장하고 불안해한 탓도 있을 것이다. 당장에 아무것도 따지지 않고 자고 싶을 만큼 지치고 힘들었다.

"딱 좋은 곳이 생각났어."

천명은 자신 있게 앞섰고 연지는 그의 뒤를 따랐다. 선생님한테 인사도 없이 가는 건 아니겠지? 천명이 차를 타고 농장을 나오는 바람에 잠깐 그런 생각이 들었다. 아니겠지. 다시 멋진 풍경을 보게 됐지만 피곤한 연지는 올 때처럼 즐길 수 없었다. 오히려 차 안의 따뜻함과 적당한 진동 때문에 잠이 몰려들었다. 몇 번이나 짧게 졸다가 깨기를 반복하는 동안 어딘가에 도착했다.

"어? 바다네?"

"여기서 잠깐 쉬었다가 가자."

반쯤 잠긴 눈에 시원하게 트인 바다가 보였다. 바다를 끼고 높은 곳으로 오르던 차가 멈추었다. 단층짜리 모던한 집이었다.

"여긴."

"아는 사람 집인데 아무도 없어. 농장보다는 여기가 잠깐 쉬기엔 좋은 것 같은데."

"그건 그러네요."

천명의 말을 반대할 수 없었다. 농장엔 열심히 일하는 사람들이 많아서 잠깐이라도 마음 놓고 쉴 수 없을 것 같았기 때문이다. 머리와 몸이 무거웠다. 연지는 별다른 생각을 할 만큼의 기운도 남지 않았다.

쉴 수 있다는 그 생각 하나만 가지고 그를 따라 안으로 들어가서 보니 남은 생각까지 사라졌다. 바다를 향한 커다란 유리창이 마치 벽이 없는 것처럼 느껴지는 공간이었다. 낮은 소파가 크고 길게 바다를 향해 놓여 있었다. 다른 곳을 둘러볼 여력이 없는 연지는 소파에 털썩 주저앉았다.

"후."

천명이 보이지 않으니 몸이 더 늘어져서 기어이 소파에 기대어 누워 버렸다. 긴 한숨을 쉬고 눈까지 감고 나니 뭘 생각할 것 없이 잠이 왔다. 쉬라고 혼자 두고 가 버렸는지도 몰라. 피곤함에 몰린 연지는 안일한 생각으로 잠들었다.

"연지."

집 안의 온도를 맞추고 뭐라도 마실 것이 없나 주방을 살피고 나온 천명은 소파에 쓰러져 잠이 든 연지를 보았다. 하우스 안에서 눈을 감은 연지를 마주하고 있었던 때가 생각났다. 벌레는 정말 있었다. 그러나 금방 날아갔다. 날아가고 없는 벌레를 핑계로 연지의 머리를 만지고 감은 눈을 한 그녀를 아주 가까이서 한참 볼 수 있었다.

희미한 파도 소리에 정신을 차린 천명은 담요를 가져다 연지를 덮어 주었다. 조용한 음악을 틀고 그녀가 잘 보이는 자리에 안경을 벗고 앉았다. 지금 이 시간만큼은 하우스에서처럼 억지로 상황을 만들지 않아도 연지를 마음껏 바라볼 수 있었다. 이런 시간마저도 얼마나 바라고 기다렸는지 모른다.

"오래 기다렸어."

천명은 작게 중얼거리며 팔을 뻗었다. 그러다 연지를 만지려던 손을 거두어 팔짱을 끼었다. 오랜만에 가진 소중한 시간을 망칠 수 있는 어떤 것도 하지 않을 작정이었다. 파도 소리와 음악 소리가 섞여 둘의 시간과 공간을 세상과 분리시켰다.

3

눈을 뜬 연지는 빛이 많이 늘어진 창밖을 보았다. 누워서 보는
그곳에는 하늘이 가득했다. 다른 어떤 것도 없이 하늘이 연지의
시야를 꽉 채웠다.

'오래 기다렸어.'

꿈에서 들었던 말이 생각났다. 얼굴은 생각나지 않는데 어디선
가 들었던 목소리. 아닐 거야. 설사 꿈에서 들었던 말의 주인공이
그가 맞는다고 해도 하루 종일 했던 당치 않은 착각에 이어진 꿈
이 분명했다. 그러나 가슴은 진짜 들었을 때처럼 두근거렸다.

천명.

눈만 뜨고 움직이지 않는 이유는 꿈으로 인해 두근거리는 가슴

때문이 아니라 지금 어디에 있는지, 어쩌다 이렇게 있게 된 건지를 모두 깨달았기 때문이다. 피곤해서 천명이 데려다준 곳에서 그대로 잠들었는데 깨어나니 아무 데서나 태평하게 잘 수 있는 자신이 생각 없는 사람처럼 느껴져 부끄러웠다. 어딘가 있을 천명을 어떻게 대해야 할지 몰라 움직이고 싶지 않았다.

"마실 것 좀 줄까?"

"어?"

근처에 없다고 생각했던 천명의 목소리가 선명하게 머리 위에서 들려 깜짝 놀랐다. 손가락도 까딱하지 않고 자는 척 가만히 있었던 것이 들킨 건 아니겠지? 고개를 소리 나는 쪽으로 돌려 보니 낮은 소파의 등받이에 턱을 괴고 내려다보는 천명과 눈이 마주쳤다. 아주 가까웠는데 그가 말하기 전까지 그가 곁에 있다는 걸 조금도 느끼지 못했다.

"지금, 몇 시예요? 여기가 어딘지 잠깐 잊었어요."

연지는 천명과 마주친 눈을 피하고 언제 덮어 준 건지 모르는 담요를 밀어 내며 일어나 앉았다. 민망하고 어색해서 머리만 몇 번씩 쓸어 넘겼다. 내려다보던 천명은 연지의 움직임에 자연스럽게 소파에서 떨어져야 했다. 연지는 창밖을 다시 보았다. 소파에 앉아서 커다란 거실 창을 보니 바다가 보였다. 반은 하늘, 반은 바다였다.

"내가 너무 피곤하게 한 것 같아 미안해."

"아니에요. 오늘 피곤한 건 없어요. 다 어제 잠을 못 자서 그런 거예요."

몇 번이나 얌전한 머리를 귀에 걸던 연지는 집 안에 천명과 단둘이 있다는 사실을 크게 느꼈다. 그게 왜 이제야 크고 중요하게 느껴지는 건지는 한심했지만 가만히 자리에 앉아 있을 수 없을 만큼 부담스러웠다. 이 집에 들어오기 전에 먼저 느끼고 생각했어야 했던 문제였다. 이 집에서 나갈 때까지 이런 한심한 상태를 천명에게 들키지 않기만을 바랐다.

"서울로 돌아가려면 지금 떠나야 하지 않아요?"

연지는 참지 못하고 소파에서 일어났다.

"저녁은 먹고 가야지. 선생님도 그렇게 알고 준비하고 계실 거야."

"아, 맞다. 선생님."

"나가자."

연지가 하고 싶던 말을 툭 던진 천명은 소파 위의 담요를 정리하고 의자도 정리했다. 연지는 천명이 들어다 놓은 의자의 위치에 놀랐다. 설마. 아니야. 고개를 돌리자마자 마주친 천명의 얼굴. 의자가 놓여 있던 곳은 소파 뒤였다. 편안한 자세로 고개를 걸치고 그녀를 내려다볼 수 있는 자리였다. 자는 동안 내내 거기 앉아 내려다보았다고?

천명을 따라 밖으로 나오는 동안에 복잡한 머릿속을 정리하려던 연지는 세워 둔 자동차를 살피던 아주머니와 마주쳤다.

"사장님, 연락도 없이 오셨어요?"

"잠깐 들렀다가 가는 겁니다."

"그래도 오실 땐 연락하세요. 회라도 한 접시 먹고 가면 좋잖아요."

"예. 다음엔 꼭 연락드리겠습니다."

아주머니의 등장에 조금 당황한 건지 안경을 고쳐 올린 천명은 연지를 슬쩍 보았다. 연지는 천명의 그런 행동에 더 마음이 쓰였다. 뭐라 말하기 어려워 연지는 아주머니에게 소리 없이 고개를 숙이며 인사했다. 인사를 받자마자 아주머니도 고개를 숙였다. 여기저기 모두 천명에게 하듯 그녀에게도 깍듯했다.

"다음엔 꼭 연락 주세요, 사장님."

"예. 안녕히 계십시오."

"안녕히 가세요."

연지는 다시 소리 없이 인사하고 차를 탔다. 묻고 싶은 것도 많았고 하고 싶은 말도 많았지만 차를 타고 다시 농장으로 돌아가는 동안 입을 다물었다. 천명도 그런 연지를 이해한 건지 침묵했다. 밖의 풍경에 눈을 두고 있었지만 다른 생각에 잠겨 있던 연지는 농장에 도착했는지도 몰랐다.

"다 왔어."

"아, 예."

천명이 주차를 하고 도착했다는 말을 해서야 겨우 정신을 차린 연지는 차에서 내렸다.

"난 잠시 가 볼 곳이 있는데 어디 들어가 있겠어?"

"어디에 갈 건데요?"

"사모님한테."

"아, 네. 함께, 함께 가면 안 돼요?"

이곳에 오려는 목적이 다른 무엇이 아니라 순수하게 돌아가신 사모님을 추모하기 위한 것이 아니었을까? 연지는 불편하게 자신을 누르던 생각들과 감정들이 부끄러웠다. 누군가를 추모할 때 혼자 가기 힘들어서 주변 누군가에게 청할 수도 있는 거 아닐까? 그런 거라면 방금 전까지 복잡하게 머리를 채우고 헤집던 생각들을 단번에 털어 낼 수 있었다.

"그러자."

천명은 안경을 고쳐 올리며 연지를 잠시 내려다보았다. 뭔가 할 말이 있는 것 같아 그의 눈길을 피하지 않고 마주 올려다보았다. 두근거리는 심장이 잠깐의 침묵을 깨고 연지를 불편하게 했다. 잠깐의 시간이지만 천명의 시선을 견딜 수 없었다. 결국 참지 못하고 입을 열려는 순간 천명이 몸을 돌렸다.

나지막한 언덕 위에 그리 크지 않은 나무가 몇 그루 심어져 있었고 잡초도 없이 주변은 잘 정리가 되어 있었다. 천명을 따라 오르던 연지는 그가 멈추었을 때 주변을 둘러보았다. 이곳에선 아래에 있는 선생님의 예쁜 집이 잘 보였다. 생각했던 산소가 아니었지만 그와 비슷한 공간이라는 걸 알 수 있었다.

천명이 안경을 벗고 하늘을 올려다보았다. 연지도 그를 따라 올려다보다가 안경을 벗은 그를 보았다. 신장의 차이로 천명의 정확한 얼굴을 볼 수는 없었지만 언뜻 안경을 썼을 때와 다른 분위기를 느꼈다. 얇은 테를 두른 안경 하나로 얼굴이 달라지면 얼마나 달라지겠어? 그러나 그런 이성적인 생각과 달리 벌써 다른 분위기의 천명이 보이는 것 같았다.

아.

갑자기 스치는 장면과 천명의 얼굴이 겹쳐졌다. 아찔한 현기증과 함께 가슴이 욱신거렸다. 연지는 어떻게든 통증과 어지러움을 견뎌 보려고 눈을 감았다. 몸이 휘청거리는 건지 세상이 흔들리는 건지 헷갈렸다.

"어지러워?"

팔에 천명의 손길이 느껴지며 아주 가까이서 익숙한 목소리가 들렸다.

"아니, 아니에요."

천명의 도움을 받는 동안 현기증이 사라졌다. 눈을 다시 뜨고 마주한 천명은 다시 안경을 쓰고 있었다. 아주 가까운 그의 존재감 때문인지 하우스 안에서처럼 안긴 느낌을 받았다. 다시 이상한 착각에 빠지려는 것 같아서 연지는 얼른 그에게서 벗어나려고 고개를 돌렸다. 현기증은 깨끗이 사라졌고 욱신거렸던 가슴은 묵직한 불편함을 남기고 가라앉았다.

"내려가서 안에서 좀 쉬자."

"아니에요. 저기 앉아서 조금 더 있다가 들어갈래요."

천명의 귀한 추모 시간을 방해하고 싶지 않았고 다시 그와 좁은 공간에 둘만 있는 상황을 만들고 싶지 않았다. 연지는 얼른 큰 나무 아래에 털썩 주저앉아 기댔다. 그리 춥지는 않았지만 후드티셔츠의 후드를 깊이 뒤집어쓴 후 겉옷을 바짝 여몄다. 천명의 시선이 온몸에 느껴지는 것 같아서였다. 어디를 봐야 할지 몰라서 늘 올려다보던 하늘을 보았다.

풀썩.

천명이 연지를 따라 같은 나무에 기대어 앉았다. 한쪽 어깨가 서로 닿았지만 방향이 달라 고개를 돌리지 않고는 서로의 모습을 조금도 볼 수 없었다.

"부모가 없는 내게 선생님과 사모님은 부모님 같은 분이셔."

안 돼. 연지는 비명을 지르고 싶었다. 절대 가족이면 안 되는 건데. 착각이나 하는 이상하고 한심한 여자로 남는 것이 가장 바라던 일이었는데 이러면 그 바람이 날아가 버릴지도 모른다. 게다가 신상 고백까지 들었으니 이젠 어쩌지?

빨리 돌아가고 싶다고 말하려고 했는데. 좋은 일꾼이 아니라서 미안하다는 형식적인 사과를 하면서 자연스럽게 천명과의 시간을 끝내고 싶었다. 누군가를 마음 안으로 들이는 일은 아직 두렵고 내키지 않았다. 천명이 아무런 생각이 없다고 해도 그녀 자신이 흔들리고 있어서 피하고 싶었다.

"저는, 재작년에 이혼하고 부모님과 친지들과 거의 단절하고 지내는 중이에요. 진짜 자유를 느끼면서 지내는 중이죠."

특단의 조치를 취할 수밖에 없었다. 혼자 쇼를 한다고 해도 상관없었다. 두렵다. 흔들리는 마음 때문에 착각하는 자신을 더 이상 내버려 둘 수 없었다. 오늘이 오늘로 끝나야만 했다. 천명의 사람들과 더 이상 얽히고 싶지 않다. 기대할 어떤 것도 남기지 않고 떨어져 원래 자리로 돌아가고 싶었다.

"마음이 생각대로 움직인다면 좋겠지."

"……"

동요가 전혀 느껴지지 않는 천명의 의미심장한 말에 놀랐다. 정호에게 했던 말이었기 때문이다. 마음이 생각대로 움직이지 않으니 다시 돌아갈 수 없다고 했다. 가슴이 또 불편하게 두근거렸다.

천명은 이혼했다는 말에도, 혼자가 좋다는 말에도 아무렇지 않은 걸까? 혹시 상관없기 때문이 아닐까? 그런 거라면 좋은데. 이혼을 열두 번 했어도 자기와 상관이 없다면 동요할 일이 없는 거니까. 하지만, 왜 이렇게 불안하지?

"선생님이 내려오라고 신호를 보내시니 이만 내려가자."

천명이 자리에서 일어서 손을 내밀었다. 연지는 천명의 손을 보며 갈등했다. 잡아야 할까? 본능적으로 들어 올렸던 손이 중간에 가다가 멈추었다. 지금 이 순간 손을 거절하고 혼자 일어서면 이혼했다느니 혼자가 더 좋다느니 하는 말보다 더 확실한 의사 표현이 될까?

매몰차게 차갑게 대하면 다시는 만날 생각도 못 할 텐데. 그런데 왜 그러고 싶지 않지? 제일 좋은 방법인 것 같은데 왜 실천하고 싶지 않지? 정신 차려. 호연지, 지금이 가장 좋은 순간이야. 놓치지 말고 단번에 거절하는 거야. 흔들리는 마음이 쓸데없이 기대하지 못하게 스스로를 잘라 내야 해.

"아직도 어지러운가 보군."

"앗!"

갈등하고 있는 연지를 천명은 상태가 안 좋은 것이라 여기며 겨드랑이 사이에 손을 넣어 번쩍 안아 일으켰다. 이번에는 확실히 그의 품에 안겼다. 이러면 안 돼. 밀어 내려는데 그가 먼저 떨어졌다. 안경을 고쳐 올리면서. 이 애매한 상태가 싫어. 기대하는 마음도 싫고 기대하게 만드는 상황도 싫어.

"옷 털어."

"네."

조금 떨어져 바지를 터는 그를 따라 연지도 바지를 털었다. 엉덩이에 붙은 나뭇잎들을 털어 내고 바짓단도 털었다. 마음도 이렇게 털어 낼 수 있다면 좋을 텐데. 연지는 뒤집어썼던 후드를 내려서 선생님을 만날 준비를 마쳤다.

아무렇지도 않게 언덕을 내려가는 천명을 보며 연지도 마음을 단단히 먹기로 했다. 마음이야 어떻든 집으로 돌아갈 때까지만 견디면 되는 거니까. 천명은 적절하게 행동하고 있으니 문제는 자신이었다. 핑계 대지 말고 정신을 차리고 있어야 해.

연지는 드디어 비행기에서 내렸다. 주차장에 주차해 두었던 그의 차를 타고 집으로 오는 길이 아침보다 길게 느껴졌다. 아침엔 생각지도 못한 감정과 사건들을 경험하고 나니 돌아오는 길이 아득하게 느껴졌다.

"오늘 함께해 줘서 고마워."

오래 침묵하는 게 마음에 걸려 연지가 뭐라도 말을 해 보려는데 천명이 먼저 입을 열었다.

"일하러 갔다가 차비만 쓰고 그냥 와서 좀 미안하네요."

"내가 일방적으로 약속하고 데려간 거니까 그것에 대한 책임은 다 내 것이야."

"선생님이 주소를 적으라고 해서 적기는 했는데, 정말 선생님이 귤을 보내 주시면 죄송할 것 같아요."

"마음이 넉넉하신 탓이니까 다른 생각하지 않아도 돼."

자잘한 걱정과 불편함은 천명의 낮고 부드러운 목소리에 흔적도 없이 사라졌다. 미안했던 마음도 죄송한 마음도 그가 괜찮다고 말하는 순간 정말 괜찮은 것이 되었다. 의지한 적도 없던 천명에게 이런 걸 느낄 수 있는 건지 신기했다. 믿고 의지하던 정호에게서도 이 정도로 위로를 얻지는 못했는데.

"집이 이 근처예요?"

연지의 오래된 연립 단지 앞에 차를 세운 천명에게 물었다.

"아주 가까워. 부르면 달려와도 될 만큼."

"아, 네."

천명은 다시 안경을 고쳐 올린 후 차에서 내렸다. 서두름을 느낀 연지는 다른 생각 없이 그를 따라 내렸다. 선생님의 귤 박스를 안은 천명이 눈으로 연지에게 앞장서라고 신호를 했다.

"이리 주세요. 이 정도는 제가 들고 가도 돼요."

연지는 그에게 두 팔을 내밀어 박스를 기다렸다.

"그럼 조심해서 들어가."

"네. 안녕히 가세요."

조금의 머뭇거림도 없이 천명은 귤 박스를 건네주고 인사한 후 차에 탔다. 연지는 귤 박스의 무게감을 느끼며 떠나는 천명을 눈으로 배웅했다. 천명은 애매하지 않게 말끔하게 떠났다. 제주도에서도 그랬던 것처럼 그는 분명하고 빠르게 행동했다.

착각하고 이상한 생각에 사로잡히는 이유는 천명 때문이 아니라 오로지 자신의 흔들리는 마음 때문이었다. 가만히 그 자리에 서 있던 연지는 자신의 어리석은 생각에 다시 혀를 찬 후에야 돌아섰다.

"처음엔 그렇게 깍듯하게 말하더니 갑자기 예고도 없이 말도 놓고."

집에 들어와 박스를 테이블에 올려놓으며 중얼거렸다. 한심하게 흔들리느라 뭐가 어찌되는 건지 따질 정신이 없었다. 연애가 연애로만 끝난다면 다시 사랑할 수 있을까? 그런 삶이 있을까? 없겠지. 있다고 해도 헤어짐이 있는 그 만남에도 분명 상처는 있겠지.

"하루 종일 바보짓만 하다가 온 것 같네."

천명은 어떤 사람일까? 갑자기 천명에 대해 궁금했다. 처음 봤을 때부터 관심을 두지 않아서 그런 것인지 아니면 원래 무난한 사람이라서 그런 것인지 궁금한 것이 별로 없었다. 지금까지 신기할 만큼 그에 대해 질문이 없었는데 지금 갑자기 여러 가지가 궁금해졌다.

그에 대해 아는 것은 천명이라는 이름과 맞은편 커피숍 사장이라는 것 정도. 아니다. 오늘 부모가 없고 선생님 내외분이 부모 대신이라는 것도 알게 되었다. 인상이 심상치 않은 농장 사람들 모두가 그에게 깍듯하게 대했고 돌아가신 사모님을 추모하는 진지한 그의 모습을 보았다.

이런 것들이 천명이라는 사람을 아는 데 도움이 되는 걸까? 어디에 사는지 누구와 사는지, 몇 살인지 몸무게가 얼마인지는 사람됨을 아는 데 별로 도움이 될 것 같지 않았다. 사람됨은 함께 지내보지 않으면 모르는 것 같다. 정호와도 살아 보니 새로 알게 되는 부분이 너무 많았다.

"알아도 해결되지 않는 게 문제겠지."

정호의 성격과 가치관을 알았다고 해도 그걸 받아들일 수 없으면 아는 게 소용이 없었다. 정호가 다시 시작하자고 했을 때 가장 먼저 든 생각은 정호를 받아들일 수 없다는 것이었다. 어렵고 힘들게 정호에 대해 알게 되었는데 그걸 받아들일 수가 없었다.

분명 결혼한 대부분의 부부들이 함께 살게 되면서 새롭게 알아낸 사실들에 놀라고 당황했을 텐데 모두가 이혼하지 않는 것은 그 새롭게 알아낸 사실들을 받아들였거나 참아 내기 때문이 아닐까?

결국 또다시 자신을 탓하게 된다. 다들 참고 사는데 왜 못 참는 거냐는 비난을 다른 누구에게서가 아니라 자신에게 듣게 되는 때가 가장 괴로웠다.

"후, 비행기 타는 게 힘들었나 보네. 피곤해."

괜한 생각에 끌려가다가 제일 피하고 싶은 생각으로 굴러떨어진 것 같았다. 그만하자. 귤을 대충 정리하고 자리에 누웠다. 평소보다 이른 시간이지만 자기로 했다. 내일 일하는 데 지장을 주고 싶지 않았다.

정신적이든 육체적이든 시달린 건 확실한 것 같다. 눈을 감자마자 몸이 묵직하게 늘어졌다. 자책이든 원망이든 치열하게 했던 시간들이 있었다. 어느 정도 그런 것들을 떨쳐 내는 훈련이 되었는지 그만하자 마음먹으면 어느 정도 생각들을 물리칠 수 있었다.

닥친 일로 생각을 돌렸다. 자야지. 내일 일해야 하니까.

'연지야, 보고 싶다.'
'지금 마주 보고 있으면서 무슨 소리를 하시는 겁니까?'
'보고 있어도 보고 싶어서.'

벌써 잠든 걸까? 그렇겠지. 꿈을 꾸고 있나 보다. 가끔 꿈이 꿈
인 줄 알 때가 있으니 지금이 그런 땐가 보다. 희미하게 들리는
다정한 목소리. 기분이 좋아서 웃었다. 보고 있어도 보고 싶다는
간지러운 소리를 잘도 하는 '그 사람'의 품이 따뜻하다. 든든하고
포근한 그의 품에서 잠이 들었다.

천명은 선생님께 잘 도착했다는 전화를 드리고 끊었다.
탁.
휴대폰을 책상에 던졌다. 가슴 안에서 일어나는 폭풍 같은 감
정을 최대한 눌렀지만 휴대폰을 얌전히 놓을 만큼 누르지 못했다.
안경은 전화를 걸기 전부터 이미 벗어 던졌다. 거칠게 얼굴을 두
손으로 문질러 봤지만 달라지는 건 없었다.
하루 종일 연지를 향한 불꽃같은 마음을 다잡느라 힘이 빠질
법도 한데 여전히 팔팔하게 끓어오르는 몸이 그를 괴롭혔다. 겨우
기회를 잡았으니 앞으로 천천히 다가가기로 마음을 먹고 또 먹었
는데 잠깐씩 정신을 잃는 것처럼 욕망에 사로잡혀 위험한 행동을
했다.

하우스에서 그랬고 별장에서도 위험했다. 연지가 알았다면 달아나 버릴 순간이 너무 많았다. 다행히 연지는 아직 아무것도 눈치채지 못한 것 같았다.

천명은 몇 번이나 심호흡을 한 후 던졌던 휴대폰을 다시 집어들었다.

"오늘 별일 없었지?"

— 문 회장님이 찾으셨습니다. 연락하지 말라고 하셔서 연락 안 드렸습니다.

"잘했어. 어차피 알아도 갈 수 없었으니까. 다른 일은?"

— 성민화 씨가 사장님을 초대했습니다. 내일 연락을 드리겠다고 했습니다. 몇 번이나 사장님과 직접 통화하시겠다고 하셨습니다.

"내 의견에 변화는 없어. 앞으로도 김 비서가 걸러 내."

— 알겠습니다. 내일은 평소와 같은 시간에 출근하십니까?

"아니야. 조금 더 일찍 출근할 생각이야. 내일 보지."

— 내일 뵙겠습니다.

잠깐이지만 일을 생각한 덕분에 연지로 인해 끓어오르던 몸과 마음이 잠잠해졌다. 차가운 창문에 다시 손을 댔다. 오늘 이 손으로 연지의 머리와 몸을 만질 수 있었다. 자고 있는 연지의 **뺨**을 만지고 싶은 마음을 참느라 힘들었다. 아니, 그보다 더한 걸 원하는 몸을 누르느라 아주 많이 힘들었던 하루였다.

"아무것도 기억하지 말고 떠올리지 마."

연지에게 하는 말이었지만 절대 직접 말하지 않을 내용이었다.

아무것도 모르는 지금이 연지를 되찾을 기회였기 때문이다. 창문에서 손을 떼어 냈지만 창문은 그의 손자국을 선명하게 기억했다.

"더 이상은 기다리지 않겠어. 두려워하지도 않을 거다. 시작했으니 끝이 나야 해."

기다리고 주저했던 시간은 이제 물러갔다. 이미 연지 앞에 나서게 됐으니 물러설 수는 없었다. 물러서고 싶은 마음도 없었다. 이렇게 원하면서 어떻게 지금까지 웅크리고 있었는지 모르겠다. 아마 연지를 찾아내자마자 결혼한다고 해서 충격을 받았기 때문일 것이다.

모든 것이 그때 끝나는 줄 알았다. 더 이상은 아무것도 할 것이 없어서 절망했다. 연지의 행복을 위해서 그녀의 결혼을 망치는 짓은 할 수 없었다. 차라리 잘된 건지도 모른다고 위로하며 위선적인 마음으로 결혼 생활이 행복하길 빌었다.

그러나 이혼한 걸 알았을 때 기뻤다. 이제까지 연지의 행복을 빌었던 마음이 위선이란 걸 그때 알게 되었다. 유산. 연지가 아이를 잃게 되었다는 걸 알게 되어 바로 다가갈 수 없었다. 그 모진 사건을 겪으며 이혼까지 한 연지를 힘들게 할 수는 없었다.

정호를 가만두지 않겠다고 얼마나 분노했는지 모른다. 정말 뭔가를 하려고 계획까지 했다. 그러나 연지를 위해 모든 걸 덮었다. 그때야말로 진짜 조용히 지내야 할 시간이라는 걸 알았기 때문이다.

과거의 어떤 시간과 공간을 떠올리며 천명은 창밖의 까만 하늘을 보았다. 이미 손자국은 사라지고 없었다. 열정에 흔들리던 몸과 마음이 안정되고 정리가 끝나자 차가운 표정이 더 차가워졌다.

창에 비친 천명의 얼굴은 어느 누구도 마주할 수 없을 만큼 시린 한기를 뿜고 있었다.

"호연지, 이젠 정말 네가 싫다고 해도 놓아주지 않을 거다."

천명은 차가운 얼굴로 중얼거린 후 욕실로 들어갔다.

❀

찌뿌드드한 몸이었지만 그리 바쁘지 않은 평일 장사였기에 연지는 몇 번 몸을 움직여 풀고는 가게를 정리하기 시작했다. 밤새 이해 못할 꿈을 꿔서 정신이 하나도 없었다. 기억나는 꿈을 거의 꾸지 않고 살다가 갑자기 보지도 못한 영화 장면을 억지로 본 것 같은 꿈 때문에 몸도 마음도 개운하지가 않았다.

"제대로 이해할 수 없는 게 꿈이라지만 진짜 정신없었어."

물건들을 다시 진열하면서 음악에 집중하려고 애를 썼다. 몇 번씩 꿈의 장면들이 생각나서 한숨을 쉬며 일을 멈추어야 했기 때문이다. 어제 하도 놀라운 여행을 해서 그런가 보다. 제주도로 비행기를 타고 날아다녔으니 이상한 꿈을 꿀 만하지.

딸랑.

"어, 어머."

하늘. 천명.

"방해가 돼?"

"아니, 그런 건 아닌데……"

기대하지 않았고 사실 정신없이 복잡한 지금 상황에서 제일 만나고 싶지 않은 사람이었다. 그를 본 순간 이름보다 먼저 하늘이 생각난 건 왜 그렇지? 이름에 하늘이 들어 있기는 하지만 아주 자연스럽고 당연한 듯 천명을 보자마자 하늘을 떠올린 것이 마음에 걸렸다.

"출근하기 전에 잠깐 들렀어."

"출근? 그러고 보니 양복 입으셨네요. 커피숍 사장님 그만두고 취직하셨어요?"

어제는 갑작스러워서 그냥 넘어갔다가 잊어버렸는데 오늘은 그가 존대하지 않는 것이 그대로 느껴졌다. 양복을 잘 갖춰 입은 모습을 보니 어제보다 나이가 좀 더 들어 보이긴 하지만 마음 놓고 편안하게 대할 만큼 나이 차이가 나 보이진 않았다. 괜한 일에 토를 다는 것 같아 신경 쓰지 않으려고 했지만 애매한 둘 사이를 생각하면 그냥 둘 만한 일도 아니었다.

"그런 셈이야."

올려다보는 연지를 배려하려는 건지 천명은 가게 구석에 있는 의자에 앉았다.

"커피숍이 잘 안 돼요?"

"아니. 아는 동생이 봐 주기로 해서 난 월급 잘 나오는 회사 다니기로 했어."

"잘된 건가요?"

사정이 안 좋은 걸까? 연지는 천명이 의자에 앉은 효과를 보고 있었다. 가게 안을 가득 채우던 그의 존재감이 조금 줄어들어서 막혔던 숨이 트이는 기분을 느꼈다. 편안해진 기분 때문인지 그의 사정에 관심이 생겼다.

"월급 잘 나오는 회사에 다니면 다들 좋아하던데 당신은 아니야?"

"저는 별로. 자기가 좋아하는 일을 해야 좋은 거죠. 회사가 적성에 맞아요?"

"쫓겨나기 전까지 다니고 싶을 만큼이야."

연지는 천명이 안경을 고쳐 올리며 시선을 내리는 것을 보았다. 가끔 그가 안경을 고쳐 올리는 건 필요해서가 아니라 그냥 하는 버릇인지도 모른다는 생각이 들었다. 높고 강인해 보이는 콧대 위에서 안경이 미끄러져 내릴 것 같지 않았기 때문이다.

"아, 그렇구나. 그럼 잘된 거네요. 축하해요. 그런데 지금 가면 회사 늦은 거 아니에요? 새로 들어간 회사 사람들이 안 좋아하겠어요."

연지는 직장 생활을 조금 해 본 기억을 떠올리며 말했다. 지금 시간은 늦어도 좀 많이 늦은 시간이 될 것 같은데 조금의 초조함도 느낄 수 없는 천명의 태도는 적성에 맞는 회사에 다니게 된 사람 같지 않았다.

"출근 시간이 좀 늦어."

"아. 다행이네요. 이젠 못 보겠네요?"

이건 서운한 마음일까? 연지는 커피숍 사장님이 아니라 직장인이 된 그를 다시 보기 힘들게 되었다는 사실을 떠올리며 서운함을 느꼈다. 그러나 곧 그 서운함이 합당하지 않다고 자신을 나무랐다. 그와 만나지 못하게 되면 이 흔들리는 마음도 곧 가라앉게 되겠지? 잘된 일이야.

"만날 일이야 늘 생기기 마련이니까."

"……."

시선을 똑바로 마주하며, 마치 절대 그럴 일은 없다는 듯이 천명이 말하는 바람에 연지는 말문이 막혔다.

"전화번호는 가게에서 쓰는 게 전부지?"

"네."

"어제는 힘들게 해서 미안해."

천명의 말에 대답을 하려던 연지는 그가 의자에서 일어나 몸을 돌리는 바람에 입을 다물었다. 왔던 것처럼 예고도 없이 가려는 것이다. 가게 문 앞에서 잠시 돌아서지 않을까 기대했는데 그는 기대를 저버리고 그대로 가게 문을 밀었다.

"안녕히 가세요."

밖으로 나가서도 돌아서지 않는 그의 등에 대고 인사를 했다. 이렇게 헤어지게 되는 걸까? 잘된 일이라고 억지로 결론 내렸지만 마음은 허전하고 슬펐다. 다가온 사람에 대한 어리석고 무지한 반응을 탓하면서 마음을 가다듬으려고 했지만 쉽지 않았다.

"정신 차리시죠."

스스로에게 혀를 차며 다시 가게 일을 시작했다. 평소보다 대충 끝내고 자리에 앉아 십자수를 집어 들었다. 손에 잡히지 않는 일을 하는 것보다 정신을 집중할 다른 일이 필요했기 때문이다. 도안을 확인하며 바늘을 천에 끼웠을 때였다.

"아야."

첫 바느질부터 실수다. 갑자기 꿈의 한 장면이 떠올랐기 때문이다. 다른 생각을 하자고 마음을 먹은 순간 하필 남자와 키스하는 장면이 떠오르다니. 밤새 꿨던 꿈의 한 장면이었다. 조금의 순수함도 느낄 수 없는 어른들만의 진하고 야한 꿈이었다. 얼마나 민망한지 방금 전까지 시달리던 감정이 손톱만큼도 생각나지 않을 정도였다.

"어후."

누가 이혼녀 아니랄까 봐 19금도 울고 갈 만큼 격정적인 장면을 생생하게 꿈꾸다니. 경험도 없던 느낌과 과정에 놀라 일부를 기억하는 것만으로도 얼굴이 화끈거렸다. 사람은 모른다더니 자신도 모르던 엉큼함이 이렇게나 진하게 있었다는 걸 믿을 수가 없었다.

꿈이 아니라 돈을 주고 봤던 영화라면 차라리 잊기 쉬울 텐데 자그마치 주인공이 되어 경험한 것처럼 생생하게 느껴 버린 탓에 쉽게 잊히지 않을 것 같았다.

"욕구불만인가?"

부끄러워서 기어들어 가는 소리로 중얼거렸다. 여자도 욕구불만이 쌓일 수 있는 거니까. 그렇지만 이제까지 그런 생각도 마음도 느끼지 못했는데. 전조 현상도 없이 이렇게 바로 폭발하는 걸까? 그런 영화는 본 적도 없고 글도 읽은 적 없는데 어떻게 그런 장면들을 생생하게 느끼며 꿈꿀 수 있는 건지 모르겠다.

그 남자. 꿈에서 생각하는 것조차도 낯 뜨거운 장면을 만들어 낸 그 남자.

하늘.

"어머! 미쳤어. 미쳤어."

기억나지 않는 꿈속의 남자를 떠올리다가 갑자기 천명으로 넘어가는 바람에 깜짝 놀랐다. 미친 거다. 미친 거야. 진짜 욕구불만인가 보다.

"어후, 몰라. 기가 막혀."

이제 가만히 앉아서 바늘을 꼬물거리는 건 불가능했다. 그렇게 작은 움직임으로 펄쩍 뛸 생각들을 떨쳐 낼 수 없었기 때문이다. 제대로 팔을 걷어붙이고 오랜만에 가게 청소를 시작했다. 첫 손님이 들어올 때까지 연지는 한 번도 쉬지 않았다.

오전에 가게를 청소하느라 무리한 탓인지 연지는 피로를 느끼며 시계를 보았다. 오늘은 좀 일찍 닫고 들어갈까? 손님도 없는 시간인데 슬슬 정리해야겠어. 거리는 어둠에 덮였지만 아직까지 진한 밤의 향기는 나지 않았다. 부지런히 집으로 향하는 사람들의 발걸음이 조금씩 잦아들고 있었다.

딸랑.

가게를 정리하면서 가지고 가서 해야 할 것들을 챙기고 있는데 문소리가 났다.

"마침 잘됐네."

"……."

다시 볼 거라는 천명의 말 때문에 아주 안 볼 거라고 생각하지는 않았지만, 오전에 본 사람을 저녁에도 볼 거라는 생각을 한 적도 없었다. 그래서 아무렇지도 않은 얼굴로 아침에 왔던 것처럼 들어선 천명에게 연지는 뭐라고 할 말이 없었다.

"나가서 기다릴까?"

"네? 아니, 꼭 그러실 것까지는 없지만, 벌써 퇴근하신 거예요?"

"이 시간이면 오히려 좀 늦은 거지. 여덟 시가 넘었으니까."

"아, 그런 게 아니라, 아침에 봤기 때문에, 갑작스럽고 또 시간이 별로 안 느껴져서요."

"챙겨. 도와줄까?"

"아니에요."

연지는 가방에 서둘러 바느질거리를 챙겨 넣고 주변을 정리했다. 하루 종일 청소하고 정리해 둔 까닭에 손댈 것이 거의 없었다. 문가에 서 있던 그를 슬쩍 보고 가방을 들었다.

"다 됐어요."

연지의 말에 천명은 밖으로 나갔다. 가게 안의 불을 끄고 나온 후 셔터를 내리려는데 그가 들고 있던 봉투를 주며 뒤로 물러서게 했다. 천명의 태도는 분명했고 거절의 틈은 없었다. 연지는 그가 가게의 셔터를 닫아걸 때까지 조금 떨어진 곳에서 보고 서 있었다.

"저녁 먹어야지?"

"저는……."

"주저할 수는 있지만 거절할 기회는 없어졌어. 안일한 생각 버렸으면 좋겠다."

천명과의 관계가 원하지 않는 방향으로 가고 있는 것 같아 불안했다. 안일한 생각이 뭘까? 주저할 수는 있지만 거절할 기회는 없다고? 어제부터 멀리하려고 몸부림을 쳤던 그것에 대해 말하는 거라면 정말 큰일이다. 마음은 천명의 말에 기대감으로 심하게 요동치고 있었다. 이건 아니야. 이러면 안 돼. 남은 이성으로 다시 몸부림을 쳐 보지만 별 소용은 없는 것 같았다.

"그게……."

어깨에 손을 올리며 마주한 천명 때문에 거절해 보려던 말이 안으로 밀려들어 갔다.

"나를 거절할 기회가 없어졌고 우리에 대한 안일한 생각은 버리라는 거야."

연지의 어깨를 힘 있게 잡고 있던 손을 떼고 천명은 안경을 고쳐 올렸다.

"예고도 없었고 경고도 없었잖아요?"

천명의 시선에서 벗어나자마자 연지는 말을 할 수 있었다. 흔들렸던 마음이, 여전히 흔들리고 있는 마음이 천명의 끊임없는 두드림 때문이었다는 생각에 화가 났다. 어제 하루 종일 괜한 마음고생을 한 것에 대한 원망도 있었고 흔들리면 안 되는데 억지로 천명이 흔들었다는 핑계도 대고 싶었다.

"내가 할 수 있는 건 다 했어. 당신에게 최선을 다해 예고도 했고 경고도 했어."

"말도 안 돼. 난 하나도 알아듣지 못했단 말이에요."

알아듣고 싶지 않았고 그래선 안 된단 말이에요.

"나로선 최선을 다했어. 더 이상 어찌할 수 없을 정도로. 연지야, 저녁 함께 먹는 데 얼마나 더 길고 복잡한 절차가 필요한 거야?"

"단순히 저녁 함께 먹자는 소리였어요?"

"아니."

"그러면서 이렇게 간단하게 넘어가잔 거예요?"

"그럼 말해. 당신이 원하는 절차는 다 거칠 테니까."

"아니, 내 말은 그게 아니라."

"밥 먹으면서 계속하자. 하루 종일 일했는데 추운 길에서 계속 이럴 수는 없잖아?"

억울하다. 여전히 억울하고 화가 난다. 연지는 앞장서는 천명을 한 대 때려 주고 싶다는 생각으로 노려봤다. 그러나 천명의 제안을 거절하지는 않았다. 그럴 수 없었다. 그가 결정한 관계를 거절할 힘이 없었다. 계속해서 흔들렸던 마음은 이제 그에게 완전히 기울어졌기 때문이다.

힘없이 무너진 자신에게 실망하고 그렇게 만든 천명에게 계속 화를 내 봤자 지금 결정된 상황이 바뀌진 않는다. 그걸 바라지도 않았다. 천명이 이끄는 대로 따랐고 그가 열어 준 차 안으로 들어가 앉았다.

"너무 멀리 가는 거잖아요."

"다 왔어."

연지는 천명을 보지 않고 말했다. 어딘가로 십여 분을 달리는 동안 한마디도 하지 않았고 눈길 한 번 주지 않는 것으로 억울함과 노여움을 표현하고 있었다. 다 왔다는 그의 말과 거의 동시에 차는 멈추었다. 천명이 차에서 내리자마자 문을 열고 그녀도 내렸다. 여전히 연지는 천명을 보지 않았다.

"안 들어가요."

"왜?"

"난 이런 거 싫어해요."

"알았어. 기억할게. 그렇지만 오늘은 먹고 가자."

연지는 앞장서는 천명의 등을 노려봤다. 흔들림 없이 자신만만한 천명의 태도에 속절없이 무너진 자신이 비교되어 분했기 때문이다. 억울한 생각에 화를 내 보려고 천명을 노려봤지만 별로 효과는 없었다.

그를 따라 들어간 레스토랑 안은 조용했다. 커다란 홀을 지나 방으로 들어갔다. 탁 트인 전면 창이 없었다면 조금 불안을 느꼈을 것이다. 연지는 은은한 불빛으로 장식된 정원이 한눈에 보이는 풍경을 보며 긴장을 조금 풀었다. 직원이 꺼내 준 의자에 앉아 아까부터 무의식적으로 꼭 붙들고 있었던 가방과 천명이 준 종이봉투를 옆자리에 놓았다.

"그 봉투 열어 봐."

천명의 말에 연지는 그를 마주 봤다. 끝까지 그를 보지 않으려고 했는데. 마주한 그는 부드럽게 미소 짓고 있었다. 뭐야? 때려주고 싶은 마음이 사라지려는 걸 간신히 붙들고 옆에 놓았던 종이봉투를 들어 테이블에 올렸다.

"뭔데요?"

"휴대폰."

천명은 테이블에 올려진 봉투를 긴 팔로 집어 자기 쪽으로 끌어가더니 안에서 작은 박스를 열고 휴대폰을 꺼냈다. 이미 다 세

팅이 된 것인지 그가 한 번 손을 대자 밝은 빛을 내며 켜졌다.

"휴대폰은 왜요?"

"당신 주려고."

"있어요."

"난 다른 사람들하고 번호 섞이는 거 싫어. 이건 나하고만 통화하는 데 써."

"싫어요."

선물을 받기 시작하면 한없이 끌려 들어가는 거야. 연지는 완강히 거부하고 싶었다. 더 이상 빠져들기 싫었다. 아니, 무서웠다. 그와의 관계가 불안한 어딘가로 달려가는 것 같아 두려웠다.

"거절할 기회는 없어졌다고 했어."

"그건 당신에 대한 거절의 기회라고 했잖아요?"

"날 거절하지 못하니까 내가 주는 것도 거절하지 못하는 거야."

"뭐가 그렇게 제멋대로예요?"

"연지야."

덜컥했다. 천명이 이름을 불렀을 때 가슴이 쿵 하고 떨어져 내리는 것 같아서 놀랐다. 너무 놀라서 감추지 못하고 천명을 마주 봤다. 마주한 순간 천명이 자리에서 일어섰다. 연지는 따라 일어서야 하는 건가 싶어서 자리에서 일어서려고 했다. 그러나 그는 옆자리에 와서 앉았다.

"그만 화내고 이거 받아. 겨우 휴대폰이잖아? 내가 유난해서 그런 거니까 받아도 돼. 그리고 이제부턴 사귀는 거니까 인정하고 딴생각하지 말고."

"그, 언제, 갑자기⋯⋯."

바짝 붙어 앉아 휴대폰을 손에 쥐여 주는 천명 때문에 연지는 정신이 없었다. 따뜻하고 강한 천명의 손이 또 가슴을 놀라게 했기 때문이다. 두근거리는 가슴과 떨리는 손을 들킬 것 같아서 부리나케 천명의 손에 잡힌 손을 빼냈다.

침착해.

연지는 간신히 이성을 붙들고 숨을 천천히 쉬려고 했다. 얼굴이 잘 빨개지는 편은 아니니까 티는 나지 않았을 것이다. 그렇게 믿었다. 여기서 얼굴까지 빨개지면 정말 죽고 싶어질 테니까.

"후."

천명의 한숨인지 그녀의 한숨인지 모를 소리가 들렸다. 연지는 자기도 모르게 한숨을 내쉰 건 줄 알고 숙였던 고개를 들었다. 옆에 앉은 천명은 창밖의 정원을 보는 것 같았다.

똑똑.

노크 소리가 들리고 음식이 들어왔다. 천명은 자리를 옮기지 않고 의자만 조금 움직였다. 직원은 들고 온 음식을 두 사람 앞에 놓고 맛있게 드시라는 인사를 하고 나갔다.

"시간이 늦어서 간단하게 시켰어."

"선생님 댁에서 먹었던 음식은 취향이 아니에요?"

"여기서 그런 음식 해 줄 사람이 없잖아."

"매끼를 사 먹어요?"

대답 대신 포크를 든 천명에게 더 이상 말을 시키지 않았다. 방금 전까지 두근거렸던 가슴은 편안하게 가라앉았다. 그가 준 휴대폰을 테이블 한쪽에 올려놓고 연지도 식사를 시작했다.

식사를 다 마치고 집으로 돌아오는 길엔 갈 때와 다른 침묵이 있었다. 여전히 천명을 보지 않았지만 연지의 마음은 많이 달랐다. 화가 나서 일부러 보지 않는 것이 아니라 어떤 얼굴로 마주해야 할지 몰라 피하고 있었다.

"잘 자."

연지의 집 앞에 도착한 차에서 천명은 내리지 않고 인사했다. 사귀는 거라더니 그냥 이렇게 인사하고 가는 거야?

"네."

온통 헤집어진 마음을 감추고 연지는 차에서 내렸다. 설마 했는데 차 문을 닫자마자 차는 떠났다. 사귀는 거라고 말한 사람이 누군데 어쩌면 이런 식으로 가 버리는 거야? 다시 화가 나기 시작했다. 처음과 완전히 다른 문제와 감정으로 화를 내게 되었다.

"이게 뭐야!"

집에 들어와 선물 받은 휴대폰을 던지지도 못하고 책상에 소리 나게 놓은 연지는 그제야 소리를 내서 화냈다. 옷을 거칠게 벗고 자려고 준비하는 내내 화를 내며 중얼거렸다. 사귄다더니. 사귀자면서 왜 그래? 안일한 생각을 버리라던 사람이 왜 안일하게 구는 건데? 말도 안 돼. 기가 막혀.

드으윽.

처음엔 알아채지 못했다. 그러다 두 번째 소리에 천명이 준 휴대폰이 울리고 있다는 걸 알았다. 본능적으로 벌떡 일어나 휴대폰을 쥐었지만 그대로 받지는 않았다. 이제까지 화내고 혼자 흥분했던 시간이 억울하고 아까워서였다. 몇 번이나 계속 자신을 부르는 휴대폰의 빛을 노려보았다.

"여보세요."

— 벌써 잠든 줄 알았어.

"막 자려고 누웠어요."

방해한 거 알죠? 애매하게 돌아서서 사람 이상하게 만든 거 알기는 해요? 도대체 사람이 왜 그렇게 특이해요? 왜 예상대로 행동하지 않아요? 뭐가 뭔지 하나도 모르게 만드는 게 취미예요?

퍼붓고 싶은 말을 간신히 삼켰다.

— 보고 싶다.

"……"

그의 예상을 벗어난 행동 때문에 헷갈리고 불안해서 힘들었는데 갑자기 이런 말을 하다니. 아까 레스토랑에서처럼 얼굴에 열이 느껴졌다. 빨개졌겠지? 그가 옆에 없는 게 다행이었다.

— 얼굴 빨개진 거 귀여웠어. 다음엔 숨기지 마.

"모, 몰라요, 끊어요."

옆에서 보고 있는 줄 알았다. 이번에도 아까도 잘 숨겼다고 안심했는데 들켜 버렸다. 끊어 버린 휴대폰을 베개 아래 묻어 버리고 이불을 뒤집어쓴 연지는 다시 한참을 중얼거려야 했다. 바보. 멍청이. 한심해. 미쳤어.

이렇게 바로 좋아하면 안 돼. 만난 지 얼마나 됐다고? 두근거리는 마음이 좋기도 하고 두렵기도 했다. 정호와 헤어지고 아무도 좋아하지 않고 살 거라고 생각했다. 좋아했던, 사랑이라고 믿었던 사람과의 삶에서 지독하게 아팠기 때문에 함부로 마음을 열 수 없을 거라고 스스로 믿었다.

"한심해."

아직도 지난 시간에 대한 기억이 생생하고 그것 때문에 가슴 한쪽은 늘 아픈데 어떻게 이런 마음이 생길 수 있는 건지 모르겠다. 자석처럼 천명에게 이끌리며 두근거리는 가슴이 불안하다. 머리는 원하지 않는 감정을 마음이 자꾸만 재촉을 하는 것 같다.

왜 상처받는 길을 좋다고 달려가는 건지 스스로 한심했다. 천명을 거절할 수 없다는 사실을 인정하는 게 그래서 두려웠다. 그의 한 마디 한 마디에 사정없이 흔들리면서도 아직 멀어질 기회가 있을 거라는 생각에 미련을 두고 있었다.

"이 마음은 좋아하는 게 아닐지도 몰라. 또 착각하고 뛰어드는 건지도 몰라. 난 멍청하니까. 눈치도 없고 생각도 없어서 뭐가 잘못된 건지도 모르고 뭘 어떻게 개선해야 할지도 몰라. 그래. 멍청해. 그러니까 실패를 하는 거야. 그래서 실패한 거야."

다시 시작하는 건 그래서 안 돼. 금방 두근거리고 확실히 거절도 못 하는 바보 천치가 뭘 또 새롭게 시작할 수 있겠어? 안 돼. 이렇게 흔들리게 둬선 안 돼. 정신 차려.

"으아아!"

이불을 꽉 뒤집어쓰고 억눌린 비명을 질렀다. 안 된다는 생각을 하면서도 천명을 떠올리는 자신이 짜증 났다. 뭘 어떻게 해야 쓸데없는 짓을 안 할 수 있는 건지 알 수가 없다. 자책하고 비난을 해도 여전히 천명에 대한 생각이 줄어들지를 않았다.

몰라, 몰라. 모르겠어. 정말 모르겠어.

결국 싸우기를 포기하고 늘어졌다. 스스로에게 더 이상 저항할 힘이 없었다.

끊어진 전화기를 웃으며 내려다본 천명은 한숨을 쉬었다. 레스토랑에서의 아슬아슬한 시간이 다시 생각났기 때문이다. 손을 잡은 순간 연지가 놀란 것만큼이나, 아니 그보다 더 자신도 놀랐다. 피부로 전해진 지난 시간의 기억에 잠식당해 잠깐 동안 현재를 기억하지 못했다.

조금만 더 과거에 머물렀다면 연지를 안아 버렸을지도 모른다. 다행히 위험한 그때에 연지가 놀라서 손을 빼내는 바람에 정신을 차릴 수 있었다.

"상가 매입은 어떻게 돼 가고 있어?"

연지에 대한 생각의 끝에 상가가 떠올라 창식에게 전화를 했다.

— 연지 씨가 빌린 상가 건물은 정리가 됐습니다. 그런데 그 옆 건물이 말썽입니다. 돈을 더 받을 생각으로 버티는 것 같습니다.

"지금도 충분히 시세보다 더 주는 건데 욕심을 내는군. 방법을 생각해 봐."

— 사장님이 시간과 돈이 충분하다는 걸 보여 주는 게 방법 중의 하나입니다. 주변 점포를 다 정리해서 장사를 안 하면 그 건물 가게 혼자 장사가 잘될 리가 없죠. 세입자와 상의해서 다른 곳으

로 이전할 좋은 기회를 준다면 건물주가 떵떵거리면서 버틸 힘이
떨어지겠죠.

"사람 마음은 모르는 거야. 자기가 죽어도 자존심이나 고집을
지키려고 하는 사람이 있으니까. 어쨌든 일단은 가만히 지켜봐.
다른 방법이 생길 수도 있으니까."

— 알겠습니다. 그나저나 우리 연지 씨와는 어떻게 되어 가는
겁니까?

"우리 연지 씨라는 그 호칭 빨리 고치지 않으면 곱게 살 수 없
을지도 몰라."

— 오늘 잘됐습니까? 손이라도 잡았습니까?

"창식아, 곱게 사는 게 싫은가 보구나."

— 예, 예. 연지 누나가 빨리 사장님 울타리 안으로 들어와야
할 텐데.

"구창식!"

— 사장님, 안녕히 주무십시오. 내일 뵙겠습니다. 그럼 이만.

여전히 굽히지 않고 까불던 창식의 전화가 끊어졌다. 화를 내
고 싶지만 창식에겐 그게 잘 안 된다. 어려서부터 데려다 키워서
그런 것인지 형제 사이라기보다 부자지간 같은 느낌을 더 많이
받았다.

휴대폰을 책상 위에 내려놓고 가져온 일거리를 열었다. 노트북
에 뜬 파일 몇 개를 열어 보다가 의자 등받이로 몸을 기대고 눈을
감았다. 자꾸만 연지가 생각나서 집중이 어려웠다. 이번에도 참지
못하고 전화를 했다.

"자?"

연지가 전화를 한참 동안 받지 않는 걸 걱정하지 않았다. 잠이 들었을지도 모르니까. 그러나 전화를 끊지는 않았다. 심술일까? 받을 때까지 계속하겠다는 특별한 결심은 아니지만 연지의 목소리가 너무나 그리웠다. 신호가 간다는 것만으로도 위로가 될 정도였다. 이젠 자게 두려고 끊으려는데 연지가 전화를 받았다.

— 아, 겨우 잠들었는데.

잔뜩 골이 난 목소리다. 잠이 묻은 목소리가 섹시하게 들렸다. 지금 그의 눈앞에 없는 것이 연지에겐 천만다행인 것이다. 아까 차에서부터 삐친 그 얼굴이 떠올라서 웃음이 났다.

"보고 싶어서."

— 씨. 전화기 없애 버릴 거야.

"재워 줄 테니까 전화기 귀에 대고 진정해."

— 어후, 끊어 주는 게 재워 주는 거라고요.

"내 말 들어. 귀에 대고 눈 감아. 재워 줄게."

— 하, 지금 너무 졸려서 말 듣는 거예요. 당신 말을 믿어서가 절대 아니에요.

"알아. 다 아니까 눈 감아."

— 흐음.

연지의 숨소리가 희미하게 들리는 걸 보니 하라는 대로 한 것 같았다. 연지의 숨소리가 품에 안았을 때처럼 들렸다. 과거의 애틋했던 시간이 떠올라 길고 힘든 한숨을 쉬었다. 정말 연지를 안고 싶었다.

지금 당장 집으로 쳐들어가 버릴까? 그냥 오늘부터 같은 침대에서 자는 걸로 해 버릴까?

그렇게 간절한 마음이 자꾸만 휘저었지만 쉽게 넘어갈 수는 없었다. 후회하며 기다린 시간이 너무 길었고 오래 아팠으니까. 그날, 그날을 용서받아야 해.

"옛날에 연지라는 예쁜 여자가 살고 있었어. 귀엽고 착하고 슬기로운 연지를 좋아하는 남자가 많았어. 그중에서 단연 으뜸인 남자가 있었는데 그 남자는 다른 남자들이 연지를 좋아하는 게 너무 싫어서 어떻게 하면 연지를 독차지할까 하고 매일 생각했어."

천천히 하던 이야기를 잠시 멈추고 연지의 반응을 살폈다. 아까 잠깐 들렸던 희미한 연지의 숨소리. 한참을 말을 안 하고 가만히 기다려 봤다. 역시 연지는 여전히 고른 숨소리를 냈다. 잠이 든 것이다.

과거에 잘 자고 있는데 깨웠다고 연지가 투덜거릴 때마다 써먹던 방법이었는데 여전히 유효한 것이 신기했다. 조금 더 연지의 숨소리를 듣다가 전화를 끊었다. 오래지 않아 이 지독한 그리움과는 작별할 것이다. 이렇게 전화로 멀리서 투정을 달래 주는 것이 아니라 품에 안고 달래 줄 것이다. 반드시.

4

　매일 아침 천명은 연지의 가게에 들렀다가 출근했다. 저녁에 다시 가게로 찾아오는 건 말할 것도 없었다. 전화? 그건 속상할 만큼 자주 했다. 특히나 밤에. 어떨 땐 천명이 다른 나쁜 이유를 가지고 괴롭히는 건 아닐까 하는 말도 안 되는 의심이 들 만큼 귀찮았다.

　이런 식으로 천명과의 시간을 함께할 수는 없어. 연지는 해결되지 않는 자책감과 불안함을 더 이상 모른 척할 수 없었다. 괴롭다고 투덜대면서도 밤마다 천명의 전화를 받았고 그의 목소리를 들으며 잠들었다. 마치 자신은 그의 목소리를 듣지 않으면 잠을 잘 수 없는 사람처럼 느껴지기까지 했다.

　점점 더 헤어 나올 수 없는 수렁으로 빠지는 것 같아 매일 다지고 다졌던 마음으로 용기를 내서 천명에게 말했다.

　"이렇게 매일 오실 건가요?"

연지는 대답을 기다리지 않고, 말끔하게 정장을 한 채 늘 앉는 의자에 앉아 있는 천명을 흘끗 보고 얼른 눈을 돌렸다. 편안한 옷을 입었을 때조차도 천명은 한 치의 어긋남도 없이 꼭 맞춘 옷을 입은 것 같았다. 자신을 잘 정돈하고 절제된 생활을 했던 걸까?

아, 됐어, 됐어. 그만. 이런 생각 하면 안 돼. 아주 짧은 순간도 천명에 대해 생각하고 집중하는 자신을 또 발견했다. 이러면 헤어질 수 없어.

"당연하지."

"사귀자고 했던 말 생각해 봤는데요."

"연지야."

"제가 이혼했다는, 말은 했죠?"

오늘 해결해야 해. 내일로 미뤄지면 미뤄질수록 어려워질 것 같아 두려웠다. 뭐든 깨닫는 그 순간 실천에 옮겨야 좋다는 걸 알면서 너무 시간을 많이 보냈다. 하고 싶지 않은 말. 이혼. 처음 천명에게 했을 때보다 더 많이 하고 싶지 않아졌다. 힘들게 한 이혼이라는 단어를 다시 주워 담고 싶을 만큼.

"똑똑히 들었어. 그것 때문이라면."

"그냥 사귀기만 하는 사람은 없잖아요? 그래서 말하는 거예요. 이렇게 계속 사귀기만 할 거 아니니까 이제 그만하고 싶어요."

천명의 적극적인 태도에 무너져 내리는 자신의 의지를 보고 두려움이 커졌다. 이혼이란 말에 조금이라도 주춤해 주길 바랐는데 그는 처음 그 소리를 들었을 때처럼 아무런 소리를 듣지 못한 사람인 양 한 점 흔들림이 없었다.

"계속 사귀기만 해. 내가 뭘 더 바란다고 생각하는 거야? 결혼? 가정? 당신을 빼고 그런 생각을 따로 할 필요가 없어서 안 했어. 뭐든지 당신 원하는 대로 해. 난 당신만 옆에 있으면 되니까. 내가 바라는 건 그저 하나야."

연지의 가슴이 또 두근거렸다. 천명의 말을 오해 없이 들으려고 애를 썼지만 옆에 있으면 된다는 그 말이 어째서 사랑한다는 말보다 더 진하게 느껴지는 건지 모르겠다.

이래서는 생각했던 말을 할 수가 없잖아? 안 돼. 지금 힘들게 말을 꺼냈으니 마무리를 해야 해.

"당신은 부모님 없이 자랐잖아요. 가정을 가지고 안정되게 살고 싶지 않아요?"

오래 사귄 것도 아닌데 결혼이 어떻다 가정이 어떻다는 말을 해도 되는 걸까 하는 생각 때문에 쉽게 입을 열지 못했다. 그러나 천명과의 날들은 하루가 한 달처럼 깊고 넓게 쌓였다. 천명이 어떻든 그녀 자신이 매일 무너져 내리고 있어서 여러 가지를 따지며 시기를 기다릴 여유가 없었다.

"부모님 안 계셔도 선생님과 사모님이 계셨어. 꼭 부모란 이름이 있어야 사랑을 느끼는 건 아니야. 선생님과 사모님은 부모님 이상이셨고 평생 감사할 수 있어. 부모의 사랑이라는 게 피가 흘러야만 생기는 건 아니야."

"저는."

"연지야. 진실한 마음 없이 한 지붕 아래서 서류상 부부로, 가족으로 사는 게 안정된 가정이야?"

"아니요."

가족이라면서 서로가 상처를 주고받는 삶을 살았던 연지로선 솔직하게 대답할 수밖에 없었다. 천명은 앞치마의 수를 손가락으로 만지작거리는 연지의 손을 잡아 자기 두 손에 넣었다. 따뜻하고 강인한 손.

"진실한 마음이 있으면 함께함에 의미가 있어. 나는 그런 진짜 함께함을 원해. 그런 걸 원한다고 부담스럽다면 그건 연지가 다시 생각해 봐야 해. 함께하면서도 진실한 마음은 나누고 싶지 않다는 소리니까."

정호와 진실한 마음을 나누지 않은 걸까? 천명의 말에 정호와 함께했을 때가 생각났다. 서로 진실하기 위해선 서로를 정조준해서 바라봐야 하는데 서로 다른 곳만 보고 있었던 건 아닐까 하는 생각이 들었다. 서로 보고 싶은 곳만 봤던 건지도.

"당신은, 당신과 말을 하면 매번 거절할 수 없는 벽에 부딪혀요."

연지는 약간의 억울함을 느끼며 그가 잡은 손에서 빠져나오려고 힘을 주었다. 그가 손을 잡을 때마다 먼저 손을 빼내려고 했지만 천명은 그걸로 뭐라고 하지 않고 웃으며 놓아주었다. 그런데 이번엔 웃으며 놓아주지 않았다. 놓아줄 것을 기대하고 힘을 주었던 연지는 도리어 그의 손에 잡혀 끌려가 그에게 바짝 다가서게 되었다.

"내 이름은 언제나 불러 줄 거야?"

"이름? 아, 당신 이름을 부른 적이 없었나요?"

방금 전에도 천명을 부르며 말하려다가 힘들어서 당신으로 바꾸었다. 어색해서 말하지 못했는데 한 번도 불러 준 적이 없다니 미안함보다 이상하다는 생각이 먼저 들었다.

"한 번도. 이름 알려 준 건 불러 달라고 알려 준 거야. 한번 불러 봐."

천명에게 너무 바짝 다가간 것 같아 몸을 뒤로 하려는데 그는 오히려 잡은 손을 더 끌어당겼다. 천명이 고개를 들어 그녀를 올려다보게 되었을 때, 연지는 금방이라도 그에게 안길 것 같아 초조했다. 얼른 불러 주고 물러서고 싶었다.

"그게 뭐 그리 어려울, 음, 창, 천, 모르는 게 아닌데 말이 잘 나오질 않아요."

부끄러워서 말하기 어려울 수도 있다고 생각했는데 그게 아니라 아예 말할 수가 없었다. 하늘. 하늘이라고 말하면 쉬울 것 같은데. 연지는 인상을 쓰면서까지 노력해 봤지만 목구멍에 걸려 천명이란 이름이 나오질 않았다. 왜 이러지? 이제까지 사람 이름을 말하지 못한 적은 한 번도 없었는데. 천명에게만 이러는 거라면 그게 더 이상해. 가슴이 불안하게 뛰었다.

"천명. 하고 말하면 그만인 걸 그게 그렇게 어려워?"

"그게 이상하게 입 밖으로 잘 안 나와요. 당신을 보면 이름이 아니라 다른 단어가 떠올라요."

천명에게 핑계처럼 들리겠지만 사실이었다. 하늘을 올려다보며 가슴 한쪽의 아릿함을 다스린다는 걸 스스로 깨달은 순간부터 지금까지 누군가와 하늘을 연관시켜 본 적이 없었다. 그러고 보면 천명을 만났을 때 처음부터 하늘이라는 단어를 떠올렸었다. 이름을 알기 전부터.

"그래? 어떤 단어?"

"하늘."

아까부터 천명이라고 부르기보다 하늘이라고 부르고 싶다는 생각을 바로 실천했다. 이름을 말하는 건 어려웠는데 하늘이라고 하는 건 아주 쉽고 당연하다는 생각까지 들었다.

"……."

"아, 미안해요."

천명의 표정이 너무 싸늘하고 무섭게 느껴져서 연지는 자기도 모르게 사과했다. 하지 말아야 할 말이라도 한 것 같아 가슴이 덜컥했다. 남의 이름을 함부로 바꿔서 그런 걸까? 천명 대신 하늘이라고 말한 순간 가슴이 후련할 정도로 시원하고 좋았는데 그 느낌이 미안해졌다.

아까부터 벗어나려고 했던 천명의 손에서 허전할 정도로 쉽게 벗어나 뒤로 조금 물러섰다.

벌떡.

자리에서 소리 나게 일어선 천명은 아무런 말도 없이 가게를 나가 버렸다. 멍하니 가게에 남은 연지는 어떻게 해야 하는 건지 아무런 생각이 나지 않았다. 무서운 천명은 처음이었다. 싸늘하고 냉정한 남자. 새로운 천명의 모습에 두려움인지 아닌지 헷갈리는 두근거림이 생겼다.

천명이 그렇게 가 버린 후 하루 종일 일이 손에 잡히지 않았다. 연지는 천명에게 어떻게 말해야 할지 고민하느라 몇 번이나 손님이 하는 말을 알아듣지 못했다. 겨우 시간을 보내고 천명이 올 저녁이 되었다. 그런데 문 닫을 시간이 다 되었지만 천명은 연락도 없었고 모습도 보이지 않았다.

오지 않을 건가? 시간이 지나는 것이 안타까울 정도로 천명을 기다리고 있었다. 그러나 시간은 걷잡을 수 없이 빠르게 흘렀고 속절없이 문 닫을 시간에 도달했다. 더 기다려 볼까 하는 생각으로 한참 주저했지만 천명의 모습은 보이지 않았다. 이렇게, 이대로 헤어질지도 몰라.

문득 천명과 헤어지려고 노력했던 자신이 기억났다. 잘된 일이 아닐까? 두렵도록 속절없이 빠져들어 가는 마음이 무서워서 물러서고 싶었는데 이렇게 된 건 헤어질 기회가 온 것일 수 있었다. 이대로 외면하면 달리 뭘 할 것도 없는 짧은 만남이었다.

다른 어떤 걸 바라는 게 아니라 그저 옆에 있고 싶은 것이 전부라고 했던 천명의 말이 생각났다. 진실한 마음으로 함께하고 싶다는 천명의 말이 이대로 외면하자는 속삭임을 자꾸만 밀어 냈다. 결혼하자는 것도 아닌데 그와 함께해도 되지 않을까? 그냥 옆에 있어 주는 건데 그게 큰 상처가 될까?

모르겠어. 이번에도 모르겠어. 어떻게 해야 하지? 천명을 이대로 보내고 싶지 않은데 그와 함께하게 되면 또 어떻게 될지 몰라서 두렵기도 해. 바보처럼 왔다 갔다 하는 마음이 싫은데 결론이 나질 않아.

차르륵.

시간에 밀려 습관적으로 가게를 정리하고 문을 닫았다. 며칠이지만 천명이 늘 닫아 주던 셔터를 직접 닫으며 그를 기다리고 있는 자신을 확인했다. 이대로 헤어질 수 없다는 생각이 들었다. 천명이 헤어지자고 말해 주면 억지로라도 마음을 정리할 수 있을 것 같았다.

"여보세요."

처음으로 그가 준 휴대폰으로 그에게 전화했다. 뭐라고 말해야 할지 준비한 것은 없었지만 아무것도 할 수 없는 이 상황을 어떻게든 바꾸고 싶었다. 마음을 정리할 어떤 말을 들어야 한다는 생각에 두려웠지만 용기를 내서 전화를 한 것이다.

— 내 이름 불러 봐.

인사말만 하고 불안한 마음으로 기다리는데 천명이 대뜸 이름을 부르라고 요구했다. 그가 뭐라도 말해 줘서 고마웠지만 곧 그 요구에 응하기가 쉽지 않다는 걸 알게 되었다.

"아, 저……."

— 호연지, 내 이름 불러 줘. 한번 불러 봐. 할 수 있어.

"천, 명."

그를 마주하지 않고 전화로 하는 거라서 그런 건지 불가능하게 느껴지던 기분은 많이 느낄 수 없었다. 전화하고 있는 중이란 걸 떠올리며 힘들었지만 천천히 천명의 이름을 말했다. 여전히 하늘이라고 부르고 싶은 마음이 강했지만 아까 천명의 무서운 얼굴을 떠올리며 참았다.

— 다시. 한 번 더 해 봐.

"천, 명."

처음보단 빠르고 부드럽게 나왔다. 천명의 다독임이 힘이 된 것 같았다.

— 다시 해 볼래?

"천명."

— 한 번만 더.

"천명."

"이제 날 보고 불러 봐."

"어머! 천명!"

연지는 갑자기 눈앞에 나타난 천명 때문에 깜짝 놀랐다. 천명은 부드러운 미소를 지으며 다가와 손을 잡아 주었다. 차갑다. 한기가 느껴지는 차가움에 정신이 다시 돌아왔다. 밖에서 오래 서 있었던 걸까?

"잘했어."

"손이 차요."

"미안."

"그런 말이 아니라."

미안하다며 꼭 잡았던 손을 얼른 놓아주는 바람에 연지는 서운했다. 손을 놓으라는 말이 아니라 그가 걱정돼서 한 말인데. 언제부터 밖에 있었느냐는 질문이기도 했다.

"어서 가자."

천명은 옆으로 와서 서더니 그녀의 어깨에 팔을 둘러 품으로 끌어당겼다. 갑작스러운 행동에 놀라서 몸을 움직이려고 했지만 한 걸음 걸으며 이끄는 천명이 먼저였다. 연지는 천명의 단단한 팔에 감겨 그가 원하는 대로 움직였다. 몇 발자국 걸은 후부터는 저항감이 사라져 마음속에 있던 말을 꺼낼 수 있었다.

"아까 화난 거였어요?"

"……."

"그 말 다시는 하지 말아요?"

"그 말 자체를 싫어하는 게 아니라 내가 싫어했던 사람을 떠올리게 해서 그랬어. 내 인생 최고로 싫은 사람이었거든. 세월이 아무리 흘러도 그 미움이 사라지질 않아."

"미안해요. 당신을 보면 그 단어부터 떠올랐고 동일시되기까지 했기 때문에."

잠깐 멈칫했던 그의 걸음이 금방 움직임을 되찾았다. 차에 타고 가는 동안 연지도 천명도 입을 열지 않았다. 연지는 따뜻한 히터에 천명의 언 몸이 빨리 녹기를 바랐기 때문에 침묵이 크게 신경 쓰이지 않았다.

"천성."

"그건 누구 이름이에요?"

집으로 가는 것도 아니고 그렇다고 저녁을 먹으러 가는 것도 아닌가 보다. 주변에 아무것도 보이지 않는 곳에 차가 멈추었다. 연지는 그가 입을 열었을 때 대화를 하고 싶어서 적당한 곳에 차를 세웠다는 걸 알았다.

"창천성. 그 이름을 들으면 뭐가 떠올라?"

"별."

연지는 천명의 질문에 바로 대답했다. 마치 대답을 준비하고 있었던 것처럼 분명하고 빠르게 말했다. 아무런 생각도 해 놓은 적이 없지만 천성이라는 이름에는 별이라는 단어와 함께 차갑고 건조함을 동시에 느꼈다.

"하늘이 아니라 별이라고?"

"네. 하늘은 당신, 천성이란 이름은 별이 생각나요."

천명에게 별에 대한 느낌까지 설명할 필요는 없는 것 같았다. 그걸 설명하게 되면 하늘에 대한 느낌도 설명해야 할지 모르기 때문에 입을 다물었다. 하늘은 말로 표현하기 힘든, 삶의 대부분을 차지하는 중요한 의미를 가졌기 때문이다. 천명에게 그런 하늘을 느낀다고 말할 수는 없었다.

"확실해?"

처음으로 천명에게 화가 나려고 했다. 겨우 단어일 뿐인데 너무 유난하다는 생각이 들었다.

"마치 제가 천성이란 사람을 아는 것처럼 말하네요. 처음 들은 이름에 생각나는 단어가 그렇게 중요해요?"

"아, 처음 듣는 이름이지. 그렇겠지. 그래. 중요하지 않아. 그건, 중요하지 않지."

중얼거리듯 대답한 천명은 밤하늘을 바라보며 입을 다물었다. 연지는 천명의 옆얼굴을 몇 번이나 보며 이 상황을 이해하려고 했지만 별다른 해석이 되지 않았다. 천명에게 생겼던 노여움이 줄어들지 않고 자꾸만 튀어나오려고 했다.

"그동안 하늘을 봤던 건 별을 보려고 했던 거였어?"

생각에 잠겼던 천명이 다시 입을 열었다.

"……낮에도 별이 보인다면 그런 거겠죠."

연지의 쌀쌀맞은 대답에 천명은 퍼뜩 정신을 차리고 돌아봤다. 괜한 말을 했다고 후회했지만 이미 연지는 고개를 돌린 후였다. 아까 자신이 연지에게 하늘이란 단어 때문에 화를 냈던 것처럼 이번엔 자신의 질문에 연지가 갑자기 변했다.

"집에 갔으면 좋겠어요."

"아, 그래. 미안. 어서 저녁 먹고."

"아니요. 오늘은 그냥 들어갈래요."

이어진 연지의 단호함에 천명은 토를 달지 않았다. 과거 여린 연지는 가끔 굳은 얼굴을 했는데 그럴 때는 뜻을 절대 굽히지 않았다. 너무 가끔 그 고집을 드러냈기 때문에 알아채지 못하면 크게 혼이 났다. 다행히 연지의 굳은 표정과 차가운 목소리를 알아챘으니 그녀가 원하는 대로 들어줄 수 있었다.

"불편하게 해서 미안해."

천명의 사과가 있었지만 연지는 굳은 얼굴을 펴지 않았다. 차에서 내린 연지는 싸늘한 바람보다 더 차가운 뒷모습을 남기고 집으로 들어갔다.

집으로 돌아온 천명은 옷도 벗지 않고 그대로 소파에 앉았다.

"하늘이 나라고?"

이제까지 하늘은 천성이라고만 생각했다. 천성은 자주 연지가 자기를 하늘이라고 부른다고 자랑을 늘어놓았기 때문이다. 두 살

터울의 형에게 연지를 빼앗긴 순간부터 천성은 더 이상 그의 형이 아니었다. 미워하고 질투하고 부러워했던 남자일 뿐이었다.

설마 연지가 둘을 헷갈리는 걸까? 그럴 리가. 그럴 수는 없다. 그래선 안 돼. 어떻게 얻은 기회인데. 하지만 과거의 기억이 거의 없는 연지가 두 사람을 명확하게 구분할 수 있다는 것도 믿기 힘든 일이었다.

"아니야."

불안하다. 연지가 아직도 형인 천성을 그리워해서 하늘을 보는 거라면 어쩌지? 기억도 거의 없으면서 무의식적으로 그리워하는 걸까? 아니야. 아니야. 연지는 아무것도 몰라. 기억도 하지 못하는 연지가 천성이든 자신이든 헷갈리거나 그리워할 수는 없는 거다. 단순한 반응에 너무 예민하게 구는 걸지도 모른다.

"하늘이 나라고?"

믿어지지 않았고 믿을 수가 없었다. 그러나 연지의 흔들림 없는 눈빛이 그를 똑바로 향하고 있었다. 자신이 하늘이라고 말하는 데 주저함이 없었다. 천성을 별이라고 했던 것처럼 연지는 확실하게 자신을 하늘로 느끼고 있었다. 어떻게 받아들여야 하는 걸까?

소파에 드러누운 천명은 복잡하고 불안한 마음을 달래려고 애를 썼다. 하늘이 자신이라면 그날 연지가 느꼈을 배신감을 상상할 수도 없다. 그래선 안 돼. 그럴 리가 없어. 하늘을 두고 다른 사람에게 시집을 갔다고? 믿을 수 없어. 그런 일은 없으니까. 그날 연지가 거절했던 건 싫어서였어. 하늘이 아니었기 때문에 싫어서.

하늘이고 싶었다. 연지의 하늘이 되고 싶었다. 그래서 하늘이라고 불렸던 천성을 질투했고 그를 미워했다. 그래서 오늘 연지가 자신을 하늘이라 칭해 주었는데 그걸 그대로 받을 수 없었다. 연지의 하늘은 천성이라는 명제하에 오늘까지 왔기 때문이다. 그 명제 때문에 이미 흘러간 시간 안에서 연지에게 무수한 잘못을 저질렀다. 하늘이었다는 걸 그래서 더더욱 믿을 수 없다.

"난 천명이야. 천성이 아니야. 제기랄."

이젠 자신이 누구인지까지 의심이 들다니. 의심하지 말자. 천성을 여전히 미워하는 마음이 증거야. 연지의 마음을 얻으려고, 소유하려고 사냥하는 사자처럼 천천히 다가가는 것도 옛날 그대로였다. 흔들리지 마. 지금 흔들리면 안 돼.

아무것도 기억하지 못하는 연지의 말에 너무 휘둘릴 필요는 없다. 연지는 아무것도 몰라. 연지의 머릿속에 가득한 하늘이 드러났고 하필 그때에 자신이 있었던 거다. 우연히. 달리 생각하지 말자. 지금 연지에게 하늘이 되는 건 좋은 거다. 늘 연지의 하늘이고 싶었는데 이젠 하늘이 될 수 있으니까.

"왜, 왜 이제야!"

감정을 다독이고 다독였지만 결국 터졌다. 자리에서 벌떡 일어나 앉아 머리카락을 움켜쥐며 눈을 감았다. 그렇게 오랫동안 간절히 원했는데. 그때, 그날이 있기 전에 받아 주었다면, 그랬다면 그런 식으로 상처 주면서 소유하지 않았을 텐데. 그날의 기억은 시간이 지나도 똑같은 괴로움을 안겨 주었다.

드으윽.

테이블에 던져 놓았던 휴대폰 진동 소리에 연지인 줄 알고 철렁했다. 지금 이 상태로 연지에겐 한마디도 할 수 없었기 때문이다. 그러나 다행히 김 비서였다.

"무슨 일이야?"

— 성 회장님이 직접 파티에 초대했습니다. 성민화 씨는 제 선에서 처리할 수 있지만 회장님은 그럴 수 없어서요.

"쉽게 포기하는 성격이라면 사업도 할 수 없었겠지. 알았어. 일행이 있을 거라고 알려 드려."

— 일행이 되실 분에 대해 제가 알고 있어도 되겠습니까?

"아니. 그날 바뀔 수도 있으니까. 일단 있다고 말씀드려. 민화와 커플이 되는 건 막아야 하니까."

— 알겠습니다. 쉬십시오.

처음 파티에 초대받았을 때 거절할 수 없다면 연지를 데려가려고 생각했다. 그러나 연지를 데리고 파티에 갈 수 있을지 의문이었다. 그건 연지에 대한 불확실이 아니라 그 자신에 대한 불확실이었다. 어떤 결정을 내릴지 지금으로선 확신이 없었다.

자리에서 일어선 천명은 코트를 벗고 양복도 벗었다. 욕실로 들어가는 동안 몸에 걸친 모든 걸 벗었다. 훤히 드러난 뒷모습엔 강인하고 냉정한 무사의 흔적들이 가득했다. 과거의 시간은 이미 오래전에 지나갔지만 현재의 몸에도 싸움의 흔적은 고스란히 몸을 채우고 있었다.

연지가 다르다. 아니 예전의 그 연지 그대로다. 천명은 밤새 마음을 정리하고 조금은 늦은 시간에 연지의 가게를 찾았다. 토요일이었고 어제저녁의 일이 있는데 아무렇지 않은 얼굴로 똑같은 시간에 찾아간다는 게 마음에 걸렸기 때문이다. 그런데 연지는 어제 보여 주었던 차가운 뒷모습 그대로 그를 맞았다.

"어제저녁의 일은."

"오늘은 손님이 좀 있어요. 달리 할 말이 없으면 나가 주시겠어요?"

"연지야."

"왜 화가 나는 건지 모르겠는데 분명한 이유 없이 화가 나서 저도 힘들어요. 얼마나 화가 나는지 지금 앉아 있는 당신을 걷어차고 싶은 심정이에요. 나야말로 미안해서 그래요. 당신이 한 말이라고는 별을 보려고 하늘을 봤느냐는 별것 아닌 말이었는데 그게 밤새 저를 휘저었어요."

연지는 어이가 없을 정도로 별거 아닌 말에 아이를 잃었을 때와 비슷한 분노와 절망을 느끼는 자신이 이해가 되지 않았다. 당황스럽고 두려운데 감정은 아무리 해도 다스려지지 않았다. 밤새 시달렸지만 여전히 이유를 알 수 없는 분노 때문에 이젠 천명에게 미안했다. 그에 대한 분노와 미움과는 별개로 우습게도 그에게 미안했다. 대체 왜 이러는 걸까?

"다 내 잘못이야. 미안해. 나갈게. 나 때문이고 내가 계속 당신을 불편하게 해서 화가 나는 거야. 다른 이유 없어. 당신이 걷어차 주면 속이 후련하겠다."

천명은 얼른 연지의 생각을 막았다. 분노의 감정이 이유 없이 생겨난다는 말에 놀랐다. 과거가 생각나는 건 아닐까? 그래선 안 돼. 아직은 아니야. 막아야 해.

"다시 보고 싶지 않아요."

"연지야!"

언젠가 들었던 차가운 말 그대로였다. 천명은 연지의 다시 보고 싶지 않다는 그 말을 듣고 절망했던 그날이 생각났다. 계속 떠오르는 건 아닐 테지? 연지야 아직 기억하지 마.

"손님 오세요."

자리에서 일어선 그에게서 돌아선 연지는 손님이 문을 열고 들어서자마자 인사로 맞았다. 천명은 잠시 서 있더니 아무 말 없이 연지의 가게를 나와 커피숍으로 향했다. 연지는 천명이 커피숍으로 올라가는 걸 보고 작게 한숨을 쉬었다.

천명에게 이유 없이 심한 말을 퍼부었는데 여전히 가라앉지 않는 감정에 괴로웠다. 생리 전 증후군도 아니고 갱년기는 더더욱 아닐 텐데 대체 왜 이러지?

"어머, 사장님 오랜만에 오셨네요?"

미진이 천명을 보며 반갑게 인사했다. 천명은 무뚝뚝하게 인사하고 고정석을 보았다. 안타깝게도 그 자리에 누군가 앉아 있었다. 연지를 보면서 시간을 보내고 싶었는데. 창밖을 보던 그 남자가 고개를 돌려 천명을 마주했다. 정호?

천명은 정호가 아까부터 저 자리에 앉아서 연지와 다투는 걸 보았을 거라고 생각했다. 자신과 연지의 관계를 어느 정도 눈치챘다는 걸 정호의 곱지 않은 시선과 표정으로 알 수 있었다. 정호를 곱게 볼 수 없는 건 그도 마찬가지였다.

"저 사람, 매일 비슷한 시간에 여기 와서 앉아 있다가 갔습니다. 사장님이 연지 누나와 함께 퇴근하는 걸 봤기 때문에 따로 사장님께 알려 드리지 않았습니다."

창식의 조용한 설명을 들으며 카운터에 기대선 천명은 지금 뭘어떻게 해야 할지 생각했다. 지금 상태로 뭔가 자극을 받으면 정호를 때려눕힐 것이 분명했다. 지금은, 앞으로 얼마 동안은 차가워진 연지의 마음을 녹이는 데 온 힘을 집중해야 했다.

정호와의 다툼으로 기회를 잃어버릴 수도 있으니 위험한 이 자리를 피하는 것이 상책이었다. 오직 연지만을 생각하며 몸을 돌렸을 때였다.

"언뜻 들으니 제가 앉은 자리가 사장님 자리라고 하던데 앉으시지요."

가게를 나가려던 천명의 뒤에서 정호의 목소리가 들렸다. 그냥무시하고 나가자고 이성이 냉정하게 말했지만 듣지 않았다. 천명은 자신과의 싸움을 포기하고 고개를 돌렸다. 마주한 정호는 침착한 모습이지만 눈빛은 감정을 누르느라 흔들리고 있었다.

"됐습니다."

"저는 안 되겠습니다."

"뭐?"

"얼마나 됐다고 연지를 화나게 하는 겁니까?"

정호의 말에 억지로 눌러두었던 감정이 불쑥 튀어나왔다. 그러나 함부로 감정에 끌려 움직이진 않았다. 전쟁터는 자신을 다스려야만 하는 극한의 장소였다. 전쟁터를 누비던 그에게 누를 수 없는 감정은 거의 없었다.

천명의 주먹은 꽉 쥐어져 흔들렸지만 어느 곳으로도 날아가지 않았다.

"당신이야말로 여기서 뭐 하는 거지?"

"당신? 날 알고 있다는 걸 기뻐해야 할지 아닐지 모르겠군."

정호는 혼란스러웠다. 눈앞의 범상치 않은 남자가 자신과 연지가 이혼한 사실을 알고도 연지에게 접근한 거라면 만만하게 볼 수 없기 때문이다. 그러나 알고 있다는 사실 때문에 앞으로 연지에 대해 말하기가 쉬워질 수도 있었다.

"당신과 연지는 이미 정리된 사이야. 주변에서 얼쩡거리는 건 예의가 아니지 않나?"

"연지가 나와 결혼했는데도 주변을 떠나지 못했던 사람이 할 말은 아니지."

천성? 천명은 정호의 말에서 천성이 생각났다. 정호가 천성이었던 걸까? 과거가 고스란히 되풀이되고 있는 걸까?

"낯이 익다고 생각했는데 연지와 결혼하고 함께할 때 가끔 당신을 본 적이 있어. 그 기억을 지난번 당신을 봤을 때 떠올렸고 이유는 그다음에 알게 되었지. 우리가 이혼할 때까지 기다렸던 거라면."

천성이 온 줄 알았다. 그러나 정호의 이어지는 말로 놀란 가슴을 진정시켰다. 천성과 결혼한 연지를 보기 위해 주변을 떠나지 못한 과거의 일을 말하는 건 아닌 것이다. 정호와 결혼한 연지를 보러 갔었던 걸 정호가 기억하고 있는 줄은 몰랐다.

"착각하지 마. 결혼이 깨진 건 전적으로 당신 잘못이야. 조금이라도 다른 사람 탓으로 돌릴 생각은 말아. 결혼한다는 말을 들은 후부터 연지에겐 잊힌 존재로 있었으니까."

"알아. 연지는 당신을 몰랐어. 그렇지만 이런 식이라면 연지에게 계속 입을 다물고 있을 수는 없어. 무슨 의도로 연지에게 접근한 거지?"

"무슨 의도? 그런 건 없어."

"그럴까?"

"연지를 많이 위하는 척하는군. 당신이야말로 이기적인 그 감정 버리고 연지 곁에서 떠나. 여기서 이러고 있을 시간 없잖아? 낮이고 밤이고 당신의 필요와 욕망을 채워 줄 간편한 여자를 구하러 다녀야 하는 거 아니야?"

탁!

정호의 주먹이 천명의 얼굴로 날아들었지만 천명의 크고 강한 손에 막혀 위험한 소리만 내고 멈추었다.

"넌, 연지가 너와 결혼한 후 활짝 웃지 못했다는 것도 모르는 넌, 연지 곁에서 얼쩡거릴 자격이 없어."

천명은 정호의 주먹을 밀쳐 내고 몸을 돌렸다. 정호의 딱딱하게 굳은 얼굴을 한 방 날려 주고 싶은 마음이 간절했지만 말을 하며 느낀 것이 있었다. 자격. 정호에게만 해당되는 사항이 아니라는 생각이 주먹에서 힘을 빼앗아 갔다. 연지가 활짝 웃게 만들지 못한 건 정호나 자신이나 마찬가지라는 생각에 괴로웠다.

꽃

　연지는 천명에 대한 불편한 마음을 온갖 방법을 동원해 해소하려고 노력했지만 효과가 없었다. 시간이 갈수록 화가 나는데 이유를 아무리 찾아도 찾을 수가 없었다. 천명에 대한 분노는 슬프기까지 했다. 당황스럽고 황당함에 지쳐 가고 있을 때였다.

　딸랑.

　"어서 오세요."

　옆집 화장품 가게를 하는 여자였다.

　"혹시 들은 게 있나 하고 왔어요."

　"네? 무슨 소리요?"

　"여기 일대가 재개발된다는 소리요. 낡고 작은 건물들을 다 밀어 내고 쇼핑타운과 호텔을 짓는다고 하던데."

　"그래요? 저는 처음 들어요."

　"건물 주인들은 자기들 잇속 계산하느라 우리들은 안중에도 없어요. 우리도 힘을 합해서 살 구멍을 찾아야 하는 거 아닌지 몰라서."

　"소문일 수도 있지 않나요?"

　"연지 씨만 모르나 보네. 내가 혼자 듣고 여기 온 거 아니에요. 벌써 주변 상가 식구들은 그 일로 수군대고 있는데."

　"아, 전 정말 몰랐어요."

　"우리가 여기서 나가면 어디서 또 장사를 하겠어요? 권리금도 제대로 못 받고, 가게 인테리어 비용도 다 날리고 그냥 쫓겨나야 할지도 모르는데 태평하게 그냥 있으면 안 되죠."

"그러네요. 월세가 좀 싸서 좋다고 생각했는데 이런 일이 있군요."

연지도 그리 형편이 좋은 건 아니다. 작은 가게를 내고 좁고 낡은 연립에서 사는 그녀에게 넉넉함은 기대할 수 없었다.

"어떻게 해야 할지 모르겠네. 으휴, 융자도 아직 한참 남았는데."

"우리 같은 사람들을 보호해 주는 법은 없나요? 따로따로 이렇게 아니라 정확하게 뭐가 어떻게 되어 가고 있는 건지 알아보고, 모두가 의견을 모아서 변호사하고 상담도 하고 법적으로 대응할 수 있으면, 그렇게 하면 좋을 텐데요."

연지는 말을 하면서 생각해 보았다. 말은 담담하게 하고 있지만 머릿속은 혼란스럽고 마음은 불안했다. 직장에 다시 취직하기도 어려운데 가게마저 없어지면 앞으로 뭘 하고 살아야 할지 막막했다. 그러다 문득 바라본 커피숍. 왜인지는 몰라도 천명을 떠올리자 불안했던 마음이 차분하게 가라앉았다.

"어머. 우리 연지 씨가 좋은 의견 냈네. 내가 이러고 있을 때가 아니지. 얼른 알리고 올게요."

"아니, 저기."

휑하니 나간 화장품 가게 여자에게 그저 생각 없이 한 말이었다고 하려 했는데 소용이 없었다. 정말 이곳이 재개발되는 걸까? 조금 전 천명을 생각하며 불안을 달랬던 자신이 싫었다. 천명에게 그냥 사귀자고만 했던 자신과 달라 위선적으로 느껴졌다. 괜한 일로 미워하고, 되지도 않게 의지하는 자신의 상태에 짜증이 났다.

대체 천명을 만난 후부터 왜 이렇게 미친 사람처럼 왔다 갔다 하는 걸까? 차라리 재개발로 가게 문을 닫고 떠났으면 좋겠다는 생각까지 들었다.

"어서 오세요."

눈이라도 내릴 것처럼 하늘은 무겁고 희뿌옇게 가라앉아 있었다. 추위를 떨치려는 손님을 맞으며 흘긋 하늘을 올려다보고는 바로 눈을 내렸다. 천명이 별을 보려고 하늘을 보냐는 말을 한 후부터 한 번도 제대로 하늘을 본 적이 없었다. 앞으로 영원히 안 볼 결심까지 하고 싶을 정도로 천명의 그 말이 가슴을 후볐다.

"이 장갑 너무 예쁘다. 커플로 할 수 없을까요?"

장갑을 집어 든 손님의 말에 어제 차가웠던 천명의 손이 생각났다. 밖에서 오래 기다렸던 것이 분명했던 손의 온도. 방금 전까지 천명의 말에 아파하며 미워하던 감정이 차갑던 손을 기억하며 미안함으로 바뀌었다.

눈앞에 있다면 발로 차고 싶을 만큼 확실히 미웠는데 지금은 천명의 차가운 손만 생각나면서 안타까웠다. 대체 미워했던 마음은 어디로 간 걸까? 한숨이 나올 정도로 한심하고 어이가 없었다.

"감사합니다. 안녕히 가세요."

손님이 돌아가고 천명이 준 휴대폰을 집어 들었다. 사라진 미움 때문에 전화하고 싶은 마음을 누를 수가 없었다. 그러나 뭐라고 해야 할지 몰라 전화를 할 수가 없었다. 생각하고 또 생각해봤지만 적당한 말을 찾을 수 없었다.

휴대폰을 다시 앞치마 주머니에 넣고 수를 놓았다. 그러나 몇 땀 전진하지 못하고 한숨과 함께 손을 놓았다. 그냥 할까? 뭐라고 하지? 앞치마 주머니에 손을 넣어 휴대폰을 만지작거렸다. 거리는 오가는 사람들로 분주했다. 추워지나 보다. 사람들의 발걸음이 제법 빠르고 초조하게 보였다.

"어? 눈이네."

하얗고 연약한 것이 천천히 흔들리며 떨어지는 것이 보였다. 관심 있게 살펴보지 않으면 눈이었는지도 모를 그것은 바닥에 닿자마자 흔적도 남기지 않고 사라졌다. 창가에 바짝 붙어 눈이 이어지길 기다렸다. 하나둘, 그렇게 감질나게 떨어지던 눈은 결국 완전히 멈추었다.

이런 것도 첫눈이라고 해야 하나? 한숨을 쉬며 창가에서 떨어져 자리에 앉아 다시 앞치마 속 휴대폰을 만지다가 꺼내 들었다.

"저······."

— 첫눈이지?

"아, 봤어요?"

— 당신이 뭘 그렇게 열심히 보나 살펴보다 봤어.

"날 보고 있었어요? 지금 어디 있는데요?"

— 당신 가게 옆에. 화가 나서 발로 차 버리고 싶다는 여자 때문에 숨어 있어.

"어머. 밖에 추운데. 화는 사라졌어요. 어서 들어와요."

— 이젠 괜찮아?

"미안해요. 화낼 일 아닌데 화냈어요. 그렇지만 저도 어쩌지 못해서 힘들었어요."

— 그럼 내 이름 한번 불러 봐.

"천명."

— 자꾸 바라서 미안해. 당신이면 되는데.

딸랑.

"아, 지금 손님이 왔어요."

알았다는 천명의 짧은 대답을 듣고 전화를 끊었다. 약간 상기된 표정의 남자 손님은 가게로 들어와 두리번거렸다. 얼른 전화를 끊은 연지는 손님을 살폈다. 그러나 끊기 전에 했던 천명의 마지막 말이 머릿속에서 떠돌며 가슴을 뛰게 했다. 당신이면 되는데. 당신이면 되는데.

"뭘 찾으세요?"

"아주 잠깐이지만 눈이 와서, 기념할 만한 것이 뭐 없을까 해서요."

소년의 순진한 표정에 웃음이 나오려는 걸 참으며 연지는 부담스럽지 않은 작은 물건을 보여 주었다. 그리 오래지 않아 얼떨떨한 표정을 끝까지 지우지 못한 소년은 작은 선물을 들고 가게를 나갔다.

손님이 나가자마자 참았던 웃음이 나와 소리 없이 웃었다. 소년이 사 간 기념품을 받을 소녀가 부디 기뻐해 주기를 바랐다. 순수하고 애틋한 시절이라는 생각이 들었다.

딸랑.

"어린 남자 취향이야?"

천명이 퉁명스럽게 말하며 가게로 들어왔다.

"무슨 소리예요?"

갑자기 노엽던 마음이 생긴 것도, 갑자기 사라진 것도 당황스러운데 다시 마주한 그가 반가워 연지는 더 당황스러웠다. 조금만 더 반가웠다면 뛰어가 천명의 품에 안겼을 것이다.

"방금 나간 남자애를 보고 웃었잖아?"

"봤어요? 제가 어린 남자 취향이면 어쩌려고요?"

이런 느낌 익숙하다. 연애할 때 정호가 자주하던 질투. 천명의 질투에 가슴이 뛰었다. 이대로 이렇게 받아들여도 되는 걸까? 이 좋은 기분을 가져도 되는 걸까?

"출생신고를 다시 해야지 뭐."

천명의 어울리지 않는 투정에 연지는 소리를 내며 웃을 수밖에 없었다. 그가 들어서기 전부터, 전화를 끊었던 때부터 그를 향해 웃고 있었기 때문이다.

"밖에서 오래 있었어요? 걱정되게, 들어갈 곳도 많은데 왜 밖에 있어요?"

"걱정스러워서. 당신이 빨리 마음을 풀었잖아."

"얄미워. 다시 미워지려고 해요."

천명에게 눈을 흘기며 얼른 고개를 돌렸다. 천명의 미소에 가슴이 두근거리며 뺨에 열이 느껴졌기 때문이다. 괜히 가지런히 진열한 물건을 한 번 더 만졌다.

"연지야, 월요일에 시간 좀 비워 둘 수 있겠어?"

천명은 연지를 안고 싶은 걸 간신히 참았다. 붉어진 옆얼굴은 과거에 얼마 되지 않았던 연지와의 열정적인 시간을 떠올리게 만들었다. 자기 신음 소리에 자기가 놀라서 어쩔 줄 몰라 했던 연지의 모습이 생각나 잠깐 눈을 감고 속으로 한숨지어야 했다.

"왜요?"

연지는 질문하고 후회했다. 사귀기로 한 사이인데 쉬는 날 만나서 데이트하는 건 자연스러운 거였으니까. 알면서 모른 척한 것 같아 민망했다.

"함께 가고 싶은 곳이 있어서."

천명은 붉어진 얼굴을 감추려는 연지의 유혹적인 모습에서 빠져나오려고 성 회장이 초대한 파티를 떠올렸다. 사업과 결혼을 연결 지어 생각하는 두 회장의 끈질긴 손길을 끊어 버리고 싶었다.

"또?"

"제주도는 아니야. 그때 싫었어?"

"아니요. 그건 아니에요."

연지는 천명이 오해할까 봐 두 손을 흔들며 적극적으로 부정했다.

"그럼 다음에 또 내려가자."

"네. 그렇지만 좋은 일꾼은 아니라는 걸 미리 말씀드려요."

"좋은 일꾼은 필요 없어."

천명은 다음에 내려가게 된다면 선생님 농장에는 아주 잠시만 들를 생각이었다. 바다가 보이는 별장에서 연지를 안을 생각이기 때문이다. 아무도 모르는 그곳에서 연지를 안아야 혹시라도 충격으로 기억을 되찾더라도 대처할 수 있었다. 여러 가지 의미로 그곳이 연지를 안을 최적의 장소였다.

딸랑.

"어서 오세요."

연지는 손님에게 다가가며 미안하고 아쉬운 눈으로 천명을 보았다.

"저녁에 다시 올게."

"네."

오전보다 오후는 시간이 빨리 지나갔다. 거리를 다니는 사람들도 많고 손님이 많아서였다. 어두워진 거리를 볼 여유가 생겼을 때 연지는 피로를 느꼈다. 어젯밤 이유도 모르는 천명에 대한 분노 때문에 시달리느라 제대로 잠을 자지 못했다.

여느 날보다 시계를 자주 살폈다. 묵직한 어깨와 다리를 느끼며 바느질거리를 책상 위에 내려놓았다. 피로를 느끼기 전까진 천명을 기다렸지만 지금은 피로함 때문인지 빨리 집에 들어가 눕고만 싶었다.

딸랑.

"어서……."

정호. 마지막 손님이려니 하고 힘을 내려 일어선 연지가 엉거주춤한 상태로 멈추었다.

"매일 만나는 그 남자."

"상관하지 마세요. 각자의 인생에 참견할 자격 없다는 거 잊지 마셨으면 좋겠습니다."

"연지야, 그 남자 예전부터 우리 주변 어슬렁거렸던 남자야. 그거 말해 주려던 거야. 누구와 사귀고 뭘 어떻게 하든 내가 참견할 수 없다는 건 알아. 그렇지만 이상한 사람이라는 걸 알면서 입을 다물 수는 없는 거잖아? 난 당신이 잘 살기를 바라."

"잘 살기를 바라지도 마. 그냥 잊어 줘. 그게 좋겠어."

천명 때문에 감정의 파도가 좀 높아져 있었던지 평소와 달리 정호의 말에 발끈해서 말을 짧게 해 버렸다. 그를 의식적으로 멀리하기 위해 평소의 말투와 태도는 버리려고 했던 걸 잠깐 잊었다.

"잘 생각해. 널 오래전부터 알고 있었던 남자야. 왜 너한테 접근했는지 이유가 있을 거야. 이혼을 기다렸다면 거의 이 년이 다 되어 가는 동안 참고 있었다는 것도 이상하잖아?"

"내가 알아서 해."

"사람은 온전하지 않아서 실수도 하고 다른 사람의 도움도 받아야 해. 내가 뭐라고 했다고 반발심에 잘못된 선택 하지 않았으면 좋겠다."

"나도 더 이상 잘못된 선택은 하고 싶지 않아."

"……그 남자를 좋아해?"

"좋아해."

"연지야!"

"네가 그 사람을 이상한 사람이라고 말한 순간 그렇게 말한 네가 밉고 원망스러울 만큼 그 사람을 좋아해."

"나 때문에 일부러 그러는 거야? 그렇다면 그러지 마. 나도 이젠 다른 사람 만나 볼 생각이니까."

"잘됐네. 그렇지만 너하곤 상관없어. 네가 누굴 만나고 안 만나고 상관없이 난 그 사람이 좋아. 처음 본 순간부터 좋아했어."

연지는 정호에게 말하면서 천명에 대한 마음을 스스로 확인했다. 그래. 처음부터 하늘을 느끼며 좋아했다. 새로운 시작은 절대할 수 없을 거라는 생각 때문에 받아들이지 못했고 인정하지 못했지만 천명을 좋아하게 된 걸 더 이상 부인할 수 없었다.

"다시 생각해 봐. 그 사람 널 알고 있었어."

"너에 대해 다시 생각할 수 없는 것처럼 그 사람에 대해서도 다시 생각할 수 없어. 그렇지만, 그래도 해 볼게. 뭘 선택하기 전에 다시 생각해 볼게."

아직은 돌아설 기회가 있을지도 몰라. 좋아한다는 걸 아직 들키지 않았으니까.

"지금처럼 절망적인 얼굴 처음이야. 우리 아이를 잃었을 때도 이런 표정 하지 않았어. 날 사랑하기는 했는지 궁금해져. 사랑해서 결혼하자고 한 거 맞아?"

"아닌가 봐."

"연지."

"네 말대로 사랑하기는 했는지 나도 오랫동안 고민했거든. 고민한 것 자체가 사랑하지 않았다는 증거 같아. 확신 없어. 미안해. 사랑이 뭔지 몰랐어. 지금도 잘 모르겠어. 그런데 사랑했다면 널 용서했을 것 같아. 네가 돌아오라고 했을 때 기뻐했을 것 같아. 그런데 아니야. 아니었어."

"……."

정호가 열고 나간 문으로 싸늘한 바람이 들어왔다. 저절로 문이 닫혔지만 그가 남기고 간 차가움에 몸이 떨렸다. 연지는 현기증이 느껴져 의자에 무너지듯 앉았다. 사랑하지 않았구나. 정호를 사랑하지 않았어. 연지는 정호만큼이나 충격을 받았다.

사랑했다면 달랐을 거야. 아이를 잃었을 때 정호에게 그렇게 날이 선 마음을 뿜어내지 못했을 거야. 아이는 정호의 아이이기도 했으니까. 정호가 느꼈을 아이를 잃은 충격에 대해 조금도 생각해 보지 않았다. 원치 않던 아이였으니까 잘못된 걸 더 좋아했을지도 모른다고까지 생각했다. 그렇지 않은데. 그럴 수 없는데.

뭐든 해 주고 싶었던 마음을 잃은 순간 사랑도 함께 사라진 것이다. 언제부터 그 마음이 없어진 걸까? 분명 아이를 잃었을 때는 아니었다. 그 전에 이미 사랑은 흔적도 없이 사라지고 없었다.

천명, 하늘.

그에 대한 마음이 불안하다. 정호에 대한 마음이 남김없이 사라질 수 있다면 천명에 대한 마음도 어느 순간 다 사라질 수 있는 거니까.

딸랑.

연지는 문이 열리는 소리에 이마를 짚은 손을 치우고 고개를 들었다.

"어디 아파?"

하늘.

"아, 아니에요. 문을 닫으려던 참이었어요."

천명이 오래전부터, 이혼하기 전부터 그녀를 알고 있었다는 정호의 말이 생각났다. 이혼했다는 말에 아무런 동요도 없었던 천명의 태도도 함께 생각났다. 알고 있었어. 이미 알고 있었기 때문에 놀라지 않았던 거야.

"안색이 안 좋아. 피곤해?"

"네. 어젯밤 잠을 설쳤더니. 천명 씨가 괜히 미워서, 그 마음 때문에 시달렸거든요."

둘러댈 말이 있어서 다행이었다. 연지는 천명을 보지 않고 움직이며 말했다. 가게를 정리하느라 그를 마주할 필요가 없었다.

"내가 또 미안해지는군."

"아니에요. 다 됐어요. 나가요."

진지해지는 게 두려워 연지는 서둘러 가방을 챙겨 가게를 앞장서서 나왔다. 뒤에 따라오는 천명을 배려하지 않고 불도 야무지게 꺼 버렸다. 문을 잡고 돌아섰을 때 캄캄한 가게 덕분에 뒤따라 나오는 천명과 선명하게 마주할 일은 없었다.

차르륵.

셔터를 닫고 곁으로 온 천명은 추운 바람에서 그녀를 보호해 주려는지 어깨에 팔을 두르려고 했다. 그러나 연지가 조금 빨랐다. 가방을 멘 어깨를 한 번 추켜올리며 천명의 팔을 거절하고 돌아서 서둘러 걸어갔다. 천명은 연지가 품을 빠져나간 서운함을 감추고 손을 잡으려고 했지만 연지는 코트 주머니에 두 손을 깊이 찔러 넣었다.

"연지야."

연지는 천명의 부름에 멈출 수밖에 없었다. 연지는 두어 걸음 앞선 곳에서 고개를 돌려 그를 보았다. 성큼 다가선 천명의 표정이 심각해 보였다. 마음의 혼란을 들킨 걸까?

"피곤해서 얼른 들어가고 싶어서요. 미안해요."

"저녁도 먹지 않고 그대로 들어가겠다는 거야?"

"미안해요."

"무슨 일 있었어?"

"오늘은 일이 많았어요. 감정 기복도 너무 심했고. 머릿속이 혼란스러워서 불안해요."

"알았어."

천명은 연지의 말이 어느 정도 솔직하다고 느꼈다. 전부 드러낸 건 아니었지만 말한 것은 사실이었다. 손길을 거절하는 연지의 태도는 과거에도 볼 수 있었다. 그가 잘못했을 때, 뭔가 화가 나거나 속상할 때 다가가는 걸 매몰차게 거절하고 가 버린 적이 몇 번 있었다. 이번에도 불편한 마음을 감추지 못하고 손길을 거절하는 게 분명했다.

다그치며 알아내고 싶지 않았지만 거절하는 연지를 그대로 두기도 싫었다.

"아."

힘 있게 어깨에 팔을 둘러 품으로 끌어오자 연지가 작게 소리를 냈다. 연약한 어깨가 긴장으로 굳었지만 모른 척했다. 품 안에서 내보내 줄 생각이 없었다. 앞으로도.

5

천명은 가게로 오지 말라는 연지의 전화에 별다른 토를 달지 않고 받아들였다. 창식의 전화로 어제 정호가 연지에게 뭐라고 했다는 걸 알았기 때문이다. 정호를 봤을 때 때려눕혔어야 했을까? 연지를 흔들어 놓은 탓에 오늘 하루 연지를 볼 수 없었다. 물론 오지 말라 했다고 보지도 말라는 말은 아니었다. 평소처럼, 이제까지처럼 가만히 연지를 지켜볼 수는 있었다. 그러나 정호가 했을 말이 짐작되어 연지의 근처에 얼씬도 하지 않았다.

일이나 해야겠다는 생각에 해묵은 것들을 손볼 욕심으로 천천히 서류를 검토하고 있을 때였다. 문 회장에게 전화가 왔다.

"안녕하십니까."

문 회장의 전화에 조금 긴장감을 가졌다. 문 회장이 직접 전화하는 일이 거의 없었기 때문이다. 김 비서를 거치지 않고 손수 전화를 걸 정도의 무게를 가진 일로 전화한 것이다. 짐작하는 그 일로 전화했을 것이다. 문 회장은 성 회장과 모든 면에서 경쟁자 관계를 가지고 있으니까.

— 내일 민화가 주최하는 파티에 참석한다고? 예전에 지현이가 초대했을 땐 거절하지 않았어? 난 창 사장이 파티를 원래 싫어하는 줄 알았는데?

다짜고짜 본론으로 들어가는 걸 보니 문 회장의 감정이 조금 격해진 상태인 것 같다. 성 회장에게 진 건 아닌가 하는 생각 때문일 것이다. 이렇게 직접 전화를 하는 것조차 지는 것처럼 여기던 문 회장이 모든 걸 치우고 화를 내고 있는 것이다.

"파티를 싫어합니다. 그렇지만 이번엔 성 회장님이 부르셔서 가게 되었습니다."

— 성 회장이 직접 불렀단 말이지?

"그렇습니다."

지금 문 회장이 직접 전화를 한 것이 꽤나 별난 일인 것처럼 성 회장이 딸의 파티에 올 손님을 직접 초대하는 일도 꽤나 드문 일인 것이다. 서로 비겼으니 문 회장의 심기가 조금은 편해졌을 것이다.

— 민화와 커플이 되는 건가? 그런 이유가 아니면 성 회장이 직접 부르진 않았을 테니까.

"따로 일행이 있습니다."

— 누구?

"말씀드려도 잘 모르실 겁니다."

— 내가 모르는 사람은 없어.

"모르십니다."

단호한 대답에 문 회장이 잠시 침묵했다. 꽤 괘씸해하고 있을 것이다.

— 물어보나 마나 여자겠지? 좋아. 내일 지현이도 가게 되었는데 민화와는 그리 친하지 않아. 혼자 어색하게 있을 게 뻔한데 자네가 옆에서 좀 챙겨 주지 않겠나?

"죄송합니다. 제 일행은 파티 경험이 전혀 없는 사람이라서 한시도 눈을 뗄 수 없을 것 같습니다."

'알겠습니다. 제가 챙겨 주겠습니다.' 라는 대답을 원한다는 걸 알면서도 천명은 주저함도 없이 솔직하게 말했다. 결혼이 사업의 한 역할을 할 수 있다는 생각이 싫었다. 그런 사고방식에 조금도 밀리고 싶지 않았다.

— 지현이보다 나은 여자이길 바라겠네.

"감사합니다."

불편한 기침 소리와 함께 통화는 끝이 났다. 자기들이 직접 이룩한 것도 아니면서 이익이 되는 남의 사업에 대한 통제권을 가지기 위해 부단히 노력하는 그들의 모습은 이미 다른 시간, 다른 사람들에 의해 경험해 봤다. 질리도록 충분히.

천명은 잠깐 생각한 후에 창식에게 전화를 했다.

"연지하고 내일 성 회장 파티에 함께 갈 거다."

— 내일요? 우리 연지 누나를 그 전쟁터에 데려간단 말입니까?

"언제라도 시작은 있을 테니까. 다들 연지를 모르니까 내일은 차라리 수월하지 않을까 하고 기대를 하는 중이야."

— 너무 긍정적으로 생각하시는 건 아닌지 모르겠습니다. 그리고 우리 연지 누나가 그 파티 때문에 사장님을 싫어하게 되면 어쩌려고 그러셨습니까?

"싫어하게 되지 않도록 최선을 다해야지."

— 오늘도 거절당하고선 뭘 믿고 그렇게 자신만만하십니까?

"잠깐 혼란스러워하는 거겠지. 잘 설명하면 해결될 문제야."

— 뭐 사장님이 그렇다면 그런 거겠죠. 참, 우리 연지 누나 컨디션 별로인 것 같습니다. 손님이 없을 때마다 책상에 엎드려 있습니다.

"그래?"

— 걱정된다고 바로 뛰어오시면 들통 나니까 변명거리를 잘 생각해 놓고 움직이십시오.

"알았어."

창식이 적절한 때에 제동을 걸어 주고 전화를 끊었다. 생각해 놓고 움직이라는 창식의 말 전에 천명은 이미 자리에서 일어서 있었다. 창식의 말을 듣고 천명이 자리에 앉아 생각했다. 바로 달려가고 싶은데 핑곗거리가 빨리 생각나지 않았다. 답답한 마음에 자리에서 일어섰다. 뭔가 생각하고 가야 한다는 걸 알면서도 몸은 이미 연지에게로 향하고 있었다.

천명에게 가게에 오지 말라고 전화한 후 오전이 다 지나갔다. 연지는 마음과 몸이 다 무거웠다. 오전 내내 천명을 기다리고 있는 자신을 감당하기 어려웠기 때문이다. 정호의 말을 듣고서도 천명에 대한 마음은 조금도 줄어들지 않았다.

무거운 몸을 뒤척이며 정호가 한 말을 곱씹어 보았다. 왜 천명이 가만히 있다가 요즘에야 다가온 건지 알아내려고 애를 썼다. 그러나 어제저녁부터 그랬던 것처럼 답은 찾을 수 없었다.

"휴우."

머리도 묵직하고 몸도 좀 쑤셨다. 몸살이 나려나? 마르고 큰 힘은 없었지만 심한 감기를 앓거나 드러누울 정도로 아파 본 적이 없었다. 그러나 유산을 한 후로부터 후유증인 건지 아니면 결혼 생활의 피로감이 여전한 건지 몸이 자주 아프고 감기도 잘 걸렸다. 그래서 아플 때마다 잃어버린 아기가 생각나 더 힘이 들었다.

긴 한숨을 쉬며 테이블에 엎드려 조금이라도 몸을 편하게 하려고 노력했다. 손님이 들어오기 어려운 분위기인 건 알지만 어쩔 수가 없었다. 천명의 일로 정신적인 스트레스도 한몫을 하는 것 같다. 그와 얼떨결에 사귀는 사이가 되었지만 아직도 불안했다. 정호의 한마디에 몸과 마음이 크게 내려앉은 건 그런 불안한 마음 때문일 것이다.

약이라도 사다 먹어야겠다는 생각에 잠시 자리를 비우려고 일어섰다. 이런 식으로 남은 하루를 보낼 수는 없었다. 내일이 휴일인 만큼 남은 시간을 어떻게든 잘 버텨 내야 했다. 잠시 자리를 비운다는 팻말을 문고리에 걸고 문을 열었다.

"천명."

문을 열자마자 마주하는 바람에 놀라서 멍하니 올려다보았다. 오전 내내 보고 싶어 하던 천명이 눈앞에 예고도 없이 나타나서 진짜인지 금방 알아볼 수가 없었다. 몸이 너무 많이 아파서 헛것을 보는 것은 아닌가 싶었다.

"어디 가?"

"아, 네. 약국에."

진짜다. 연지는 천명의 손길을 느끼고서야 헛것이 아니라는 걸 알았다.

"약국? 어디 아파?"

"그냥 몸살 기운이 조금 있어서요."

천명에게 오지 말라고 했던 아침의 일을 연지는 잠시 잊었다. 몸과 머리가 무겁고 불편해서 천명이 이마를 짚어 보는 손길도 거절하지 않았다. 거절해야 한다거나 여러 가지 걸리던 많은 생각들을 하나도 기억해 내지 못했다. 천명이 와서 기쁘고 안심이 되었다.

"열이 좀 있는데?"

"그래요? 그럼 열도 있다고 말하고 약을 지어야겠어요."

"쉬어야 하는 거 아니야?"

"반나절만 버티면 되는걸요. 일찍 문을 닫으면 돼요. 내일이 휴일이니까 쉬는 건 내일 하면 돼요."

"일요일 오후는 사람들이 잘 안 다녀. 지금 문 닫고 들어가자."

"그래도 가게 하는 사람이면 시간을 잘 지켜야 해요."

"연지야, 건강 상하면 반나절이 아니라 오랫동안 문을 닫아야 할지도 몰라."

연지는 뺨과 머리를 만져 주는 천명의 손길에 눈이 감길 것 같아 손에 들고 선 열쇠를 괜히 다른 손으로 옮겨 잡았다. 천명의 말대로 일요일은 평일 저녁보다 더 사람이 적었다. 시간이 갈수록 사람들의 발길이 아주 빨리 끊어졌다. 월요일을 시작해야 한다는 생각에 오후 늦게까지 돌아다니길 주저하기 때문일 것이다.

"천명 씨 말대로 하는 게 좋겠어요."

고민하던 시간을 끝내며 몸을 돌렸다. 아직 잠그지 않은 가게 문을 열고 들어가 천천히 퇴근 준비를 했다. 이제 들어가서 쉰다는 생각이 들어서 그런 건지 당장에라도 누워서 자고 싶었다.

"가자."

평소보다 더 신속하게 뒷정리를 해 준 천명은 연지의 가방까지 빼앗듯 가져가 들고 손을 잡아끌었다.

"약국에 들러야 해요."

"그래."

핑곗거리를 찾아 연지에게 오려고 했지만 마땅한 것이 마지막까지 생각나지 않았다. 그러나 핑곗거리는 필요 없었다. 연지는 왜 왔느냐고 쏘아 줄 만큼의 힘도 없었기 때문이다. 약국에 들러 몸살감기약을 지어서 차를 탔다.

"이렇게 아프면서 버티려고 했어?"

차에 타자마자 한숨과 함께 기대어 눈을 감는 연지의 모습에 천명이 참지 못하고 한마디 했다.

"긴장이 풀려서 그래요."

눈을 감은 채 중얼거린 연지는 좀 더 많이 긴장을 풀었다. 몸을 의자에 깊숙이 묻자 출발하고 얼마 있어 잠이 들었다.

"연지야."

연지의 집 앞에 도착했지만 잠든 연지는 깨지 않았다. 천명은 연지를 부른 후 잠시 기다렸다. 아주 잠시 기다린 후 차를 돌려 집으로 향했다. 연지의 가게로 갈 핑곗거리는 생각나지 않더니 지금 연지를 집으로 데리고 갈 핑곗거리는 금방 생각났기 때문이다. 주저할 이유가 없었다.

차가운 바람이 들지 않는 전용 주차장이라 다행이었다. 천명은 최대한 소리를 죽이고 차에서 내린 후 연지 쪽의 차 문을 열어 잠든 연지를 훌쩍 안아 올렸다. 오늘은 아니야. 힘든 연지를 안을 수 없다는 걸 알면서도 심장은 거세게 뛰었다. 연지가 시끄러운 심장 박동 소리를 듣고 깰지도 모른다는 걱정이 들 지경이었다.

무사히 집 안으로 들어왔다. 침실로 곧장 들어가 천천히 침대에 눕혔다. 연지의 신발을 벗기고 외투를 벗기는 동안 이마에 땀이 맺혔다. 이렇게 숨죽이며 뭔가를 한 적이 없었다. 바짝 긴장해서 일 초도 그냥 흘리지 못하고 예민하게 움직이느라 몸에 쥐가 날 것 같았다. 노력 때문인지 연지는 외투를 벗기는 동안에도 깨지 않았고 이불을 덮어 주자 몸을 뒤척이며 포근함을 찾는 아이처럼 이불 속으로 파고들었다.

"너한테는 계획 따위 소용 없나 보다. 한 가지도 계획한 걸 실천할 수 없었으니 말이야."

처음 과거를 다 기억해 내고 깨달았을 때부터 다른 건 다 계획한 대로 실천하고 결과도 얻을 수 있었다. 그러나 연지에 대해선 하나도 맞는 것이 없었다. 찾기 힘들었고, 찾았을 땐 이미 다른 남자와 결혼을 약속한 후였다.

연지의 이혼과 다시 만나기까지 계획을 세우기가 두려울 정도로 갑작스러운 일이 많았다. 그러나 앞으로 한 가지 절대 변하지 않고 포기하지 않을 계획이 있다면 연지를 절대 놓치지 않겠다는 것이었다.

연지가 편안한 숨소리를 내며 자는 것을 확인하고서야 외투를 벗고 손님방으로 갔다. 샤워를 하고 싶은데 안방 욕실을 쓸 수 없었기 때문이다. 평소처럼 모두 벗어 던지며 욕실로 들어갔다. 연지를 침대에 안전하게 눕히려고 힘들었고 눕힌 지금은 곁에 함부로 다가가지 않기 위해 힘들었다. 땀이 난 몸을 씻으면서 욕망도 함께 씻어 낼 수 있기를 바랐다.

희미한 조명을 느끼며 연지는 잠이 깼다. 그러나 눈을 뜨지 않고 몸을 뒤척였다. 꿈에 시달린 탓에 기운도 의욕도 없었기 때문이다. 지난번엔 생각지도 못한 야한 꿈을 꿔서 심란하게 하더니 이번에는 분노와 공포가 뒤섞인 꿈 때문에 기운이 빠졌다. 다행인 건 야한 꿈도 방금 꾼 괴로운 꿈도 곧 잊힐 거란 것을 안다는 것이다.

야했다는 분위기와 뭘 어찌했다는 흐릿한 기억만 남기고 정확한 장면은 하나도 남는 것이 없었다. 방금 꾼 괴로운 꿈도 벌써 장면들이 빠르게 사라지고 있었다. 아주 많이 노엽고 두려웠다는 기분만 진하게 남기고 모두 사라질 것이다.

"후."

몸이 끈적거리는 것 같아 불쾌했다. 꿈을 꾸느라 식은땀을 흘렸나 보다. 씻고 다시 잘까?

"어?"

드디어 눈을 뜨고 희미한 빛을 의지해 주변을 살폈다. 벌떡 일어나 앉을 상태는 아니라 고개만 이리저리 돌려 살폈다. 천명의 차에 탄 후로 기억이 없었다. 집에 온 것이라고 확신했는데 뭔가 어색했다. 큰 방과 큰 침대. 무거운 머리를 짚으며 천천히 일어나 앉았다.

"깼어?"

"어머. 처, 천명? 어떻게, 내가, 우리가."

"아파서 잠들어 버렸던 여자가 꽤나 멀리 가네."

천천히 조명을 키워 준 천명은 편안한 차림으로 침대에 앉아 놀란 연지와 마주했다.

"아니, 그게 아니라 뭐가 어떻게 된 건지 몰라서요."

너무 심한 상상을 해서 오히려 무안해진 연지는 미안하고 민망해서 고개를 숙였다. 슬쩍 자신의 차림을 살핀 후엔 더 미안하고 민망했다.

"내가 벗긴 건 외투하고 신발이 전부야. 확인했어?"

"아, 아니, 그게 아니라."

"깨웠는데 안 일어나서 집으로 데려온 거야. 당신 집 번호 몰라서."

"오래 잤어요? 지금 몇 시예요? 아니다. 얼른 가야겠어요."

이불을 치우며 침대 밖으로 나오려는 연지를 천명이 붙들었다.

"이왕 왔으니 저녁 먹고 천천히 가. 계속 이상한 사람 만들지 말고."

"아, 미안해요."

연지는 천명의 말을 들을 수밖에 없었다. 그의 말대로 그를 함부로 이상한 사람 만들고 있었으니까. 그러나 편안하고 다정해 보이는 천명의 태도와 말에 안심이 되지 않고 계속 불안하고 초조했다. 꿈 때문일까? 조금 전 식은땀을 흘릴 만큼 괴로운 꿈을 꾼 후라서 천명과 함께 있는 것이 불안한 걸까?

꿈에서 보이지 않던 그 남자를 분명하게 알고 있었어. 분명 알고 있었는데. 손에 잡힐 듯 잡히지 않는 신기루처럼 꿈의 장면들이 허무하게 사라졌는데, 천명을 보자마자 그 남자가 생각났다. 그래서 불안하고 초조했던 거다.

그렇지만 천명이 그 남자라고? 말도 안 돼. 남의 집에 주책없이 누워 잔 것도 부족해서 나쁜 꿈의 주인공까지 시키는 것 같아 서둘러 털어 내려는데 왜 이리 사실처럼 느껴지는지 모르겠다. 마치 방금 경험한 것처럼 너무 생생했다.

"아파?"

연지는 꿈 생각을 하다가 천명의 소리에 고개를 들고 마주 봤다. 표정이 이상했던지 천명은 손을 뻗어 연지의 이마를 만지려고 했다.

"아."

팔을 들어 그의 손을 가로막으며 눈을 질끈 감는 연지의 모습에 천명은 그대로 얼었다. 맞기 직전의 아이처럼 두려움에 눈을 꼭 감고 방어를 하고 있는 연지의 태도에 기억을 찾은 줄 알고 깜짝 놀랐기 때문이다.

"죄, 죄송해요. 계속 이상하게 굴어서 미안해요. 나도 모르게 그만."

"낯선 곳에 와서 긴장한 탓이겠지."

천명은 굳어진 얼굴을 감추려고 침대에서 일어나 몸을 돌렸다. 기억을 찾은 것은 아니다. 그렇게 쉽게 되찾지 못할 거야. 아니, 영원히 되찾지 말아야 해.

"저, 미안한데 지금 집에 가면 안 될까요? 다른 이유가 아니라, 악몽에 시달렸더니 땀도 많이 났고 힘도 들어서요. 집에 가서 씻고 약을 먹고 쉬어야 할 것 같은데."

천명을 따라 일어선 연지는 아무리 생각해도 그의 말처럼 저녁을 먹고 천천히 갈 수 없을 것 같아서 조심스럽게 말했다. 땀이 식으면서 몸이 뻣뻣해지는 기분이었다. 천명이 기분 나빠하면 어쩌나 걱정이었다.

"그래. 몸살 나서 약까지 지었다는 걸 잊었어. 더 아파지기 전에 푹 쉬어야지."

예상 밖으로 바로 허락해 준 천명의 태도에 오히려 당황했다. 허락해 주지 않을 것 같아서 다음에 할 말도 준비했는데. 조금의 아쉬움도 내비치지 않는 그의 태도에 섭섭하기까지 했다.

천명을 따라 안방을 얼른 나온 연지는 그제야 집이 꽤나 크고 고급스럽다는 걸 알았다. 제주도에서 들렀던 바닷가 집의 거실과 비슷한 분위기의 거실이었다.

"외투 단단히 둘러. 찬바람에 더 심해지면 안 되니까."

"아, 네."

천명은 멍하니 서 있는 연지의 어깨에 외투 입는 걸 도와주었다. 연지는 신속한 천명의 행동에서 등 떠밀려 내쫓기는 기분을 느꼈다. 방금 전까지 한시라도 빨리 집에서 나가야겠다는 생각으로 예의 없이 말한 사람이 가질 기분이 절대 아니었다.

연지는 앞뒤도 없고 이유도 없는 감정들의 난립에 짜증이 났다. 왜 이리 방향 없이 기분이 들락날락하는 건지 모르겠다. 벌써 초조함과 불안감은 잊고 있었다. 그게 남아 있었다면 내쫓기는 기분은 가질 수 없었겠지. 한숨을 몰래 쉬고 그가 벗겼다던 신발을 신었다.

"단추를 끝까지 잠가야지."

현관문을 나서기 전에 천명은 연지의 목덜미를 잘 여며 주었다. 뺨에 스치는 천명의 손가락이 따뜻했다. 몸을 돌리기 전에 어깨를 가볍게 두드려 준 천명은 앞서서 집을 나섰다.

❀

연지는 몸이 완전히 나은 것은 아니지만 천명과의 약속을 지켰다. 전날 민망했던 자신의 행동과 생각에 대한 반성의 의미에서 천명과 함께 어딘지도 모르는 곳에 가는 걸 허락했다.

고급스러워 보이는 부티크로 향하는 천명을 의아하게 쳐다봤지만 그는 별다른 말을 해 주지 않았다. 이곳이 그가 오기로 한 목적지 같지는 않은데. 이곳에선 기껏해야 몇 시간만 있을 수 있기 때문이다. 하루를 다 빌려 달라고 했는데 그럼 또 갈 곳이 있는 걸까?

"여기서 드레스 한 벌 입고 갈 곳이 있어."

"네? 드레스요?"

"당신이 허락해 줘서 약속했으니까 내키지 않아도 따라와 줘."

설득의 달인이라고 해야 하나? 연지는 거절하려는 마음을 애초부터 닫아 버리는 천명의 말에 원망의 눈길로 그를 올려다볼 뿐이었다.

"겨울에 이런 얇은 옷을 입히다니."

조금이라도 마음을 전하려고 연지는 천명이 들을 수 있게 중얼거렸다. 피부가 드러나는 곳이 그리 많지는 않았지만 천이 얇은 탓에 몸매는 고스란히 드러났다. 몇 벌 입어 봐야 한다고 해서 천명 앞에 설 때마다 부끄러웠다. 한여름에도 민소매 옷을 입고 밖을 다니지 않던 그녀로선 속옷만 입고 남자 앞에 서는 기분이었다.

"불편해?"

"아주 많이."

드레스를 갈아입기 전에 직원이 속옷까지 몽땅 갈아입게 했다는 걸 천명은 알까? 처음 입어 보는 재질과 디자인의 속옷 때문에 드레스가 더 신경 쓰였다. 천명은 절대 안까지 볼 수 없다는 걸 알면서도 들킬까 봐 불안했다. 옷을 입으면 보이지도 않을 속옷이 어째서 쓸데없이 이렇게 야한 거야?

"당신 입 내미는 거 귀여워서 여기 있는 옷 다 입혀 보고 싶어져."

"천명!"

"지금 입은 걸로 하자. 피곤하지?"

천명은 조심해야 한다는 걸 알면서도 지금처럼 연지의 몸이 적나라하게 생각나는 때엔 뜨거워지는 가슴을 숨기기 힘들었다. 미리 마음에 드는 드레스를 준비했던 것이기 때문에 지금 멈추는 것에 문제는 없었다. 사진으로 본 것보다 연지가 입었을 때가 훨씬 더 예뻐서 마음에 들었다.

"너무 일찍 물어본 거 아니에요?"

드레스를 결정한 천명을 흘겨본 후 안도한 연지는 드레스가 어떤지는 신경 쓰지 않았다.

"간단히 머리 좀 만지고 나가자."

"간단히 머리만 하면 진짜 되는 거죠?"

"그래. 다른 여자들은 이런 거 일부러라도 하고 싶어 하지 않아?"

"난 다른 여자가 아니에요. 아직 몸살 기운 남았다는 것만 기억해 줘요. 오늘도 아무 곳에서나 기절하듯 잠들고 싶지 않단 말이에요."

연지는 불안한 마음에 천명이 조금이라도 부담을 가져 주길 바라서 아프다는 말을 했다. 지난번에 제주도에 갑자기 가게 되었을 때 준비가 다 되어 있었다는 느낌을 받았는데 지금도 그랬다. 설마 속옷까지 그가 고른 건 아니겠지? 아닐 거야. 칼을 휘두르며 전쟁터를 누비고 다닐 것 같은 남자가 여자 속옷을 고르다니 말이 안 되지.

"가지 말까?"

"됐어요. 얼마 만나진 않았지만 천명 씨, 은근히 선수예요. 거절하지 못하게 만드는 재주가 있어요."

"당신한테 통하기만 한다면 나로선 아주 감사한 재주야."

천명과 칼은 어울리지 않는데 당연한 듯 그런 생각을 하다니. 부드러운 미소를 짓는 천명을 다시 본 연지는 요즘 이상해진 자신의 머릿속이 뭘 생각해 내고 뭘 느낄 건지 불안했다.

"생전 처음 과한 치장을 하니까 좀 불안해요. 이상한 곳은 아니죠? 이런 옷도 처음이지만 이런 옷을 입고 가야 하는 곳도 모르는데 천명 씨가 잘못 생각하고 있는 건 아닌지 모르겠어요."

"별다른 곳 아니야. 그곳 사람들과 비슷하게 해서 눈에 띄지 않게 하려고 치장하는 거고. 평생 처음이자 마지막이라는 생각으로 재밌게 생각해."

"제가 뭘 해도 당신한테 피해가 가지만 않는다면 마음을 편안하게 가져 볼게요."

"나한테 피해 없어. 편안한 마음 가져도 돼."

천명의 말에 안심이 된 연지는 그 후로 머리를 드라마틱하게 올리고 보석 목걸이를 걸어도 크게 놀라거나 부담스러워하지 않았다. 그의 말대로 하루 재밌는 경험이라고 생각할 수도 있는 거니까. 그러나 그런 중에도 놀랄 만한 일은 있었다. 그녀가 모든 준비를 마치고 나왔을 때 마주한 천명은 부티크에 들어올 때와 달랐기 때문이다.

"아, 멋지네요. 어쩜 이렇게 반듯해요?"

연지는 슈트를 딱 맞게 차려입은 천명을 아낌없이 칭찬했다.

그를 보자마자 전쟁터에 가기 전에 군장을 마친 위협적인 무사처럼 느껴져 그 느낌을 지우기 위해 조금 과장했다. 아까 전쟁터를 누비는 천명을 당연하게 여긴 것이 이어지는 것 같아 얼른 벗어나고 싶었다.

"몸 둘 바를 모르겠군. 내가 당신에게 칭찬했을 때 어떤 느낌인지 이제야 알겠어."

"언제 당신에게 이 불편한 시간을 보상받을까 노리고 있었는데 잘됐네요. 지금 칭찬을 들으니 힘들다 이 말이죠? 멋져요. 아주 멋져요. 오늘 자주 칭찬해 드려야겠어요. 고생 좀 하세요."

"칭찬을 대신 들어 주는 사람들이 있나 찾아봐야겠어."

둘의 기분 좋은 웃음으로 준비가 모두 끝이 났다. 천명은 파티장으로 갈 때까지 연지를 각별하게 에스코트했다.

민화는 자신 있는 뒤태를 위해 등엔 아무것도 드리우지 않은 드레스를 입었다. 긴 머리를 풍성하게 높이 올려 긴 목과 훤히 드러난 등을 따라 내리는 선을 강조했다. 목에 걸린 한 줄의 끈 이외에 드레스 자락을 지탱하는 것이 없었다. 아슬아슬해 보이는 드레스를 자신 있게 소화한 후 천명이 오기만을 기다렸다.

"파티가 꽤 화려해요. 학위 받은 것 축하드려요. 성 회장님이 뿌듯하시겠어요."

지현이 민화에게 다가와 판에 박힌 인사를 했다. 지현의 옆에는 처음 보는 말끔한 남자가 서 있었다. 오늘 지현은 천명을 차지하기 위해 온 것이 아니었나? 미리부터 주제 파악을 하고 다른 남자와 온 거라면 칭찬을 해 주어야 마땅하지.

"고마워요. 다 갖춰진 좋은 환경에서 이만큼이라도 할 수 있어서 다행이죠. 동행이신가요?"

"아, 네. 이런 곳은 처음이라 저보다 아는 사람이 없죠."

민화는 소개해 주기를 기다렸는데 지현은 그럴 생각이 없는 것 같았다. 어떤 힌트도 없는 말을 하고는 자기와 함께 온 남자를 올려다보았다. 소개해도 좋겠냐는 동의를 구하는 걸까?

"문천성입니다."

남자는 지현에게 별다른 표현도 하지 않고 민화에게 손을 내밀며 이름을 밝혔다.

"문천성? 혹시, 문 회장님 자제분 되세요?"

"그렇습니다."

"언뜻 외국에서 오랫동안 계시다는 소리는 들었어요. 다들 문 회장님께 아들이 하나인 줄만 아는 것도 이해가 되네요. 문희성 씨보다 형이세요?"

"동생입니다."

의외의 인물에 민화는 깜짝 놀랐다. 문 회장의 비밀 병기라는 소문이 날 정도로 두 아들 중 하나를 이제껏 공개하지 않았기 때문이다. 해외 지사에도 없었고 그 어디에도 숨겨 둔 아들은 모습을 드러내지 않았다. 혼외 자식이라는 둥 입양을 한 거라는 둥 갖가지 소문이 나다가도 실체가 없기 때문에 곧 사라졌는데 드디어 그 소문의 주인공을 직접 보게 된 것이다.

"이렇게 와 주셔서 감사합니다. 맛있는 것도 많고 만날 사람도 많으니 좋은 시간 보내세요."

"그럴 작정입니다."

민화는 천성의 밋밋한 눈길에 화가 났다. 남자라면 누구나 지금의 자신에게 흥미를 보였기 때문이다. 사랑 중인가? 사랑에 빠진 사람만이 다른 여자에 대한 본능적 반응에 무뎌진다는 걸 기억하며 애써 자존심을 다독였다.

"안녕하세요."

파티의 주인공인 민화는 새로 온 사람들을 맞아야 했다. 지현과 천성의 분위기를 살필 여유를 얻지 못하고 새로운 사람을 향해 몸을 돌렸다. 천성의 무심한 반응으로 혹시 천명을 향한 도발도 성공하지 못하면 어쩌나 하는 걱정이 들었다. 아버지 성 회장은 어렵게 기회를 만들어 줬으니 천명과 어느 정도 진척은 꼭 있어야 한다고 했다.

"어떻게 몸매를 관리하기에 이렇게 눈이 부셔?"

친구가 질투 어린 눈을 떼지 못하고 민화의 몸매를 칭찬했다. 천성 때문에 떨어졌던 자신감이 바로 회복되는 순간이었다.

"고마워."

진심이었다. 친구들과 아버지가 힘을 써서 초대한 유명 인사들이 속속 도착했다. 아직 천명은 나타나지 않았다. 민화는 계속 인사를 하며 슬쩍 입구 쪽을 보았다. 온다고 했고 아버지가 직접 초대했으니 반드시 올 것이다. 일행이 있다고 했는데 들어서자마자 기를 죽여 줘야 해.

오.

천명을 기다리던 사람이 많았나 보다. 한참 이 사람 저 사람과 이야기를 나누던 민화는 사람들의 술렁거림에 이끌려 고개를 돌렸다. 천명. 그가 드디어 나타났다. 온다고 했지만 아주 작은 부분 의심과 불안이 없었던 것은 아니었다. 그의 조각같이 잘 다듬어진 모습이 보이자 안심하는 동시에 반가웠다. 주인공의 의무와 책임으로 당당하게 천명을 향해 갔다.

일행? 거의 몇 발자국까지 다가갔을 때에야 천명의 옆에 선 여자를 볼 수 있었다. 인정하고 싶지 않지만 깨끗하고 맑은 느낌의 여자였다. 약간 귀여운 구석도 있어 보였다. 하지 않은 듯 깔끔한 화장과 단정한 드레스가 여자의 느낌과 잘 어울렸다.

"어서 오세요."

민화는 웃으며 천명에게 손을 내밀었다.

"축하합니다."

천명은 민화의 손을 잡지 않고 예의 바르게 축하 인사를 건넸다. 손을 내밀었던 민화는 자연스럽게 손을 마주 잡아 어색함을 감췄다.

"함께 오신다던 그 일행분이신가요? 소개해 주지 않겠어요?"

"호연지라고 합니다. 별로 들은 말 없이 갑자기 끌려와서 뭐라고 말씀드려야 할지 모르겠네요. 뭐든 축하합니다."

민화는 연지라고 자신을 소개한 여자가 천명을 원망하는 눈으로 올려다본 후 말하는 걸 보았다. 정말 별 설명 없이 그냥 데려온 것 같았다. 게다가 약 오르게 연지라는 여자는 기가 전혀 죽지 않았다. 귀여움이 느껴지는 웃음을 지으며 편안하게 말을 했다.

"연지 씨, 천명 씨를 잠깐 빌려도 될까요. 금방 돌려 드릴게요. 제 파티를 이용해서 천명 씨를 만나려고 하는 사람들이 많아서요. 괜찮죠?"

"그럼요."

연지의 빠른 대답 때문에 천명은 거절할 기회를 놓쳤다. 파티 장에 들어서기 직전 연지가 속았다면서 투덜거렸다. 아마도 그녀 나름의 작은 앙갚음을 하는 중일 것이다. 천명은 연지가 조금도 주눅 들지 않고 마치 늘 파티에 다녔던 사람처럼 편안하고 익숙 하게 받아들이는 걸 보고 민화를 따라 잠시 떨어져도 괜찮을 것 같다고 생각했다.

"귀찮은 일을 마치고 얼른 돌아올게."

천명은 민화를 앞세워 보내고 고개를 숙여 연지의 귓가에 속삭 였다. 그녀의 앙갚음이 효과가 있다는 걸 알려 주고 싶어서였다. 연지의 고소해하는 표정에 웃음 짓고 민화를 따라갔다.

"천명 씨, 기다렸어요."

지현이 인사를 나누고 있는 천명에게 다가와 말을 걸었다.

"날 기다릴 이유가 없는 것 같은데요?"

"어색한 파티에서 도움이 될 유일한 사람이라고 들었어요."

"안타깝게도 제겐 돌봐 줘야 할 일행이 있어서 도움이 되지 못 할 겁니다."

"돌봐 줘야 할 일행이 혹시, 저기서 멋진 남자와 이야기를 나 누는 여자분을 말하시는 건가요?"

"……."

지현의 말에 놀란 천명은 그녀가 가리킨 곳을 쳐다보았다. 지현의 말에 과장은 없었다. 연지는 낯선 남자와 편안하게 이야기를 나누고 있었다. 남자의 외모는 지현의 말대로 훌륭했다.

"천명 씨가 신경 써서 돌봐 주지 않아도 편안해 보이네요."

"실례하겠습니다."

천명은 지현과 눈도 마주치지 않고 형식적인 인사를 한 후 빠르게 연지에게 다가갔다. 다른 남자와 시간을 보내라고 물러나 준 것이 아니었다. 정호 하나로 충분하다. 천성과 먼저 결혼했던 것처럼 다른 남자와 결혼까지 해 봤으니 더 이상은 허락할 수 없었다. 연지에게 다가가면 갈수록 심장이 뛰었다. 연지에 대한 욕망으로 인한 반응이 아니었다.

"연지."

"어머. 벌써 다 끝났어요?"

바짝 다가온 천명 때문에 놀란 연지는 함께 말하던 남자를 흘끗 보았다. 문천성이란 이름 때문에 신기한 마음에 대화를 하고 있던 참이었다. 언젠가 천명이 천성이란 이름을 들으면 어떤 게 생각나느냐고 물었었기 때문이다. 그 일로 다투기까지 했으니 천성이란 이름을 잊을 수가 없었다. 별. 여전히 천성이란 이름을 들으면 별이 생각났다.

"그래."

"서로 아는 사이 아니에요?"

천성은 자신을 소개하고 말하는 중에 연지가 말한 천명이란 이름에 반응했다. 천명이 천성이란 이름을 말했으니 당연히 아는 사이겠지 하는 생각에 따로 물어보진 않았다. 그런데 마주한 두 남자는 서로를 처음 보는 사람처럼 뚫어지게 보았다.

"아는 사이라니?"

"문천성입니다."

"……."

연지의 말에 천성이 먼저 자신의 이름을 밝혔다. 천성은 연지에게 인사할 때처럼 손을 내밀지 않았다. 천성이란 이름을 들은 천명은 드러나게 굳었다. 말없이 천성과 천명이 마주 보았다. 처음 마주했을 때처럼 관찰하는 눈은 아니었다. 말도 없이 싸우기라도 하는 것처럼 두 사람의 눈빛은 날이 서 있었다.

연지는 불편한 공기가 진하게 느껴져 둘을 지켜보는 것이 힘들었다. 시간이 갈수록 참고 있을 수 없을 만큼 무겁고 아픈 분위기가 심해져서 잘 하지 않던 말을 했다.

"저, 천명. 몸이 좋지 않아요. 그만 돌아가도 될까요?"

"연지 씨, 어디가 아픕니까?"

천성이 천명이 뭐라고 대답하기도 전에 연지를 향해 걱정스러운 표정으로 먼저 물었다.

"아, 그게 몸살 기운이 조금 남아서요."

연지는 거짓말이 아니라서 천성의 질문에 자연스럽게 대답을 할 수 있었다. 그러나 천성의 과해 보이는 반응에 괜한 말을 했다는 후회가 들었다. 천명의 얼굴은 조금 전보다 더 좋지 않았다.

"천명, 아직 회복되지도 않은 사람을 데려오다니, 여전히 이기적으로 구는 거냐?"

방금 전까지 처음 만난 사람처럼 천명을 대하던 천성이 갑자기 말을 놓으며 책망했다.

"당신이야말로 자기가 기억하고 싶은 것만 기억하는 이기적인 사람이야. 모든 걸 다 기억했다면 지금 그 말은 절대 하지 못해. 연지야, 가자."

연지는 천명의 말에 놀라서 굳은 천성을 보았다. 둘이 무슨 말을 하는 거지? 뭘 기억해? 둘이 대체 어떤 관계인 거야? 질문이 꼬리를 물고 이어질수록 가슴이 묵직한 뭔가에 눌리는 것처럼 답답하고 아팠다. 천명이 잡아끄는 바람에 더 생각하지 못하고 파티장을 나왔다.

"옷 돌려주러 안 가요?"

달아나는 것처럼 서둘러 나와 가고 있는 곳이 익숙했다. 연지는 지금 이대로 집에 가면 천명의 굳은 표정이 신경 쓰여 편안하지 않을 것 같아 뭐라도 하기를 바랐다.

"다음에 줘도 돼."

"그 사람하고 아는 사이예요?"

천성이란 이름을 꺼내기가 두려워 연지는 이름을 삼키고 말했다. 조심스럽고 불안한 느낌이 다시 가슴을 눌렀다. 둘에 대해 생각하기 싫은데 궁금하기도 했다.

"글쎄."

"그런 애매한 대답이 어디 있어요? 서로 원수 사이처럼 무서운 표정으로 말하던데."

"신경 쓰지 마. 몸은 어때?"

"괜찮아요. 제가 잘못 말한 것 같아서 마음에 걸려요. 파티에서 나오고 싶다는 생각에 별로 불편하지 않은데 아프다고 말을 한 거라서요. 미안해요."

"그런 거 없어. 신경 쓰지 마."

연지는 천명과 천성의 다툼이 자신 때문이라는 생각이 들었다. 이해가 안 되지만 어쨌든 아프다는 자신의 말에 천성이 천명을 나무랐고 천명이 그 말에 반응했으니까. 여전히 이기적이라는 그 말, 무슨 뜻일까? 천명에게 여자가 있었던 걸까? 천성도 아는 여자?

"아⋯⋯."

"연지!"

천명은 차를 급하게 세우고 신음 소리를 내며 머리를 쥐는 연지를 살폈다.

"후, 몸살이 두통으로 갔나 봐요. 머리가 아파서. 별거 아니에요."

빵빵.

갑자기 천명이 차를 세우는 바람에 뒤에서 따라오던 차가 요란하게 항의했다. 연지는 천명의 팔을 톡톡 두드리며 어서 출발하라고 신호했다. 멀쩡해 보이는 연지를 다시 살펴본 천명은 내키지 않는 얼굴로 차를 다시 출발시켰다.

"천명, 저, 물어보고 싶은 게 있는데."

"물어봐."

천명은 편안하게 말했지만 속으로 바짝 긴장했다.

"제가 이혼하기 전에, 그러니까 결혼 상태일 때 저를 본 적 있어요? 그러니까 제 말은, 가게에서 처음 만난 게 아니고 그 전부터 절 알고 있었느냔 말이에요."

"섭섭하군."

"네?"

"설마 했는데 역시 기억하지 못하는 거였어."

"무슨 소리예요?"

"결혼 전에 내가 당신한테 사귀자고 했었어. 기억 안 나지? 하긴 기억했다면 이런 질문 절대 못 하지."

"어, 언제 저한테 사귀자고 했어요?"

"당신한테 반해서 사귀자고 하니까 웃으면서 그러더군, 결혼할 남자가 있다고. 내가 뭘 할 수도 없게 잘라 버려서 상처받고 돌아섰는데 당신은 아예 그런 일이 있었는지조차 기억 못 하고 있으니 섭섭할 수밖에."

"아, 진짜, 진짜 그랬어요?"

"잘 생각해 봐. 아니다. 더 섭섭하게 하지 말고 그랬구나 하고 인정이나 해."

"미안해요. 기억이 안 나요."

"정말 결혼한 걸까 하는 생각에 당신 옆에 있던 남자, 유심히 봤지. 사실 질투도 나고 속상하기도 해서 노려봤을지도 몰라."

"아, 그렇구나."

연지는 조금 이해가 되었다. 정호가 천명을 기억할 수 있었던 건 특별한 시선을 느껴서일 수도 있으니까. 천명의 말을 들으니 가지고 있던 의심이 모두 사라졌다. 오히려 기억하지 못하고 정호의 말만 듣고 괜한 두려움과 오해로 천명을 어색하게 대한 것이 미안했다.

"천명 씨처럼 눈에 띄는 남자가 사귀자는 말을 했는데 전 어째서 기억을 못 하는 걸까요?"

"결혼을 앞두고 있었으니 남편한테 마음이 다 **뺏겨서** 나 같은 나그네는 신경도 안 쓴 거겠지."

"뭐, 그럴 수도 있겠네요. 어쨌든 미안해요."

"진짜 몸 괜찮아?"

"괜찮아요. 핑계였다니까요."

"그럼, 드레스 가져다주고 오자."

"그래요."

집 앞까지 와서 다시 차를 돌리는 상황이 좀 어이가 없었지만 드레스도 벗게 되었고 천명의 굳었던 표정도 풀린 것 같아 좋았다.

"투덜거리면서 들어갔던 사람치고 파티에 잘 적응하던데?"

천명은 연지의 상태가 여전하다는 걸 확인하고 안심했다. 연지는 아직 아무것도 기억하지 못했다. 자신을 결혼 전에 만났던 것조차 기억하지 못하는 건 과거의 기억이 지워진 탓이리라. 시간이 별로 없다. 연지에게 언제 어떻게 기억이 돌아올지 모르는 데다가 천성이 나타났다.

과거를 기억했다면 연지를 차지하기 위해 뭐든 할 것이다.

"저하고 상관없는 사람들인데 긴장할 이유가 없어서요. 게다가 천명 씨에게 **삐쳐** 있어서 더 편했어요."

"맞아. 내가 덜 미안하게 해 줘서 고마워. 꼭 얼굴을 비쳐야 할 파티였거든."

"그렇게 금방 나와서 어쩌죠? 아까는 급해서 다른 생각을 못했어요. 인사도 제대로 못 하고 나와서 천명 씨에게 불이익이 돌아오는 건 아니에요?"

"전혀. 아주 적절할 때 나온 거야. 그것도 고마워. 지겹고 싫은 파티에서 당신 핑계 대고 나올 수 있었으니까."

"그래도……."

"자, 옷 갈아입고 우리 자리로 돌아가자."

천명이 서두르는 바람에 연지는 입을 다물었다. 드레스가 끌려서 천명의 도움을 받아 내렸다. 천명이 손으로 끝내지 않고 허리를 감아 안아 올리는 바람에 연지는 깜짝 놀랐다. 그러나 금방 땅에 발이 닿았고 바로 서자마자 천명이 몸을 돌렸기 때문에 달리 반응할 것이 없었다.

다만 얇은 드레스 천 때문에 몸에 천명의 손과 팔이 확실하게 느껴져서 놀랐고 야한 꿈과 겹치는 그 느낌에 그를 따라가는 내내 두근거렸다. 등을 타고 내렸던 천명의 더운 손길이 주는 강렬한 느낌은 쉽게 잊을 수가 없었다. 꿈 때문이야. 말도 안 되게 야한 그 꿈을 천명과 연관 짓는 바람에 그저 스쳐 지나가는 손을 과하게 느낀 게 분명해.

"다음에 또 이런 모습 볼 수 있을까?"

부티크의 문을 열어 주면서 돌아선 천명은 부드러운 미소와 함께 정말 아쉬운 표정을 했다.

"어림없어요."

연지는 천명과 마주한 눈을 바로 피하며 말했다. 말도 안 되는 생각을 들킬 것 같아 마주 볼 수가 없었다.

"어서 오세요."

직원의 인사가 반가웠다. 연지는 얼른 드레스 자락을 붙들어 올리며 갈아입고 싶다고 말했다. 직원의 미소 지은 얼굴을 따라 옷 방으로 안내를 받았다.

"아쉽네."

"그런 말 하지 마세요. 이제야 살 것 같으니까."

겨울이란 계절 때문에 도톰하게 입은 옷이 마치 갑옷을 입은 느낌을 주었다. 이젠 천명이 품에 안는다고 해도 그를 제대로 느낄 수 없을 거라는 생각이 들었다. 연지는 자신감이 생겨서 가게를 나오면서 천명을 마주 보며 웃어 주었다.

"열 있어?"

"네?"

천명이 차 문을 열어 주려던 걸 멈추고 불쑥 연지의 이마를 짚었다. 도톰하게 입은 옷 때문에 그를 조금도 느낄 수 없을 것이란 생각은 그 순간 바로 깨졌다. 이마를 짚기만 한 것이 아니라 다른 팔로 그녀를 반쯤 품에 안은 천명의 몸이 옷과는 상관없이 생생하게 전해졌다.

"내가 정말 생각이 없었어."

"괜찮아요."

연지는 반쯤 안긴 상황에서 벗어나려고 서둘러 말했다. 뺨이 붉어졌다고 느꼈는데 그건 부끄러움 때문이라기보다 열 때문이었을지도 모른다. 그러나 그런 걸 생각할 수 있는 여유가 없었다. 말을 하며 더 바짝 당겨 안은 천명에게 어떻게 반응해야 할지 생각하느라 정신이 없었다. 그를 밀어 내야 하는지 아닌지 결정할 수도 없었다.

"열 있어. 어제 사다 준 약은 잘 먹은 거야?"

"파티에 가느라고 한 번 빼먹었죠."

"미안해."

이번엔 진짜 아찔했다. 천명이 미안하다면서 완전히 품에 꼭 안았기 때문이다. 그를 올려다보며 말하느라 조금은 여유가 있던 연지는 천명의 품에 얼굴이 파묻히는 순간 현기증이 느껴졌다. 코끝부터 천명의 향이 몸 안쪽으로 파도처럼 밀려 들어오는 것 같았다.

쇠붙이 냄새. 숲을 누비고 다닌 사람에게서 맡을 수 있는 야성의 냄새. 언젠가 맡아 봤던 익숙하게 느껴지는 냄새였다.

"연지?"

"아, 어지러워서. 괜찮은 건 아닌가 봐요."

연지는 천명의 품에서 떨어졌지만 눈을 뜰 수 없었다. 천명에게서 맡아지던 냄새와 함께 꿈처럼 어떤 장면들이 달려들었기 때문이다. 생생하게 보이는 장면들이 어느새 현실처럼 느껴졌다. 누군가와 단둘이 남겨진 방.

두려움에 밀려 물러나다가 벽에 부딪혔다. 더 이상 물러설 곳이 없다는 사실에 심장이 내려앉을 것 같았다. 두려움을 감추기 위해 주먹을 꼭 쥐었다.

'이젠 벗어날 수 없어.'

'이러지 말아요.'

'이제 넌 내 여자야.'

바짝 다가온 남자의 숨소리가 들렸다. 거칠고 급박한 그 소리가 두려움을 더욱 키웠다.

'왜, 왜? 이러지 않았어도. 아!'

남자의 손이 옷을 잡아당겼다. 벗겨지는 옷을 부여잡고 버텨 보려고 했지만 힘의 차이는 아주 컸다.

'이제 그는 없어. 없으니까 잊어.'

'아, 아직 난, 저리 가. 싫어!'

소리를 지르고 저항하려고 했지만 소용이 없다. 옷은 더 이상 벗겨질 것이 없을 때까지 벗겨졌고, 두려움에 몸을 말고 가려 보려는데 두 손이 남자의 한 손에 잡혀 들어 올려졌다. 눈을 감고 머리를 흔들며 상황을 부정해 보려고 했다.

'거절하지 마. 제발. 이제 그는 없다고 말했잖아!'

물기 젖은 남자의 절망적인 목소리에 버둥거리는 걸 멈춰 보려고 했지만 두려움에 눌린 몸이 말을 듣지 않는다.

'으아!'

지독한 아픔과 함께 몸속으로 남자와 남자의 향기가 밀려 들어왔다. 피비린내가 섞인 쇠붙이 냄새. 숲의 향기에 숨이 막히는 것 같다.

"으!"

"연지."

어깨를 흔드는 기운에 현기증과 함께 달려들던 장면들도 흩어졌다. 연지는 눈을 뜨고 천명을 올려다보았다. 아, 꿈? 그 남자 알고 있었는데. 눈을 뜨기 전까지는 분명 알고 있던 남자였어. 천명? 아니야. 모르겠어. 그럴 리가. 이건 다 꿈이야. 환상이야. 현실이 아닌데 천명이든 아니든 상관없어.

"차, 차에 탈게요."

"그래. 어서 가자. 저녁 함께 먹고 천천히 보내 주려고 했는데 안 되겠어."

연지가 차에 타는 걸 도와준 천명은 걱정스러운 얼굴로 옆에 앉았다. 하얗게 질린 연지를 몇 번이나 살핀 후 차를 출발시켰다. 신호가 걸려서 차가 서게 되면 천명은 어김없이 연지를 살폈다. 연지는 차에 탄 후부터 추위를 느끼는 것처럼 몸을 말고 눈을 감고 있었다.

"저녁 챙겨 먹을 수 있겠어?"

집에 거의 다 도착했을 때 천명이 조심스럽게 입을 열었다. 이렇게 그냥 들여보내도 되는 건지 고민하고 있었다.

"있어요. 알아서 잘해 왔어요."

연지는 감았던 눈을 뜨고 씩씩하게 말했다. 여전히 창백한 낯빛이었지만 표정과 말투는 평소와 다르지 않았다. 천명의 걱정스러운 눈길을 받으며 연지는 집으로 들어갔다.

6

천명은 '연지네 집'이 굳게 닫혀 있는 걸 보고 놀랐다. 바로 연지에게 전화했지만 아예 연결이 되지 않았다. 아픈 거다. 그렇게 생각하고 연지의 집으로 갔다. 그러나 거기서도 연지를 만날 수 없었다.

"며칠 집을 비운다고 했다니요?"

"말씀드린 대로 며칠 집을 비울 테니까 우편물을 좀 받아 달라고 했습니다."

경비원의 충격적인 말을 듣고서야 천명은 연지에게 변화가 일어났다는 걸 깨달았다. 어제, 창백했던 낯빛이 신호였던 것이다. 어디서부터 얼마나 기억한 걸까? 정말 기억 때문일까? 몸은 아프지 않은 걸까? 뭘 어떻게 생각하고 걱정해야 할지 갈피를 잡을 수가 없었다.

사무실로 돌아와 차가운 창문을 한참 바라보고 난 후에야 이성적인 생각을 할 수 있었다. 연지가 단순히 몸이 아픈 거라면 굳이 집을 떠날 이유는 없었다. 연락도 없이, 연락도 안 되는 상황을 만들 이유는 단 하나뿐이었다. 기억. 그것도 자신에게 불리한 기억을 한 것이 틀림없었다.

"젠장!"

하필 이렇게 위험하고 다급할 때, 절대 해서는 안 되는 기억부터 떠올려 버렸으니 무척 곤란하게 되었다. 아니 위험했다. 연지의 마음을 되돌리지 못한다면 이 모든 시간이 몽땅 허무하게 날아가 버리는 것이다. 찾아야 해. 어디부터 어떻게 찾지?

똑똑.

"들어와."

김 비서가 문을 열고 들어왔다.

"재개발 일정에 차질이 생길지도 모르겠습니다."

"어째서?"

"상가 상인들이 뭉쳐서 움직이고 있습니다."

"일단 권리금이든 뭐든 소홀하지 않도록 값을 쳐주고 법적으로 문제가 없는지 철저하게 조사하면서 건물 주인들과의 계약도 다시 점검해. 지불할 건 확실하게 지불한다는 자세로 대응해."

"아직 계약하지 않은 건물주에 대해선 어떻게 처리할까요?"

"주저하거나 곤란한 표정은 절대 짓지 말고. 실제로 곤란한 건 없어. 좋은 값을 쳐줄 때 팔지 않으면 자기 손해라는 걸 곧 알게 될 테니까. 정리가 되는 대로 공사는 시작될 것이고 그러면 그 지역 상권은 거의 소멸이야. 그때는 헐값에 팔아야 할지도 모르는데 잘 생각하라고 해."

"작지만 건물들 사이에 있는데 정말 괜찮습니까?"

"괜찮아야지."

"알겠습니다."

김 비서가 나가고 천명은 자리에서 일어섰다. 문 회장과 성 회장이 지금 그가 하려는 사업에 눈독을 들이고 있었다. 아직 그들의 돈이 필요한 단계는 아니었다. 공사가 시작되려면 시간이 좀 더 있어야 하니까. 하지만 재개발이 들어가면 막대한 돈이 들어가야 하는 건 사실이었다. 그때도 그들 앞에서 지금처럼 허리를 꼿꼿하게 펴려면 신중해야 했다.

"무슨 일이야?"

창식에게서 온 전화에 기대감이 높아졌다. 혹시 연지가 돌아온 걸까? 가게를 열었을까?

— 우리 연지 누나가 가게를 내놓고 싶다고 한답니다.

"가게를?"

— 사장님이 뭐라고 했습니까?

"아무 말 안 했어."

— 무슨 일이 있는 건 아니죠?

"연락처 받아 놓고 나한테 알려 줘."

— 그거야 다 했죠. 그런데 원래 연지 누나 휴대폰이던데요? 서로, 뭐, 문제가 있다면 사장님 전화 말고 다른 걸로 하십시오. 건물 주인인 줄 알고 잘 받아 줄 겁니다.

"넌, 눈치가 너무 빨라."

— 연지 누나 가게 문제는 어차피 일어날 일이었으니까 계획했던 대로 답하겠습니다.

"그렇게 해."

— 사장님, 사과할 때는 조용히 잘못했다고 진심으로 말해야 합니다. 말 많이 하지 마시고 가만히 숨죽이고 기다리십시오. 연지 누나한테 대답은 며칠 뒤에 해 준다고 했으니까 그 전에 아무 때나 시도해 보십시오.

"대신 연애라도 해 줄 기세로구나."

— 사장님은 연애 경험이 없으니까 제가 선배입니다. 다 피가 되고 살이 되는 충고니까 들으십시오.

"끊어."

연지에게 원래 가지고 있던 휴대폰이 있다는 걸 잠깐 잊고 있었다. 다른 전화기로 전화하면 받아 줄 건 확실했다. 그러나 당장 전화를 걸 수는 없었다. 가게까지 정리하고 떠나려는 건 아주 심각한 상황이기 때문이다. 대체 기억한 지가 얼마나 됐다고. 그렇게 미웠나? 그렇게 끔찍했을까?

적어도 내일까지는 기다렸다가 전화해야 하는데 그럴 수 있을지 장담할 수가 없다. 지금도 사무실 전화를 들었다가 놨다 하고 있으니까 말이다. 전화해서 뭐라고 해야 하지?

❀

연지는 동해안의 아담한 펜션에 와 있었다. 머릿속으로 달려 들어오는 장면들에 놀라 밤새 잠도 못 자고 괴로워하다 겨우 잠깐 자고 일어난 후 바로 짐을 챙겨 이곳으로 왔다. 꿈이라고 믿었던 장면들이 기억이라는 걸 깨달은 후 가만히 집에 있을 수 없었다.

불안한 마음과 충격을 정리하고 싶었고 무엇보다 천명과 만나고 싶지 않았다. 두려웠다. 기억이라고 확신되는 그 장면들이 정말 사실인지. 계속해서 파고드는 기억들이 또 어떤 충격을 몰고 올지도 두려움의 이유였다.

혼란스러운 머릿속과 불안하게 뛰는 심장을 어떻게든 가라앉히고 싶어 도망치듯 이곳으로 온 것이다. 얼마 동안 천명 없이 정리하다 보면 뭔가 답이 나오지 않을까 기대했다.

쏴아.

시원하게 쏟아져 들어왔던 파도가 서서히 밀려 나갔다. 차가운 바닷바람에 다 낫지 않은 몸이 더 아파질까 봐 펜션에 들어와 커다란 테라스 창문에 붙어서 파도 소리와 풍경을 보고 있는 중이었다. 오늘 하루는 아무런 생각도 하기 싫었다. 밀려 들어온 기억 때문에 이미 머릿속은 가득 넘치고 있었으니 다른 생각할 여유가 없었다.

"천성, 천명. 하늘과 별."

서서히 어두워지는 하늘을 보며 중얼거렸다. 생각하지 않기로 했지만 머릿속을 꽉 채운 생각들은 시도 때도 없이 불쑥 튀어나왔다.

"후, 저녁이나 먹어야겠다. 뭘 먹지?"

준비 없이 온 여행이라 펜션에 들어오면서 장도 보지 않았다. 귀찮고 춥지만 밖에 나가서 끼니를 해결해야 했다. 겨울바람을 피하기 위해 겉옷의 후드를 뒤집어쓰고 펜션을 나섰다.

"으, 추워."

오면서 봤던 식당을 떠올리며 바짝 움츠리고 걸었다.

빵빵.

서울처럼 곳곳에 훤한 가로등이 있는 것이 아니었다. 손님이 없는 펜션들이 늘어서 있어서 그리 밝지 않았다. 펜션촌이 끝나는 지점에 가까이 왔을 때 차가 달려들며 내는 경적 소리에 놀라 넘어질 뻔했다. 비수기의 거리는 한산했고 오면서 봤던 식당은 생각보다 멀었다. 분명 저 어디쯤에 붉을 밝히고 있어야 하는데 어둑한 그림자만 이어지고 있었다.

저벅.

누군가 다가오는 소리에 괜히 두려움이 생겨서 되돌아갈까 고민하던 걸 끊고 무작정 걸었다.

"연지."

"아!"

바짝 긴장한 어깨를 누군가 치며 이름을 불렀다. 지나가는 차 소음이 아니었다면 입에서 나온 소리가 비명처럼 들렸을 것이다. 놀라 돌아선 곳엔 금방 알아볼 수 없는 남자가 서 있었다.

"누구……."

분명 이름을 불렀으니 아는 사람일 텐데. 연지는 이성적인 생각을 하려고 애를 썼다.

"문천성입니다. 기억 안 나십니까?"

"어머, 아, 네."

천성이란 이름을 잊을 수는 없지.

"따라왔습니다. 우연히 만난 건 아닙니다."

그를 기억해 낸 후 바로 머리에 달려든 질문을 아는 것처럼 천성은 솔직하게 말해 주었다.

"왜 따라오셨는데요?"

아직 천성에 대해서, 아니 천명에 대해서도 제대로 정리해 놓은 생각이 없었다.

"걱정이 돼서요. 별다른 일이 없으면 그냥 지켜만 보다가 가려고 했는데."

천성은 연지를 따라올 때 특별한 계획을 세우진 않았다. 급하게 집을 나오는 연지를 따라왔는데 강원도였다. 아직은 인적이 드물어 한적한 길로 나온 연지가 위험하게 보여 나서게 되었다.

"아직은 아무도 만나고 싶지 않았는데."

"기억, 했죠?"

천성은 어렵게 물었다. 마주한 눈을 피해 춥고 싸늘한 도로 어딘가를 바라보는 연지의 표정이 모든 걸 말해 주었다. 기대하지 말자고 그 오랜 시간 동안 마음을 다스렸는데 모두 헛것이었나 보다. 연지의 외면 한 번으로 가슴이 쿵 떨어져 내리는 충격을 받으니 말이다.

"아직 진행 중이에요."

"그렇군요. 함께 저녁만 먹읍시다. 참고로 당신이 가려고 했던 식당은 비수기라서 문을 열지 않았습니다. 내 차가 있으니까 그걸 타고 나가서 저녁을 해결합시다."

"천명이 없을 때, 그리고 아직 기억도 완전하지 않은데 이러는 거 반칙 아니에요?"

"천명이 한 반칙에 비하면 난 약한 거 아닙니까?"

"좋아요. 춥고 배고프니까 도움을 받을게요."

연지는 더 이상 예민하게 굴지 않기로 하고 천성을 따라 그의 차로 갔다. 어차피 기억이 났는데 모르는 척하는 게 더 이상하니까. 기억에 있는 천성은 다정하고 조용한 사람이었다. 지금도 그런지는 모른다. 거칠고 불같던 천명이 부드럽고 다정하게 대하는 걸 보면 시간과 장소가 바뀌면서 조금 변할 수도 있는 것 같다. 천성은 얼마나 어떻게 변했을까?

"몸은 좀 어때요?"

번화한 시내로 차가 들어서자 천성이 침묵을 깨고 연지에게 물었다.

"감기 기운이니까 갑자기 확 떨어지지는 않겠죠. 오늘도 마지막 남은 걸 떨어뜨리긴 틀린 것 같은데 내일쯤 사라지지 않을까요?"

좋지 않은 몸의 상태가 남은 감기 기운 때문인지 아니면 떠오르는 기억을 감당하지 못해서 그런 것인지 알 수는 없었다. 어쩌면 둘 다인지도 모른다. 기억이 떠오르자마자 놀라서 도망치듯 강원도까지 오느라 피곤하고 힘들었으니까.

"아픈 걸 본 적이 없을 만큼 건강했던 사람이라서 아프다니까 걱정이 됩니다."

"살아온 환경이 다르니까요. 솔직히 그때와 전 다른 사람이라고 생각해요. 뭐, 완전히 다른 경험과 감정을 느끼며 살았으니까요."

결혼과 이혼. 그리고 잃어버린 아이. 과거의 연지와는 완전히 다른 경험의 연속이었다.

"알고 있습니다. 기억이 나자마자 당신을 찾았고 사는 걸 죽 지켜봤으니까요."

"언제부터 날 알고 있었는데요?"

천명이 결혼 전에 사귀자고 찾아온 건 과거의 연지를 기억했기 때문일 것이다. 순수한 관심은 아니었다. 기억나지 않던 그날의 일이 과거를 기억하자 자연스럽게 기억났다. 그날. 사귀자고 다가 왔던 날의 기억과 감정도 함께 생각났다. 그날 천명의 사귀자는 제안을 거절하고 힘들어했던 자신을 기억하며 놀랐다.

"성년이 된 후부터."

"그런데 왜……."

"당신이 말했듯이 지금의 우리와 과거의 우리가 다를 수도 있 다고 생각했습니다. 다른 삶을 살 수 있으니 우연히 마주하지 않 는다면 억지로 인연을 만들지 말아야겠다고 생각했습니다. 뭐, 쉽 지는 않았습니다. 갈등도 많았고 가끔 조절이 안 돼서 당신을 보 러 가기도 했으니까요."

"한 번도 본 적이 없어요."

"당신 앞에 나타난 적은 없습니다. 기분 나쁘겠지만 숨어서 몰 래 보다가 돌아가곤 했습니다. 그런 내 자신이 흉했고 또 당신한테 도 도움이 되지 않는 것 같아서 외국으로 갔습니다. 이유가 어떻든 사실은 도망을 친 겁니다. 내 감정을 다스릴 자신이 없어서요."

천성의 말을 들으며 천명은 어땠을까 하는 궁금증이 생겼다.

천명은 과거를 기억해 내고 현재의 삶에 대해 어떤 생각을 했을까? 적극적으로 찾아온 걸 보면 과거와 이어지기를 원한 걸까? 연지는 기운이 빠졌다. 천명과의 만남이 단순히 과거를 잇는 인연이라는 사실이 싫었다.

"그럼, 왜 다시 왔어요?"

"우연히 천명에 대해 들었고 당신도 함께 생각났습니다. 역시나 천명은 당신 곁에 있었고 천명이 다가간다면 나도 다가가야 공평하다고 생각했습니다. 나 혼자 피한다고 되는 일은 아니니까요."

천성은 천명에게 화가 나 있다는 말은 하지 않았다.

"저는 과거의 일들은 기억나지만 그때의 감정은 기억할 수 없어요. 두 사람에 대한 확실한 마음이 없다는 말이에요. 그래서 저는 두 사람 모두에게서 떠나고 싶어요. 아무런 감정이 느껴지지 않는 과거의 기억은 제게 소용이 없으니까요."

따뜻한 불빛을 내는 식당 근처에 차가 섰다. 연지는 더 늦기 전에 하고 싶었던 말을 꺼냈다. 모두에게서 떠나고 싶었다. 서둘러 가게를 내놓은 것도 그래서였다.

들어 본 적도 없는 일을 꿈으로 꾸고 이상한 장면과 함께 환청도 들렸다. 알지도 못했던 사람들이 갑자기 오래전부터 알았던 사람이 되는 상황은 갑작스러운 꿈과 환청으로 힘든 연지에게 버거웠다. 특히나 천명을 대하기는 더욱 힘들었다.

"힘들다는 거 이해합니다. 그렇지만 천명도 나도 이젠 포기할 수 없게 되었습니다. 이미 당신을 마주했고 기억과 감정이 완전히 합쳐져 버려서 어쩔 수가 없어요. 이젠 과거를 분리시키는 일이 불가능해졌습니다. 솔직히, 당신을 본 순간부터 안고 싶었습니다."

천성은 차 열쇠를 빼내어 찰그랑 소리를 냈다.

"……"

"놀라게 했다면 미안해요. 그렇지만 우리가, 내가 어느 정도인지 당신도 알아야 할 것 같아서 솔직하게 말한 겁니다."

연지는 안고 싶다는 충격적인 말을 한 천성을 이해할 수 없었다. 그저 기억만으로도 욕망을 느낄 수 있는 걸까? 기억이 나면서 여러 가지 감정이 함께 깨어난 것도 사실이었다. 그러나 천성과 천명에 대한 애틋한 사랑의 감정은 아직 기억할 수 없었다.

"도망칠 수 없다는 소리로 들려서 두려워요."

"연지. 과거의 감정을 기억할 수 없는 게 아니라 모르는 걸 수도 있습니다. 과거의 당신도 당신 감정을 잘 모를 수 있는 겁니다. 그러니 이번 일이 확인할 수 있는 좋은 기회가 될 겁니다. 우리 둘 중에 누굴 진심으로 사랑했었는지."

천성의 말에 연지는 가슴이 답답했다. 누굴 진심으로 사랑했는지 확인하라고? 둘 다 아니라면? 아니야. 모르겠어. 과거의 기억만으로 결론을 내리기 어려워. 그렇다고 지금의 둘을 놓고 따지는 짓을 할 수는 없어. 다시 둘 사이에서 방황하는 꼴이니까.

"다시 두 사람 사이에 서기 두려워요. 서로 잡아당기는 바람에 고통스러웠으니까요. 모든 책임이 저한테 돌아오는 것 같아서 싫기도 하고요. 누굴 좋아하든 제 마음이고 억지로 되는 게 아니니까요."

천성과의 결혼이 깨지고 천명에게 끌려갔다. 꼭 그렇게 끌고 갔어야 했는지 천명이 원망스러웠고 그 후의 일은 더더욱 기억하고 싶지 않았다. 몸이 아니라 마음이 갈기갈기 찢어지는 고통을 느껴야 했으니까.

"당신을 고통스럽게 하는 일은 다시 일어나지 않을 겁니다."

"장담하지 마세요. 누굴 더 사랑했는지 알아내라면서요? 알아낸 후에도 걱정이지만 알아내는 중간에도 아무 일 없을 거라고 믿기 힘들어요. 벌써 지금도 당신이 여기 와 있잖아요?"

문득 천성이 여기 와 있는 걸 천명이 아주 많이 싫어할 거라는 생각이 들었다. 천명에게 말도 없이 이곳으로 왔는데. 벌써 두 사람 사이에 끼어 버린 건지도 모른다.

"당신이 날 사랑했던 거라면 모든 걸 걸고 당신을 지킬 겁니다."

"당신이 아니라 천명이라면요?"

"포기하겠습니다."

"……과거 제 앞에서 다른 여자를 안았던 게 나를 포기한 증거였나요?"

"연지."

"이번에는 그런 증거까진 보여 주지 않아도 돼요."

숨이 꽉 막히는 기분에 연지는 차 문을 거칠게 열고 밖으로 나와 섰다. 천성과 말을 하다가 떠오른 기억 때문에 마음이 많이 불편했다. 기억이 얼마나 남은 것인지 알 수가 없다. 상상도 못했던 천성에 대한 장면이 갑자기 떠올랐기 때문이다.

이렇게 갑자기 치고 올라오는 기억들이 언제쯤 멈추게 되는 걸까? 이런 식이라면 어떻게 결론을 내릴 수 있지? 어느 날 갑자기 남은 기억들이 떠오르는 순간 그동안 가졌던 결론이 뒤집어질 수도 있는 거잖아. 숨이 막혀. 두렵고 싫어.

"들어갑시다. 바람이 차."

천성은 연지를 따뜻한 식당 안으로 이끌었다. 식당 안에 서로 마주 앉아 차가운 기운을 몰아내며 주문을 했다. 잠시 둘 사이에 침묵이 흘렀다.

"연지야, 나는 당신의 그 기억 없어졌으면 좋겠어. 나는 당신 말고 다른 여자를 안은 적이 없어. 나는 당신한테 그 말을 하려고 다시 깨어난 건지도 몰라."

다른 여자를 안은 적이 없다고? 다 벗은 여자를 다 벗은 몸으로 품에 안고 있던 천성을 본 기억이 또렷한데 무슨 말을 하는 걸까? 단호하게 아니라고 말하는 천성의 태도에 연지는 바로 따지려던 말을 삼켰다.

"제 기억이 잘못됐다는 건가요?"

"전체를 다 기억했다면 다르게 해석할 수 있는 기억이야. 기억이란 건 시간 전부를 고스란히 담은 것이 아니잖아? 특히나 지나간 시간에 대한 기억은 그래서 전부를 믿을 수 없는 것 같다. 그날의 일은 당신이 기억하는 것과 달라."

천성은 인상을 쓰며 말을 이으려다 멈췄다. 그날의 기억이 뭐가 어떻게 다른 건지 설명을 바라던 연지로서는 아쉬움을 느낄 수밖에 없었다. 천성은 더 이상 그 기억에 대해 말을 하지 않았기 때문이다.

"제가 기억이 돌아옴에도 불구하고 감정을 제대로 느낄 수 없다는 건 어쩌면 두 사람에게 크게 상처받았기 때문인지도 모르겠어요. 바람피운 남편과 헤어지자마자 그 동생에게 끌려가 강제로 아내가 되었는데 두 사람에게 어떤 애틋한 감정이 남았다고 보기 어렵잖아요?"

연지는 천성의 말처럼 기억이 그때의 시간 전체를 옮겨 놓지는 못해도 중요한 것들은 확실하게 기억하고 있다고 생각했다. 잊고 싶어도 잊을 수 없었을 테니까. 다른 여자를 품었던 남편과 자신을 강제로 아내로 삼은 천명. 둘 다 저울질하기 어려울 만큼 상처가 큰 일이었다.

그러나 큰 상처였다고 말하고는 있지만 이상한 건 자신을 강제로 아내로 삼은 천명에 대한 원망 이상의 분노와 증오가 느껴지지 않는다는 것이다. 감정이 잘 느껴지지 않기 때문일까? 하지만 원망은 확실히 기억하고 있었다.

이성적으로 생각해 봐도 그런 상황에선 분노와 증오를 느껴야 정상이지 않을까? 다시 태어나도 절대 사랑에 빠질 수 없도록 분명하게 기억하고 있어야 할 것 같은데 왜 다르지? 설마 천명을 사랑했기 때문에? 모르겠어. 천명을 사랑했다면 천성과 결혼할 이유가 없어.

"내가 말해 줄 수 있는 건 나와 천명은 당신을 사랑했다는 거야."

천성은 연지의 혼란을 볼 수 있었다. 아직 기억이 완전하지가 않은 데다가 감정과 일치가 되지 않아 기억한 것조차 해석이 제

192

대로 되지 않는 것 같았다.

"천명에 대해 좋게 말해 주는 건가요?"

"아니. 개인적으론 천명을 용서할 수 없지만 우리들의 마음을 분명히 알고는 있어야 하니까. 당신 기억에 우리 마음까지 들어갈 수는 없으니까 말해 주는 거야. 우리 둘은 당신을 진심으로 사랑했어."

"과거는 과거에서 이미 끝났어요. 그때 사랑했다고 지금 그 사랑이 이어지는 건 아니라고 생각해요. 감정을 기억하는 거지 기억에 의해 새롭게 감정을 가질 수는 없다고 봐요. 혹시라도 지금 저에게 뭔가 느끼고 있다면 그건 기억에 의한 과거의 감정일 게 분명해요."

연지는 천성의 사랑했다는 말에도 특별한 자극을 받을 수 없었다. 두 사람에 대한 감정이 기억나지 않는 건 분명 이유가 있었다. 어쩌면 과거의 연지는 두 사람에 대한 감정을 모두 버리고 싶어 했을지도 모른다.

"맞아. 지금 당신의 마음이 내게로 향할 수 있다면 그걸 위해 노력할 테니까."

"천명을 사랑했다면, 그 감정을 기억했다면 어떻게 되는 건가요?"

"마찬가지로 앞으로는 날 사랑하게 만들겠지. 천명에 대한 감정은 과거로 정리하고 나하고 새로 시작하면 돼."

"이상해요. 지금 당신이 하는 말은 천명이 해야 어울릴 것 같거든요. 마치, 천명이 해야 할 말을 하는 것 같아요."

다른 길 없이 오직 직진. 천명의 태도는 답이 정해진 한길이었다. 지금 천성이 말하는 것처럼 자기가 생각한 답을 위해 직진하는 성격이었다. 반대로 기억 속의 천성은 속은 어떨지 모르지만 겉으로는 조용히 뒤로 물러났을 사람이었다.

"앞으로는 기억이 필요 없을지도 모르지. 밥 먹자."

천성은 음식이 나오는 걸 보며 간단히 대화를 정리했다. 상이 다 차려지고 식사를 하려는데 연지는 롤러코스터를 타다가 방금 내린 것처럼 기운이 빠졌다. 숟가락을 들 힘조차 없었다. 과거의 기억을 끌어내 현실과 이어 가는 일은 생각보다 힘이 들었다. 연지는 숟가락을 집어 들려다가 다시 내려놓았다.

"먹여 줄게."

숟가락을 들었다가 내려놓는 연지를 본 천성은 연지의 밥을 국에 말았다.

"됐어요."

"기운이 없으니 더욱 먹어야 해. 거절하면 옆에 끌어안고 먹이는 수가 있어."

천성의 단호함은 낯설다. 연지는 기억과 다른 천성의 태도에 당황했다. 천명도 기억과 다르게 다정하고 부드럽더니 천성도 반대로 행동했다. 스스로 먹어 보려고 했지만 역시 기운이 없어서 그가 시키는 대로 입을 벌려 주는 대로 받아먹었다.

"이젠 혼자 먹을게요. 기운이 났어요."

자기는 먹지도 않고 먹여만 주는 천성이 신경 쓰여서 연지는 억지로 힘을 내어 숟가락을 잡았다. 먹은 밥의 힘인지 그런 대로 움직일 만했다.

"반찬 올려 줄게."

천성은 젓가락으로 반찬을 집어 밥 위에 얹어 주었다. 그 모습에 연지는 가슴에서 뭔가가 울컥하고 올라오는 걸 느꼈다. 뭐라고 당장 해석할 수 없는 감정이지만 꽤나 뜨겁고 진했다. 밥을 넘기기가 어려울 정도였지만 티 내지 않으려고 애를 썼다.

"천성 씨도 어서 드세요."

"그래."

연지는 천성이 밥을 먹으며 자신에게서 시선을 떼었을 때에 한숨을 몰래 쉬었다. 다시 힘이 빠지는 것 같았지만 천성의 시선에서 조금이라도 자유로워지기 위해 열심히 밥을 먹었다.

"함께 밥을 먹으니까 예전의 시간에 있는 것 같아서 힘들었어."

"힘들어요?"

밥을 다 먹고 물을 마시며 큰일을 해치운 기분을 느끼던 연지는 천성의 말이 의아했다.

"내 아내였던 너였어. 너하고 함께 있을 때처럼 느껴져서 몸이 저절로 반응을 해. 지금 상황과 시간을 잊어버리고 자꾸만 안고 싶고 키스하고 또."

"아, 네. 네. 알아들었어요."

연지는 당황스러워서 서둘러 천성의 말을 끊었다. 미뤄 두었던 기억이 한꺼번에 올라왔기 때문이다. 다정한 사람. 안을 때마다 깨지는 유리를 안는 사람처럼 조심스럽고 부드럽게 쓰다듬어 주었던 남자. 부끄럽다고 몸을 움츠리면 기다려 주고 달래 주었고 아플까 봐 걱정을 하며 다정한 말을 밤새도록 끝없이 속삭여 주었다.

온전한 기억이 아니라서 그런 것인지 등장인물의 얼굴은 대부분 알아볼 수 없었다. 여러 가지 정황을 살펴서 누군지 추측할 뿐이었다. 천성. 천명이 다정하거나 부드럽게 안아 주었을 리는 없었다. 어울리지도 않을뿐더러 다른 기억과 충돌하기 때문이다.

밤의 기억이 깊어질수록 뺨의 열기도 높아지는 것 같았다. 연지는 목이 마르진 않았지만 물을 가득 따라서 벌컥벌컥 마시며 자꾸만 떠오르는 기억들을 눌러 보려고 애썼다.

"하하, 당신은 변한 게 없어."

붉어진 얼굴을 감추려고 물을 몇 잔씩 마시는 연지의 모습에 천성은 크게 웃었다.

"아니에요. 변했어요. 아주 많이 변했을 거예요."

천성의 웃음에 민망해진 연지는 새침하게 말하고는 자리에서 일어섰다. 차가운 바람이 열이 오른 뺨과 함께 열기 가득한 기억까지 식혀 주길 바랐다. 연지는 천성의 아쉬운 한숨을 뒤로하고 계산대로 갔다.

"내가."

"제가 사요."

연지는 천성이 내민 손을 다시 밀어 내고 카드를 꺼내 계산을 마쳤다. 어서 가게를 나가 차가운 바람을 느끼고 싶었다.

"어? 눈. 눈이 와요."

캄캄한 밤이 안개가 낀 것처럼 희뿌옇게 보였다. 자잘하게 시작한 눈이 빠르게 굵어지고 무거워졌다. 연지는 뺨으로 어깨로 떨어져 내리는 눈이 좋았다. 하늘을 올려다볼 수 없을 만큼 평평 내리기 시작했다.

"금방 눈사람이 되겠어. 차로 들어가자. 더 오기 전에 숙소로 돌아가야 해."

"아, 맞다."

연지의 아쉬운 발걸음은 천성의 손에 이끌렸다. 차에 타기 전에 천성이 연지의 머리와 몸에 묻은 눈을 다정하게 털어 주었다. 가만히 서서 천성의 손길을 받은 연지는 그가 열어 준 차 안으로 들어가 앉았다. 이제 겨우 두 번째 받아 본 천성의 손길인데 어색하거나 부담스러운 기분을 조금도 느낄 수 없었다. 당연한 듯 그의 손길을 받아들인 자신을 깨달은 건 천성이 운전석으로 들어와 앉았을 때였다.

"대단해. 금방 눈이 쌓여서 지체하면 거북이처럼 기어서 가야 할지도 몰라."

"걸어가기엔 너무 멀죠?"

"숙소에 도착하면 단단히 챙겨 입고 주변을 걸어 보지 뭐."

연지는 속을 들킨 것 같아 고개를 숙였다. 따뜻한 손이 머리에 느껴져 고개를 드니 천성은 아무것도 하지 않은 듯 태연하게 차를 몰기 시작했다. 가슴이 두근거렸다. 천명 때문에 두근거렸던 것과 비슷했다.

"제가 있는 곳 근처예요?"

"아니. 당신 아래층."

"어머."

"비수기라서 쉬웠어."

"어디서부터 따라온 거예요?"

"비밀. 눈 때문에 차선이 다 가려지네."

천성은 연지의 관심을 돌리기 위해 일부러 운전하기 어려운 척 했다.

"어쩌죠? 천천히 가요."

천성의 생각대로 연지는 금방 도로에 집중했다. 연지는 가는 내내 소담스럽게 쏟아져 내리는 눈을 조금 전과 다르게 조금은 걱정스러운 마음으로 올려다보았다.

차는 곧 숙소에 무사히 도착했고 연지는 안심이 되어 활짝 웃으며 차에서 내렸다.

"단단히 입고 다시 나와."

"아니에요. 내일 해 뜨면 나올게요. 지금은 담요 둘둘 말고 테라스에서 구경하는 게 좋겠어요."

종종걸음으로 숙소 현관 지붕 밑에 섰다. 천성은 연지의 말을 들으며 다시 눈을 털어 주었다. 자기 몸은 손도 대지 않아서 연지가 대신 털어 주어야 했다.

"연지야, 함께 있어도 돼?"

"네? 아, 저……."

"이상한 짓 할 거 같으면 밀어. 아래층으로 뚝 떨어져 줄게."

천성의 말에 연지는 소리 내어 웃었다.

"거절하기 어렵네요. 둘이 함께 눈을 잘 감상할 수 있을까요?"

"당연하지. 당신이 눈을 좋아한다는 걸 알면서 방해할 것 같지는 않아."

"그럼, 담요 챙겨서 올라오세요."

연지는 천성의 말에 믿음이 갔다. 기억하는 천성은 다정하고 부드러운 사람이니까. 명랑하게 숙소 안으로 함께 들어왔고 그가 일 층 방으로 들어가는 걸 보며 연지는 이 층으로 향했다. 문을 열고 안으로 들어가는데 갑자기 이상한 생각이 들었다.

아.

그렇게 다정하고 자신을 위해 뭐든 해 주려고 했던 천성이 왜 다른 여자를 안고 있었으며, 왜 천성과 사랑했던 장면들이 없을까 하는 생각이었다. 서로 사랑했다면 많은 추억이 있었을 텐데.

"연지."

입구 안쪽에 서서 가만히 생각에 잠긴 연지를 천성이 나직이 불러 깨웠다.

"어머, 제가 여기서 잠깐 졸았나 보네요."

"뭔가 생각이 난 거야?"

"아니에요. 따뜻해서 잠깐 존 거죠. 들어오세요."

신발을 벗고 씩씩한 척 앞장선 연지는 침대 위에 벌려 놓은 가방이 부끄러워 뒤따르는 천성을 흘긋 보았다. 지금 서둘러 덮는다고 해도 이미 늦었다. 차라리 천성의 방에서 보자고 할 걸 그랬나?

"담요하고 큰 수건도 가져왔어. 뭐든 두르고 있으면 좋으니까. 침대 위에 널브러진 가방은 못 봤으니까 그만 신경 써."

"어후, 끝까지 모른 척해 줄 것이지."

"못 봤어. 당신 말고 다른 건 하나도 안 보여. 어서 나와."

싱긋 웃으며 천성이 먼저 테라스 문을 열고 나갔다. 천성은 찬 바람을 조금이라도 막아 주려고 문을 닫고 테라스에 앉을 연지를 위해 준비했다. 연지는 그런 천성을 보며 저런 남자를 사랑하지 않았다면 그게 더 이상한 거라고 생각했다. 뭔가 다른 문제가 있었을까? 아직 다 기억하지 못한 건지도 몰라. 그러나 지금까지 기억한 것으로만 보면 천성과 서로 사랑하지 않을 이유가 없었다.

"의자를 왜 하나만."

"추워서 함께 앉는 게 좋겠어. 이리 와. 담요 단단히 둘러."

"아."

천성은 주저하는 연지를 이끌어 담요를 척척 감아 주더니 그대로 품에 끌어안고는 의자에 앉아 자기 무릎 위에 연지를 앉혔다. 품으로 바짝 당겨 안으며 그가 가져온 커다란 담요로 함께 덮었다. 더없이 따뜻하고 안정된 자세였지만 연지는 천성을 만난 후 처음으로 불편함을 느꼈다. 두근거리는 것 같은데 느낌이 달랐다.

"눈이 밤새도록 올 것 같다."

천성의 한숨에 입김이 길게 뿜어져 나왔다. 연지는 천성의 가슴에 한쪽 뺨을 묻고 말없이 눈이 내리는 걸 보았다. 담요에 돌돌 말린 상태라 천성을 밀어 떨어뜨릴 수는 없게 되었지만 별다른 일이 일어날 수도 없게 되었다. 따뜻하고 단단한 품인데 마음에 들지 않았다. 남편이었으니 품이 익숙할 텐데 시간이 지날수록 묘한 거부감이 느껴졌다.

"바다엔 눈이 쌓이지 않네요."

"눈이 슬프겠네. 자신을 드러내려고 긴긴밤 내내 바다 위에 모든 걸 쏟아 내 보지만 모두 삼키고 지워 버리니까."

"처음부터 바다는 모래사장과 사랑에 빠져 있다는 걸 눈이 몰랐던 거죠."

"……."

연지는 바다와 모래사장이 보여서 생각 없이 한 말인데 갑자기 심각해졌다. 그렇게 느낀 건 연지만이 아니었는지 천성이 자신을 안은 팔에 힘을 주더니 침묵했다. 천성의 차갑고 딱딱한 생각들이 체온을 통해 전해져 그를 직접 보지 않았지만 느낄 수 있었다. 바다, 눈, 모래사장. 천성과 천명, 그리고 여자. 설마 그런 걸까?

눈은 시간이 지날수록 강하게 내렸다. 그러나 바다는 한결같은 모습으로 모래사장을 쓸며 왔다 갔다 했다.

"이제 잘래요. 추워서 발이 얼어 버릴 것 같아요."

"놓기 싫은데."

"밀어 떨어뜨리지도 못하게 만들어 놓고 그러면 안 돼요."

"할 수 없지."

천성은 천천히 일어나 연지의 담요를 걷어 주었다. 몸을 말던 담요가 걷히자 한기가 한꺼번에 달려들어 추웠다. 연지는 먼저 테라스의 문을 열고 들어가 천성을 기다렸다. 천성은 담요를 간단히 접어 들고 바다를 내려다보았다. 그의 입에서 나온 긴 입김이 쓸쓸하게 보였다.

"당신이 혼자 못 자겠다고 했으면 좋겠는데 절대 그러진 않겠지?"

"물론이죠. 안녕히 주무세요."

방으로 들어와 찬바람이 들어오지 않도록 두툼한 커튼을 꼼꼼히 쳐 준 천성은 정말 아쉬운 눈으로 침대를 본 후에 현관으로 갔다. 드러내고 함께 자고 싶다고 표현하는 천성의 모습에 갑자기 정호가 겹쳐 보였다. 왜 그런 생각이 났는지는 모르는데 정호의 집요하고 정확한 요구가 떠올라 천성의 눈길이 싫었다.

다정하고 부드러웠지만 천성과의 잠자리에서도 정호에게서처럼 똑같은 걸 느꼈던 걸까? 사랑한다고 믿었던 믿음을 서서히 부서뜨리는, 열정과 욕망은 가득한데 애틋함과 사랑이 느껴지지 않는 의무 같았던 잠자리.

처음이라 몰라서 그런 거라고 생각했다. 비교 대상도 없고 비교할 수도 없으니 그런 느낌을 어떻게 해석해야 하는지 몰랐다. 지금도 잘 모른다. 그러나 행복하지 않았고 감사할 수 없었다는 건 안다. 그래서 천성에게서 그때와 같은 걸 느꼈다는 것 자체만으로 불편하고 싫었다.

"푹 자고 내일 보자."

불편함에 잠긴 연지는 천성의 인사에 따로 대답하지 않았다. 천성이 나가자마자 문을 꼭 닫아걸었다. 침대로 돌아와 짐 가방을 대충 치우고 이불 속으로 들어갔다. 몸이 떨렸기 때문이다. 왜 이러지? 기억엔 없는 뭔가가 몸을 떨게 했다. 이불을 머리끝까지 뒤집어쓰고 눈을 감아 봤지만 떨리는 몸이 진정되지 않았다.

"내일, 내일 기억해 보자. 내일."

섬뜩한 한기와 함께 밀려오려는 무서운 장면을 억지로 밀어 냈다. 아직 감당할 준비가 안 됐어. 감당할 수 없을지도 몰라.

"이건 과거일 뿐이야. 이미 지나갔고 없어지고 잊힌 오래전 이야기. 난 나야. 지금 나에게 과거를 요구할 수는 없어. 천명이든 천성이든 과거에 나한테 어찌했든 지금은 다른 사람이야. 무슨 기억을 가지고 있든 나하곤 상관없어."

자리에서 일어선 연지는 생각을 굳히려고 노력했다. 과거는 과거일 뿐이라는 그 생각을 마음에 단단히 심고 싶었다. 달라진 세월과 환경처럼 사람들도 모두 달라져야 하고 달라졌을 것이다. 천명이 그랬고 천성도 그랬다. 그들이 달라졌는데 함께 달라지는 건 자연스럽고 마땅한 일이다.

"난 정호라는 남자와 이혼한 이혼녀이고 당분간은 연애든 결혼이든 뭐든 관심이 없어. 천명도 천성도 내 허락 없이 다가올 아무런 권리도 자격도 없다고."

천명도 천성도 과거의 연지를 자신에게서 찾으려고 하는 건지도 모른다. 아니 확실히 그랬다. 그러나 그럴 생각은 없다. 그럴수도 없다. 연지는, 호연지는 지금을 살고 있는 다른 여자니까. 다른 경험과 다른 인격을 갖춘 새로운 사람이니까.

그 둘에게 몰려서 자신을 잊고 흔들리는 건 이상한 거다. 그래. 이제야 이상하다는 걸 느끼다니. 결혼 생활에서도 나중에야 이상함을 느끼더니 지금도 이제야 그걸 느끼는 거다.

"바보. 대체 이제까지 뭘 한 거야?"

기억과 함께 감정을 겹쳐 느끼지 않는 건 새로운 인생을 살고 싶었던 과거 연지의 소망일지도 모른다. 새로운 시간과 공간에선 당연히 새로운 인생을 살아야 해. 어렵게 다시 태어나 같은 사람들과 또 같은 이유로 아파할 이유가 없어.

가방에서 옷을 꺼내 욕실로 향했다. 머리가 맑아지는 것과 달리 몸은 반대로 무거워졌다. 뜨거운 물에 씻고 푹 자고 일어나기를 바랐다.

❀

천명은 하루를 겨우 보내고 시간이 가기를 바라고 또 바라는 중이었다. 사무적인 전화를 걸 만한 시간이 되기를 기다리는 중이었다. 연지가 가게를 열던 시간이 되기를 기다리며 초조하게 거실을 서성였다. 밤새 불안한 마음이 커지는 바람에 잠을 제대로 잘 수 없었다. 이런 일은 거의 없었다. 연지에게 무슨 일이라도 일어난 것 같아 두려웠다.

참고 참은 후에 바짝 긴장한 손으로 전화를 했다. 신호가 가는 것 자체에 감사했다. 그러나 한 번, 두 번. 이어지는 소리에도 답하지 않는 것에 초조해지기 시작했다. 정말 무슨 일이 일어난 걸까?

— 여보세요?

"연지."

— 천명?

"아무 일 없어?"

— 별일 없어요.

별일 없다는 연지의 목소리 뒤로 남자의 목소리가 들렸다. 명확하게 알아들을 수는 없지만 분명 남자가 연지를 부르고 있었다. 전화기를 어딘가에 놓는 소리가 들리더니 멀리서 연지가 뭐라고 하는 소리가 들렸다. 남자에게 답을 하는가 보다. 누구지? 다시 달그락거리는 소리와 함께 연지의 숨소리가 들렸다.

"다른 사람하고 함께 있어?"

— 천성. 당신처럼 날 알고 따라왔어요. 공평해야 한다는데 두 사람 모두 이기적으로 보여요. 가만히 보면 남자들은 모두 이기적인가 봐요.

싸늘함이 담긴 연지의 말에 천명은 어떻게든 그녀에게 가고 싶었다. 무슨 욕을 해도 연지를 천성과 함께 둘 수 없으니까.

"어디야?"

높아지려는 소리를 낮추며 감정도 눌렀다. 천명은 연지가 천성과 함께 있다는 생각을 하지 않으려고 최선을 다했다. 지금 폭발하면 아무것도 얻을 수 없었다. 지금은 연지가 어디 있는지 알아내야 했고 최대한 빨리 연지에게 가야 했다.

— 눈이 아직도 내려요. 도로는 모두 통제됐고 나가지도 들어오지도 못하게 됐어요. 천성을 쫓아 보낼 수도, 당신이 올 수도 없어요.

"강원도야? 어딘지 말하면 데리러 갈게."

눈 따위가 연지를 향한 마음을 막을 수는 없다. 길이 없으면 만들어서라도 가면 된다.

— 두 사람에게서 다 벗어나고 싶은데 당분간은 그럴 수 없겠죠? 천명 씨는 어때요? 내가 간절히 원하면 날 보내 줄 수 있나요?

"연지야, 어디야? 제발 어딘지 말해. 그 오랜 시간을 보내며 너 하나만 생각했어. 그 오랜 시간 동안 생각하고 또 생각했다. 널 보내야 한다고 결심한 적도 있었어. 결혼했을 때도 물러나려고 했어. 그래. 이젠 새로운 시간, 새로운 삶을 살아야 한다는 생각을 하며 네가 어떤 것도 기억하지 못하는 그런 삶을 살도록 두려고 했어."

— 그 결심을 이어 가면 안 되나요?

"그럴 수 없다는 게 결론이야. 너 아니면, 내 인생에 네가 없으면 태어난 의미가 없다는 게 내 결론이야. 연지야, 널 봐야겠어. 어디야?"

더 이상 감정이 눌러지지 않는다. 천명은 한 손으로 책상 위의 컴퓨터를 열어 빠르게 찾아보았다. 눈이 밤새 내리고 지금도 눈이 내려서 도로가 통제된 지역이 어딘지 찾았다.

— 눈이 오후까지 내린다는데 제설 작업이 더뎌요. 내일 도로가 뚫리면 돌아갈게요. 숨으려고 했는데 따라온 사람이 있으니 별로 효과가 없어요.

"내일까지 못 기다려. 도로가 뚫리면 바로 올 수 있게 근처에 가서 기다릴게. 연지야, 어디야?"

대충 강원도 어딘가를 찾을 수 있었다. 그러나 연지를 찾으러 헤매 다니기엔 지역이 너무 넓었다. 불안하고 속상해서 자리에서 벌떡 일어났다. 차가운 창에 손바닥을 댔지만 뜨거운 심장을 식히기엔 부족했다. 이렇게 또 연지를 놓치게 되는 걸까?

— 난 옛날의 연지가 아니에요.

"알아."

— 거짓말. 기억하는 연지를 바라고 있잖아요? 과거에서 이루지 못한 걸 이루고 싶어 하는 거잖아요? 억지로든 원해서든 당신의 아내가 되었는데 뭐가 더 부족한가요? 천성 씨도 그렇고 당신도 과거에서 벗어나야 해요. 당신들이 원하는 여자는, 그 여자는 과거에 죽었어요. 난 다른 여자예요.

"그래서 기억하지 못할 때 만난 거야. 다시 사랑하고 싶어서. 기억에 의지해서가 아니라 아무것도 모르는 상태로 다시 사랑하고 싶어서."

부족하다. 턱없이 부족하다. 아내가 되었다고? 몇 달로 끝나 버린 결혼 생활. 연지의 마음을 얻지 못하고 끝나 버린 그 시간이 얼마나 안타깝고 고통스러웠는지 모른다. 억지로 아내를 삼은 잘못을 용서받고 마음을 얻고 싶었다. 그러나 기회는 너무 순식간에 사라졌다.

— 다 기억하지 못하겠어요. 얼마나 남았는지 모르겠지만 중요한 부분은 하나도 기억나지 않아요. 왜 천성 씨와 결혼했는지 어쩌다 당신과 헤어졌는지 기억나지 않아요. 천성 씨는 과거에 내가 누굴 진짜 사랑했는지 기억하래요. 그런데 그게 싫어요.

"연지야, 싫으면 하지 마. 중요하지 않아. 지금 다시 시작하면 돼."

— 싫어요. 두려워요. 기억하는 것도 다시 시작하는 것도 하지 않을래요.

"연지야!"

— 도로가 뚫리면 곧장 돌아갈게요. 다시 시작하는 것만 아니

라면 당신을 피하지 않겠어요. 하지만 계속 과거의 연지를 원한다면 나로서도 어쩔 수 없어요.

"알았어. 돌아오기만 해. 돌아와. 보고 싶으니까. 보고 싶다. 연지야, 보고 싶다."

— ……끊을게요.

끊지 말라고 애원하고 싶었지만 참았다. 겨우 한 약속마저 깨고 싶지 않았다. 돌아온다고 했다. 천명은 그 말만 되풀이했다. 돌아온다. 연지는 돌아와.

보고 싶다는 천명의 말에 놀란 연지는 겨우 전화를 끊었다. 기억에 있던 그 말은 천성이 한 줄 알았다. 다정하게 품에 안겨서 들었던 말이었기 때문이다. 착각한 걸까? 아니야. 너무 똑같아. 천명이 그 말을 한 주인공이라는 게 믿어지지 않았다. 만약 천명이 주인공이라면 기억하는 모든 것을 다시 정리해야 했다.

"연지."

천성이 다시 문을 두드렸다. 씻는 중이니까 나중에 다시 오라는 말이 의심스러웠는지 별로 오래지 않아 다시 찾아왔다. 연지는 창밖으로 도로 사정을 살폈다. 수북이 쌓인 눈 위로 가늘지만 여전히 눈이 내리고 있었다. 작게 한숨을 쉬고 문을 열었다.

"눈이 쌓여서 오도 가도 못하는데 여유를 좀 가져야 하지 않나요?"

"큰 도로는 다 치웠을 거야. 이런 일 한두 번 겪는 거 아니니까 대비가 잘되어 있을 거야. 여긴 좀 외지니까 늦어지는 것이고."

"그럼 어떻게든 나가 봐야 해요?"

"그걸 물어보려고. 어떻게든 나가고 싶어?"

"네."

천명에게 말했듯이 두 사람을 피해 온 곳인데 천성이 곁에 있으니 의미가 없었다. 게다가 천성에 대한 기억을 정리하면 할수록 어딘가 석연치 않은 구석이 많아 좀 불안했다. 다정하고 조심스러운 사람이었는데 지금 달라져서 그런 걸까? 기억이 정확한지 아닌지 구별하기 어렵다는 생각이 들었다. 어쩌면 천성이 다정하고 조심스러웠다는 것조차 잘못된 기억인지도 몰라.

"자가용을 포기하고 대중교통을 이용한다면 오늘 서울로 돌아갈 수 있을지도 몰라."

"그럼 그렇게 해요."

"난 당신이 조금 더 나와 함께 여기 머물렀으면 좋겠어."

연지는 다정하고 부드러운 천성의 눈빛을 의심해야 한다는 게 내키지 않았다. 뭘 위한 의심이고 뭘 위한 믿음인지도 모르겠다. 두 사람과 멀어지는 걸 원한다면 두 사람에 대한 결론이 뭐든 상관없어야 마땅했다. 과거는 이미 지나갔으니까.

"다른 모든 이유를 떠나서 밥 먹으러 다니기도 어려워서 힘들어요. 장 보러 나갔다 오느니 바로 버스를 타고 서울로 가는 게 좋겠어요."

"그건 그래. 할 수 없지. 가방 챙겨."

"네."

천성이 돌아서 내려갔다. 가방은 아침 일찍부터 단단히 챙겨 두었다. 짐도 많지 않아 먼 길을 가는 데 큰 지장은 없을 것이다. 잠시 시간이 생겨 의자에 앉아 하늘을 보았다.

천명. 천명에 대한 기억은 결혼 전에 세 사람이 함께 지냈던 부분과 끌려가다시피 해서 아내가 된 것이 전부였다. 화가 나고 싫어야 하는데 이상하게도 그런 감정은 없었다. 아까 보고 싶다는 천명의 말로 기억과 이해하는 것이 다르다는 것도 알게 되었다.

정호와 사귀었을 때를 기억하면 자연스럽게 장면마다 느꼈던 감정까지 따라 기억이 났다. 기억이라는 건 때론 감정에 대한 것이라는 생각이 들 정도로 감정이 더 분명하고 크게 기억될 때도 있었다. 그런데 천명과 천성에 대한 것은 달랐다.

과거의 연지가 원하지 않았거나 과거가 정말 과거로 끝났기 때문인지도 모른다. 전생의 일을 기억하는 것조차 놀라운데 감정까지 고스란히 남아 있다면 새롭게 사는 건 불가능하기 때문이다. 현재의 삶에 충실하도록 과거의 감정이 닫힌 걸 고맙게 여겨야 할지도.

"과거의 연지가 아니라면서 큰소리쳤는데 이렇게 고민에 빠지면 그 큰소리가 괜한 소리가 되는 거잖아?"

연지는 두 손에 얼굴을 묻고 중얼거렸다. 벗어나고 싶고 벗어나리라 마음먹어 놓고선 과거의 천성은 어땠는지 천명은 어땠는지 알고 싶어 하는 자신이 한심했다. 지금 천성과 천명의 모습을 있는 그대로 살피지 않고 매번 과거의 천성과 천명에 맞춰 바라보았다는 걸 알았다.

의자에서 일어서 겉옷을 입고 목도리와 장갑까지 완벽하게 준비했다. 일단 지금은 서울로 돌아가는 일만 생각하기로 했다.

"잘 챙겨 입었어?"

아래층으로 내려가자마자 천성을 만났다. 그는 벌써부터 기다리고 있었다.

"짐은 없어요?"

"당신 바로 따라오느라 챙길 시간 없었어. 단벌 신사야 지금."

"그래 놓고 잘도 더 있자고 했단 말이에요?"

"옷이야 사면 되는 거니까."

"어서 가요."

이틀째 똑같은 옷을 말끔히 챙겨 입은 천성을 따라 펜션을 나섰다. 주차장에 주차했던 천성의 차는 반쯤 눈에 잠겨 있었다. 사람 다니는 길만 겨우 치워진 상태였다.

천명은 초조한 마음을 견디지 못하고 연지의 집 앞에 차를 대고 있었다. 회사에 미리 말하지 않고 빠진 날은 오늘이 처음이었다. 연지에 대한 일이었어도 미리 연락하고 중요한 업무는 준비를 빼놓지 않았다. 그러나 오늘은 그 어떤 것도 할 수 없었다. 연지의 돌아온다는 말 한마디만을 붙들고 집 앞에서 벌써 세 시간이 넘도록 차 안에 앉아 있었다.

— 문 회장님이 만나자고 하십니다.

"오늘은 시간이 없다고 말씀드려."

— 그렇게 말씀드렸습니다. 그랬더니 저녁에 만나자고 하십니다. 저녁에는 만날 여유가 생길 거라고 하시더군요. 저도 모르는 사장

님 상황을 다 알고 있는 것처럼 말했습니다.

김 비서의 말에 퍼뜩 천성이 현재는 문 회장의 아들이라는 사실을 깨달았다. 문천성. 창천성이 아니었다. 과거와 버무려진 탓에 천성이 문 회장과 붙어 있는 인물이란 걸 잠시 잊고 있었다. 저녁엔 여유가 생길 거라는 문 회장의 말은 천성이 저녁 전에 돌아온다는 소리다.

천성이 돌아온다면 연지도 함께 돌아오겠지? 그것까지 문 회장이 모두 알고 있다면 이번 일은 단순히 과거의 일일 수만은 없었다.

"도리를 지켜 가면서 일을 하려고 했는데 어렵게 되었군."

— 재개발 사업이 워낙 큰돈이 되는 사업이니까요. 문 회장님께 발목을 잡히신 겁니까?

"아직은 모르지만 어렵게 된 건 사실이야. 내 약점을 잘 아는 아들을 둔 덕분이겠지."

연지에 대한 자신의 상태를 잘 아는 천성이 문 회장에게 어떤 식으로 말을 했을지 상상이 되었다. 돈이든 여자든 원하는 걸 얻는 데 물불을 가리지 않는 천성의 방식이 현재에도 여전하다는 게 화가 났다.

— 전, 사장님이 이렇게 쉽고 빠르게 패배하는 걸 원치 않습니다. 제 자존심도 생각해 주셔야 합니다.

"재개발 현황을 자세히 정리해서 내 책상에 둬. 다시 살펴봐야겠어."

— 창식이한테는 달리 해 두실 말씀은 없습니까?

"커피숍을 창식이 명의로 돌리고 오늘부터 사장님으로 일하라고 해."

— 평생소원을 잠시나마 이루고 살게 되었군요. 알겠습니다. 무슨 일인지는 몰라도 사장님은 쉽게 무너지시면 안 됩니다. 전, 이기는 사람만 모십니다.

"그만 자극해. 안 그래도 지금 폭발 직전이니까."

— 믿고 준비하겠습니다.

김 비서와의 전화를 끊고 연지의 집을 다시 올려다봤다. 저녁 전에 온다면 오는 거겠지. 무사히 오기만 하면 돼. 문천성. 창천 성이 아니어서 더 다행일지도 모른다. 이번에도 형제로 태어났다면 할 수 있는 일이 제한적이었을 테니까.

"천성. 과거의 나를 생각하면 안 돼. 그때는 잔인한 마음을 숨길 수밖에 없었지만 지금은 아니야."

천명은 연지의 집을 한 번 다시 본 후 차에 시동을 걸었다. 문 회장을 만나기 전에 준비할 것이 있는지 살펴봐야 했다. 연지를 이런 식으로 사업에 끼워 넣는다면 가만두지 않겠어. 순리. 최소한의 경계를 지키기 위해 손해를 보더라도 조금 지체했던 것이었는데 그것이 어쩌면 득이 될지도 모르겠다.

차는 천명의 끓어오르는 심리 상태와는 반대로 소리 없이 천천히 연립 단지를 빠져나갔다.

7

문 회장은 천성의 연락을 받고 이제는 천명에게 카드를 꺼내 써야 할 때라고 생각했다. 천성의 의견이기도 했지만 그로서도 세상에 널리 천성의 존재를 알릴 만한 용기는 없었다. 바람을 피워 태어난 아들이기에 이혼이 이루어지기 전까지 꽁꽁 감추어 두어야 했기 때문이다. 무사히 재산을 지키며 이혼이 이루어진 후에도 세상의 입방아가 귀찮아서 그대로 숨겨 두었다.

몇 해 전부터 천성이 세상에 나오길 원해서 언제 어떻게 보여 줘야 하나 고민하던 차에 천명에 대한 천성의 말을 듣고 재개발 사업과 맞추어 시기를 보기로 했다.

연지라고? 바늘구멍 하나 없던 천명에게 연지라는 커다란 구멍이 있다는 천성의 말을 처음엔 믿지 않았다. 그러나 천명이 파티에서 보여 주었던 태도로 천성의 주장은 믿을 만했다.

오늘도 연지를 기다리느라 회사에도 나오지 못하고 연립 단지 앞에 반나절을 쪼그리고 있는 천명에 대해 들었다. 카드를 꺼내기 전에 신중하게 더 확인해 본 결과였다. 이젠 더 이상 주저할 필요는 없었다. 천성이 연지를 꽉 잡고 있어 주기만 한다면 천명을 요리하는 건 식은 죽 먹기일 것이다.

"어서 오시게."

한적하고 조용한 한옥 식당으로 천명이 들어왔다. 널찍한 방엔 단둘뿐이었다. 막대한 돈이 움직이는 사업에 대해 아무 곳에서나 입을 열 수는 없었다. 여유로운 마음으로 천명을 살피니 초조함을 감추지 않은 젊은 남자가 보였다. 자리에 앉기 전에 천명이 안경을 고쳐 올렸다. 마음을 조금이라도 안정시키고 싶어서겠지.

"하루 종일 제대로 식사는 했는지 모르겠군."

보고에 의하면 천명이 식당이나 다른 곳에 들른 적이 없다고 했다. 연립 단지에서 회사로 곧장 갔다가 시간에 맞춰 이곳으로 온 것이었다. 그 중간에 뭘 먹었다고는 생각할 수 없었다. 연지에 대해, 한 여자에 대해 그렇게 몰두할 수 있다는 사실이 신기했다. 천명은 그런 신기한 성격 때문에 망하게 될 것이다. 그러나 생각지도 못한 거대한 돈다발을 만들어 준 것에 대해 자비를 조금 베풀어 줄 생각이었다.

"별로 배고프지 않습니다."

"어허, 그래서 쓰나. 젊은 나이에 잘 먹고 힘을 써야지. 이 집에서 잘하는 것으로 미리 준비시켰으니까 나오면 든든히 먹게."

"알겠습니다."

천명은 평소와 달리 눈을 마주하지 못하고 몇 번이나 안경을 고쳐 올렸다. 문 회장은 시간을 끌며 돌려 말할 필요가 없을 것 같았다. 명석한 천명이 오늘 이 자리에서 할 말이 무엇인지 모를 리가 없을 것이기 때문이다. 다 아니까 저리도 초조한 것이겠지.

"상가 정리는 잘되고 있는지 모르겠군."

"거의 마무리 단계입니다."

"그렇게 보이긴 해."

천명은 이제까지 재개발 사업에 대해 직접적으로 언급하는 걸 피했다. 대답을 하지 않거나 다른 주제로 바꿔서 말을 꺼내지 못하게 막곤 했다. 그러던 그가 바로 대답을 하고 있었다. 문 회장은 스멀스멀 웃음이 올라오는 걸 잘 눌렀다. 아직 재개발 사업을 손안에 쥔 건 아니니까.

"연지는 무사합니까?"

"연지? 누굴 말하는 건지 모르겠군. 누가 들으면 내가 자네 여자를 잡아 데리고 있기라도 하는 줄 알겠군. 어험."

"아직 연지한테 연락이 없어서 걱정입니다."

"아, 집에, 잘 있겠지. 자네가 직접 찾아가 보든가 말이야."

문 회장은 아직 천성에게 연지가 집에 잘 도착했다는 연락은 받지 못했다. 천성도 연지라는 여자한테 관심이 많은 것 같아 조금 불안했다. 그러나 천성이 어리석은 짓을 할 것 같지는 않았다. 관심을 가지면서도 사업과 관련해서 연지를 이용하는 걸 보면 천명과는 달랐다.

"저, 그러면 잠깐 전화 좀 하고 오겠습니다. 실례하겠습니다."

천명이 벌떡 일어나 인사를 하고 몸을 돌려 나가는 걸 문 회장은 말리지 않았다. 천명이 통화를 하는 동안 천성에게 전화하기 위해서였다. 천명이 문을 닫고 나가자마자 천성에게 전화했다.

"나다. 지금 어디냐?"

— 집입니다.

"집? 누구 집?"

— 제 집이지 누구 집이겠습니까?

"아, 그래. 연지라는 아이는 집에 잘 들어갔고?"

— 들어가는 걸 확인하고 돌아온 겁니다.

"알았다. 쉬어라. 아, 참. 둘이 뭐, 특별해진 거냐?"

— 곧 특별해질 겁니다.

"확실해질 때까지 행동을 조심해."

— 제가 원하는 여잡니다. 반드시 손에 넣을 겁니다.

"끊자."

문이 조심스럽게 열리는 걸 보고 문 회장은 서둘러 전화를 끊었다. 벌써 연지와 통화를 끝낸 걸까? 천명의 표정을 열심히 살펴보았다. 저 안경. 저게 가끔 표정을 너무 많이 가리는 것 같단 말이야. 천명은 안경을 몇 번씩 고쳐 올렸지만 아까처럼 초조한 기색은 느껴지지 않았다. 뭘 감추려는 걸까?

"통화하시는 데 방해한 건 아닌지 모르겠습니다."

"별거 아니야. 자네가 없는 사이에 심심해서 잠깐 한 거니까 신경 쓰지 말게. 그건 그렇고 연지라는 아이와는 연락이 된 건가?"

"예. 무사히 잘 도착했다고 합니다."

"이젠 사업 이야길 할 수 있겠군."

"회장님은 뭘 원하십니까?"

"갑자기 그렇게 묻다니, 날 파렴치한 강도처럼 만드는군."

"아니시면 시간을 좀 주시면 좋겠습니다."

"빠져나갈 구멍을 만들 시간을 달라는 건가?"

천명에게 시간을 줄 수는 없었다. 천명이 천성과 연지를 두고 경쟁하려는 거라면 위험하기 때문이다. 지금 연지에 대한 천명의 기대가 최고이며 천성이 연지에 대한 영향력이 있을 때 일을 마무리해야 했다. 시간은 모든 걸 뒤집어 버릴 수 있었다.

"아닙니다. 회장님께 요구할 것들을 정하고 싶어서입니다. 값은 치르시고 가져가실 것 아닙니까?"

"아, 물론이지. 법적으로 아주 완벽해야 한다는 게 내 조건이니까."

문 회장은 천명의 말에 크게 놀랐다. 놀라움을 감추느라 꽤나 힘이 들었다. 재개발 사업권만 빼앗을 생각이었는데 재개발 지역의 소유권까지 가질 수 있게 될지도 모르겠다. 이왕이면 소유권을 가지고 재개발을 하는 게 더 많은 득을 가질 수 있었다.

"한정된 예산으로 일을 벌인 탓에 중구난방입니다. 흠. 건물만 모두 여덟 채입니다. 게다가 지역에 묶인 땅도 있었고 시에서 관리하던 주차장도 있습니다. 그저 앞만 보고 달렸더니 뭘 어떻게 해결하고 얼마나 샀는지 저로서도 아직 다 파악을 못 했습니다. 후, 머리가 깨질 것 같습니다."

지금 천명의 사무실 책상 위에는 김 비서가 일 원도 틀리지 않게 정리한 서류가 있었다. 그가 한옥 식당으로 오기 직전까지 꼼꼼히 살피던 서류였다. 그러나 그런 사실을 다른 사람들에게 알릴 필요는 없었다. 정확함과 치밀함이 그간 사업적인 원칙이며 무기였다는 건 모르는 사람이 많을수록 좋은 것이기 때문이다.

"경험도 적은 사람이 너무 큰 사업을 벌인 거지. 내가 적당히 값을 쳐줄 테니 나한테 넘기게. 앞으로도 쏟아부어야 할 자금과 인력이 어마어마해. 알고 있지?"

"압니다. 시간이 갈수록 어려워서 안 그래도 성 회장님과 문 회장님의 힘을 좀 의지할까 생각 중이었습니다."

문 회장은 천명의 뻔뻔한 얼굴을 보며 역시 사업가라는 생각을 했다. 천명의 말과 달리 성 회장과 자신 사이를 교묘히 경쟁시켜서 최대한의 득을 얻으려 한 것을 뻔히 알고 있었기 때문이다. 누구에게도 잡히지 않고 중립을 지키며 누가 더 많은 힘을 실어 줄 수 있을까 가늠했던 시간이 괘씸했지만 결국 자신이 이기게 될 것이니 용서하기로 했다. 사업이 다 그런 거니까.

"나 혼자서도 어렵긴 마찬가지야. 그러나 난 이 바닥에서 자네보다 몇 배나 오래 있었어. 끌어들일 사람과 자금이 훨씬 넉넉하다는 거야. 자네는 불가능해도 난 가능한 일이야."

"맞습니다."

"얼마나 시간을 줘야 정리가 되겠는가?"

"그리 오래 걸릴 것 같지는 않습니다."

"난 분명한 걸 좋아해. 어영부영 빠져나갈 생각을 한다면 배려는 없다는 걸 기억하게."

"알고 있습니다. 몰랐다면 제가 이제까지 문 회장님을 어려워할 이유가 없었을 겁니다."

"그렇다면 다행이야. 서로 좋게 해결하자고. 여기서 영영 떠날 것도 아니지 않은가?"

"떠날 수는 없지요. 피땀 흘리며 일궈 놓은 터전이 바로 여기니까요."

"그래. 성 회장이 나서기 전에 일을 처리하는 게 좋아. 그 영감이 이번 일을 알게 되면 가만히 있지 않을 테니까. 알지도 모르지만 성 회장에겐 안 좋은 소문이 많아. 그게 다 소문일 수는 없다고 생각해. 성 회장이 모를 때 나한테 넘기고 빠지는 게 여러모로 좋아."

"알겠습니다."

목적을 위해 수단과 방법을 가리지 않기로 유명한 두 회장들이었다. 그런 이유로 서로를 비난할 수 없었는데 돈이 크긴 큰 것인지 문 회장이 그 무언의 약속을 깨고 성 회장의 치부를 들췄다.

"그건 그렇고. 연지라는 아이와는 결혼할 생각인가?"

문 회장은 천명이 나중에라도 딴마음을 먹지 않도록 연지에 대한 집착을 더 명확히 알고 싶었다.

"아닙니다. 연지는 이혼을 한 지 얼마 되지 않았기 때문에 결혼이란 말만 들어도 싫어합니다."

"이, 이혼을 했어? 처녀가 아니란 말이야?"

"예."

문 회장은 깜짝 놀랐다. 아들이 처음으로 관심을 가진 아이인 데다가 천명이 열렬해서 사업권과 함께 빼앗아 오는 것도 괜찮다고 생각했는데 이혼녀라니 말도 안 되는 일이었다. 이제까지 이혼녀를 두고 그 난리를 친 것이라 생각하니 한심하기도 했다.

"그럼, 결혼할 생각도 없으면서 왜 그렇게 그 아이한데 정성을 들여?"

"아, 그게, 건물에 세 든 여자라서 접근했었는데, 사실, 요즘 가게 사람들이 이상하게 움직여서요. 그 사람들이 뭉쳐서 재개발에 딴죽을 걸면 시간이 길어지고 그렇게 되면 손해가 된다는 건 기정사실이지 않습니까? 빌린 돈도 많은데 시간이 길어지면 이자 내기도 버거워서 연지의 힘을 좀 빌리려고요."

"여자에 대한 집착이 아니라 사업적인 계산이었다는 건가?"

"그 이유가 전부는 아니지만 그렇다고 할 수 있습니다. 많이 친해졌고 조금만 더 공을 들이면 가게 사람들과 좋은 소통의 문이 되어 줄 거라 확신합니다. 아, 다 아시겠지만 절대로 문 회장님이나 다른 사람이 건물을 인수한다는 소문이 나면 안 됩니다. 값을 더 받으려고 다들 들고 일어설 겁니다."

"아, 그건 그렇지. 아무도 모르게 우리끼리 해결해야지. 당연한 말이야."

"이제 거의 다 왔습니다. 아시겠지만 마무리 단계입니다. 회장님이 원하신다면 지금 상태 그대로 넘길 수도 있지만 그건 여러모로 손해일 테니 정리를 해야 할 겁니다."

"덜 된 밥을 먹을 생각은 없네. 뜸이 들 때 넘겨."

"이자 문제도 있으니 건물이나 토지에 대한 가격은 **빠른** 시일 내에 올려 드리겠습니다."

"그렇게 힘들었으면서 어떻게 내색 없이 그리 참을 수 있었나? 주변에 돈을 빌린다는 소문도 나지 않았어. 실제로 누구도 자네한 테 돈을 빌려줬다는 소리를 하지 않았어. 대체 어디서 그 많은 돈 은 끌어온 건가?"

"그분들이 좋아하지 않아서 지금은, 밝힐 수가 없습니다. 일이 마무리되면 말씀드리겠습니다."

문 회장은 천명을 통해 자금에 대한 발을 넓힐 수 있을 것 같아 기대가 되었다. 새로운 자금줄을 찾아내는 건 꽤나 큰 행운이었다.

"이번 일이 잘되면 연지라는 아이와 잘 지내는 데 방해는 없을 거야. 일을 빠른 시일 내에 처리해야 자네나 나나 두루 좋은 거라 는 것만 잊지 말게."

"감사합니다."

이혼녀인 여자와 아들이 이어지는 건 반대였다. 일을 핑계로 당분간 천성이 연지를 만나지 못하게 해야 해. 하필 이혼녀야.

"합리적인 가격을 제시하기를 바라네."

"계약서에 있는 가격에서 차이가 거의 없을 거라고 약속드립니 다."

급하긴 급한가 보군. 문 회장은 이 기회를 이용하지 못하고 가 격을 결정하는 천명의 입장이 많이 몰렸다고 생각했다. 깎고 싶은 충동이 일었지만 아직 계약을 체결하기 전이니 신중해야 했다.

"기다리겠네. 자, 이젠 제대로 식사나 하세. 나도 배가 고파."

둘은 깔끔하게 차려진 밥상을 받아 조용히 식사를 했다. 서로 헤어질 때도 별다른 말은 없었다. 각자의 머릿속에 앞으로의 계획이 가득했기 때문이다.

　천명은 연지의 집 앞에 차를 세웠다. 문 회장과의 만남을 끝내고 집으로 돌아가는 길에 방향을 바꾸었다. 내일 연락하라는 그녀의 시간제한이 몸을 잡는 유일한 힘이었다. 그러나 몸은 잡혔는데 다른 곳은 잡히질 않았다.

　— 제가 분명히 내일 연락하라고 했잖아요?

　연지가 짜증을 내면서도 전화를 받아 주었다는 사실에 기뻤다. 천명은 며칠 만에 처음으로 웃었다.

　"내일 언제 연락하면 될까 하고. 그건 말 안 해 줬잖아?"

　— 약았어. 이제까지 그거 생각해 낸 거예요?

　"맞아. 지금 집 앞이야. 보고 싶어서. 창문에서 내려다봐 주는 선처는 기대하지 마?"

　— 당신 때문에 다 엉망이에요.

　"미안해. 친구가 그러더군. 사과할 때는 무조건 미안하다고 말하고 가만히 기다리라고. 불쌍한 표정을 보여 주고 싶은데 마주할 수 없으니 그걸 못 하겠네."

　— 뭐가 미안해요?

　"뭐든."

　첫날 억지로 안았던 거. 천성에게 시집가게 그냥 보고만 있었던 거. 일찍 사랑한다고 고백하지 못한 거. 마주할 때 웃어 주고 안아 주지 못한 거. 웃어 주는 널 외면했던 거 모두. 다, 미안하다. 미안해.

— 여자들은 남자들이 그런 말 할 때 제일 화나는 거 알아요? 뭐가 미안한지도 모르면서 무조건 상황을 피해 보려고 미안하다고 하는 거 진심 없어 보인단 말이에요.

"그건 확실하네. 미안해."

연지의 웃음소리가 가슴을 울렸다. 이렇게 그립고 사랑스러운데 안을 수가 없다.

— 지금 너무 복잡하고 혼란스러워요. 무섭고 아프기도 해요. 천성 씨든 당신이든 만나기가 두려워요. 어떻게 해야 할지 모르겠어요.

"어디 조용한 곳에 가 있을까? 내가 아는 곳에 있어 준다면 방해하지 않을게. 제주도 선생님 댁에 있을래? 거기 별채가 있어서 지낼 수 있어. 거기 가 있겠다면 안심하고 보내 줄게. 방해받지 않고 쉴 수 있어."

문 회장이나 다른 사람들이 연지에게 아무것도 못 하게 해야 했다. 제주도 선생님 댁이라면 연지는 안전했다.

— 정말, 방해하지 않을 건가요?

주저하는 연지의 목소리에 희망이 생겼다.

"나 회사 다니는 사람이야. 멀어서 왔다 갔다 하면서 방해하기도 힘들어. 게다가 선생님 댁이잖아. 싫어?"

— 선생님이 허락하실까요?

"당연히 허락하시지. 보고 싶어 하시는데. 선생님 별채가 부담스러우면 바닷가 별장도 있어. 생각나? 거기도 말해 줄 수 있어. 어때?"

— 거긴 당신 말고는 아무도 모르겠네요. 게다가 누구나 지낼 수 있는 곳도 아니고.

"연지야."

— 저 혼자, 찾아가면 돼요?

"아니. 지금 챙겨서 나와. 바로 가자. 데려다줄게."

— 지금 당장에요?

"기다릴게."

안도의 긴 한숨을 쉬며 천명은 눈을 감았다. 마음으로 감사하다는 말을 몇 번이나 외친 후에 선생님께 전화를 걸었고 비행기 표를 샀다. 신속하게 일을 처리하고 고개를 드니 연지가 현관에 나와 차를 보고 있었다. 손을 들어 차에 타라고 신호했다. 내려서 연지를 마주하면 반드시 안아 버릴 것 같아서 자리에서 떠나지 않았다.

"고생해서 집으로 돌아오자마자 또 가네요. 강원도에서 제주도까지. 이게 무슨 일인지 모르겠네요. 여행이라곤 수학여행과 신혼여행이 전부였던 내가 전국 투어를 하루에 다 하고 있으니 말이에요."

차에 올라탄 연지는 천명의 눈을 마주하지 못하고 투덜거렸다. 어떻게 대해야 할지 몰라서 눈을 마주하지 못한 연지와 달리 천명은 연지를 어디로든 멀리 보내고 싶지 않은 마음을 달래느라 마주하지 않았다.

"공항에 가는 거 아니에요?"

한 번이지만 기억할 수 있는 천명의 집이었다.

"집에 들러서 차를 바꿔야 해."

"왜요?"

"차가 너무 좋아서."

"어머."

천명은 연지에게 농담처럼 말했지만 미행하는 사람들을 떼어 내려면 차를 바꿔야 했다. 아무렇지 않은 얼굴로 연지를 데리고 주차장에 세워 둔 다른 차를 타고 다른 입구로 다시 나왔다. 저녁 시간은 분주했고 복잡했다.

"실력이 좋은 장군이라고 기억하는데, 여전해요?"

"당신이 보기엔 어때?"

"모르죠. 싸우는 걸 본 적이 없으니."

"볼만한 것도 아니야."

"그러네요."

연지는 괜히 말을 꺼냈다고 후회했다. 과거는 과거로 묻혀야 한다고 그렇게나 외치고 외쳤으면서 과거를 먼저 꺼냈기 때문이다. 어색한 시간이 답답해서 입을 열었는데 하필 과거 이야기라니. 한심해.

"연지야, 기억나지 않는 건 억지로 기억하지 마."

"그 말 후회할 텐데요?"

"왜?"

"지금까지 기억해 낸 건 다 당신한테는 불리하단 말이에요. 당신에 대한 좋은 기억이 있다면 얼른 기억해 내야 하잖아요."

천성은 기억해 내라고 하고 천명은 기억하지 말라고 한다. 연지는 천명에 대한 기억에 좋은 것이 없다는 게 슬펐다. 보고 싶다는 그 말을 할 때처럼 간간히 다정하게 속삭여 주고 가슴 뛰게 안아 주는 장면이 떠올랐지만 대체 누가 누군지 확인할 수가 없어 혼란스럽기만 했다.

천명에 대한 좋은 기억이 거의 없는 게 싫었다. 기억하려고 노력하지 못하는 것도 어쩌면 천명에 대한 더 나쁜 기억이 있을까 봐 겁이 나서 그럴지 모른다.

"난, 잘못한 게 많아서 당신이 기억하는 게 두려워."

천명의 말에 연지는 정호와의 결혼 생활이 떠올랐다. 정호는 자기가 뭘 어떻게 잘못했는지 모르겠다고 했다. 이혼하자고 말하기 전까지 자기가 잘하고 있다고 생각하기까지 했다고 했다. 상대방에게 잘하고 있다는 생각을 하는 사람과 미안한 게 많은 사람 중에 누가 진짜 더 잘하는 사람일까?

"완벽한 기억도 없고 감정은 더더욱 없어요. 그래서 기억하고 있는 것이 의미가 별로 없어요. 내가 왜 그랬는지 이유를 몰라서 해석할 수 없는 장면투성이에요."

"하늘에 대한 것도 아무런 소용이 없는 거로군."

"하늘이 천명 씨에겐 왜 그렇게 중요해요?"

"당신의 하늘이 되고 싶었어."

"그런데요?"

"……"

"천성 씨가 하늘이 된 건가요? 그래서 그렇게 속상한 표정을 한 거였어요?"

"당신이 기억해 낼 줄 알았는데."

"난 누구에게 하늘이라고 말한 기억이 없어요. 천성 씨든 당신이든 하늘이란 표현을 한 기억은 없어요."

"그럼 천성이 거짓말을 한 거겠지. 당신이 자기를 하늘이라고 불렀다고 자랑을 했으니까."

"제가 기억하지 못하는 것일 수도 있어요. 모든 일들이 이런 식이에요. 당신과 천성 씨가 기억하는 것과 다르거나 아예 없거나 해요."

"난, 상관없어. 처음부터 기억하지 않기를 바랐으니까."

연지는 천성과 다른 천명의 말에 잠시 생각에 잠겼다. 창밖으로 공항이 보이기 시작했다. 널찍한 도로를 달려 주차장으로 들어섰다.

"저기, 궁금한데, 당신도, 그러니까 천명 씨도 날 보면, 그게, 안고 싶어요?"

끼이익.

차는 바퀴를 끄는 소리를 내며 섰다. 몸이 앞으로 밀렸다가 제자리로 온 연지는 민망하고 미안해서 안전벨트만 꼭 쥐었다.

"내려."

"아, 네."

천명은 질문을 못 들은 사람처럼 무뚝뚝하게 차에서 내렸다. 화났을까? 연지는 민망한 질문에 대한 후회로 얼른 따라 내렸다. 천명이 다가오는 걸 보고 시선을 피한 탓에 가까이 오는 걸 느끼기만 했다. 화를 내도 하는 수 없어. 잘못한 거니까. 피곤해서 미친 걸까? 이상한 질문을 부끄러움도 모르고 해 버리다니. 바보.

"그런 말은 함부로 하면 안 돼."

"아!"

뭐가 어떻게 된 건지 깨달았을 때는 이미 천명의 품에 완전히 안겨 있었다. 주변의 차갑고 어두운 공간이 사라지는 것 같았다.

"보고 싶다. 연지야, 보고 싶어."

익숙하고 따뜻한 천명의 목소리가 귓가에 더운 기운과 함께 맴돌았다. 연지는 아찔한 현기증에 잠깐 눈을 감았다. 문득 천명의 손길은 어떤지 알고 싶었고 그의 입술이 닿으면 어떤 느낌이 들지 궁금해졌다. 키스, 해 보고 싶어.

"연⋯⋯."

숨이 막혀 하는 것 같아 두 팔의 힘을 조금 푼 천명은 연지의 얼굴을 보려고 했다. 그러나 연지의 얼굴을 볼 수 없었다. 연지를 안았던 팔의 힘을 풀자마자 그녀가 그의 목을 감아 안으며 입을 맞추었기 때문이다. 생각지도 않은 키스에 바로 반응할 수 없었지만 곧 귀가 멍해질 정도의 커다란 심장 소리를 듣고서 키스를 되돌릴 수 있었다.

차에 기대며 연지를 높이 안아 올린 천명은 얼떨결에 입을 맞춘 연지가 뭔가를 깨닫기 전에 깊은 키스로 정신을 빼앗았다. 천명은 이 순간이 꿈만 같아서 깨어나고 싶지 않은 간절함에 애타게 연지의 입술을 탐했다.

"아, 숨이, 막혀요."

입술에 통증을 느낄 만큼 길고 격렬한 키스에 연지가 견디지 못하고 몸을 늘였다. 힘겹게 연지의 입술에서 떨어진 천명의 입술은 여전히 쉬지 않고 연지의 귓불에서 뺨으로 움직였다. 서로의 귓가에 거친 숨소리가 사라질 때쯤 천명의 입술이 연지에게서 완전히 떨어졌다.

"하, 제주도, 가지 말까?"

아쉬운 한숨을 쉬며 천명이 연지를 꽉 안았다.

"내가 이상해지는 것 같아요."

호흡이 정상으로 되돌아오면서 연지의 정신도 정상으로 되돌아왔다. 그러나 정상으로 되돌아온 정신이 반갑지 않았다. 이제까지와 다른 행동을 한 자신에게 놀랐기 때문이다. 어쩌자고 이 남자와 키스까지 했을까? 이러다 온전한 정신을 잃게 되는 건 아닌지 두려웠다.

"이상하지 않아. 걱정하지 말고 선생님 댁에서 푹 쉬어."

천명의 입술이 연지의 이마에 닿았다가 떨어졌다. 키스까지 했던 과감함은 다 사라졌는지 천명의 스치듯 닿았다 떨어진 입술에 연지의 온몸이 부끄러움을 타며 열을 냈다. 연지는 빨개진 얼굴을 느끼며 주변이 어두워서 다행이라고 생각했다.

"비행기 타야 하잖아요?"

"그래."

연지는 다독이는 천명의 손에 이끌려 천천히 공항 안으로 걸어 들어갔다. 방금 전에 열렬히 키스까지 해 놓고 남남처럼 모른 척하기도 뭣하고 그렇다고 갑자기 연인처럼 대하기도 뭣해서 연지는 천명이 꼭 잡은 손을 어쩌지 못하고 그대로 두었다.

"사람들과 자주 만나는 게 부담스러우면 바닷가 별장으로 가

자. 거긴 아주머니만 왔다 갔다 하시면서 돌봐 주실 거야."

"아, 네. 그게 좋겠어요."

선생님이 좋기는 하지만 천명에게 극진하게 대하던 많은 사람들의 인사를 받으며 지내는 건 힘들 것 같았다. 별장이라면 아주머니 한 분뿐이니 부담이 훨씬 적게 느껴졌다.

한 시간이라는 짧지만 긴 시간을 별다른 말없이 보내고 비행기에서 내렸다. 연지는 키스의 충격에서 완전히 벗어나지 못해서 천명의 얼굴을 마주할 수가 없었다. 천명의 이끌림에 말없이 따라다녔다.

"연지야."

"네. 네? 왜요?"

방향도 없는 생각들로 머릿속이 가득했던 연지는 천명이 마주하고 선 것을 바로 깨닫지 못했다. 바닥만 보던 눈을 들어 보니 눈앞에 천명이 있었다.

"연지야, 이렇게 귀엽게 굴면 안 돼. 오늘 내가 서울로 안 돌아갔으면 좋겠어?"

천명의 손가락이 연지의 뺨을 쓸었다.

"어머. 아, 안 되죠. 가, 가야죠. 여기 혼자 있으려고 온 거란 말이에요."

연지는 천명의 손 때문에 얼굴을 돌리지도 못하고 당황했다. 가슴이 두근거렸다.

"키스해도 돼?"

"아, 안 돼요!"

점점 달아오르는 뺨을 느끼며 연지는 천명의 제안을 소리 높여 거절했다. 천명이 얼굴을 놓아준 덕분에 연지는 새빨개진 얼굴을 천명에게서 돌릴 수 있었다. 가슴이 뛰어서 그런 건지 연지는 숨이 차서 작게 헐떡거려야 했다. 키스를 해도 되냐고? 말도 안 돼. 지금 또 했다가는 무슨 일이 일어날지도 몰라.

"놀라지 마. 안 해. 다시 했다가 무슨 일이 일어날지 장담 못하니까."

연지는 천명이 방금 그녀가 생각했던 말을 그대로 하는 바람에 정말 놀랐다. 천명이 손을 잡고 성큼 앞장서 걸어가지 않았다면 먼저 뛰쳐나갔을지도 모를 일이다.

"선생님께 인사 안 드려도 되나요?"

공항 주차장에 있던 차에 도착했을 때 연지는 겨우 선생님이 생각났다.

"너무 늦어서 지금 가면 실례야."

"아, 그렇구나. 알았어요. 내일 인사드릴게요."

"아니야. 내가 올 때까지 그냥 집에서 쉬어. 나하고 같이 인사드려도 돼."

"어, 언제 올 건데요?"

연지는 질문을 하고 보니 오해하기 쉬운 말인 것 같아 걱정이 되었다. 빨리 오라는 말이 절대 아닌데 그렇게 알아들으면 어쩌지?

"상사 눈치 잘 살펴서 적당한 때에 올게."

"회사 다니는 사람이 자주 빠지고 그러면 안 되죠. 시간이 진짜 많이 남았을 때 오세요."

"알았어."

천명은 웃으며 대답했다. 각자 차에 타려고 문을 잡고 섰는데 천명이 가만히 서 있었다. 연지는 그가 뭔가 말을 하려는가 싶어 차에 타려다가 천명을 보며 기다렸다. 그러나 천명은 입을 열지 않고 그저 바라만 보았다.

"무슨, 할 말 있어요? 빼먹은 게 있나요?"

"있어."

"뭔데요?"

"예쁘다."

"……."

"타. 가자."

천명은 연지의 가슴을 뛰게 하는 말을 아무렇지 않게 던져 놓고선 바로 차를 타 버렸다. 연지는 뭐라고 제대로 반응도 못하고 그를 따라 차에 탔다. 차가 출발해서 얼마간 달렸지만 연지는 여전히 부끄럽고 복잡해서 입을 열지 못했다. 침묵이 길어지고 있다는 걸 깨닫지도 못했다.

"혼자 있을 수 있겠어?"

"아, 뭐, 이제까지 혼자였어요."

"안 붙들 생각이구나?"

"절대로 안 붙들어요. 그러니까 얼른 데려다주고 올라가세요."

강원도 펜션에 있을 때 천성이 한 말과 비슷한 말을 했지만 천성에게 느꼈던 거부감은 느낄 수 없었다. 오히려 거절하는 게 부담스럽게 느껴지기까지 했다.

"먹을 것 좀 사서 들어갈까? 나오기 귀찮을 것 같은데."

"아, 맞다. 펜션에 있을 때도 장을 보지 않아서 어쩔 수 없이 나가서 먹어야 했어요. 이번에도 잊을 뻔했는데 말해 줘서 고마워요."

둘은 마트에 들렀다. 카트를 끌고 다니며 이것저것 서로 의논하며 물건을 샀다. 정호와의 결혼 생활에서 한 번도 경험해 보지 못한 일이었다. 둘을 위한 결혼이었지만 둘을 위한 시간은 결혼 생활 내내 어디에도 없었으니까.

연지는 시식 코너에서 천명의 입에 손수 만두 조각을 먹여 주는 순간 현실과 과거가 겹쳐지는 걸 느꼈다. 천명의 미소가 기억 속의 남자의 미소와 똑같았다. 천성인 줄 알았는데. 이번에도 천성인 줄 알았던 장면의 주인공이 천명이라는 걸 알고 놀랐다.

"왜?"

멍하니 올려다보고 있는 연지에게 천명이 걱정스러운 얼굴로 물었다.

"내가 지금 뭐 하고 있나 하는 생각이 들어서요. 과거와 현재가 겹쳐지는데 일치하지 않으니까 이상해요. 다른 그림 두 장을 겹쳐 보는 것 같아서 둘 다 알아볼 수가 없어요."

"어디다 기준을 둘 것인가를 분명히 하면 좀 나아지지 않을까?"

"기준?"

"현재를 택할지 과거를 택할지 정하면 판단이 더 쉬울 것 같은데."

"현재. 버려야 한다면 당연히 과거를 버려야죠."

"그럼 됐어. 흔들리지 마."

천명은 연지에게 웃어 준 후 카트를 천천히 밀고 나갔다. 천명의 말을 곱씹으며 연지도 뒤를 따랐다. 흔들리지 마. 천명의 한마디에 흩어졌던 것들이 모두 제자리에 앉는 것 같았다. 안도감. 가끔 정호에게서 느끼던 그 미약했던 안도감과 달리 확실한 무게를 가진 안도감이었다.

"한 달은 먹어도 되겠어요. 너무 많이 샀어요. 좀 덜어 낼까요?"

"남을 일이 없어."

연지에게 지금 말할 수는 없지만 천명은 빠른 시일 안에 아주 내려와 연지와 함께 지낼 생각이었다. 며칠 후에 떠날 생각을 하는 연지와 달리 천명은 될 수 있으면 오랫동안 제주도에서 연지와 함께 지내고 싶었다.

"남지 않아요? 에이, 이렇게나 많은데? 천명 씨 살림 안 해 봐서 모르는 거 아니에요?"

"내가 고아였다는 거 알잖아? 혼자 오래 살았어. 당신보다 살림 잘할 수도 있어."

"그렇구나. 뭐, 믿기지는 않지만 믿어 볼게요. 남자들은 집안일에 관심도 없고 재능도 없는 줄 알았는데. 양말 하나까지 일일이 챙겨 줘야 하던 사람과 살아서 그런 건가?"

"그 사람하고는 이혼했어. 이미 지나간 과거야. 생각할 필요 없어."

싸늘한 천명의 말과 표정에 연지는 정신이 번쩍 들었다. 쓸데없는 말을 한 것을 후회했지만 이미 천명이 듣고 난 후였다. 계산대에 물건을 올리는 천명을 따라 함께 물건을 올렸다. 부지런히 봉투에 나누어 담은 후 지갑을 꺼내는데 천명이 먼저 카드를 직원에게 내밀었다.

"제가."

연지는 천명의 팔을 잡으며 말리려고 했다.

"됐어."

차갑게 한마디 하는 천명을 거스를 용기가 나지 않았다. 연지는 아무 소리도 못 하고 천명의 눈치를 살피며 마트를 나왔다. 차를 타고 별장으로 가는 동안에도 천명이 뭐라고 해 주길 기다렸지만 별장에 도착할 때까지 천명의 입은 열리지 않았다.

탁.

차에서 내린 천명은 트렁크에 실린 짐을 잊어버린 건지 차 문을 닫고 가만히 서 있었다. 연지는 먼저 트렁크 쪽으로 움직였다. 그가 혹시 잊었어도 자신의 움직임에 짐을 기억할 것 같아서였다. 생각 같아서는 알아서 챙기고 싶었지만 혼자서 그 많은 짐을 다 가져갈 수는 없었다.

"연지야."

"네."

짐을 기억한 것인지 천명이 다가왔다. 다가오는 천명의 표정이 아까와 달라 보였다. 다행이란 생각에 연지는 안도의 미소를 지으며 그를 마주 보았다.

"지금 키스할래? 안에 들어가서 키스할래?"

"네? 그, 그게 무슨 말이에요?"

트렁크를 열려는 게 아니라는 건 그가 너무 가까이 다가왔을 때 알았지만 물러서기엔 이미 늦었다. 천명의 두 손이 연지의 허리를 감쌌다.

"난 당신한테 키스해야 하는데 안에서 하면 내일이든 내일모레든 나오지 못할 것 같거든."

"그, 그건 또 무슨. 안 돼요!"

천명의 말에 놀라 연지는 허리를 잡은 그의 손을 떼려고 했지만 그럴 수 없었다. 천명은 완전히 허리를 감싸 바짝 끌어당겼다. 내일이든 모레든 나올 수 없다는 그의 말을 연지는 믿을 수밖에 없었다. 아찔한 현기증과 함께 과거에 천명이 오랫동안 힘들게 했던, 생각하기도 부끄러운 기억이 났기 때문이다.

"지금 여기서 해?"

"뭐, 뭐라고요?"

"안에서 해?"

"뭐, 뭘 해요? 왜 이래요? 지금, 제정신이에요?"

"날 좀 도와줘. 정신을 차릴 수 있게 당신이 도와줘야 해. 이 상태로 안으로 들어가지 않게 날 막아야 해. 아직은 당신을 안을 수 없다는 걸 내가 알 수 있게 해."

"천명."

천명의 거친 숨소리가 들렸다. 금방이라도 닿을 듯 고개를 내린 덕에 이마에 천명의 입술도 느껴졌다. 도와 달라고? 힘겹게 들리는 그의 목소리에서 간절함이 느껴졌다. 아직은 안을 수 없다는 뻔뻔스러운 말을 아무렇지도 않게 하는 사람에게서 기대할 수 없는 힘겨움이었다. 도와 달라는 그의 말은 진심이었다.

"연지야, 널 다시 울리고 싶지 않아."

"천명."

다시 울리고 싶지 않다는 천명의 떨리는 말에 연지는 그의 입술에 키스했다. 그의 떨림을 멈춰 주고 싶었다.

공항 주차장에서의 키스와 또 다른 키스였다. 욕망에 충실했던 공항 키스와 달리 서로의 마음을 구하는 키스가 되었다. 다정하고 조심스러운 천명의 움직임에 연지가 애가 탈 지경이었다. 벌어진 입 안으로 마음처럼 열기 가득하게 밀려 들어오지 않는 천명에게 연지는 애타는 숨소리로 유혹했다.

"천명."

몇 번이나 떨어졌다가 다시 돌아오는 천명의 입술은 숨이 막히도록 열정적인 키스만큼이나 아찔했다.

"한계야."

"조금만……."

"다음에. 연지야, 이젠 안 돼."

안 된다면서 연신 연지의 입 안으로 파고들었다가 다시 나오던 천명은 결국 이대로는 위험하다는 자신의 경고를 받아들이며 연지의 입술에서 떨어졌다. 그러나 아쉬움과 가시지 않은 열기 때문에 연지의 뺨과 이마에 한참이나 더 입을 맞추었다.

"이제 그만해요."

천명의 품에 얼굴을 묻으며 연지가 완전한 끝을 만들었다.

"짐만 들여다 놓고 나와야겠다. 당신은 여기 있어."

품에 안긴 연지를 다독인 후 한숨과 함께 떨어진 천명은 연지를 차 옆에 세워 두고 트렁크 문을 열었다. 비닐백 네 개를 양손에 나누어 들고 별장 현관 안으로 들어갔다. 천명이 별장 안으로 들어간 후에야 연지는 차가운 바람을 느낄 수 있었다.

"어서 들어가."

별장에서 나온 천명은 얼른 차 문을 열었다. 겨우 진정시킨 마음을 흔들 어떤 것도 있어선 안 되니까. 연지가 뭐라고 인사를 하려는 것 같았지만 천명은 기다리지 않고 차에 앉았다. 보고 싶다. 그러나 지금은 보면 안 된다. 아직은 아니야. 오늘은 안 돼.

부웅.

연지는 천명이 눈길도 주지 않고 그대로 떠나는 걸 가만히 지켜보다가 차가 어둠 속으로 완전히 사라지고 난 후에 별장 안으로 들어왔다. 문을 닫고 가만히 기대어 서서 남은 두근거림이 사라질 때까지 기다렸다.

천명이 도움을 요청했지만 위험했던 건 오히려 자신이 아니었을까? 키스하는 동안 그대로 천명의 품에 안기고 싶었다. 그의 입술에서 떨어지고 싶지 않았다. 그가 내일이든 모레든 떠나지 않아도 상관없을 만큼 간절하게 그를 원했다. 서둘러 떠나 준 천명에게 오히려 감사해야 하는지도 모른다.

"일거리를 남겨 준 천명에게 또 감사해야 하는 거지?"

너무 많아서 걱정인 식료품 뭉치를 보며 버겁게 밀려오는 감정의 파도를 잠시 피할 수 있었다. 정신을 몰두할 일거리가 반가웠다. 연지는 입술에 남은 키스의 여운도 몸에 남았던 욕망의 열기도 모두 잊고 식료품 비닐봉투를 열었다.

주방은 연지의 분주함으로 만들어진 각종 소리들로 제법 시끄러웠다. 시끄러움과 분주함을 즐기며 연지는 아주 한참 동안 주방에서 떠나지 않았다.

"다 했다."

깨끗하게 정리된 주방을 둘러보며 만족감과 익숙한 피로감을 동시에 느꼈다. 좋은 기분으로 욕실로 향했다.

캄캄한 밤바다. 개운하게 씻고 나와 잠잘 준비를 마친 연지는 불을 끄고 넓은 침실 창밖으로 보이는 밤바다를 보았다. 오늘 눈 덮인 강원도를 떠나서 제주도까지 오게 된 것이 믿어지지 않았다. 하긴 오늘 일어난 일 모두가 믿어지지 않는 것뿐이었으니까.

"안 돼! 그만하고 자자."

천명과 있었던 일이 생각나서 얼른 자신에게 경고했다. 지금 생각하면 잠은 잘 수 없을 게 분명하니까. 겨우 잠재운 감정과 열기를 다시 꺼낼 순 없었다. 몇 번이나 심호흡을 한 후 이불 안으로 파고 들어가 누웠다. 아무것도 생각하지 말고 자자. 지금은 자는 것 이외에 생각하면 안 돼.

감사하게도 노력이 헛되지 않고 무거운 잠을 만날 수 있었다. 잠의 무게에 눌려 정신을 잃고 있는데 간질거리는 소리가 들렸다.

드으윽.

몸을 뒤척이며 소리에서 멀어지려고 했지만 소리는 떨어지지 않았다. 금방 끊어질 거야. 기대하며 나머지 남은 정신을 버리려고 하는데 끊어지지 않는다. 연지는 잠의 마지막 문을 붙들고 한동안 전화 소리와 씨름을 했다.

"어휴, 여보세요."

결국 그녀가 포기하고 전화기를 귀에 댔다.

— 자는 중이었어?

"아······."

천명이다. 온몸과 마음에 천명이 느껴졌다.

— 보고 싶어서.

"내일 일어나면, 깨물어 줄 테니, 그리······."

보고 싶다는 말에 편안함을 느끼며 천명에게 투덜거렸다. 천명 때문에 자다 깬 것이 어디 한두 번이었어야지. 이번엔 웬일인지 입맞춤도 몸을 더듬는 손길도 이어지지는 않았다. 겨우 가라앉은 열기를 다시 피워 올리진 않으려나 보다. 내일 일어나면 아주 살짝 깨물어 줘야지.

— 깨물리려면 당장 다시 날아가야겠네.

"······."

— 연지야, 잠들었어? 피곤했구나. 나도 피곤한데 잠은 못 자겠다. 당신한테 깨물렸으면 좋겠어, 옛날처럼.

끊어진 전화. 연지는 기분 좋은 미소를 지으며 뒤척였다. 그 바람에 뺨 위에 아슬아슬하게 얹어져 있던 휴대폰이 베개 아래로 떨어졌다. 연지는 천명을 만나고 처음으로 깊고 편한 잠을 오랫동안 잘 수 있었다.

8

천성은 문 회장의 사무실에 와 있었다. 어제 연지와 통화가 되지 않아 아침 일찍부터 일어나 연지네 빌라에 갔지만 그곳에도 연지는 없었다. 연지를 감시하던 사람에게 물었지만 회장님께 허락을 받지 않고는 대답할 수 없다는 기분 나쁜 소리를 했다. 아침 일찍 아버지인 문 회장을 찾아오게 된 이유였다.

"연지는 어디 있습니까? 아니, 왜 저는 보고를 받을 수 없게 하신 겁니까?"

"당분간 그 여자는 내버려 둬라."

"그럴 수 없습니다."

"천성. 지금 사업이 아슬아슬한 지점에 와 있어. 일단 이 일을 온전히 성사시켜야 할 것 아니냐? 연지라는 그 여자를 만나 작업을 한 것도 사업을 위해서 한 게 아니었어?"

"사업도 성공시키고 그 여자도 가질 거라고 분명히 말씀드렸습니다. 제 말대로 천명은 연지에게 매달리느라 사업도 내팽개치지 않았습니까? 연지를 내 여자로 붙들어 둬야 차후에 천명을 휘두르는 데 효과가 있습니다."

문 회장은 연지에 대해 천성에게 다 말하지 않으려고 애를 썼다. 단순히 이혼녀라는 사실로 천성의 마음을 돌릴 수 있을지 확신이 없었다.

"맞아. 그래서 건드리지 말라고 한 거야. 아주 잠깐만 두었다가 다시 만나도록 해."

"지금 어디 있습니까? 이렇게 헤어지면 아무것도 안 됩니다. 지금 연지가 마음을 열었을 때 바짝 잡아당겨야 합니다. 시간을 주면 안 된단 말입니다. 어디 있습니까?"

"천명의 집에 있어. 어젯밤에 천명이 데리고 가서 아직까지 안 나왔어. 이쯤 되면 뻔한 거 아니냐?"

"당장 불러내야 합니다."

"왜?"

"연지는 내 여자가 될 거니까요."

"지금 천명이 그 여자한테 몰두해 있으니 좋은 거 아니냐? 그리고 아직 천명에게서 그 지역을 완전히 넘겨받지 못했다. 기다려. 곧 넘겨준다고 하니 그때 움직여. 약속을 바꾸려고 하면 이용해야 하는 여자 아니었어? 지금은 둘이 잘 지낼 수 있게 그냥 둬."

천성의 집착이 좀 지나치게 느껴졌다. 그저 단순한 관심 정도로 여겼는데 지금 천성의 표정은 그게 아니었다. 분노와 배신감이 섞인 무시무시한 얼굴이었다. 늘 부드러운 미소와 반듯한 매너를 보이던 천성이 이렇게 일그러진 표정을 지을 수 있다는 게 놀라웠다.

"그냥 둘 수 없습니다. 연지는, 연지는 천명이 아니라 내 여잡니다. 천명과는 이어질 수 없습니다."

"천성. 그게 무슨 소리냐? 혹시, 둘 사이에 내가 모르는 뭐가 있는 거냐?"

"없습니다."

천성의 표정이 갑자기 바뀌었다. 보통의 표정으로 바뀐 천성은 문 회장의 질문에 단호하게 대답했다. 그러나 문 회장은 천성의 변화가 더 의심스러웠다. 확실히 뭔가 있다. 모르는 뭔가가 있어. 사업에 누구보다 재능도 있고 감정과 행동을 잘 조절할 줄 아는 아들이었다. 그런데 그걸 모두 무너뜨리는 이유가 겨우 그 여자 때문이라고?

"천명은 연지라는 아이를 사업적 목적으로 만난다고 하더라. 상가 사람들과 원만한 관계를 맺어서 건물 인수에 대한 거부감을 줄이려는 목적이겠지. 마치 사랑하는 것처럼 보일 만큼 완벽하게 접근하던데 너도 그런 거냐?"

"아버지, 천명은 사업적 목적으로 연지를 만나는 게 아닙니다. 아버지가 속으셨습니다. 천명에게 연지는 전부입니다. 부와 권력을 다 버려도 연지는 못 버리는 남자입니다."

"그래? 그렇다고 치자. 그럼 너는 왜 그 여자에게 그렇게 집착하는 거냐?"

"꼭 가져야 하는 여자니까요."

"사랑은 아니다?"

"이름이야 붙이기 나름입니다. 이름은 중요하지 않습니다. 연지는 내 여자입니다."

문 회장은 천명이 연지를 위해 모든 걸 버리고 던질 것이라는 천성의 말에 잠깐 솔깃했던 것을 후회했다. 방금 천성의 말도 안 되는 대답 때문에 믿음이 사라졌다. 천성이 사업적 목적으로 완벽하게 일을 처리해 내는 줄로 기대했는데 그게 아니었다.

"겨우 지나가는 것처럼 한 번 만났어. 네가 연지라는 여자에 대해 아는 게 뭐냐? 대체 그 연지를 어찌 알고 내 여자라는 말을 해?"

"저도 이렇게까지 될 줄은 몰랐습니다. 만나기 전엔 조절할 수 있다고 생각했는데 아닌 것 같습니다. 천명과 함께 있다고 하니 미칠 것 같습니다. 이래선 안 되는데. 이렇게 흥분하면 지는 건데."

"말 잘했다. 그래선 안 되지. 말도 안 되는 일로 흥분해선 더더욱 안 되지. 침착해."

"사람 둘만 저한테 주십시오."

"왜?"

"연지가 천명의 집에서 나오는 대로 제가 데려오겠습니다."

"뭐?"

"아버지 사업에도 도움이 됩니다. 천명이 마지막 도장을 다 찍을 때까지 연지를 붙들고 있어야 하니까요. 천명은 연지를 위해 확실하게 도장을 찍고 뭐든 다 넘겨줄 겁니다. 장담합니다. 그러니 믿을 만한 사람 둘만 주십시오."

"안 돼."

"아버지!"

"곧 일이 성사될 중요한 시점이야. 섣부른 행동은 삼가야 해. 특히나 천명을 자극할 일은 하지 마."

"일을 완벽하게 만들 중요한 시점이라서 연지가 필요한 겁니다. 천명에겐 연지가 전부입니다. 연지를 잡는 순간 천명의 목을 틀어쥐는 거라서 사업은 아버지 생각대로 될 겁니다."

"그런 식으로 날 조정하려고 하지 마라. 여자 하나로 사업의 결과가 바뀌다니 말이 안 돼. 뭐든 다 줄 거라고? 천명은 사업가야. 이제까지 하는 것만 봐도 함부로 여길 수 없는 사람이야."

"아버지."

"시끄러워. 내가 널 믿고 그동안은 네가 하라는 대로 했다. 그런데 이번엔 아니야. 네 행동을 이해할 수가 없어. 사람은 연지를 위해서가 아니라 널 위해 준비해야겠구나."

"무슨 말씀이십니까?"

"집에 얌전히 있어라."

"대체, 아버지는……. 알겠습니다. 일단 집에 얌전히 있겠습니다."

"일이 마무리되는 대로 알려 주마. 그 후엔 네 마음대로 해."

천성이 사무실을 나가자마자 문 회장은 천성에게 사람을 붙였다. 표정을 바꾸고 알아들은 것처럼 했지만 천성은 마음을 조금도 바꾸지 않을 것이다. 똑똑하고 냉철해서 큰아들보다 더 의지하고 기대했던 천성이 여자 하나 때문에 쓸모없게 되어 버리다니.

"최 실장하고 문 사장 들어오라고 해."

인생 가장 크다면 큰 사업이 이번 재개발 사업이었다. 문 회장은 마음을 가라앉히고 서류를 내려다보았다. 평생을 쌓은 부를 재편성할 시기인 것이다. 얼마나 쓸 수 있고 얼마를 끌어다 써야 하는지 미리 계산해 두어야 했다. 큰아들인 희성과도 어느 정도는 말을 맞추어야 했다.

"부르셨습니까?"

최 실장이 희성과 함께 사무실로 들어왔다.

"재개발 사업 문제를 정리하려고 불렀어."

"꼭 하셔야 합니까?"

문 회장은 문 사장의 질문이 마음에 들지 않았다. 천성은 계획서까지 짜면서 적극적이고 현실 가능하도록 길을 내는데 어째서 큰아들은 가진 걸 놓칠까 봐 꼭 쥐고 안정만을 바라는 건지 모르겠다. 방금 전 천성이 크게 실망을 시켰기 때문에 참는 것이 수월했다.

"이미 결정된 사항에 대해선 다시 말하지 마. 시작된 사업을 어떻게든 성공시키려고 머릴 쥐어짜도 모자라."

"우리가 감당하기에 너무 큰 사업이라서 그렇습니다."

"감당할 만한 사업만 해서 어떻게 커? 맨날 좁아터진 호수 안에서만 헤엄을 칠 거냐? 바다로 나가는 길을 뚫어야 바다를 내 영역으로 만들 수 있는 거 아니냐? 사업은 확장이고 전진이야."

문 회장은 답답한 아들에게 한마디 했다. 무늬만 사장이면서 뭐가 그리 잘났는지 모르겠다. 연지 문제를 해결하고 천성을 사장 자리에 앉혀야지 안 되겠어.

"여기, 정리해서 가져오라고 하신 겁니다."

눈치를 보며 가만히 있던 최 실장이 알맞은 때에 끼어들면서 서류를 내밀었다. 문 회장은 아들을 못마땅하게 쏘아본 후 서류를 받았다.

"재개발 구역을 살 수 있겠지?"

"평소 회장님이 하시던 방식으로는 살 수 없습니다. 워낙 비싸기 때문에 지금 상태로는 우리 몫을 따로 두기 어렵습니다. 남겨두었던 것들을 모두 꺼내 쓴다면 겨우 맞출 수는 있습니다. 그래도 10퍼센트 정도는 외부 돈을 끌어와야 합니다."

"겨우 10퍼센트? 사업하면서 90퍼센트는 다 남의 돈으로 하는 게 보통인데 그만하면 완벽할 만큼 아니야?"

"숫자로 보면 그렇지만 잘 안 됐을 때도 생각하셔야 합니다. 남의 돈으로 할 때야 안 되면 부도내고 한동안 드러누우면 되지만 우리 재산을 다 쓸어 넣으면 안 됐을 때 탈탈 털려서 주저앉아야 합니다. 다시 못 일어납니다."

"초기 투자만 우리 돈으로 하고 곧 새로운 투자자들을 모아서 투자했던 돈을 얼른 빼내면 돼. 내가 그런 생각도 없이 이 큰돈을 움직이려고 했겠어?"

"성 회장이 배가 아파서 주변의 모든 돈줄을 틀어쥐려고 할 텐데 어디서 투자자들을 끌어오실 생각입니까?"

"있어. 천명이 거래하던 사람들을 내가 끌어오면 돼. 천명처럼 새파란 사업가에게도 투자를 하는 사람들이야. 나처럼 안정적인 투자처를 마다할 리가 없잖아? 게다가 재개발 지역을 소유하고 있는데 말이야."

"그건 그렇습니다."

"아버지, 한 번만 더 생각해 보시고."

"시끄럽다. 넌 그냥 도장만 찍어."

자금에는 문제가 없다는 걸 확인하고 나니 의욕이 더 높이 솟았다. 문 회장은 어서 빨리 천명이 손을 들고 재개발 지역을 자신 앞에 가져다주길 바랐다.

연지는 따갑게 느껴지는 햇살을 이기지 못하고 눈을 떴다. 넓고 큰 창 안으로 빈틈도 없이 햇빛이 거세게 비쳐 들었다. 이불을 뒤집어쓰면서 몸을 돌렸지만 이미 달아난 잠을 다시 잡을 수는 없었다.

"몇 시지?"

할 수 없이 비치적거리며 휴대폰을 찾았다.

"어?"

근처를 아무리 뒤져도 휴대폰이 나오질 않았다. 자기 직전에 어디다 뒀었는지 기억하다가 마지막으로 천명의 전화를 받았다는 게 생각났다. 베개를 들춰 보니 역시 휴대폰은 거기 있었다.

"으앗! 깜짝이야."

물끄러미 휴대폰을 내려다보며 천명을 생각하고 있는데 갑자기 전화가 왔다.

"여보세요?"

— 일어났네?

"아, 네. 방금. 지금이 어느 때인지도 모르고 잔 것 같아요."

— 점심시간이 다 되어 가. 지난번에 봤던 아주머니 알지? 조금 있다가 그 아주머니가 점심 가져다주실 테니까 먹어.

"네? 아니, 장을 다 봤는데 왜 아주머니를 시키셨어요?"

— 이번만 해 주시는 거 먹어. 피곤하잖아.

"피곤한 건 알아요?"

— 알지. 깨물어 준다고 해서 무서워서 안 가고 숨어 있는 거야.

"제가 천명 씨를 깨물어 준다고 했어요?"

천명의 목소리를 들었다는 것 이외에 생각나는 건 없었다. 보고 싶다는 말을 들은 후 바로 잠이 들었다고 생각했는데 그 후로 뭔가 또 말을 했나 보다.

— 잠결에 그냥 한 말이었어? 그럼 지금 당장 가야겠군.

"아, 아니에요. 오긴 어딜 와요? 진짜 깨물어 줄 거니까 오지 말아요."

— 섭섭하지만 일이 바빠서 시간이 없기는 해.

"여기 참 편안하고 좋아요. 고마워요."

연지는 천명이 바쁘다고 하자 갑자기 허전했다. 제주도에 오게 된 진짜 이유는 공항 주차장에서부터 뭉텅뭉텅 사라지고 이젠 남은 것이 없었다. 하지만 솔직하게 밀할 용기는 더더욱 없었다.

— 쉬어.

천명의 짧은 말로 통화가 끝났다. 멍하니 눈이 부신 하늘을 바라보다가 아주머니가 오신다는 소리가 생각나 벌떡 자리에서 일어났다. 이런 몰골로 사람을 맞을 수는 없었기 때문이다.

천명은 전화기를 쥐고 눈을 감았다. 당장에 달려가고 싶은 마음을 추스르기 위해서였다. 숨을 몇 번 크게 쉰 뒤에야 눈을 뜰 수 있었다. 겨우 진정된 마음을 다잡기 위해 김 비서를 불러들였다.

"상인들이 제법 단단히 뭉쳤다고?"

"예. 법적으로 대응할 준비를 하고 있는 것 같습니다. 사장님, 정말 그 지역을 넘기실 겁니까? 오랫동안 준비한 사업을 이런 식으로 날려 버리실 생각입니까?"

"날리지 않아."

"예?"

"이익을 위해 사업을 하는 거다."

"재개발 사업 자체에 들어간 그동안의 노력과 정성은 돈으로 환산이 어렵습니다. 지금 이대로 파신다면 손해가 확실합니다."

"이대로 팔지 않아. 자신들의 이익을 위해 상대방을 괴롭히던, 나를 괴롭히던 사람들에게 한 방 날려야지. 그동안 김 비서는 물론이고 창식이와 다른 많은 사람들이 고생했는데 다른 사람도 아니고 문 회장 발밑에 그걸 곱게 가져다 바칠 것 같아?"

연지를 이용하려고 하던 사람들을 그냥 두진 않아. 연지는 건드리지 말았어야 했어.

"아. 그렇군요."

"재개발은 시간이 돈이야. 시간에게 돈을 계속 빨리게 될 운명에서 우리가 벗어날 수 있고 그 운명을 다른 사람이 가져가겠다고 난리를 치는 상황이지. 내가 마다해야 할 이유가 있어?"

"없습니다. 절대 없습니다. 역시 이기는 사람만 모신다는 제 자존심을 세워 주시는군요. 머리가 아주 깨끗해졌습니다. 뭘 하면 되겠습니까?"

"쓸데없는 부탁이지만 뒷정리만 깨끗하게 해 줘. 나중에 알고 징징거리면서 뒤따라오지 못하게 해야 하니까."

"다른 때보다 더 잘 처리하겠습니다. 저도 선생님 빨리 뵙고 싶으니까요."

김 비서가 나가고 잠시 숨을 돌리자 또 연지가 생각났다. 천명은 자리에서 일어나 사무실을 서성거렸다. 침착해야 할 중요한 시간이었다.

"연지."

보고 싶다. 보고 싶은 마음에 전화를 다시 하려다 멈추었다. 연지의 목소리를 듣고 참을 자신이 없었다. 차라리 지금 참아 내는 게 현명했다. 전화기를 주머니에 집어넣고 다시 책상에 앉아 서류를 살폈다.

연지는 씻고 나오자마자 집 안에 치울 것은 없나 살폈다. 지저분하게 퍼져 지내는 모습은 보여 줄 수 없었다. 천명을 잘 아는 사람들에게 자신이 흠이 되고 싶지 않았다.

띠리링.

뭔가 더 할 일이 없나 하고 살피는데 현관벨 소리가 났다. 처음엔 못 알아들었다가 두 번째 소리에 깜짝 놀라 현관으로 뛰어갔다.

"안녕하세요, 죄송해요. 이렇게 수고를 끼쳐서 죄송해요."

아주머니를 보자마자 연지는 아주머니가 들고 있던 쟁반을 받으며 인사했다.

"아니에요. 사장님이 연락 안 하셨으면 섭섭했을 거예요. 지난번에도 그냥 가려고 하셔서 제가 삐쳤었거든요."

푸근한 인상의 장 씨는 연지의 미안함을 다독이며 안으로 들어와 식탁을 차렸다. 해산물로 가득한 밥상이 연지의 마음에 들지 걱정이 들었다.

"우와, 너무 맛있겠다."

연지의 반응에 장 씨는 마음을 놓고 웃으며 숟가락을 집어 주었다.

"어서 먹어요. 사장님 걱정이 이만저만 아니셨어요. 아침도 못 먹을 만큼 피곤하셨다면서요? 하여튼 사장님은 항상 연지 아가씨 생각 하시느라 안달이죠."

"네?"

마치 오랫동안 생각했다는 말처럼 들려서 연지는 장 씨에게 다시 물었다.

"지난번에는 연지 아가씨 얼굴을 몰라서 다른 아가씬 줄 알고 깜짝 놀랐다니까요? 여기 별장 지을 때부터 연지 아가씨하고 올 거라고 해서 그런가 보다 했는데 갑자기 오셔서 연지 아가씨가 아니면 어쩌나 하는 생각에 마음을 얼마나 졸였는지 몰라요."

"이 별장은 언제 지었는데요?"

"칠 년 됐나? 아니다. 육 년인가? 어쨌든 이제야 이 집이 주인을 맞이한 거니까 얼마나 좋은지 모르겠네요. 우리 사장님 오래 기다리셨는데 좀 잘해 주세요. 다른 여자는 하나도 없었어요. 내가 지난번에 깜짝 놀랄 정도니까 말해 뭐해요. 오로지 우리 사장님한테는 연지 아가씨뿐입니다."

"저는, 몰랐어요."

과거 기억이 없었다면 믿지 않았을 것이다. 천성이 말했듯이 천명은 과거에 연지 하나만 봤다는 말을 의심할 수 없었다. 과거엔 연지 하나만을 바라봤던 천명은 지금 자신을 어떻게 보는 걸까 하는 생각이 들었다. 같지 않을 텐데. 달라도 많이 다를 텐데.

더럭 겁이 났다. 왜 그렇게 과거의 연지와 지금의 자신이 다르다고 주장하며 숨으려고 애를 썼는지 지금 알게 되었다. 그래. 겁이 나. 겁나서 그랬어. 천명이 바라봤고 기다리던 사람은 현재의 자신이 아니라 과거의 연지일 테니까.

혼자 있고 싶다고? 도망치고 싶었던 거지. 천명을 향한 자신의 마음에서 도망치고 과거의 연지를 바라는 천명의 마음에서 도망치고 싶었다. 천명이 원하는 과거의 연지가 될 수 없고 그리고 싶지 않아서 두려웠으니까.

"아이고, 내가 밥상 앞에 둔 사람을 붙들고 뭐 하고 있는 건지 모르겠네. 맛있게 드세요. 그릇은 나중에 찾으러 올 테니 걱정하지 말고 두세요."

"감사합니다. 저녁은 신경 쓰지 않으셔도 돼요. 장을 잔뜩 봐와서 먹을 것도 많고 저도 음식 잘하거든요."

"그래요? 알았어요. 사장님이 저녁에 오실지도 모르니까 전 근처에도 안 오겠습니다."

"네? 아니, 그게 아니라……."

"그럼 편히 지내세요."

"아, 네."

장 씨가 나가고 다시 식탁에 앉았지만 밥을 먹을 생각이 나지 않았다. 보고 싶다. 천명이 보고 싶은데 도망도 치고 싶었다. 그를 좋아하는 마음을 마음껏 인정하며 발산할 수 없으니까. 천명이 좋아하는 사람은 과거의 연지이고 지금 자신이 좋아하는 천명은 기억하기 전부터 좋아했으니 현재의 천명이었다.

"과거를 정리한 후 현재를 다시 시작하라고 그랬지?"

천성이 강원도에서 한 말이 생각났다. 과거는 정리되어야 할 시간이었다. 천명에 대해 헷갈리는 유일한 것이 그날, 강제로 천명이 첫날밤을 치른 날이었다. 다정한 말을 속삭일 줄 아는 남잔데 왜 그날은 그렇게 했을까? 나머지 기억과 그날의 기억이 부딪쳐 결론을 낼 수 없었다.

아니. 결론은 이미 난 거야. 계속해서 그날의 일을 해결하려는 것 자체가 천명을 이해하고 싶어서니까. 그날이 아무리 끔찍했다고 해도 지금 천명을 미워할 수 없었다. 오히려 시간이 지날수록 그를 더 많이 좋아하게 되었다. 키스와 그의 품을 그리워할 정도로.

"아."

생각지 못한 실수를 이제야 깨달았다. 아마도 키스가 이성적인 생각을 다 없애 버린 것 같다. 천명이 보고 싶다는 생각에 그가 이곳에 오면 어떤 분위기가 될 것인지 생각하지 못했다. 저녁에 와서, 한집에서, 그것도 과거의 야한 기억을 다 가지고 있는 두 사람이 밤새 가만히 있을 수 없다는 건 말할 필요가 없었다.

천명을 좋아하는 마음 때문에 그가 거절하려고 해도 오히려 자신이 더 원하게 될 것 같았다. 키스도 그랬으니 나머진. 어후, 세상에. 대담하기도 하지. 천명과의 밤을 기대하기까지 하다니. 자신이 무모하게 느껴져 두렵기까지 했다.

"오라고 할 수도 없고 오지 말라고 하기는 더 싫고."

숟가락을 다시 식탁에 놓고 가만히 음식을 바라보았다. 두려움과 기대감이 범벅이 된 생각들은 결국 천명이 보고 싶다는 생각으로 끝이 나 버렸다.

"내 결론은 하난데 천명의 결론은 모르는 거지."

과거의 연지를 생각하자 머릿속이 꼬이기 시작했고 배 속까지 꼬이는 것 같았다. 당사자가 아니라 결론 내릴 수 없으니 생각을 멈춰야 했다. 앞에 보이는 밥을 먹기로 했다. 해산물로 꽉 찬 밥상은 풍성했고 맛있었다.

정신없이 맛있게 밥을 다 먹은 후 설거지까지 깨끗이 정리한 후 별장을 꼼꼼히 살펴보지 않았다는 걸 기억하며 천천히 집 안을 구경하기 시작했다.

서재처럼 꾸며진 방에서 많은 음반을 볼 수 있었다. 디지털 음반부터 클래식한 레코드판까지 전문가로 느껴질 만큼 많은 양의 음반이 진열되어 있었다. 천명이 음악을 좋아할 줄은 몰랐다. 과거의 기억 안에서도 천명이 사냥이나 검술 훈련 이외에 다른 것에 집중했던 장면은 없었다. 무사로서 현재까지 이어졌다면 스포츠 선수가 되었거나 적어도 스포츠에 취미를 들여 집중했을 것 같은데 그런 걸 아직까지 발견하지 못했다.

방은 서재 말고 두 개였다. 자고 일어났던 제일 큰 방과 조금 더 작은 방이 있었다. 모두 살펴봤지만 음악 이외에 천명이 가질 법한 취미를 발견할 수 없었다.

"과거의 나도 지금의 나도 바느질을 잘하는 건 같은데."

과거와 같은 재능을 가진 자신이 싫었다. 현재와 완전히는 아니라도 많이 다르고 싶은데 생각해 보면 생각해 볼수록 그리 다른 점을 찾을 수 없었다. 시간과 장소만 다른 곳에 그대로 옮겨진 것 같았다. 서재로 들어가 음반을 하나 골라서 거실로 나와 음악을 틀었다. 볼륨을 올리고 거실 창밖으로 보이는 바다와 하늘을 보았다.

"여보세요."

한참 음악에 취해 있는데 주머니에 넣어 두었던 휴대폰이 신호를 보냈다. 천명인 줄 알고 반갑게 전화를 받았는데 다른 사람이었다.

— 연지.

"아, 천성 씨?"

— 옆에 천명이 있다면 내색하지 말고 가만히 듣기만 해.

"네?"

천성의 말을 금방 이해할 수 없었다.

— 연지, 천명과 함께 밤을 보냈다는 게 나한테는 그리 문제가 되지 않아. 그러니 그런 문제로 날 피할 생각은 하지 마. 그리고 천명에게서 어서 벗어나.

"무슨, 소린가요?"

갈수록 천성이 하는 말을 이해할 수 없었다. 천명과 함께 밤을 보내? 또 그게 문제가 되지 않는다고? 천성은 대체 그런 소리를 왜 하는 거지?

— 천명이 당신에게 집착하는 건 사업 때문이야. 당신 가게가 있는 그 일대를 재개발하려고 하는데 당신이 여러모로 쓸모가 있어서 접근한 거야. 곧 본색을 드러내고 당신한테 상가 사람들과 대화해 보라고 할지도 몰라. 그러니 그를 믿지 말고 집에서 나와. 나와서 날 찾으면 바로 구해 줄게.

"무슨 소리를 하는 건지 잘 모르겠어요."

재개발에 대해 옆집 사람이 말했던 걸 기억했다. 그러나 이미 자신은 가게를 내놓았고 관심도 없었다. 쓸모가 있다고? 어디에 어떻게?

— 천명은 사업가야. 이번 재개발은 어마어마한 돈이 달렸어. 그걸 위해 치밀하게 준비한 거야. 알다시피 천명은 지는 법을 모를 만큼 무시무시한 장군이었어. 현재도 그런 능력으로 사업적인 성공을 거두었고 이번도 그런 의미로 열심히 칼을 휘두르고 있는 거야.

"당신은, 당신은 어떻게 그걸 그렇게 잘 알았어요?"

천명이 재개발 사업의 주인공이라는 걸 이제 겨우 이해했다. 커피숍 사장님도 직장에 다니는 회사 사람도 아니라는 천성의 말을 다 믿는 건 아니지만 그가 하는 말의 핵심은 알아들었다. 그러나 여전히 천성의 말을 이해할 수 없었다.

— 나도 사업가의 자식이니까.

아, 그래. 그 파티. 천명에게 반쯤 속아서 끌려간 화려하고 고급스러운 파티에서 천성을 처음 만났다는 걸 기억했다. 천성도 사업가의 자식이어서 그곳에 있었던 거구나. 천성의 말처럼 천명이 그곳에 참석했다는 건 일단 평범한 직장인은 아니라는 증거였다. 그렇구나.

"저는 천명과, 그 사람과 밤을 보내지 않았어요."

천성의 말을 이해할 수 없는 건 그가 오해하고 있는 것이 많아서인 것 같았다. 오해를 풀면 이해할 수 없는 말도 멈추지 않을까? 천성이 천명에 대해 나쁘게 말하는 걸 더 이상 듣고 싶지 않았다.

— 연지야, 당신이 천명과 집으로 들어가 아직도 나오지 않고 있다는 건 다 알고 있어. 부끄러워하거나 숨기려고 하지 않아도 돼. 난 다 이해해.

마치 가까이서 보고 있었던 것처럼, 지금도 여전히 보고 있는 것처럼 말하는 천성의 말에 어제를 생각했다.

"나를 강원도까지 따라올 수 있었던 거, 그거, 계속 저를 감시하고 있었던 거예요?"

천명이 차를 바꿔 타고 집을 나온 게 이런 것 때문이었나? 연지는 천성의 오해를 풀어 주고 싶은 의욕을 모두 잃었다. 천명이 하는 일을 대수롭지 않게 생각했는데 모두 감시의 눈을 피한 행동이었다는 걸 이해했다.

— 연지야.

"말해 주세요. 나를 알자마자 감시하고 있었던 거죠? 지금도 감시하고 있는 중이죠?"

연지는 별장 거실 창턱에 앉아 눈을 완전히 감았다. 뭔가 아주 기분 나쁜 기억들이 천성에 대한 불쾌감과 함께 떠오르려고 했다. 기억하고 싶지 않은데 이번엔 막을 수 없었다. 속이 울렁거리기 시작했다.

— 감시가 아니라 당신을 보살피는 거야. 무자비한 천명을 믿을 수 없는 데다가 당신을 잘 보살피려면 어쩔 수 없었어.

"지금은 나가고 싶지, 않아요."

— 연지야, 천명은 널 이용하는 거야! 천명은 사납고 냉정해. 자기 목적을 위해 뭐든 하는 사람이야. 당신이 다치는 걸 바라지 않아. 그걸 견딜 수도 없어. 어서 나와.

"지금은, 어쨌든 지금은 나갈 수 없어요. 더 이상은."

눈을 뜰 수가 없다. 천성의 말에 배 속은 계속해서 울렁거렸고 머릿속도 엉망이었다.

— 연지야, 어서 그 집에서 나와. 네가 그 집에 있는 것 자체가 천명에게 이용당하는 거야. 네가 아직 기억을 다 못 해서 그래. 천명은 널 비참하게 만들 거야. 과거에서처럼 널 천명에게서 구해

내는 게 내 목적이야.

"읍!"

맛있게 먹었던 점심이 고스란히 밖으로 다시 나올 것 같아 손으로 입을 틀어막았다.

— 연지, 나한테 와야 안전해. 다른 곳으로 가면 천명은 널 기어이 찾아내서 가두어 두려고 할 거다. 나만 천명에게서 널 보호할 수 있어.

그랬다. 천성의 말이 기억을 확인시켰다. 천명은 자신을 가두어 두었다. 그러나 싫지 않았다. 절망적인 천명의 표정에 스스로 그곳을 떠나지 않았다. 금방이라도 울 것 같은 천명의 얼굴을 보며 그가 원하는 대로 해 주고 싶었고 그렇게 했다.

"둘이 싸우는 걸 보고 싶지 않아요."

직접 보지 못했지만 둘은 싸웠다. 피를 뿌리지 않았지만 천성이 졌고 싸움은 그렇게 끝이 났다고 했다. 입술이 피가 나도록 깨물며 천명이 살아 돌아오길 기다렸던 시간이 기억났다. 천명. 사랑한 사람은 천명이다. 분명히 결론 내릴 수 있었다. 과거 연지가 사랑했던 사람은 천명이였다.

— 걱정하지 마. 이젠 내가 이겨. 이길 수 있어. 과거엔 졌지만 이젠 이길 수 있어.

"과거는 지났어요. 지금은 그때가 아니고 나도 그때의 연지가 아니에요."

또 기억났다. 결혼. 천성과의 결혼에 대해 생각났다. 천성은 사랑하지 않아도 된다고 했다. 사랑은 중요하지 않다고, 다만 그와 결혼만 해 주면 된다고 했다. 과거에 천성과 결혼하고 잠자리를 한 적이 없다. 천성의 목소리에 과거의 중요한 순간들이 또렷이 떠올랐다.

천명을 사랑하면서 천성과 결혼한 이유. 천명의 목숨을 구하기 위해서였다. 천성은 천명의 목숨을 움직일 수 있는 사람이었기에 다른 방법은 없었다.

— 연지야, 널 사랑해. 천명의 이기적인 마음에 흔들리지 마. 과거에서처럼 나와 결혼해서 다시 예전처럼 살자. 천명은 목적을 이루면 과거에서처럼 바로 널 버리고 외면할 거다.

천성이 다른 여자와 알몸으로 뒹군 장면을 보고 헤어졌다고 생각했지만 그게 아니었다. 천성은 늘 다른 여자와 뒹굴었다. 그의 외도에 분노를 느낀 것이 아니라 결혼으로 진짜 하늘을 볼 수 없는 구속된 삶에 분노했던 것이다.

— 연지야, 나한테 와. 넌 나를 사랑했어. 그랬으니 결혼까지 했던 거야. 늘 나를 하늘이라고 불러 줬던 것처럼 다시 불러 줘. 그때처럼 나에게 웃어 주고 내 품에 안겨. 우린 매일 밤 함께 뜨겁게 사랑을 나눴던 사이였어. 여전히 난 널 원해. 그러니까 돌아와.

"당신이었어. 당신이 말해 준 대로 내가 생각했던 거였어."

천명이 예민하게 반응하던 하늘. 기억에 없을뿐더러 천명을 사랑하는 마음으로 천성에게 하늘이라고 했을 리가 없다. 거짓말. 매일 뜨겁게 사랑을 나눠? 말도 안 돼. 한 번도 그의 손길을 허락한 적 없었다.

"아, 처, 천명이 와요."

천명이 온다는 거짓말을 하고 끊자마자 바로 휴대폰의 배터리를 빼서 거실 소파에 따로따로 던졌다. 손이 떨려서 힘껏 마주 잡았다. 이제까지의 생각들이 모두 천성의 거짓말에 의해 조작된 것이라는 사실이 너무 끔찍했다. 부드럽게 안아 주고 다정한 말을 해 주었던 기억 속의 남자는 천명이였다.

천성은 보기와 달리 가시를 잔뜩 숨긴 남자였다. 기억이 점점 선명해질수록 천성에 대한 거부감이 커졌다. 마땅하다. 사랑도 없이 억지로 결혼한 것도 모자라 계속해서 거짓말을 해서 진실을 왜곡시켰으니까.

갑자기 천명과의 첫날밤이 모두 생각났다. 아프고 끔찍했던 그날. 천성과도 다른 누구와도 잠자리를 가져 본 적 없던 탓에 천명의 열정과 접근이 두려웠고 어떻게 반응해야 할지 몰라서 당황했다. 그러나 그걸 보고 천명은 자신을 거부하는 줄 알고 사정을 보아 주지 않았다.

그날, 왜 그렇게 거칠고 배려 없이 안았는지 이제는 조금 이해할 수 있을 것 같았다.

"윽!"

참았던 울렁거림이 한계에 다다랐다. 연지는 욕실로 뛰어 들어갔다.

❀

천명은 평소보다 조금 일찍 집으로 들어갔다. 연지와 함께 있는 것처럼 보이기 위해서였다. 집에 들어가기 전에 여자들이 좋아할 법한 달콤한 디저트와 꽃을 사 가는 것도 잊지 않았다. 연지와 진짜 함께 지내면 해 주고 싶었던 것들을 미리 하는 것이기도 했다.

사 온 것들을 테이블 위에 올려놓으니 연지가 더 보고 싶었다. 지금이라도 내려갈까 하는 생각이 막을 길 없이 커져 갔다. 옷을 벗기 전에 연지에게 전화해 보기로 했다. 혹시라도 연지가 내려오라고 하면 주저 없이 내려갈 생각이었다. 그래 주길 바라기도 했고 또 연지가 거절해 주길 바라기도 했다. 지금은 함부로 움직이기 어려운 시기라는 걸 알고 있기 때문이다.

통화는 할 수 없었다. 전화기가 완전히 꺼져 있다는 소리에 심장이 내려앉는 것 같았다. 혹시나 해서 몇 번 해 보고 바로 집을 나서려고 했다. 그러다 현관에서 잠시 멈추었다. 침착해.

"아주머니, 연지하고 통화가 안 돼서요."

이성을 최대한 끌어 올려 확인 절차를 거치기로 했다. 제주도엔 연지의 안전을 확인해 줄 사람이 많았다. 서둘러 행동하다가 연지를 더 힘들게 만들지 말아야 했다.

— 사장님한테 연락드린다는 걸 깜빡했네요.

"무슨 일이 있습니까?"

— 연지 아가씨가 좀 아팠어요.

"예? 아프다니요? 어디가 얼마나요?"

— 놀라지 마세요. 병원에서 급체라고 했어요. 감기 기운도 있는 데다가 스트레스가 많아서 그랬다는데 아가씨가 걱정거리가 있었나 봐요. 주사 맞고 약도 먹고 지금 집에 와서 쉬고 있어요.

휴대폰은 어디 있는지 찾지 못했어요. 사실 전화를 해야 한다는 것도 이제까지 잊고 있었네요. 걱정하지 마세요. 그리고 참, 아가씨가 몇 번이나 당부했어요. 사장님한테 말하지 말라고. 그러니까 당장에 내려오시면 안 됩니다.

"지금은 진짜 괜찮습니까?"

— 그럼요. 저하고 웃으면서 놀고 있는 중이에요. 걱정하지 마세요. 그리고 무슨 일이 있으면 제가 즉시 사장님께 연락드리겠습니다. 뭐, 아까 처음엔 저도 좀 놀랐어요. 펑펑 울면서 도와 달라고 해서 얼마나 놀랐는지. 갑자기 아파서 놀랐나 봐요. 이젠 정말 멀쩡하니까 걱정하지 마세요.

"알겠습니다. 잘 좀 보살펴 주십시오."

— 마음 놓으세요.

"감사합니다."

전화를 끊었지만 현관에서 움직일 수는 없었다. 괜찮다는 장 씨의 말을 들었어도 직접 보고 확인하지 않으면 안심할 수 없었다. 그러나 상황이 좋지 않다는 걸 기억하며 억지로 다시 들어왔다.

소파에 앉았지만 편안함을 조금도 느낄 수 없었다. 여전히 전화기는 손안에 있었다. 연지와 직접 통화할 수 없다는 걸 알면서도 전화기를 주머니에 넣을 수 없었다. 고정되지 않고 거실 안 여기저기를 떠다니던 시선을 테이블에 잠시 두었다가 다시 일어나 현관으로 갔다.

"젠장!"

현관문을 주먹으로 치며 한없이 흔들리는 마음에 경고를 보냈다.

이렇게 생각 없이 움직여서 좋을 게 하나도 없다는 걸 억지로 떠올리며 다시 안으로 들어갔다. 이번에는 곧장 방으로 들어갔고 몸에 걸친 옷을 재빨리 벗었다. 하나도 남김없이 모두 다 벗고 욕실로 들어가서 당장 튀어나갈 수 없게 물을 틀고 몸을 적셨다.

챙그랑.

안경을 벗지 않았다는 걸 잊었다. 쏟아지는 물을 닦아 내려고 얼굴을 문지르다 안경이 바닥으로 떨어졌다. 도수는 없지만 렌즈가 있던 안경이 욕실 타일에 떨어지면서 산산이 부서졌다. 렌즈 조각이 물에 쓸려 한쪽으로 몰리는 걸 가만히 내려다보며 당장에 내려갈 수 없게 되었다는 걸 확신했다.

'왜 피해?'

'피하지 않았어요.'

'피했어. 날 똑바로 보지 않잖아?'

'그건, 그냥.'

'말해 봐.'

'눈빛이, 당신 눈빛이 무서워서.'

한사코 눈을 피하며 고개를 돌리던 연지의 얼굴을 잡고 겨우 알아낸 답이었다. 연지의 외면을 감당할 수 없어서 고민하다 생각해 낸 방법이었다. 무서운 눈빛을 가릴 수 있는 방법으로 그것 말고는 없었다. 연지가 싫어하는 눈빛을 가릴 안경이 사라졌으니 당장에 연지를 보러 갈 수는 없었다.

욕실에서 나온 천명은 옷을 입지 못하고 방 안을 서성거렸다. 안경 말고도 가지 말아야 할 이유가 열 가지는 되는데도 여전히 연지를 향하려는 몸과 마음이 힘들게 했기 때문이다.

"아주머니, 죄송한데 연지한테 전화를 좀 해 달라고 해 주실 수 있습니까?"

결국 참다못해 최후의 방법을 써 보기로 했다.

— 그렇게 걱정이 되세요?

"전화라도 받지 않으면 당장에 가게 될 것 같아서요."

— 꼭 그렇게 전해 드릴게요.

장 씨의 웃음 담긴 소리와 함께 전화가 끊어졌다. 기다리는 시간이 목을 조여 오는 것 같았다. 시계의 초침이 비웃듯이 느리게 움직였고 전자시계의 숫자는 고장 난 것 같았다.

드으윽.

"연지."

신호가 울리자마자 받았다.

— 전화기가 고장이라서 전화를 받을 수 없어요.

딱딱한 연지의 목소리. 몸이 아파서 그런 걸까?

"새거 사 줄게."

— 그래요. 이왕이면 번호도 새것으로 해 주면 좋겠어요. 요구 사항이 많은가요?

"아니야. 어려운 거 아니야. 몸은 괜찮아?"

— 별로. 아무도 안 만나고 아무 생각도 안 하고 지냈으면 좋겠어요.

"알았어. 안 찾아가고 택배로 보내 줄게. 연지야, 많이 보고 싶다."

— 반칙이니까 그런 말도 하지 말아요.

"원래 당신 말 잘 듣는 남자는 아니지만 노력할게. 지금 뭘 어떻게 해야 할지 몰라서 그냥 앉아 있는 중이야. 당신을 보러 갈 수 없다면 뭘 하지?"

— 집이에요?

"퇴근했으니까 어디든 갈 수 있어."

— 저녁 먹어야죠. 저는 아주머니하고 저녁 함께 먹을 거예요.

"그래."

천명은 긴 한숨과 함께 대답했다.

— 저, 가게 내났어요. 마침 계약 기간이 몇 달 남아서 시기도 적당하고, 그래서 이미 그곳에서는 떠난 셈이에요. 제가 활달한 성격이 아니라서 주변에 장사하시던 분들하고 친하지도 않아요.

"가게 때문에 걱정되는 게 있으면 말해. 건물 주인하고 대신 만나 줄까?"

— 아니에요. 저한테 부탁할 말 없어요? 제가 해 줄 수 있는 일이라면 해 줄게요.

"지금 보러 가도 돼?"

— 그거 말고 다른 거요.

"다른 건 없어. 아, 한 가지."

— 뭔데요?

"아프지 마."

— 그것뿐이에요? 정말 부탁할 것 없어요? 지난번에 재개발 문제로 옆집에서 왔기에 변호사를 만나 보라고 했는데, 마음에 걸려요. 당신한테 문제가 될까요?

천명은 자리에서 일어났다. 아까부터 연지와 뭔가 어긋나고 있는 것 같다고 생각했는데 확실히 뭔가가 연지와 자신을 갈라놓고 있었다.

"재개발? 왜 자꾸 그런 소리를 해? 누가 전화했었어? 그래서 아팠던 거야? 무슨 말을 듣고 놀란 건데?"

— 아니. 그게 아니라.

"호연지. 누구야?"

— 천성.

"여전히 너의 하늘인 거냐? 이번에도 그와 함께하고 싶은 거야?"

— 천명!

"이번엔 허락할 수 없어. 절대 천성과 함께하게 두지 않아! 이번에는 무슨 일이 있어도 막을 거다. 당신이, 당신이 싫다고 해도 이번에는 천성에게 보내지 않아."

퍼억.

휴대폰이 침실 바닥에 내팽개쳐지며 부서졌다.

"왜? 어째서!"

천성은 연지와 결혼한 후에도 여자들을 멀리하지 않았다. 결혼 전의 행실을 연지와 결혼하면 고칠 줄 알았다. 그러나 오히려 연지가 알게 하려는 것처럼 매일 다른 여자와 뒹굴었다.

연지를 그렇게나 열망하던 천성의 배신 행위는 연지가 아니라 자신이 더 용서할 수 없었다. 천성의 이중적인 삶을 연지가 알고 상처받을까 두려웠다. 천성을 사랑하는 연지 때문에 칼을 함부로 휘두를 수도 없었다. 연지는 웃음을 잃었고 죽은 사람처럼 살았다. 결국, 견디지 못한 건 자신이 먼저였다.

천성을 폐위시켰고 웃음을 잃은 연지를 품을 수밖에 없었다. 함께 유배를 가야 할 운명인 연지를 살리기 위해선 아내로 만들 수밖에 없었다. 후회하는 건 그럴 수밖에 없는 상황에서도 연지가 거절하는 걸 견딜 수 없었던 것이다. 참아야 했는데 참지 못했다. 그날, 연지를 억지로 안은 그날만 잘라 낼 수 있다면. 몇 번이나 그날을 후회하고 또 후회했지만 잊히지 않았다.

연지의 상처가 두려워서가 아니라 이젠 자신의 열망 때문에 천성이든 다른 남자든 누구에게도 보낼 수 없다. 연지에게 상처를 준 죄인이지만 이번만은 보내 줄 수 없다. 보내지 않아.

천명은 옷을 빠르게 챙겨 입고 다시 집을 나섰다.

9

문 회장은 초조하게 기다리다가 견디지 못하고 천명에게 전화했다. 연지라는 여자에게 너무 빠져서 일을 잊어버린 건 아닌가 하는 생각까지 들었다. 재개발 지역을 넘기겠다는 말을 한 후 일찍 집에 들어가서는 꼬박 하루가 지나도록 나오질 않았다. 오늘로 이틀째 두문불출하는 천명을 그냥 둘 수 없었다. 연지에게 가겠다는 천성을 계속 감시하며 막아 내기도 짜증이 났고 천명이 일을 길게 끌까 봐 걱정도 되었다.

시간은 돈이다. 게다가 지금은 시간은 성공과도 직결했다. 성 회장이 알기 전에 일을 마무리해야 안전했기 때문이다. 천명이 혹시 성 회장에게도 연락을 해서 둘을 경쟁시킬 수도 있었다. 하루가 아쉬운 이때에 천명이 여자와 함께 며칠을 뒹굴게 둘 수 없었다.

"천명."

— 회장님, 어쩐 일이십니까?

"어쩐 일이긴 요즘 자네가 회사에도 잘 안 나오는 것 같아서 걱정이 돼서 전화했네."

천명의 어색한 인사에 불안감이 확 솟았다. 마음이 변한 건 아닐까? 그럴 수야 없지. 변하게 두지 않아.

— 아, 예. 집에서 회장님께 드릴 서류를 정리했습니다. 며칠 안에 사고팔기에 부피가 크니까 저는 좀 시간을 드리려고 천천히 하는 중입니다.

"부피가 크다는 건 이미 알고 있었고 그 큰 부피에 맞춰 이미 난 준비가 끝났어. 이자는 매일 불어날 텐데 여유를 부리다니 놀랍군."

— 벌써 준비하셨습니까? 역시 문 회장님이시군요. 저는 성 회장님께도 연락을 드려야 하나 걱정하고 있었습니다.

"난 누구와 나눌 생각이 없어. 그랬다면 자네와 손을 잡자고 했을 걸세."

사업가답군. 천명이 의도적으로 시간을 끌었다는 생각이 들었다. 유리한 고지를 차지하기 위해 나름 머리를 쓴 것이다. 그러나 어림없다. 새파란 것이 감히 노병을 흔들려고 하다니 어리석다.

— 알겠습니다. 이미 준비된 서룬데 저녁에라도 찾아뵙겠습니다.

"아니야. 자네가 여기로 오는 건 별로 달갑지 않아. 성 회장 사람이 눈여겨보고 있을 테니까. 내가 자네 사무실로 가겠네. 변호사와 몇 명을 동행할 테니 준비하고 있게. 말해 두지만 난 이미 준비가 다 끝났어. 늑장을 부려서 손해 볼 사람은 자네라는 걸 명심해."

— 이렇게 큰일을 오늘 처리하다니 아직 믿어지지 않습니다.

"아직 젊어서 그래. 사업을 오래 하다 보면 이보다 더한 일도 순식간에 처리해야 할 때가 생겨."

막상 처리하려니 천명의 마음이 흔들리는 게 틀림없었다. 고민되겠지. 꽤나 호방하게 시작한 사업일 텐데 이렇게 어중간하게 마무리를 지으려니 속도 상하겠지. 그러나 좋은 경험을 했을 것이다. 분에 넘치는 일을 손대면 마무리를 지을 수 없다는 걸.

— 저도 그럼 단단히 준비해서 누락된 것이 없도록 하겠습니다.

"저녁에 찾아가겠네."

문 회장은 전화를 끊고 안도했다. 역시 전화를 먼저 하기를 잘했다. 성 회장을 염두에 두고 저울질할 생각인가 본데 어림없지. 빨리 처리해 주는 조건으로 몇 건은 좀 깎아 내려야겠어. 급한 놈이 지는 거니까. 아니지, 자금줄을 소개받아야 하니까 지금 당장은 너무 박대하지 말아야지. 모든 걸 손에 넣고 버려도 되는 일이니까.

전화를 끊자마자 천명은 집으로 향했다. 집에서 나오는 걸 보여 줘야 하니까. 제주도에 다녀왔다. 연지가 잘 있는지 멀리서라도 직접 보기 위해서였다. 연지는 조금 해쓱한 얼굴로 차가운 겨울 바닷가를 산책했다. 연지를 직접 보고 나니 들끓었던 마음이 가라앉았다. 연지를 위해 새로 산 휴대폰을 장 씨에게 맡기고 왔다.

"문 회장이 저녁에 와서 일을 처리하기로 했으니까 단단히 준비해. 빠져나갈 구멍이 있는지 다시 확인해 보고. 알았어."

김 비서에게 전화한 후 차에서 내렸다. 뛰어서 집에 들어가 옷을 갈아입고 다시 집을 나왔다. 항상 몰던 차를 타고 천천히 보란 듯이 아파트를 빠져나왔다. 새로 산 안경을 고쳐 올리고 사무실 주차장에 주차했다.

"'연지네 집'은 잘 처리했어?"

"물론입니다. 창식이 그걸 제일 먼저 처리해서 잘 떼어 놨습니다. 날짜는 며칠 전으로 했으니 뭐든 걸려 들어갈 일이 조금도 없습니다."

"아직 그 옆 건물 주인은 버티고 있는 중이지?"

"잘 버텨 주고 있습니다."

"됐어."

그때였다. 주머니에 둔 휴대폰이 울렸다. 천명은 문 회장이 또 전화한 건 줄 알고 인상을 쓰며 잠시 그대로 두었다. 천천히 휴대폰을 꺼내 번호를 보니 문 회장이 아니라 연지였다. 지금은 뭐라 할 말이 없었다. 마지막 일을 할 순간을 눈앞에 둔 시점이라 이성을 흩뜨릴 수 없었다.

— 여보세……

"나중에 내가 할게."

보고 싶은 연지의 목소리. 감정이 파도처럼 몰려오는 것에 놀라 얼른 전화를 끊었다. 연지가 좀 놀랐겠지만 지금은 이럴 수밖에 없었다. 끊어진 전화기를 내려다봤다.

"사장님, 그런 표정 처음입니다. 사랑하는 연인에게는 그런 이상한 표정도 하시는군요."

"비웃는 거냐?"

"정직한 말을 한 겁니다. 이상한 표정."

"일하자."

"제가 하려던 말입니다."

건조한 얼굴로 김 비서는 각종 서류를 정리한 파일을 책상 위에 차례로 펼치기 시작했다. 몇 시간 후에 있을 결전을 위해 준비한 것을 확인하는 것이다. 천명도 차가운 표정을 되찾고 김 비서와 함께 서류를 낱낱이 확인하기 시작했다.

연지는 천명의 화난 목소리를 듣고 바로 던져 버렸던 휴대폰을 다시 조립해서 쓰려고 했다. 그러나 혹시 몰라서 참고 천명을 기다렸다. 당장에라도 달려올 것이라 생각해 그날 저녁을 하얗게 새우며 기다렸지만 천명은 오지 않았다.

이틀째 잠을 제대로 잘 수 없었다. 장 씨에게 천명이 맡긴 휴대폰을 받자마자 전화를 했다. 신호가 몇 번 가는 동안이 길게 느껴졌다. 받을까? 받아야 해. 제발 받아. 다섯 번에서 여덟 번째로 신호가 길어지는 동안 점점 절망감이 커졌다.

"여보세……"

― 나중에 내가 할게.

"저기, 그냥 끊어 버리네. 후."

연지는 대답도 할 수 없었다. 전화는 순식간에 끊어졌다. 천명이 단단히 오해하고 멀어지려는 걸까? 천성과 결혼한 건 순전히 천명을 위해서였는데. 천성이 다른 여자를 품든 말든 상관도 없었고 결혼이란 형식 자체만 유지하는 것에 최선을 다했다. 그것이 천성의 조건이었기 때문이다.

지금 말해 주면 오해를 풀까? 되돌아 생각해 보기도 버거운 오래전, 이미 다 끝나 과거가 되어 버린 그 일을 다시 들추며 말하는 것 자체가 과거에서 벗어나지 못했다는 걸 인정하는 건 아닐까? 그러고 싶지는 않은데. 과거의 감정은 기억 이상은 아니었다. 지금은?

지금은 천명에게 어떤 감정인 걸까? 사랑? 모르겠다. 과거의 연장이고 싶지는 않은데. 이 그리움이 과거와 이어진 기억에 인한 거라면 반갑지 않다. 비록 가슴이 저리도록 천명을 그리워한대도 그대로 받아들일 수는 없다.

처음부터 천명과 천성을 제외한 인생이었다. 정호. 사랑이라고 믿었던 남자였고 그와 결혼까지 했다. 순진하고 아무것도 모르던 과거의 연지는 아니었다. 삶의 고달픔도 깨달았고 함께 살아가는 데 뭐가 필요한 것인지 몸소 체험도 했다. 이렇게 다른 현재의 자신이 과거의 기억과 감정을 이어 가는 건 문제가 있었다.

"지금의 나는 아니겠지?"

천명이 원하는 여자는 과거의 연지일지 모른다. 거의 그렇지 않을까? 모르겠다. 벌써 가슴이 지끈거린다.

휴대폰을 주머니에 넣고 손을 함께 넣었다. 혹시라도 전화가 오면 바로 받기 위해서였다. 나중에 한다는데 언제가 되어야 그와 통화를 할 수 있을까? 전화를 하기는 할까? 단단히 화가 난 것 같은데 어떻게 풀어 줘야 할지 모르겠다.

"한심해."

생각 중에 바로 천명을 찾고 있는 자신이 한심했다. 그가 힘들어하거나 혹시 화를 내고 있는 것은 아닐까 하는 걱정과 두려움에 바로 빠져 버리는 것이다. 이성적이어야 하는데 그럴 수가 없다. 냉정하게 자신과 천명을 바라봐야 하는데 잘 안 된다.

거실에서 오래 서성인 것인지 피곤했다. 이틀 동안 제대로 잠을 자지 못한 것도 이유겠지만 천명의 냉정한 목소리라도 듣고 나니 피로가 몰려왔다. 소파에 앉자마자 몸이 아래로 처지면서 눈이 저절로 감겼다. 처음 이 별장에 천명과 함께 들어왔을 때처럼 잠이 쏟아져 옆으로 누웠다. 손에 잡히는 휴대폰을 만지작거리며 눈을 감았다. 전화가 오면 잠깐 잠이 들었어도 알 수 있겠지.

천명, 전화해 줘요. 화내지 말아요. 천성에게는 과거에도 지금도 가고 싶은 마음 없어요.

❀

문 회장은 그동안의 경험과 세월이 주는 우월감에 자신감을 가득 안고 천명의 사무실을 찾았다. 자신이 재개발 구역을 사 버린다는 말에 놀란 표정을 감추지 못했던 천명을 기억하며 이렇게 빨리 밀고 나가는 바람에 꽤나 당황했을 것이라 확신했다. 며칠 되지도 않는 시간 안에 준비다운 준비는 하지 못했을 것이다.

"어서 오십시오."

천명은 김 비서와 문 회장을 맞았다.

"참석할 사람은 다 참석한 것인가?"

"예. 저희 둘뿐입니다."

문 회장은 젊은 김 비서를 보았다가 천명을 보았다. 달랑 둘이 그 많은 일을 이제껏 하고 있었다는 건가? 어리고 경험이 부족해서 이번 일을 시작한 자체가 무모하다는 생각은 했지만 둘만으로 이런 일을 시작해서 이끌어 나가고 있었다는 걸 전적으로 믿지는 않았다. 뒤에 누군가가 있을 것이라 생각하고 그것까지 준비를 했는데.

"간단해서 좋긴 한데 복잡하고 어려운 이 일을 처리하는 데 문제는 없겠어?"

"없을 겁니다. 최선을 다했습니다."

"나중에 뭐가 어떻다 딴소리하지 말고 확실하게 하고 싶어서 그러는 거니까 기분 나빠하지는 말게. 원래 사업이란 게 확실하면 할수록 서로에게 좋은 거니까 말이야."

"알고 있습니다."

"그 연지라는 아이와는 잘 지내고 있다는 소문이 있던데 어떤가?"

"……."

"오늘 만남으로 모든 일을 다 마칠 생각이십니까?"

문 회장의 의도적인 질문에 천명이 안경을 고쳐 올리며 시선을 피했고 그걸 본 김 비서가 서둘러 문 회장에게 질문했다. 문 회장은 차갑고 단호한 천명이 평소와 달리 연지라는 이름 하나에 크

278

게 흔들리는 걸 보고 안심했다.

"오늘 다 끝내야 창 사장이 마음 놓고 집에서 쉬면서 지낼 수 있지 않겠어? 오늘도 내가 억지로 불러낸 것이 아닌가 하고 미안 하더군. 얼른 마치고 돌아가서 기분 좋게 쉬게."

"예."

여전히 눈을 맞추지 않는 천명의 대답에 문 회장은 흡족했다. 천성이 말했던 것처럼 연지가 천명의 약점이라고 한 건 그리 틀 린 말은 아닌 것 같았다. 처음 의도야 어떻든 요즘 함께 지내면서 연지라는 아이에게 집착이 생긴 걸지도 모른다.

며칠째 연지를 밖에 내놓지도 않고 천명도 집에서 나오지 않으 니 말이다. 유일한 약점은 아닐지라도 급할 때 연지라는 아이를 이용해서 자금줄을 쉽고 빠르게 알아낼 수도 있겠다는 생각이 들 었다.

"우린 사람이 좀 돼. 난 정확한 눈을 원하기 때문에 여러 방면 으로 전문가들을 모셔 왔지. 인사는 생략하고 사업으로 들어갈까?"

"바라던 바입니다. 그런데 살펴만 보시고 생각을 바꾸시진 않 을까 걱정입니다."

천명이 드디어 문 회장과 눈을 맞추었다. 문 회장은 첫 시선에 조금 섬뜩했다. 서늘한 느낌에 자세히 보려고 했지만 천명은 서류 를 집느라 시선을 아래로 내렸다. 아니겠지. 문 회장은 아주 잠깐 느낀 느낌을 얼른 지웠다.

"문제가 심각하다면 그래야 하지 않겠나?"

"그래서 현재 상황을 전부 공개하지는 않았습니다."

"어째서?"

"마음을 바꾸시고 독자적으로 사업에 뛰어드시면 저로선 당할 수밖에 없기 때문입니다. 다른 사람에게 넘길 기회조차 사라지면 저는 끝입니다. 그래서 전부 공개할 수는 없습니다. 재개발 지역을 반 이상 사시면 그땐 전부 공개하겠습니다. 반은 넘겨야 저도 살 구멍이 생기니까요."

아주 어리석지는 않군. 문 회장은 혹시라도 일이 어려우면 뒤통수를 칠 생각을 했었다. 그걸 들킨 것 같아 불편했지만 다른 면으로 보면 천명이 막다른 골목에 있다는 것도 확인할 수 있었다.

"두드리고 건너려는데 뭐라고 할 수는 없지. 검토할 시간이 좀 필요하니까 이해하게."

"물론입니다."

재개발 지역의 절반가량의 서류는 문 회장과 함께 온 사람들에게 분야별로 나누어졌다. 한 장 한 장 넘기며 매의 눈으로 살피는 전문가들을 문 회장은 뿌듯하게 바라보았다. 오류가 하나라도 있으면 그걸 빌미로 헐값에 넘겨받을 작정이었다.

"계약이 끝나면 뭘 할 작정인가?"

서류를 살피는 동안 여유로운 표정을 유지하며 천명에게 물었다. 초조한 듯 두 손을 맞잡고 눈을 내리고 있던 천명이 확인을 받고 있는 서류를 바라보았다.

"빚을 갚고, 이곳을 정리하고 잠시 떠날 생각입니다."

"지금 살고 있는 그 집도 팔 생각인가?"

"예."

바닥까지 박박 긁어서 빚을 갚아야 하는군. 문 회장은 오늘 계약이 이루어질 것을 확신했다. 시간을 끌고 싶지만 성 회장이라는 경쟁자 때문에 그게 좀 어려웠다. 망할 인간 같으니. 성 회장만 아니면 천명의 사정이 어떠하든 최대한 시간을 끌어서 싸게 넘겨받을 수 있었는데. 아쉽지만 그 부분에 대해선 어쩔 수 없었다. 성 회장과 반씩 나누어 가지지 않는 것에 만족해야 한다.

"회장님."

지도와 비교하며 서류를 살핀 한 사람이 문 회장을 불러 귓속말로 한참을 뭐라고 말했다. 문 회장의 표정이 살짝 일그러졌다.

"일단 다 살펴본 후에 의논해."

아직 두 사람이 서류 검토 작업이 끝나지 않았다. 문 회장은 천명을 흘끗 보고 자기 사람을 살폈다. 다 공개되지 않았으니 혹시 비공개된 부분의 소유 이전에 문제가 발생하지 않을까 하는 염려의 말이었다. 처음부터 천명이 반만 공개한다고 했으니 그건 속인 것이 아니었다. 나머지를 믿고 공개된 부분을 사 버리든가 아니면 다 포기하든가 해야 한다.

"회장님."

여유로운 표정을 지운 문 회장의 침묵의 시간이 한참 지난 후에 나머지 사람들도 서류 검토를 끝냈다. 별다른 말을 하지 않고 고개만 끄덕인 걸로 서류에 문제는 없다는 표시를 했다.

"젊은 사업가치고 꽤 일을 잘하는군. 이렇게 넓은 지역을 하나씩 사들인 것도 놀랍고 큰 그림을 그려서 그걸 이루어 내려는 힘도 놀라워. 경쟁자로 인정하지. 그렇지만 여기 있는 금액 그대로 살 수는 없어."

문 회장은 트집 잡을 문제가 없어서 안타까웠다. 생각보다 천명은 훨씬 치밀했다. 그렇다고 지금 물러날 수는 없었다. 자신의 경험과 판단력을 믿고 이 자리에서 결정해야 했다. 천명을 압박하려고 서둘렀는데 오히려 지금 자신이 압박을 당하고 있는 느낌이었다. 마지막으로 천명을 믿어 보기로 했다.

"밀린 이자를 내려면 이 가격도 빠듯합니다. 제가 다른 곳에서 빚을 내려면 팔 생각은 안 했습니다. 차라리 투자를 유치해서 사업을 더 키우는 게 저한테는 이익일 수 있으니까요."

만만치 않다. 문 회장은 천명의 변하지 않는 표정에 놀라며 더 이상 트집을 잡을 것이 없어서 화가 났다.

"그럼 마지막으로 한 가지."

문 회장은 지도를 천명 앞에 펼쳤다.

"여기 이 건물은 사들인 건가?"

연지네 가게가 있는 건물이었다. 천명의 표정이 구겨졌다. 문 회장은 천명이 자신의 속셈을 알아들었다는 걸 알았다.

"얼마 전에 사들였습니다. 집을 정리하고 떠날 때는 저 혼자일 겁니다. 떠날 때는 간편한 것이 좋고 여자는 어디나 있으니까요."

"오, 그래?"

아까 흔들렸던 건 연지라는 아이를 생각했기 때문이 아니었나? 연지를 버리고 떠나겠다는 천명의 말에 문 회장은 아쉬웠다. 천성의 말이 맞는 것 같아서 조금 기대했었는데. 이렇게 되면 자금줄을 넘겨받는 데 문제가 생기는 거 아닐까? 성 회장 도움 없이 재개발을 하려면 당장에 많은 자금이 필요한데.

"사시겠습니까?"

천명의 일격이었다.

"사려고 온 거야. 알잖아?"

"마음은 언제든 바뀔 수 있으니까요."

평소에 보던 천명의 모습이었다. 바늘도 들어갈 것 같지 않은 단호함. 마치 전투를 앞둔 군인처럼 비장함이 느껴지는 천명의 눈길에 문 회장은 자존심이 상했다. 새파랗게 어린 천명에게 밀려나고 싶지 않았다.

"시작하지. 노파심에서 하는 말인데 이젠 물러설 수 없어. 지금 한 계약을 무를 수 없다는 소리야."

"알고 있습니다."

방 안 가득 긴장감이 가득해 모두들 숨소리도 조심했다. 모두의 눈이 서류 위를 훑고 다녔고 계약이 하나씩 이루어졌다.

❀

깊고 추운 밤. 천명은 자동차를 세우고 문을 열고 내려 따가운 바닷바람을 맞았다. 불이 꺼진 별장은 검게 가라앉아 있었다. 파도 소리와 바람 소리에 자동차의 문이 닫히는 소리가 묻혔다. 현관으로 향하는 천명의 마음은 수만 가지 생각들로 흔들리고 있었다.

현관의 비밀번호를 누르고 문이 열리는 신호음을 들으면서도 안으로 들어가지 말라는 소리와 싸워야 했다. 그러나 잠시 주춤거리게는 했어도 완전히 막지는 못했다. 문을 열고 안으로 들어갔다.

천명을 감지한 입구에 불이 환하게 켜졌다. 연지는 아무 소리
도 듣지 못하고 자고 있는 것 같았다. 천명은 신을 벗고 안으로
들어섰다. 몇 발자국 움직이자 입구의 불이 꺼지며 어둠이 더 어
둡게 느껴졌다.

"연지?"

어둠 속에서 뒤척이는 소리가 들려 거실을 지나치려던 걸음을
멈추었다. 커다란 거실 창을 통해 희뿌연 빛이 들어와 어둠에 익
숙해진 눈이 거실 소파에 누운 사람을 보게 해 주었다. 천천히 다
가가 가까이서 소파에 누운 연지를 확인했다.

불편한 자세 때문에 그런 것인지 아니면 현관문 소리나 다른
소리 때문인지 연지는 천명이 가만히 내려다보는 중에도 몇 번을
움직였다. 천명은 추워 보이는 연지를 위해 겉옷을 벗었다.

툭.

불편해 보이던 팔 하나가 펴지면서 손에 든 뭔가가 카펫에 떨
어졌다. 휴대폰. 들고 잠이 든 것인지 움직이다 손에서 떨어진 것
이다. 전화를 기다렸나 보다. 얼마나 오랫동안 기다린 걸까? 연지
를 덮어 주려던 겉옷을 소파에 걸치고 몸을 말고 있던 연지를 안
아 올렸다.

"으응."

잠이 깨려고 연지가 몸을 움직이며 소리를 냈다.

"연지야."

입술을 연지의 뺨에 스치며 조용히 이름을 불렀다. 깨어나면

어떻게 반응할까 두려웠지만 이대로 이렇게 연지를 놓고 싶지 않았다.

"이제 오십니까?"

목소리를 알아들은 것인지 연지는 늘어졌던 두 팔로 천명의 목덜미를 감아 안았다.

"기다렸어?"

다른 사람인 줄 착각하는 건 아닐까? 천성이나 아니면 다른 남자. 천명은 연지의 포옹이 두려워 떨면서 물었다. 누굴 기다렸는지 대답을 듣고 싶은 마음과 듣지 않고 무시하고 싶은 마음이 충돌했다.

"네. 왜 이렇게 늦으셨습니까? 또 싸웠습니까? 매번 이기는 싸움을 어째서 그렇게 거르지도 않고 하십니까?"

"너한테, 달려가고 싶은 마음 참으려고."

싸우고 다니던 사람은 자신뿐이었다. 천성과 정호는 싸움과는 먼 사람들이었다.

"바보. 이렇게 매일 기다리고 또 기다리는데 어째서 참으십니까?"

"……."

한 번도 듣지 못했던 연지의 다정한 말. 연지는 지금 과거에 있는 것 같았다. 연지의 속삭이듯 흐린 말이 아직 잠에서 완전히 깨어나지 않았다는 걸 알려 주었다. 기다렸다고? 그럴 리가. 깨워서 물어보고 싶은 충동에 연지를 더 바짝 안았다.

"제가 지켜 드리겠습니다."

바짝 안았는데도 더 파고들고 싶은지 연지는 두 팔에 힘을 주었다. 그러나 의식이 명확하지 않은 탓에 연지의 팔에는 힘이 제대로 들어가지 않았다. 연지는 반쯤 정신이 없는 상태로 지켜 준다는 말을 했다.

"뭐?"

무슨 소리지? 갑자기 지켜 주다니, 누굴? 지금 연지는 과거가 아니라 그냥 꿈속에 있는 건 아닐까?

"제가 꼭 지킬 겁니다."

"연지야."

"약속했습니다."

"누가, 무슨, 약속을 했는데?"

약속이라고? 연지의 말을 하나도 알아들을 수가 없었다.

"조용히 결혼해서 살아 준다면, 당신을, 나의 하늘인 당신을, 살려 준다고 했습니다."

"뭐라고?"

놀라서 큰 소리를 내며 연지를 마주 보았다. 이게 다 무슨 소린가? 결혼해서 살아 준다면 살려 준다고? 하늘이 뭐가 어쨌다고? 소망했던 연지의 하늘은 천성이 아니라 자신이었다는 연지의 말을 알 수 있었다. 그러나 넙죽, 바로 받아들이기 두려웠다. 그 오랜 세월 가슴 아프게 여겼던 그 일들이 모두 오해와 거짓이었다는 걸 단번에 인정할 수 없었다.

"아, 어? 으앗!"

눈을 뜬 연지는 어둠 속의 남자를 보고 기겁을 했다. 발버둥을 치며 빠져나오려고 소리를 질렀다.

"연지야, 연지야, 나야. 나, 천명."

"처, 천명? 진짜 천명이예요?"

"그래. 나야."

놀란 연지를 소파에 안전하게 앉히고 천명은 바닥에 무릎을 대고 앉아 마주했다. 눈을 몇 번 깜빡인 연지는 어둠에 익숙해졌는지 커다란 거실 창으로 들어온 흐린 빛으로 천명의 안경을 확인했다.

"지금 꿈이에요?"

"아니야."

"그, 그럼 여기 온 거예요?"

연지는 믿을 수 없는지 손을 뻗어 천명의 어깨를 만졌다. 어둠 속에서 마주 바라보고 있는 상황이 꿈처럼 느껴졌다.

"전화한다고 했는데 못 해서 직접 왔어."

연지의 손이 어깨에서 물러가는 걸 천명이 잡았다. 손을 잡힌 연지는 잠깐 놀라서 움츠렸지만 천명의 강한 힘이 손을 빼낼 수 없게 했다.

"기다렸는데. 아니, 당신이 아니라, 저기, 그러니까 전화요. 전화한다고 해서 기다렸다는 말이에요."

"알아."

기다렸다는 연지의 말에 가슴이 아팠다. 그런 줄도 모르고 그날 원망과 두려움으로 배려 없이 억지로 안았으니 연지가 얼마나 놀라고 실망했을까? 천성의 협박으로 결혼을 하다니. 천성이 매번 연지가 얼마나 자기를 사랑하는지 자랑했던 건 모두 거짓이었다.

"부, 불을 켜야겠네요. 너무 어둡죠?"

기다렸다는 마음을 들킨 것 같아 연지는 어둠 속이지만 천명과 마주하는 것이 부담스러웠다. 두 손은 이미 천명의 손안에 잡혀 꼼짝할 수 없지만 두 눈은 자유로웠다. 고개를 돌려 어둠 속의 거실을 이리저리 살폈다.

"원한다면 그렇게 해. 그런데 추천은 하지 않을게."

"그게 무슨 소리예요?"

"지금 키스할 건데 불을 켜면 당신이 좀 민망할 것 같아서."

"왜, 왜 민망해요? 아니, 그게 아니라 누가, 키, 키스를 한대요?"

"그럼 밤새 이렇게 마주 보고만 있어? 날 진짜 죽일 작정이야?"

"죽기는, 왜 죽어요. 아니, 무슨, 지금 이게 말이 돼요?"

"연지야, 보고 싶었는데, 이렇게나 오래 기다렸는데, 안 되겠어?"

"……."

연지는 뭐라고 할 말이 없었다. 안 된다는 말을 도저히 할 수가 없었다. 두 손은 이미 천명에게서 자유로워졌지만 몸은 천명의 두 팔에 감겨 단단히 안겨 있었다. 물러서지 않을 천명의 모습에 오히려 감사했다. 그가 물러서지 않기를 바랐기 때문이다. 자유로워진 두 손으로 천명을 밀어 내는 대신 그의 안경을 벗겼다.

"이제야 진짜 천명 같네요."

"언젠가 당신이 마주하는 내 눈길이 무섭다고 해서 당신을 다시 만나게 되면 눈을 꼭 가려야겠다고 결심했었어."

"미안해요. 거짓말이었어요. 무서웠던 게 아니라 내 마음을 들킬까 봐 그랬던 거예요."

"당신 마음이 어떤데? 나를, 좋아하기라도 했다는 소리야?"

자신을 살리기 위해 천성과 결혼했다는 연지의 말. 잠결에 한 말이라 정작 연지는 말한 그 사실을 알지 못할 것이다. 믿어지지 않을 만큼 기뻐서 다시 확인하고 싶었다.

"아, 그게, 그러니까, 아무튼 잘, 생각은 안 나요."

고개를 돌려 자신을 외면하고 있는 연지의 표정을 알 것 같았다. 어둠 속이라 확인할 수는 없지만 지금 얼굴이 빨개졌을 것이다. 연지의 작고 연약한 심장의 진동이 맞닿은 가슴으로 전해지고 있었다.

"연지야."

연지의 외면했던 고개가 아래로 떨어졌다.

"연지야."

"네."

천명은 떨리는 소리로 대답한 연지의 머리카락 속에 손을 깊이 넣어 가볍게 움켜쥐었다. 살짝 당기니 연지의 얼굴을 볼 수 있었다. 외면하고 싶지만 그럴 수 없어서인지 눈을 감고 있었다. 오랜 시간 그리움으로 아픔으로 기다렸다. 이젠 그러지 않을 거고 그럴 일도 없을 것이다.

눈을 감고 있는 연지의 입술에 입을 맞추었다. 격정적인 감정과 들끓는 몸을 누를 수 있는 건 연지에 대한 미안함과 진짜 마음을 알게 된 감사 때문이었다. 연지가 받아 주길 바라며 입술을 살짝 대고 천천히 움직였다.

연지의 입술은 오래 애태우지 않고 열렸다. 허락했으니 주저할 필요는 없었다. 오랫동안 오해하며 괴로웠다. 이젠 어떤 방해도 없이 서로가 정직한 마음을 나눌 시간인 것이다. 감정을 누를 필요가 없었다. 연지에 대한 열렬함을 감출 필요도 없었다. 마음껏 연지를 느끼며 열린 입 안으로 깊이 파고들었다.

"아, 천명."

어렵게 천명의 키스를 받아 내던 연지는 지구가 도는 것처럼 현기증을 느꼈다. 그러다 곧 천명이 자신을 안고 자리에서 일어섰다는 걸 알았다.

"지금이 움직일 수 있는 유일한 기회야. 여기선 오래 널 안을 수 없어."

천명은 연지의 두근거림을 무시하고 더 무시무시한 말을 했다. 천명이 과거에 어떻게 안았는지 전부 기억할 수 있게 된 지금 그의 말은 연지에게 상당한 충격을 주었다.

"난……."

뭐라고 할지 아무런 생각이 없었지만 뭔가 해야 한다는 생각은 확실했다. 연지는 침실로 향하는 천명의 발을 잠시라도 멈추기 위해 입을 열었다.

"걱정하지 마. 함부로 하지 않을 테니. 그날, 그날 당신한테 한 짓을 용서받으려고 지금까지 기다렸어. 오늘 용서받고 싶어."

"그날?"

"당신을, 날 원하지 않는 당신을 억지로 안은 그날. 연지야, 미안해. 정말 미안해."

"천명."

"기회를 줘. 그날이 너무 아팠어. 아직도 당신 비명 소리가 날 찔러."

천명이 그날을 가슴 아프게 새기고 있다는 사실 자체로 연지의 가슴과 기억에 남았던 아주 작은 아픔까지도 다 날아가는 것 같았다. 기회를 달라는 천명의 말에 연지는 그의 목을 힘껏 감싸 안으며 입을 맞추었다.

천명의 억누르는 신음 소리가 들리는 것과 동시에 침실 문이라고 여겨지는 것이 거친 소리를 내며 열렸다. 침대에 누웠다고 깨닫자마자 니트 안으로 천명의 손이 거침없이 들어왔다. 몸을 움츠리려고 했지만 이미 다리가 그의 몸에 눌린 상태라 움츠릴 수 없었다.

"싫으면, 연지야, 싫으면 싫다고 해."

고통을 감추지 못할 정도면서도 천명은 연지의 가슴 근처에서 손을 멈추고 물었다. 천명의 거친 숨소리가 연지의 몸을 타고 내렸다.

"그날, 저는 당신을 거절하려던 게 아니라 처음이라서, 남자의 손길이 처음이라 놀라서 그런 거였어요."

천명의 고통을 덜어 주고 싶어 없던 용기를 내어 그의 셔츠 안으로 손을 넣어 맨몸을 만졌다. 그의 열정을 피부를 통해 느낄 수 있었다. 단단하게 힘이 들어간 근육을 부드럽게 쓰다듬었다. 고통을 덜어 주려고 한 일인데 천명의 몸은 더 큰 고통을 느끼는 것처럼 반응했다. 그의 호흡은 더 거칠어졌고 근육들은 더 단단하게 뭉쳤다.

"처음이라니? 천성과, 천성과 결혼했잖아?"

"결혼만 했어요. 그게 내 조건이었어요. 당신을 마음에 두고, 결혼 생활까지는 할 수 없었으니까."

"그래서……."

그래서 천성은 날마다 다른 여자를 안았던 것이다. 천성이 연지를 가지려고 애를 썼던 이유는 사랑이 아니라 열등감 때문이라는 걸 깨닫게 되었다. 왕으로 결정되기까지 비교되는 기간을 견디기 힘들었던 것이다. 천성은 자랑할 만한 실력을 가지지 못한 열등감에 가장 큰 경쟁 상대였던 자신을 밀어내고 좌절시키기 위해 연지를 차지하려고 했던 것이 분명했다.

"저, 지금 나는……."

천명이 했던 오해를 푸는 동안 연지는 하루 종일 괴로웠던 문제가 생각났다. 지금 천명에 대한 마음은 과거에서부터 이어진 감정일까 아니면 현재의 시간 동안 새롭게 쌓인 감정이 충분히 더해진 것일까 하는 것이었다.

당장 천명과 밤을 보내야 할 상황에 꼭 짚고 넘어가야 할 중요한 문제였다. 셔츠 안에 넣었던 손을 빼내며 그 중요한 문제에 대해 말하려는데 실패했다. 천명이 예고도 없이 키스하며 입을 막았기 때문이다.

천명을 잠시 멈추려는 연지의 의도는 모두 무시당했다. 니트 안에 있던 그의 손은 거칠 것 없이 목적을 달성했다. 결혼 경험이나 과거 천명과 함께했던 기억들 모두 소용이 없었다. 여전히 처음처럼 아찔한 통증에서 벗어나려고 몸에 힘을 주었다.

걸쳤던 옷이 모두 벗겨지며 온몸이 서늘해진 것과 동시에 몸

안쪽으로 뜨거운 본능이 들끓는 것을 느꼈다. 천명의 거친 숨소리가 좋았고 그의 길고 강한 손가락이 좋았다. 뭐든지 그가 원하는 건 다 해 주고 싶었다.

벅찬 통증과 머릿속이 멍해지는 불편한 감각들 모두 천명의 다정한 소리에 사라졌다. 애원하듯 속삭이는 천명의 요구를 과거에도 그랬던 것처럼 긴 밤 내내 들어줄 수밖에 없었다.

❈

천명은 아침 일찍 별장을 나갔다가 돌아왔다. 꽤 시간이 지났고 연지가 깨어서 찾으면 어쩌나 하는 미안한 마음에 최대한 빨리 일을 마치고 돌아왔다. 점심을 이미 지난 시간이었고 오늘따라 날씨는 화창하고 좋았다. 푸른 파도와 하늘이 아름답게 보이는 건 연지와 사랑을 나눴기 때문일까?

별장 문을 열고 들어서자마자 다시 연지에 대한 열정이 살아났다. 충분히 자고 일어났을 테니 다시 안는다고 뭐라 하지 않겠지? 거실을 지나는데 기척이 어디에도 없었다. 주방 쪽을 기웃거렸지만 그곳에서도 연지의 기척은 느낄 수 없었다.

"연지야."

침실에 들어서자 상황을 이해했다. 연지는 여전히 침대에 누워 있었다. 연약한 어깨를 드러내고 옆으로 누워 피곤한 지난밤을 보여 주려는 듯 꼼짝도 않고 자고 있었다. 헝클어진 머리카락을 치워 주며 나직이 이름을 불러 봤지만 꼼짝도 하지 않았다.

"연지야, 점심 먹자."

뺨을 손가락으로 쓰다듬으며 다시 안쓰럽지만 연지를 깨워 봤다. 점심을 먹일 생각을 처음부터 했던 건 아니었다. 깨울 적당한 이유를 찾다가 생각난 것이었다.

"으응."

지친 한숨을 쉬며 드디어 연지가 몸을 뒤척였다. 바로 누우며 드러난 연지의 가슴이 점심을 먹어야겠다는 천명의 얄팍한 이유를 몰아냈다. 아직 잠이 깨지도 않은 연지의 입술에 키스했다. 연지는 본능적으로 그를 밀어 내려고 했지만 곧 자연스럽게 입술을 받아들였다. 부드러운 키스였으니까.

"잠을 얼른 없애야겠다."

장난스러운 미소를 지은 천명은 순식간에 옷을 벗어 던지고 이불을 들추며 들어가 연지를 몸으로 덮었다.

"아, 천명. 조금만."

억지로 잠을 깬 연지는 멍한 머리로 지금 상황을 겨우 이해하고 거절하려고 했다. 긴 밤 내내 뭘 하며 지냈는지 토막토막 떠오르는 것만으로도 그를 거절할 힘을 얻을 수 있었다.

"지금 점심시간이 지났어. 내가 나갔다가 온 것도 모르고 잠들었으니 이젠 일어나도 돼."

"배, 안 고파."

연지는 몸 안쪽에서 서서히 피어오르는 열기에 놀라 천명의 입술을 피해 고개를 돌렸다. 그러나 천명에게 그런 건 아무런 상관이 없었다. 입술이 아니라도 그가 만족할 만한 것들이 많았기 때문이다. 그의 입술은 연지의 **뺨**을 타고 내려가다가 목덜미에서 다시 이리저리 움직였다.

"그래도 먹어야지."

"앗! 천명! 바, 밥 먹으라면서, 이러면, 저리 가요."

연지는 그녀가 좋아하던 기다란 천명의 손가락이 다리 사이로 들어오는 것에 놀라 소리를 질렀다.

"배 안 고프다며? 조금 있다가 밥 먹자."

"배고파요. 아주 많이. 현기증이 나서 쓰러질 것 같다고요. **빨**리 저리 안 가요?"

연지의 단호함에 천명의 손이 허리로 옮아갔다. 그러나 입술은 여전히 그녀의 목덜미와 **뺨**을 오고 갔다. 연지는 최대한 단호하게 말하려고 했지만 천명의 손길에 눈이 자꾸만 감기며 힘이 **빠**지려고 했다. 이러다간 또 한참을 천명의 요구에 응하게 될 것이다. 그건 안 돼. 더 이상은 어려워.

"아주 잠깐이면 되는데."

"어림없어요. 내가 그 소리에 한두 번 속아요?"

자신을 다독이며 연지는 다시 힘을 내어 천명의 손을 허리에서 떼어 냈다.

"내가 그렇게나 많이 속였어?"

"됐어요. 배고프니까 얼른 비켜요."

천명의 아쉬운 한숨 소리를 뒤로하고 연지는 힘겹게 침대 아래로 다리를 내릴 수 있었다.

"왜?"

침대에서 금방이라도 나갈 것 같던 연지가 몸을 반쯤 일으킨 상태로 멈추었다.

　"눈 감아요."

　"뭐?"

　"눈 감으라고요. 지금, 대체 내 옷은 어디다 던져 놓은 거예요?"

　천명의 웃음소리에도 연지는 마주 볼 수가 없었다. 욕실로 가는 일이 만만치 않았다. 몸을 가릴 만한 것이 주변에 없었기 때문이다. 천명이 아침에 일찍 일어났다는 소리가 기억났다. 방 안을 아주 깔끔하게 정리한 것이다. 속옷조차 찾을 수가 없었다.

　"함께 갈까?"

　"이상한 소리 하지 말고 어서 눈이나 감아요."

　연지는 이불로 천명의 얼굴을 덮었다. 큰 저항을 하지 않는 걸 보며 용기를 내서 맨몸으로 욕실로 뛰었다. 다음엔 천명보다 더 일찍 일어날 것을 결심한 순간이었다.

　천명은 후다닥 뛰어가는 소리에 이불을 걷고 연지의 뒷모습을 보았다. 웃음이 멈추지 않았다. 연지의 마음을 이제야 제대로 알게 되었고 그 마음과 맞춰 제대로 사랑을 나눌 수 있었다. 용서한다고 직접 말해 주진 않았지만 연지의 키스는 말보다 더 확실한 증거가 되었다.

　연지의 자는 모습을 보며 일어난 아침은 이제까지 힘들었던 시간들을 모두 사라지게 해 주었고 연지의 체온은 시렸던 마음을 따뜻하게 해 주었다. 더 얻을 것이 없을 만큼 만족스러움을 느끼며 아침을 맞을 수 있었다. 기억을 잃지 않고 다시 태어나 다시 연지를 그리워한 것이 얼마나 다행인지.

벗었던 옷을 다시 천천히 챙겨 입었다. 연지의 몸을 햇빛 아래서 확실히 보고 싶지만 그런 기회를 허락해 줄 것 같지 않았다. 다음을 기대할 수밖에. 침실을 나왔다. 부끄러워하는 연지를 위해서.

주방에서 먹을 건 쉽게 찾을 수 있었다. 며칠 전에 함께 봐 두었던 음식들이 냉장고와 장 안에 가득했기 때문이다. 셔츠 소매를 걷어 올리고 샤워를 마치고 나올 연지를 위해 간단한 음식을 준비했다.

"아침엔 어딜 다녀온 거예요?"

무릎을 덮는 길이의 편안한 원피스 차림으로 연지가 음식을 준비하는 천명에게 다가왔다. 천명은 연지가 안경을 벗겨 준 후부터 안경을 쓰지 않았다. 연지 이외에 안경을 쓸 이유가 없었기 때문이다.

"급하게 처리해야 할 일이 있어서 시내에 나갔다가 왔어."

"에."

연지가 옆에 오자마자 천명은 그릇을 식탁에 아무렇게나 놓고 바로 연지의 허리를 감아 품으로 끌어당겼다. 긴 한숨을 쉬며 연지의 뺨에 입을 맞춘 후 다시 꼭 품에 안았다.

"옷 다 입었는데 내가 뭘 더 하겠어? 긴장 풀어, 이렇게 잠시 안고 있을 테니까."

천명은 연지의 등을 다독여 주었다. 연지의 몸은 금방 다 풀어져서 그의 품에 빈틈없이 안겼다. 천명의 손이 등에만 머물러 있지 않았고 그의 입술이 연지의 뺨에 만족하지 않았다고 해서 불평하지도 않았다. 연지는 천명의 키스를 기쁘게 받아들였다.

"점심으로 뭘 준비했어요?"

"빠르고 쉽게 먹고 얼른 힘을 주는 음식으로 준비했어."

"농담도 꽤 잘하네요."

"진담이라서 잘하는 거야."

"이젠 물어 버리는 걸로 안 끝나고 발로 차 버릴 수도 있어요."

천명의 호탕한 웃음소리 후에 점심 식사가 겨우 시작되었다. 천명의 말처럼 빠르고 쉽게 먹었지만 금방 힘을 얻어 다시 침실로 들어가는 일은 없었다. 함께 식탁을 정리하고 거실의 소파에 나란히 앉아 바다와 하늘을 보았다.

"다시 나갔다가 와야 해. 금방 다녀올게."

"바쁜가 봐요. 제가 도와줄 수 있는 일이 없어요?"

"없어. 당신하고는 아무런 상관이 없어. 내 전쟁이고 사업이니까. 이젠 그것도 완전히 떠났지만. 그걸 처리하느라 조금 바쁜 거야. 그리고 나한테 좋은 거야. 난 예나 지금이나 이기는 싸움만 하는 사람이니까."

"그럼 됐어요. 당신이 어려움을 겪고 있다고 생각해서 걱정했어요."

"연지야."

"네."

"난 과거에서나 현재에서나 내가 잘 지켜. 날 지키려고 또 그러면 이번엔 내가 당신을 용서 안 해. 그리고 나한테 당신을 지킬 기회를 박탈하는 건 더 싫어. 그것 때문에 많이 아팠고 화났으니까."

"그게……"

"날 살리려고 천성과 결혼했다지만 난 당신이 천성과 결혼한 순간 죽었어. 숨 쉰다고 다 사는 건 아니잖아? 죽는 것보다 못한 삶도 있다는 걸 당신이 알아야 해. 특히나 나에겐 그게 당신과 연관이 있어."

"미안해요. 몰랐어요."

천명이 연지에게 다시 키스하려고 허리를 감아 안고 당겼을 때였다. 천명의 바지 주머니에 있던 휴대폰이 진동했다. 인상을 잠깐 쓴 천명은 가볍게 연지의 뺨에 키스한 후 자리에서 일어서며 전화를 받았다.

"아, 그래. 지금 나가."

바로 전화를 끊은 천명은 옷을 마저 챙겨 입고 연지의 배웅을 받으며 별장을 나갔다. 문 회장보다 더 빨리 움직여서 계약을 완성시키고 있는 중이었다. 오늘 하루 발 빠르게 막아 낸다면 계약은 완벽해질 수 있었다.

— 서울에 왔다 가셔야 할 것 같습니다.

"알았어."

천명의 자동차는 별장을 떠나 공항으로 향했다. 오늘도 어제처럼 한밤중이 되어서야 별장으로 들어갈 수 있을 것 같았다. 그러나 어제와 달리 오늘은 연지가 기다려 주는 귀가가 될 것이다.

10

문 회장은 가진 재산의 바닥까지 박박 긁어서 재개발 지역을 산 자신을 자랑스럽고 대견스럽게 여기며 재개발 계획 모형도를 내려다보고 있었다. 생각처럼 무 자르듯 잘라 내서 싸게 살 수는 없었지만 그간 밑 작업을 충실히 해 둔 천명의 노력은 헐값으로 차지한 것이니 그걸로 위안을 삼기로 했다.

"화장품 가게 건물 주인이 연락을 피하고 있습니다. 빨리 해결해야 철거까지 시간이 짧게 들 텐데요."

최 실장이 걱정스럽게 말했다.

"작은 건물 하나야. 자기 혼자서 버티면 얼마나 버티겠어? 이런 일 한두 번도 아니면서 웬 호들갑이야?"

협박을 하든 실력 행사를 하든 방법은 얼마든지 있었다. 천명이 그 주인을 어찌하지 못하고 자신에게 넘긴 건 잘한 일이었다.

마지막 계약서를 내밀면서 잔뜩 신경을 쓰는 꼴이라니. 자신을 같은 선상에 올려놓은 것 자체가 기분이 나빴다.

"아버지, 지금도 늦지 않았습니다. 취소하고 투자자로 바꾸시는 게."

"시끄러워. 넌 하나만 알고 둘은 몰라. 성 회장이 있잖아? 내가 투자자가 되면 그 늙은이도 끼어들 게 분명해. 그럼 골치만 아프고 돈은 쥐꼬리만큼만 벌 수 있어. 내가 그런 손해 보는 짓을 왜 해?"

대체 희성은 왜 이렇게 겁이 많은 걸까? 친자식이 아닌 것 같아 가끔 섭섭하기도 했다.

"이익을 적게 얻더라도 가진 걸 지킬 수 있다면 그게 더 큰 이익 아닙니까? 저는 이 계약이 마음에 들지 않습니다. 천명이 자잘한 걸 처리하고 가장 큰 마지막 관문을 남겨 두고 손을 털어 낸 것 같단 말입니다."

"그럼 너는 내가 그런 자식 같은 어린것한테 속기라도 했단 말이냐? 말이 되는 소리를 해! 잔뜩 겁을 먹고 나한테 억지로 넘긴 거야. 여자한테 홀랑 넘어가서 냉정한 판단을 잃어버리는 그런 사람한테 내가 당할 수가 있겠어?"

"천명은 거대한 재개발 사업을 아버지와 성 회장 몰래 반이나 해 놓은 사람입니다. 솔직히 그 사실을 알고 놀라서 부랴부랴 천명에게 손을 뻗으신 거 아닙니까? 그리고 그가 이제까지 아버지나 성 회장에게 넘어간 적이 있었습니까? 창 사장은 시종일관 중립을 지키며 아버지와 성 회장을 저울질해 온 겁니다."

"소설 쓰지 마. 창 사장이 그렇게나 똑똑하다면 왜 이 사업을 나한테 갑자기 넘길 생각을 했겠어?"

"그러니까 꿍꿍이가 있다는 거 아닙니까? 창 사장은 뭔가 계획이 있기 때문에."

"그만! 더 이상 들을 필요가 없다. 당장 내일부터, 아니 오늘부터 그만둬. 허울뿐인 사장 노릇 벗어나게 해 줄 테니 집으로 돌아가!"

"아버지!"

"농담 아니야. 그만둬라. 다 그만두고 예전에 하고 싶다던 공방인지 뭔지나 해. 그거 할 돈은 충분히 줄 테니 네 꿈 다시 찾아."

"천성일 대신 앉히실 생각이신 건 잘 압니다. 그렇지만 아버지 한 번만 더."

"시끄럽다. 당장 나가!"

"알겠습니다. 이 시간 후로 저는 사장이 아니라는 걸 확실히 기억하겠습니다."

"저런, 저런. 오기도 없고, 욕심도 없는 흐리멍덩한 녀석 같으니."

희성은 마지막으로 빌딩을 돌아보았다. 아버지가 그렇게나 중요하게 여기는 돈. 넘치고 넘치는데도 여전히 돈을 벌어들이고 싶어서 헐떡이시는 아버지를 이해할 수 없다. 아마도 평생 돈에 대한 기갈은 해소되지 않을 것이다.

"대체 어디서 저런 녀석이 태어난 건지 모르겠어."

최 실장은 문 사장, 아니 이젠 사장이 아닌 희성이 나간 것이 불안했다. 회사 안에 큰 소리가 나지 않았던 것은 모두, 사업적으로 돈을 벌어들이는 능력은 없을지라도 문 회장의 이리저리 튀어 나가는 성격을 잘 정리하고 다독여 준 희성 덕분이었다는 걸 알기 때문이다. 문 회장은 희성의 능력을 너무 돈에 맞추는 건 아닌가 하는 아쉬움이 들었다. 앞으로 문 회장의 폭주를 누가 막아 줄는지 걱정이었다.

"천성은 지금 뭘 하고 있어?"

"창 사장 집에서 여자가 나왔는지 안 나왔는지는 더 이상 묻지 않습니다. 재개발 사업에 관해서 궁금해하는데 어디까지 알려 드릴까요?"

"그럴 것 없어. 당장 회사로 불러."

"예? 아, 예."

최 실장은 천성에게 연락했다. 문 회장이 천성을 사업적으로 더 인정하고 있다는 걸 기억했다. 희성을 자신 있게 내보낸 이유 뒤에는 천성이라는 아들이 있었다는 걸 이제야 이해했다. 천성은 문 회장의 폭주에 어떻게 반응할까?

"곧 오겠답니다."

"천성이 오면 희성이 자리 내줘."

"당장, 말씀입니까?"

"어차피 형식적이었잖아? 희성인 퇴사한 걸로 처리하고 퇴직금이나 뭐 각종 줘야 할 것들 넉넉하게 챙겨 줘."

그래도 큰아들의 빈자리가 서운한 것인지 문 회장은 한숨을 길게 쉬었다.

"자네도 창 사장이 그렇게 영악하고 배포가 큰 인물 같은가?"

"저는, 직접 겪어 본 적이 별로 없어서 확실히 말씀드리긴 어렵습니다."

"조금도 모르겠어?"

"그냥, 단순히 느낌만 말씀드리면, 창 사장이 그리 호락호락해 보이진 않았습니다."

"자넨 몰라서 그래. 연지라는 그 아이가 강원도에 잡혀 있는 줄 알고 애가 타서 가만히 있지를 못하더군. 물론 다 사업적인 목적으로 접근했다고 하는데 그러다 마음이 가 버린 거겠지. 선택의 기로에선 당연히 돈을 택하겠지만 지금 당장은 좋아 죽을 수도 있겠더군."

"하긴, 여자와 며칠을 밖에 나오지도 않고 지내는 걸 보면 대단한 열정일 수는 있겠군요."

"다른 건 몰라도 창 사장이 남자답기는 해. 여자는 그렇게 질리도록 품어야 아쉬움이 안 남는 법이니까. 이곳을 떠날 때 혼자 간다고 하더군. 그렇겠지. 좋은 것도 하루 이틀이니까."

최 실장은 문 회장의 천명에 대한 단순한 정리가 그리 마음에 들지는 않았다. 계약할 때 천명의 날카롭고 차가운 눈빛을 문 회장은 보지 못한 걸까? 결코 이성을 잃거나 여자에 대한 감정 때문에 일을 망칠 사람처럼 보이지 않았다.

"회장님, 넘겨받지 못한 삼 층 건물 말고 다른 문제는 정말 없는 겁니까?"

"그걸 왜 나한테 묻나? 그건 자네나 다른 사람들이 알아내서 해결해야 하는 거 아니야?"

"그거야 맞는 말씀이지만 혹시 아시는 것이 없나 해서 여쭤 보는 겁니다."

"슬슬 이것저것 나오겠지. 말끔하게 일이 끝나는 법은 없으니까."

희성의 말이 자꾸만 최 실장의 머릿속을 맴돌았다. 뭔가 개운하지 않은 건 희성과 마찬가지였기 때문이다. 다 된 밥을 거저 주는 것 같은 이 상황이 무척이나 이상해 보였다. 세상에 공짜는 없다는 진리를 문 회장이 잠깐 잊은 건 아닐까?

"괜히 문 사장 때문에 흔들리지 말고 계획대로 진행해."

"알겠습니다."

"천성이 오면 들어오라고 하고 일 봐."

"예."

최 실장은 문 회장에게 인사를 하고 사무실을 나왔다. 하라면 하는 게 월급쟁이의 일이겠지. 과거 어려울 때 문 회장의 도움을 받았던 일을 떠올렸다. 불편한 마음이 생길 때마다 그 일을 회상하며 지워 냈기 때문이다. 이번에도 도움이 된 것인지 금방 일에 집중할 수 있었다.

"아버지 안에 계십니까?"

"안으로 들어오라고 하십니다."

천성이 초조한 모습으로 서둘러 회장실로 들어갔다. 최 실장은 천성의 뒷모습에 불안을 느꼈다.

"아버지."

천성은 회장실에 들어서자마자 따지듯 문 회장 앞에 섰다.

"잘 왔다. 오늘부터."

"연지는 천명의 집에 없습니다."

"없어? 그래서?"

"그래서라니요? 연지가 어디 있는지 모르신다는 겁니까?"

"몰라. 관심도 없고. 일을 하자고 불렀더니 들어오자마자 여자 타령인 거냐?"

"여자 타령이 아닙니다."

"뭐가 아니야? 어제 창 사장하고 내 인생 최고의 계약을 마쳐서 기뻐하고 싶은데 자식이라고 있는 것들이 어째서 이렇게 하나같이 멍청한 소리만 하는 거냐?"

"재개발 사업권 말씀입니까?"

"그래. 사업권과 그 지역을 창 사장한테서 모두 사들였다."

"아버지. 다 사들이다니요? 연지가 제 손에 없는데 계약이라니요? 천명의 약점을 잡지도 않고 계약하셨단 말씀입니까? 다 제값을 주고 사신 건 절대 아니시겠죠?"

"제값을 주고 사면 안 되기라도 한단 말이냐?"

"지금 당장 취소하고."

"시끄러워!"

큰아들이나 작은아들이나 왜 이리 어리석은 말만 하는 걸까? 문 회장은 마음이 상했다. 두 아들이 마치 자신을 늙은이 취급 하는 것 같아 화가 났다. 아직 펄펄하고 앞으로도 오랫동안 사업을 잘할 자신도 있는데 자식들이 그걸 인정해 주지 않는 것 같아 속상했다.

"아버지, 지금이라도 늦지 않았습니다."

"이번 사업에 내 모든 걸 걸었다. 반드시 성공시켜야 하고 성공할 수 있어. 쓸데없는 말 할 시간에 나를 도와 더 빠르고 잘되도록 돕든지 아니면 내 앞에서 꺼져."

"당장에 계획서를 검토해 보겠습니다."

"그렇게 나와야지. 여자고 뭐고 다 잊고 일이나 해."

연지. 천성은 연지가 지금 어디 있는지는 모르겠지만 당장에 찾을 수 없다는 걸 인정했다.

"이번 일이 무사히 끝나면 연지에 대해 뭐라고 하지 마세요."

"알았다."

거짓말을 밥 먹듯 하던 문 회장으로서 거짓 약속은 식은 죽 먹기였다. 지금 천성이 아무것도 모르고 연지, 연지 하지만 시간이 지나고 오래 떨어져 있다가 보면 정신이 들면서 이혼녀에 천명과 함께 지냈다는 사실이 아주 크게 보이게 될 것이다. 그때에는 모든 걸 다 말해 주고 완전히 정리할 수 있게 해 줄 생각이었다.

"아직 매입하지 못한 건물은 어떻게 하실 생각입니까?"

"어떻게 하긴 빨리 매입해야지. 방법이야 많지 않아?"

"천명한테도 팔지 않고 버티던 사람입니다. 쉽게 마음을 바꾸진 않을 겁니다. 값을 더 쳐주실 생각은 전혀 없으신 겁니까?"

"다 쓰러져 가는 건물이야. 게다가 꼬장꼬장 고집을 부리는 것도 괘씸한데 거기다 돈까지 더 얹어 주라고? 어림없다. 사람 써서 해결해."

"저는 반대입니다."

"내가 하라는 대로 해. 티 안 나게 아무 때나 가서 방해하고 어렵게 만들어서 세 든 사람들 나가게 만들고 다시 세 못 들어오게 하면 돼."

"조금만 더 알아보고 움직이세요. 아직 하루밖에 안 됐습니다. 그 사람에 대해 아무것도 모르지 않습니까?"

"알아볼 것도 없어. 창 사장이 이제껏 할 수 있는 건 다 했다고 하니 남은 건 없어."

"조금 늦는다고 망하지는 않습니다. 매번 확실하게 두드리고 건너시더니 이번엔 왜 이러십니까?"

"두드릴 건 다 두드렸기 때문이야. 대체 너희들이야말로 나한테 왜 이러는 거냐? 날 못 믿겠다는 거야? 막말로 말아먹어도 내 돈이야. 내가 더 아깝고 내가 더 속상해."

"아버지."

문 회장은 더 이상 참지 못하고 자리에서 일어섰다. 자식들에게 대놓고 무시를 당하는 것 같아 견딜 수가 없었다. 이번 일을 성공시켜서 자식들 기를 완전히 눌러놔야겠다고 결심했다.

"내가 너한테 사장 자리는 주지만 당분간은 형식적이란 걸 잊지 마라. 큰아들도 자르는 나다. 주제를 정확히 파악하고 움직여."

"……."

아무 말도 못 하고 인상만 쓰는 천성을 쏘아본 문 회장은 최 실장을 불러 귀찮은 일이 있을 때마다 불러서 쓰는 사람에게 연락하라고 지시했다. 재개발 사업이 시작되기만 하면 순풍에 돛을 달고 나가듯 앞으로 쭉 달려 나가게 될 것이 분명했다. 그때는 두 아들이 꼬리를 말고 자신을 존경하게 될 것이다. 문 회장은 기대감을 가지며 회사를 나갔다.

연지는 천명을 기다리며 밤을 맞았다. 피곤해서 곯아떨어졌던 것이지만 점심때까지 잤던 것이 효과가 있었던 것인지 늦은 밤이 되었는데도 자러 들어갈 생각이 나지 않았다. 조용하고 고독한 밤은 남겨 두었던 귀찮은 생각들을 다시 펼쳐 놓기에 좋은 시간이었다. 불이 꺼져 있어서 커다란 거실 창밖으로 밤 풍경이 잘 보였다.

"오해는 거의 풀렸고 상처도 아물었어."

남은 건 현재의 마음이 아닐까? 거실 창에 이마를 대고 아스라이 들리는 파도 소리를 들었다. 아스라한 파도 소리처럼 마음의 소리가 너무 멀어서 명확하게 들리지 않았다.

"이제 어쩌지?"

천명의 사랑을 의심하기에 앞서 자신의 마음이 어떠한지도 자신할 수가 없다. 밤새 천명의 속삼임을 들으며 자연스럽고 마땅한 느낌이 들어서 당황했다. 그와 함께함이 당연하다 느껴지는 것이 혹시나 과거의 기억 때문에 감정이 쏠려 가는 건 아닌가 하는 불안 때문이었다.

지금은 현재. 과거의 기억 이외에 현재에 과거와 겹치는 건 아무것도 없었다.

"연애다운 연애도 없이 이렇게 함께 지내게 된 건 섣부른 충동이 아닐까?"

천명에 대해 아는 것이 없었다. 천성의 말로 천명이 꽤나 능력 있는 사업가라는 것을 알았고 그가 고아로 자라서 선생님이라는 귀한 분을 만나 잘 자라 준 것이 아는 전부였다. 그거면 충분할까? 맞아. 결혼할 것도 아닌데. 설사 결혼을 한다고 해도 그 사람 본연의 사람됨 이외에 꼭 알아야 할 부분은 없었다.

그래도 뭔가 불안해. 불안의 원인이 무언지 알 수가 없다. 불안할 게 없는데. 천명은 곧 돌아올 것이고 함께 지내게 될 거다. 그리고? 그래. 그리고 뭐가 어떻게 되는 거지? 이게 불안의 원인일까?

얼마 동안 천명과 잘 지낼 수는 있겠지. 그러고는 헤어지는 걸까? 각자의 삶으로 되돌아가게 되는 걸까? 과거를 완벽하게 정리하고 새로운 현재의 삶을 살게 되는 걸까? 그래야 하는 게 옳지 않을까?

도톰한 카디건을 바짝 여미며 거실 창에 기댔다. 앞일에 대해 제법 용기 있는 척, 이성적인 척 정리하고 결론을 내렸는데 마음이 시렸다. 천명과 헤어진다는 생각이 가슴을 답답하게 했다. 꼭 헤어지지 않아도 되는 건데.

과거의 천명이라면, 과거의 연지라면 지금 상황은 둘의 새로운 출발일 수 있었다. 서로의 오해와 괴로움을 모두 씻어 내고 기쁜 마음으로 다시 시작할 수 있었을 것이다.

"이젠 어쩌지?"

그와 헤어질 걸 생각만 해도 가슴이 아프다. 지금만 생각할까 봐. 다음은 생각할 수도 없고 하고 싶지도 않아. 천명의 손길과 키스가 좋다. 그의 품이 좋고 그의 목소리는 마음을 편안하게 해주었다. 지금도 어서 천명이 돌아와 주기를 바라고 있었다.

이러면서 아픈 미래에 대해 어떻게 생각하겠어? 못 해. 안 해.

천명, 보고 싶어요.

시계를 몇 번이나 확인하면서 어서 빨리 시간이 지나가 천명이 돌아오기를 바랐다. 자지 않고 기다리리라 마음도 먹었고 뭘 입고 있을까 하는 앙큼한 생각도 했다.

"계속 이렇게 기다려야 하는 걸까?"

거실 창에서 떨어져 소파에 가서 누웠다가 바로 일어나 앉았다. 소파에 누워 있다가 천명에게 안긴 것이 생각나서였다. 며칠 동안 천명을 기다렸던 시간도 기억했다. 천성과의 사이를 오해하고 화를 내며 전화를 끊은 후 며칠 연락도 없이 홀로 지냈던 날. 철저하게 혼자서 외롭고 두려운 마음으로 있었던 날이었다.

그 이틀 동안 뭘 했던 걸까? 혼자서 생각하기로 했던 의도와 정확하게 맞았던 그 이틀 동안 무슨 생각이 났던 걸까? 생각해 볼 것도 없었다. 오직 천명만 생각했으니까. 그가 천성과의 관계를 오해하길 원치 않으면서 혹시 나쁜 일이라도 생기는 건 아닐까 하는 걱정으로 불안하고 초조하게 보냈던 이틀이었다.

"천명."

어서 와요. 혼자 있으니 당연한 것들도 의심스럽고 마음이 흔들려요. 이러다 정신이 나가서 도망이라도 치는 건 아닐지 걱정이 돼요.

❀

반나절의 강행군으로는 일을 다 처리하기 어려웠다. 천명은 한

밤중이라도 제주도의 연지 곁으로 돌아가길 바랐고 그럴 수 있을 것이라 확신했는데 시간이 갈수록 점점 어려워지고 있었다.

"빌딩이 남았군."

"곧 될 겁니다. 초조하십니까?"

"그건 무슨 소리야?"

"제주도에 가고 싶어서 안달이 난 것 같아서 그렇습니다."

김 비서는 저녁이 지나고부터 시계를 자꾸만 확인하며 일이 얼마나 남았는지 되묻는 천명의 모습을 꼬집은 것이다. 시기와 질투는 하나도 들어 있지 않지만 같은 남자로서 약간의 심술은 분명 있었다. 그토록 오랫동안 바라던 여자와 함께하게 된 것이니 마음껏 축하해 주고 싶지만 당장 처리해야 하는 일에 집중해 주길 바랐다. 이 일을 확실히 처리해야 앞으로 연지와 맘 편히 잘 지낼 수 있으니 말이다.

"오늘 안에 다 처리하기 힘들겠지?"

"예. 기다리는 사람이 있으면 미리 전화해 주는 게 예의가 아닐까 합니다."

천명은 김 비서의 매몰찬 말에 고개를 끄덕였다. 여덟 시가 넘어가고 있었다. 지금 당장 사무실을 나가서 딱 맞는 비행기를 타고 제주도에 도착하면 자정이 다 되는 시간이었다. 그러나 지금 당장 나갈 수 없었다. 새벽에라도 도착하고 싶지만 그것도 장담할 수 없었다. 갖춰야 할 서류를 눈으로 대충 짐작해도 하루가 더 필요했기 때문이다.

"잠깐 전화하고 올 테니 기다려."

"전화는 오래 하셔도 됩니다."

"자꾸 빈정거리다 맞는 수가 있어."

겨우 김 비서의 입을 닫고 사무실을 나와 복도에 섰다. 전화가 아니라 직접 달려가고 싶었는데. 연지에게 전화할 생각을 하는 것만으로도 벅찬 한숨이 나왔다. 보고 싶다. 안고 싶다.

— 천명.

기다렸다는 듯 바로 전화를 받아 이름을 불러 주는 연지를 당장에 보고 싶었다.

"기다렸어?"

— 네. 많이 늦어지나 봐요?

"그래. 열심히 했는데 오늘 안으로 다 해낼 수가 없어. 내일이나 일이 다 끝날 것 같아. 연지야, 보고 싶다."

— 기다릴게요.

"아니. 기다리지 말고 먼저 일찍 자. 내가 가면 또 피곤해질 테니까."

— 어휴, 그렇게 다 알면서 배려해 줄 생각은 조금도 없어요?

"지금 배려하는 중이니까 쉬어."

연지의 투정에 웃음이 나왔다. 뺨을 만지며 키스하고 싶은데 그걸 할 수 없으니 힘들다. 연지는 모르겠지. 떨어져 있는 동안 얼마나 힘들어하는지 그녀가 안다면 안았을 때 조금 더 오래 견뎌 줄지도 모른다.

"최대한 빨리하고 갈게."

— 그렇게 빨리하지 않아도 되겠어요. 천천히, 꼼꼼히 다 하고

오고 싶으면 오든가요.

삐친 것이 분명한 연지의 말에 또 웃음이 나왔다.

"그건 안 되겠어. 난 연지한테 물리는 게 취미라서. 아 요즘엔 발로 차 버린다고 했던가? 그것도 기대가 돼. 오늘 밤 충분히 쉬어. 내일 보자."

— 노력해 볼게요. 내일 봐요.

통통 튀던 말투가 금방 낮아졌다. 뭐라고 더 해 주고 싶은 말이 있었지만 연지가 먼저 전화를 끊었다. 화가 난 것 같지는 않고 기운이 없는 것 같았다. 기분이 좋기도 하고 걱정도 되었다. 연지에게 말했던 것처럼 최선을 다해 일을 마치고 얼른 내려가서 떠난 기운을 다시 찾아 주리라 생각했다.

"생각보다 빨리 끝내셨습니다."

"지금부터 하나도 남김없이 모두 처리할 테니 단단히 챙기면서 따라와."

사무실에 들어서자마자 일거리를 집어 든 천명의 태도에 김 비서는 후회했다. 안 그래도 열심히 하던 사람을 닦달했는데 새로운 결심까지 하고 온 천명이 앞으로 얼마나 더 열심히 일할지 안 봐도 알 것 같았다. 함께 일하는 사람으로 그건 그리 환영할 만한 일은 아니었다. 심술을 숨기지 못하고 집적거렸다가 된통 당하는 꼴이었다.

"제주도의 땅까지 내놓은 걸 보면 모든 걸 다 긁어서 인수했나 봅니다. 나중에 심한 몸부림이 걱정됩니다."

"조심해야지. 워낙 법을 모르는 사람들이니까."

김 비서는 고개를 끄덕이고 일에 집중했다.

밤이 깊도록 불을 켜고 있는 곳은 천명의 사무실만이 아니었다. 문 회장의 사무실도 한밤중이 되도록 불을 밝히고 있었다.

"'연지네 집'은 이미 가게를 빼고 권리금까지 다 되돌려 준 걸로 되어 있습니다."

"그래서?"

"아버지, 천명이 연지에 대해 이미 해 줄 걸 다 해 줬다는 건 우리한테 넘길 생각을 미리 했다는 걸 의미합니다. 우리가 이곳을 인수할 줄 알고 조치를 다 취한 겁니다."

"그게 뭐가 이상하다는 거냐?"

문 회장은 밤이 깊어질수록 피곤했다. 나이가 들었다는 걸 인정하고 싶지 않아서 아무렇지도 않은 척 참고 있었지만 아까부터 허리와 다리가 아파서 견디기 힘들었다.

"연지에 대한 천명의 마음을 우습게 보시니까 드리는 말씀입니다."

"한집에서 며칠을 함께 뒹구는데 그 정도 사정도 안 봐준단 말이냐? 뭐라도 크게 쏴야 여자가 넘어오는 걸 몰라?"

"연지는 천명과 그런 관계가 아닙니다. 그건 오해십니다. 어쨌든 그것뿐이 아닙니다. 지금 상가에 되돌려 줄 권리금이 너무 높게 책정되어 있습니다. 이걸 다 되돌려 주고 나면 사업을 시작할 돈이 그만큼 줄어든단 말입니다."

"서로 이해할 만한 수준에서 정하는 거라서 다시 책정하면 돼.

그건 조정이 가능한 부분이야. 그런 거 낮추는 건 어려운 문제가 아니야."

일일이 천성의 질문에 답하는 것도 귀찮고 힘들었다. 문 회장은 자리에서 일어섰다.

"난 먼저 들어가서 쉴 테니 너도 곧 들어가 봐. 괜히 시간만 잡고 있지 말고. 이제까지 한 게 뭐냐? 이미 알고 있고 마땅한 문제들만 호들갑을 떨며 찾아낸 게 다 아니야?"

"다시 짚고 넘어가야 합니다."

"별로 달라질 건 없지만 그렇게 시간과 힘을 낭비하고 싶다면 그렇게 해."

문 회장은 천성과 최 실장을 남겨 두고 사무실을 나갔다. 사무실을 나오자마자 문 회장은 벽을 짚고 한동안 서 있어야 했다. 운동을 게을리했더니 몸이 굳은 것이다. 며칠째 이어지는 강행군에 몸이 세월을 이기지 못한 것도 있었다. 오늘 밤 충분히 쉬어 주면 돼. 문 회장은 천천히 걸어 주차장으로 향했다.

"일단 아직까지 특별한 문제는 없는 것 같습니다. 창 사장이 특별히 서류상으로 속인 건 하나도 없습니다. 계약 자체에는 문제가 하나도 없습니다."

문 회장이 나간 후 최 실장도 피곤함을 숨기며 천성에게 의견을 말했다.

"이번 계약 자체가 속임수였을 수도 있습니다. 아버지가 살 수밖에 없게 만들었으니 천명의 술수가 뛰어난 거죠."

"그렇게 생각하기는 좀 어려운데요."

"앞으로 계속 그 생각이 맞기를 바랍니다. 아버지가 적절한 때에 아주 잘 선택해서 사들였다는 게 확인되기를 바랄 뿐입니다."

"잘될 겁니다."

사무실에서 피로는 더 이상 쌓이지 않았다. 다행히 천성은 문회장이 나간 후 얼마 지나지 않아 퇴근을 결정했고 최 실장은 뻑뻑한 눈을 그제야 쉴 수 있었다.

천성은 사무실을 나오자마자 아버지의 사람을 불렀다. 돈이면 다 하는 그들에게 특별한 당부가 없을 때 일을 시키기는 쉬웠다.

"천명은 아직 사무실에 있다고?"

"연지라는 여자는 찾을 수 없었습니다. 사장님 생각대로 천명이란 자를 계속 감시하는 것이 제일 빨리 찾을 방법입니다."

"이번엔 절대 놓치지 말고 꼭 찾아내."

"알겠습니다."

연지만 손에 넣는다면 천명에게 혹시라도 당하는 걸 막을 수 있었다. 물론 그런 이유로만 연지를 애타게 찾는 건 아니었다. 아버지는 뭐가 마음에 안 드시는지 연지와 함께하는 걸 말리고 있지만 이번만은 반드시 진짜 아내로 품을 생각이었다.

연지는 천명과의 전화를 끝내고 힘이 다 빠졌다. 기다리던 천명이 오늘 올 수 없다는 소리에 이렇게 실망하고 힘을 잃을 줄 몰랐다. 과거의 기억이 어쩌고 하는 짓은 다 쓸데없는 생각이었다. 이렇게 보고 싶고 그리운데 따질 게 뭐가 더 있을까.

힘은 빠졌지만 마음은 개운했다. 천명과의 미래를 더 이상 두려움과 불안으로 생각하지 않았다. 어떻게든 되겠지. 설사 함께 지내다 헤어진다고 해도 그건 지금의 선택 때문이 아니라 다른 이유가 있는 거니까.

정호와의 이혼을 생각했다. 처음 그와 결혼할 때 결혼 생활에 대해 큰 의심이나 두려움은 없었다. 물론 생각과 너무나 다른 결혼 생활에 상처도 많았고 자책감도 많았지만 결혼하고 나서야 알게 되는 숨었던 성격이나 환경 때문이었기에 미리 알고 대처할 수가 없는 일이었다.

천명과의 미래도 마찬가지일 것이다. 미리 알 수 있는 건 하나도 없었다. 지금 그를 그리워하는 마음이 분명하니 그걸 의지하고 한발 내디딜 뿐이다.

"아, 보고 싶다."

천명이 왜 보고 싶다는 말을 자주하는지 조금 알 것 같다. 앞으로 천명이 그 소리를 할 때마다 더 감동을 받을 것 같았다.

"이렇게 기다리기만 하는 거 싫은데."

과거의 연지는 천명이 조금이라도 마음을 표현해 주길 기다렸다. 가끔 보여 주는 깊고 진한 눈빛으로 어렴풋이 마음을 알겠는데 그래도 두려울 때나 불안할 때 천명의 적극적인 표현이 필요했다. 그러나 천명은 늘 한발 떨어져서 좀처럼 다가서지 않았다.

"그때 좀 더 적극적으로 표현을 했다면 뭔가 달랐을까?"

아니다. 이미 지난 과거야. 다 지나서 이렇게 다시 태어났는데 뭐하러 그때 일을 생각하며 후회해. 지금은 지금만 생각하자. 앞으로가 중요하니까.

잠잘 준비를 했다. 잠이 올 것 같지는 않지만 안정된 마음이 잘 시간을 지켜 줄 것 같았다. 언제 축 처졌었는지 모를 만큼 가볍고 빠르게 잘 준비를 했다. 그러나 옷을 갈아입고 침대에 누웠을 때 적막감은 안정된 마음도 몰아내지 못했다. 천명을 그리워하며 한참을 뒤척이다가 겨우 잠이 들었다.

※

천명은 거의 밤을 꼬박 새워서 빌딩을 처리하는 데 필요한 서류들을 다 갖추었다. 김 비서는 사무실 한쪽에서 잠을 자고 있었다. 일을 다 마쳤다는 걸 알게 되자마자 피로가 한꺼번에 몰려들었다. 눈이 제대로 떠지지 않았다.

"김 비서."

뒤처리를 맡기려고 곤하게 자고 있는 김 비서를 깨웠다.

"아, 사장님. 끝내셨습니까?"

"확인하고 절차 들어가. 난 좀 잘 테니까 필요하면 언제든 깨워."

"알겠습니다."

김 비서가 자던 곳에 천명이 누웠다. 오늘 일찍 일이 다 끝나길 바랐다. 점심을 먹으러 내려갈 수 있었으면 좋겠는데. 천명은 아주 잠깐만 생각하고 그대로 잠이 들었다.

천명은 세 시간 후에 일어나야 했다. 김 비서가 확인한 서류를 들고 관공서를 찾아다니며 서류를 처리해야 했다. 문 회장이 마음을 바꿔 빌딩을 다시 찾을 수 없도록 다른 사람에게 넘겨 버리는 것이다.

"드디어 선생님께 모든 걸 되돌려 드릴 수 있게 되었습니다."

"후련하군. 선생님은 아직 모르실 테니 직접 가서 말씀드리면 되겠어."

"예. 드디어 제주도에서 새로운 사업에 도전할 수 있게 되었군요."

"아직 피로도 다 풀지 못했는데 벌써 새로운 일이 하고 싶어져?"

"물론입니다. 일이 하나씩 끝날 때마다 얼마나 뿌듯한지 모릅니다."

"하여튼 비서면서 사장보다 더한 거 알아? 이번 제주도 사업에선 우리 자리를 바꾸자. 나도 비서로 자네를 한번 달달 볶아 보고 싶으니까 말이야."

"그건 안 됩니다. 전 뒤에서 조종하는 게 더 재밌기 때문입니다. 앞에 서면 욕도 먹고 위험한 일도 해야 하잖습니까? 전 그런 건 못합니다. 그러니까 제주도 사업도 사장님이 사장이어야 합니다."

"선생님이 마음 단단히 먹고 김 비서와 함께하라던 이유를 요즘에야 알 것 같다."

"선생님은 저를 다 아시니까요."

"앞으로는 창식이가 좀 수고를 해야 할 것 같군."

"상인들의 권리금을 다 받아 주고 와야 하니까 수고도 수고지만 시간도 좀 걸리겠죠. 그래도 큰 불만은 없을 겁니다."

"어째서?"

"커피숍의 아가씨와 썸을 타고 있으니까요. 사실 썸의 단계는 지난 것 같습니다. 둘이 여행도 다녀왔다는데 그건 썸 이상이죠?"

"그렇지. 창식이에겐 잘된 일인데 김 비서는 심술 나겠군."

"저 대신 앞으로 문 회장 사람들이 창식이를 괴롭혀 줄 테니까 참을 수 있습니다."

젊은 혈기로 밀고 다닌 덕분에 점심을 조금 지나서 모든 절차를 다 마칠 수 있었다. 천명은 김 비서와 점심을 먹기 위해 제일 가까운 식당으로 들어갔다.

"문 회장 사람들인가 봅니다."

아무리 바빠도 똑같은 사람이 항상 보인다는 걸 놓칠 정도는 아니었다. 남자들은 전문적인 훈련을 받은 것은 아닌지 쉽게 눈치를 챌 수 있게 따라다녔다.

"그렇겠지. 그런데 이상해. 우리를 따라다녔으면 우리가 어디를 다녔는지 다 알 텐데 연락이 없으니 말이야. 마치 우리가 다니게 그냥 두는 것 같단 말이야."

"그러고 보니 그렇군요. 아직 확인은 안 되겠지만 적어도 눈치를 챌 수는 있을 텐데."

알아도 손을 쓸 수 없게 하기 위해 빨리 한꺼번에 일을 처리하느라 그렇게 힘들었던 것이다. 어느 정도의 공격에 대한 대비도 하면서 다녔는데 아무런 제지가 없었다. 힘 좀 쓰는 남자들이 분명한데 관공서를 드나들 때 멀찍이 떨어져 주기까지 했다.

"문 회장 사람들이 아닌가?"

"문 회장 말고 우리의 일상이 궁금한 사람이 또 누가 있겠습니까?"

"……."

설마, 천성? 천명은 김 비서의 질문에 천성이 떠올랐다. 사업과 상관없이 미행을 할 이유는 연지의 소재를 파악하기 위한 것밖에 없었다. 자신이 연지에 대해 특별한 마음을 갖고 있다는 걸 아는 사람은 천성이 유일했으니 그가 분명했다.

"밥 먹고 집에 간다는 일정은 취소해야겠어. 제주도는 상황을 봐서 내려가야겠어."

"서운할 텐데요."

"김 비서도 선생님을 위해 제주도행은 뒤로 미뤄."

"아, 그렇군요. 당장에 가서 푹 쉬고 싶지만 참아야겠군요. 선생님이 알려지면 안 되니까."

짜증이 난다. 연지에게 돌아갈 것만 생각하고 피곤도 물리치며 지금까지 달려왔는데. 연지에게 오늘은 꼭 내려간다고 했는데 그 말을 지킬 수 없게 되었다. 미행을 따돌리고 내려갈 수도 있지만 그런 모험은 다른 일에나 가능했다. 연지에 관해서 모험은 있을 수 없었다.

밥을 억지로 먹고 둘은 근처 호텔로 들어갔다.

11

　문 회장은 천성이 하는 말을 들으며 인상을 썼다.

　"그러니까 창 사장이 연지라는 아이를 빼돌린 건 내가 뭔가 손을 쓰지 못하게 막으려고 그랬다는 거냐?"

　"그렇습니다. 아니라면 우리 눈을 피해 연지를 다른 곳에 둘 이유가 없으니까요. 연지를 이용해서 얻을 것이 천명은 없잖습니까?"

　인정했다. 천명이 연지를 좋아해서 끼고 있는 건 당연한 거지만 눈을 피해 숨겨 두었다는 건 이야기가 달랐다. 아주 많이 달랐다.

　"다 네 말이 맞다고 치자. 그러면 난 연지라는 아이를 데려올 생각이 전혀 없는데 어째서 숨겼다는 거지? 계약은 다 끝났고 내가 창 사장을 휘두를 일이 없는데 왜 숨기겠니?"

"그래서 이상하다는 겁니다. 분명 계약에 문제가 있었으니까 숨기는 게 아닙니까? 오늘 하루 종일 찾아봤지만 그걸 찾을 수가 없습니다. 문제가 없는 완벽한 서류. 제가 천명이라면 아버지가 돈을 제대로 지불했는지 의심스러워서 확인하기까지 일정 기간 동안……."

"무슨 일이야?"

천성이 말을 하다 말고 서류를 다시 집어 드는 걸 보고 문 회장은 가슴이 덜컥하는 걸 느꼈다. 오랜 경험으로 뭔가 잘못된 것이 있다는 걸 직감할 수 있었다.

"재개발 지역을 산 값. 이걸 의심해 봐야겠습니다."

"의심하다니? 창 사장은 자기가 산 값을 내게 다 공개했다. 그 값에서 거의 차이가 없어. 창 사장 입장에서는 엄청난 손해를 보는 거다. 부동산을 살 때는 값이 올라갈 것을 바라고 사는 건데 자기가 산 값 그대로 되판다는 건 그간의 이자를 치르느라 손해를 봤다는 소리야."

"그게 이상합니다. 천명은 손해를 보면서까지 그 지역을 팔 이유가 없습니다."

"그건, 그때 연지라는 아이에게 혹해서 잠시 이성을 잃은 거지. 게다가 앞으로 치러야 할 이자가 계속 눈덩이처럼 쌓이니까 조급해진 거야."

"제가 누누이 말씀드리지만 천명은 그런 일로 조급해할 사람이 아닙니다. 왜 상대를 과소평가하십니까? 그때 잠시 이성을 잃은 건 천명이 아니라 아버지일 수 있습니다. 알아보고 오겠습니다."

천성이 사무실을 달려 나가는 걸 보며 문 회장은 처음으로 불안을 느꼈다. 천성의 말을 들으며 이상한 점이 한두 가지가 아니었다는 걸 이제야 깨달았기 때문이다. 과소평가. 그게 맞으면 어쩌지? 천명을 과소평가한 대가를 치르게 되면 어쩌지? 아니야, 아직 밝혀진 게 아니야. 괜한 불안을 느낄 필요는 없어.

재개발 지역의 부동산 값은 변동이 심했다. 재개발 소문이 나기 전과 후는 엄청난 차이가 났다. 당연한 거다. 그러나 천명은 소문이 나기 전에 건물을 매입했다. 어디를 의심해야 한다는 걸까?

혹시나 해서 천성을 기다리지 않고 아는 사람의 이름을 쥐어짜내서 전화를 걸었다. 회장이 되고 나서 직접 전화하기는 오랜만이었다. 아랫사람을 시켜서 모든 걸 처리했더니 어색하고 불편했다. 그러나 전 재산을 쏟아부은 일이기에 감수할 수 있었다.

"뭐라고? 아니, 잠깐만 이 사장, 그러니까 성 회장이, 그 늙은이가 주변 땅을 샀다고? 그 늙은이가 땅값만 올려났단 말이지?"

천성의 말대로 값이 잘못된 것이 틀림없었다. 성 회장과 짜고? 괘씸한. 치밀어 오르는 울분을 참지 못하고 자리에서 일어섰을 때였다. 아직도 꼭 쥐고 있던 전화기가 진동을 했다. 공교롭게도 욕을 퍼부어 주고 싶은 성 회장이었다.

"성 회장, 이 늙은이야!"

— 이놈아, 천명에게 그 지역 사들였다면서? 네놈이 비싸게 사들인 게 소문이 나는 바람에 갑자기 땅값이 올랐잖아! 같이 잘 먹고 잘 살 수 있었는데 왜 그랬어? 자기 발등을 찍으면서까지 날 망하게 하고 싶었던 거냐?

"뭐라고? 그게 무슨 소리야?"

천명과 성 회장이 짜고 한 일이 아니란 말인가? 성 회장의 흥분 상태로 봐서 그건 절대 아니었다. 그럼 대체 어찌된 일인가?

— 옛날부터 차근차근 주변을 사들이고 있었는데 천명이 나타난 거야. 처음엔 싫었는데 창 사장이 잘 해내면 내가 산 땅이 덩달아 값이 오르겠더라고. 그래서 투자자가 되고 싶었던 거다. 재개발이 이루어지기만 하면 내 땅들이 몇 배가 되니까.

"그럼 이제부터 나한테 투자하면 되지 뭐가 문제야?"

영악한 늙은이 같으니라고. 손도 안 대고 코를 풀려고 했구먼. 그래도 아쉬울 때 손 내밀기는 좋겠어.

— 창 사장과 발을 맞추느라 무리했어. 지금 값이 더 오르면 안 되는 시점이란 말이다!

대체 얼마나 더 비싸게 주고 산 것일까? 자존심이 상해서 성 회장에게 잘못을 인정할 수는 없었다. 성 회장이 무리했다고 솔직하게 말하는 걸 보니 꽤나 심각한 것이다. 만약에 이 모든 게 천명의 계획이었다면 천명을 통한 새로운 투자자에 대한 기대는 애초에 할 수 없었던 것이다. 젠장. 어디에서 돈을 끌어오지?

천성에게 전화해서 사무실로 당장 돌아오라고 했다. 이미 확인된 사실을 또 확인할 필요는 없었다. 당장에 잘못된 문제를 고칠 방법을 찾아야 했다. 천성은 오래지 않아 다시 사무실로 돌아왔다.

"네 말이 맞았어. 천명, 그것이 우릴 가지고 논 거다. 당장에 이걸 해결할 방법을 찾아봐."

"아직 시간이 많이 지나가지 않았으니까 계약을 취소하고 돈을 거둬들여야 합니다."

"벌써 소유 이전을 한다거나 되팔지는 않았겠지?"

"천명에게 혹시나 하는 걸 기대하면 안 되지만 사람이니까 틈은 있을 겁니다. 그 많은 걸 벌써 다 처리하지는 못했을 겁니다."

"그래. 어서 움직여. 우리가 뒤통수를 다시 치자고."

문 회장과 천성은 최 실장과 다른 전문가들을 다시 모아 작업에 들어갔다.

호텔에서 어쩔 수 없이 푹 쉬고 난 천명과 김 비서는 저녁을 먹으려고 천천히 준비했다.

"창식아, 저녁⋯⋯."

창식이에게 전화가 와서 천명은 늘 하듯이 저녁은 먹었냐고 물으려는데 다급하게 말을 막았다.

— 문 회장이 이제 알았습니다. 성 회장도 주변 건물들을 되팔려고 난리 났습니다.

"그럼 이제부터 몸 사려야 하는 거냐?"

— 어서 내려가십시오. 주먹 쓰는 놈들이 벌써부터 눈에 불을 켜고 사장님 계신 곳에 진을 치고 있을지 모릅니다.

"알았어. 너도 조심해."

— 예.

천명은 전화를 끊고 김 비서를 보았다.

"여기서 계속 얼쩡거렸다가는 위험하겠어. 이제야 움직인다는 군."

"그 이상한 녀석들은 역시 문 회장 사람이 아니었나 보군요."

"그래도 위험한 건 마찬가지야. 그 아들이 보낸 사람이니까."

"당분간 전국 일주라도 해야겠군요."

"……"

연지. 지금 연지에게 가지 말아야 할 최고의 이유가 생겼다. 시기가 어째서 이렇게 된 건지 모르겠다. 평생을 함께할 거니까 잠시는 참아야 하겠지.

"무슨 일이십니까?"

호텔을 나가려고 정리하고 있는데 제주도의 장 씨에게 전화가 왔다. 천명의 가슴이 쿵 하고 내려앉았다. 장 씨가 전화할 이유가 몇 개 없기 때문이다. 연지가 어디 있는지 벌써 알아낸 건 아니겠지?

— 사장님, 오늘 못 오신다고 하셨죠?

"오늘뿐 아니라 당분간 못 갈 것 같아서 안 그래도 아주머니께 부탁 말씀 드리려고 했습니다."

— 그럴 필요 없어요. 아가씨가 서울로 올라간다고 하니까요.

"예? 그게 무슨 말씀이십니까?"

— 쉬는 건 충분히 했으니까 서울에 가서 정리도 하고 처리해야 할 일도 많다면서 올라간다 하잖아요. 그래서 부랴부랴 사장님한테 전화한 겁니다. 혹시라도 사장님이 오시는 중인가 해서요. 당분간 못 오신다면 뭐 차라리 잘됐네요.

"안 됩니다! 아주머니, 연지 절대로 서울에, 아니 그곳에서 떠나게 해서는 안 됩니다."

— 서울에 가서 사장님 곁에 있겠다고 하는 건데 왜 안 되나요?

"그게 아니라, 제가, 지금 내려갈 겁니다. 내려가는데 올라오면 길이 어긋나지 않습니까? 꼭 붙들어 주십시오."

— 안 내려오신다더니 갑자기 왜, 어휴, 그럼 얼른 가지 말라고 해야겠네요. 택시가 곧 올 텐데 미안해서 어쩌나.

"아주머니, 아주머니?"

택시까지? 절대로 안 된다는 당부를 덧붙이려고 했지만 장 씨는 전화를 끊었다.

"지금 제주도에 가시면 안 되지 않습니까?"

김 비서는 생각지도 않은 일이 생긴 것을 알았다.

"연지가 제주도를 떠나려고 한다는군."

"지금 상황을 알 리 없을 테니까 그렇겠죠. 어쩌시겠습니까?"

"전화 좀 하고."

천명은 이성을 되찾기 힘들었다. 곧바로 연지에게 전화를 걸었다. 받지 않는다. 길게 신호가 가고 있는데 받지를 않는다. 천명은 겉옷을 챙겨 입으며 다시 전화를 했다.

— 여보세요, 천명.

"거기 있어. 지금 내려갈게."

— 아니에요. 천명 씨는 볼일 보세요. 저는 제 할 일이 있어서 가는 거니까 신경 쓰지 마세요. 이제 정신도 잘 차렸고 정리도 했으니까 앞으로 어떻게 할지 생각해야죠.

"연지야, 거기 있어. 나하고 함께 올라와."

— 그럴 필요 없어요. 천명 씨 떠난다는 것도 아닌데 왜 그래요? 서울에 도착해서 깜짝 놀라게 해 주려고 했는데 아주머니 때문에 다 망했어요.

"여긴 안 돼. 아직 널 찾고 있어."

— 천성 씨 말인가요? 분명하게 말해 줘야 한다면 그렇게 해야죠.

"연지야, 넌 몰라."

— 맞아요. 잘 몰라요. 그래도 내 인생을 내가 아니라 다른 사람이 결정하고 휘두르는 걸 그냥 둬서는 안 된다는 건 알아요. 천명 씨 지킨다는 생각은 하지 말라면서요? 알아서 잘 지킬 수 있다는 거 믿어요.

"연지야, 거기 있어. 내가 갈게. 당장에."

— 택시 왔어요. 끊을게요.

"연지야, 연지!"

천명은 휴대폰이 깨질 만큼 세게 쥐었다.

"선생님께 도움을 좀 청할까요?"

김 비서는 사태가 심각해졌다는 걸 알았다. 천명은 이러지도 저러지도 못한 채 정신이 나간 사람처럼 한쪽을 보며 가만히 서 있었다.

"공항에 나가서 기다리면 돼. 거기서 다시 비행기 타고 돌아가면 되니까 선생님께 괜한 걱정 끼쳐 드리지 마."

천명은 그대로 호텔을 나갔다. 그가 나가자마자 뒤따르는 사람들이 있었지만 천명은 신경 쓰지 않았다. 호텔 앞에 대기하고 있던 택시에 올라타고 공항으로 향했다.

문 회장은 어린 천명에게 당했다는 것과 두 아들 앞에 낯이 서지 않는다는 것 때문에 화가 머리끝까지 났다. 큰아들인 희성이 그렇게나 이상하다고 말린 일이었다. 아들의 말을 무시하고 회사에서 내쫓기까지 한 데다가 천성에게도 고집을 피웠다. 그 모든 일을 후회하기보다 그렇게 만든 천명에게 분노했다.

반드시 바로 잡아서 천명에게 몇 배로 갚아 주고 두 아들 앞에서 체면도 살려 내고 싶었다.

"벌써 그 많은 걸 다 빼돌렸단 말이냐? 말이 돼? 그게 그렇게 단시간에 할 수 있는 일이야?"

"천명을 우습게 보지 말라고 말씀드렸잖습니까?"

"시끄러워!"

분하다. 계속 자식에게 업신여김을 받는 것 같아 짜증이 났다.

"천명, 그놈을 무슨 일이 있어도 잡아 와!"

"아버지!"

천성은 아버지가 불량배들에게 명령하는 것을 말리려고 했다. 그러나 이미 명령은 떨어졌다. 말린다고 그만둘 것 같지도 않다. 계속 천명을 감시하라고 붙여 둔 그들이 연지를 만나기 전에 천명을 잡아들이면 허사였다.

"아버지, 천명을 잡는 건 아무 소용이 없습니다. 연지를 잡아야."

"닥쳐! 이혼녀에다가 천명과 뒹굴었던 여자야. 어떤 이유로든 그 여자를 이 집안에 들여놓을 생각은 하지 마라. 네 엄마가 나하고 바람피웠다고 너까지 그런 여자를 품어야겠어? 안 그래도 네 신상에 큰 흠이 있는데 옆에 끼고 있을 여자로 기껏 그런 여자를 골라야 했어? 왜 그렇게 생각이 없어?"

아버지의 말에 천성은 흠칫했다.

"그렇더라도, 연지는 천명의 유일한 약점이 맞습니다. 천명을 이길 수 있는 방법은 연지를 차지하는 것뿐입니다. 그걸 아버지가 모르시는 겁니다. 천명이 연지를 숨긴 이유를 아버지야말로 생각 해 보셔야 합니다. 잃었던 걸 도로 다 찾고 싶으시면 연지를 잡아 오십시오."

어떻게 해서든 연지를 찾아 아버지와 천명의 곁을 떠나야 한 다. 과거엔 천명과 가까운 탓에 연지가 마음을 잡기 힘들었다. 이 번엔 천명과 멀리 떨어져 연지의 마음을 잡을 생각이다. 이번엔 연지도 마음을 돌릴지 모른다.

"필요하다면 천명과 연이 닿은 모든 사람을 다 잡아 올 생각이 다. 그러니 잘난 체하지 마."

"회장님."

최 실장은 문 회장의 폭주에 함께하는 천성을 보고 놀랐다. 말 려도 시원치 않을 판에 더 하라고 부추기다니. 역시 희성이 옆에 있었어야 했다. 희성이 문 회장을 말려 주었기 때문에 회사 내에 서 갈등도 적었지만 밖으로 큰 사건을 일으키지 않았으니 말이다.

"자넨 하라는 대로만 하면 돼. 싫으면 나가든가! 그 자리에 그

돈 받으려고 줄 선 사람은 많아."

"회장님, 조금 진정하시고, 한 번만 생각을."

"지금 진정할 시간이 없어. 내 돈을 다시 찾아야지! 내가 평생을 모은 돈이야. 반드시 찾아서 보상을 꼭 받아야 해. 자꾸 거치적거릴 거면 꺼져."

"실장님은 나가셔서 천명이 내놓을 빌딩 도로 받을 준비나 하십시오."

천성의 말에 최 실장은 할 말이 없었다. 이 상황을 말리기엔 이미 늦었다.

천명은 김포공항에 도착하자마자 제주도에서 서울로 오는 모든 항공편을 조사했다. 어떤 비행기가 몇 시에 이륙해서 몇 시에 도착하는지 빠짐없이 알아보았다. 연지가 도착하자마자 찾을 수 있도록 단단히 준비했다.

문 회장의 사람들은 공항 안에서는 뭘 하기 어렵다는 걸 알고 인상을 쓴 얼굴로 조금 떨어진 곳에서 천명을 지켜보고 있었다. 언젠가는 공항을 나갈 테니까 그때를 노리려는 것이다. 천명은 상관하지 않았다. 연지를 만나면 다시 비행기를 탈 생각이었기 때문이었다. 그리고 지금은 그 방법밖에 없었다.

그러나 연지가 제주도에서 출발해 서울에 도착할 시간을 충분히 넘겼을 때부터 천명도, 천명을 이제나저제나 끌고 가려던 사람들도 모두 초조해지기 시작했다. 천명은 연지를 혹시나 놓친 건 아닌지 걱정이 되기 시작했다. 그럴 리는 없는데.

"무슨 일이야?"

김 비서의 전화에 심장이 내려앉은 것 같았다.

— 연지 씨는 선생님 댁으로 모셨습니다.

"선생님?"

— 저쪽에서 이성을 잃고 달려드는데 이성적으로 막아 낼 수는 없으니까요. 선생님이 걱정 많이 하십니다. 곧장 내려오시랍니다.

"선생님을 노출시킬 수는 없어. 연지가 무사하다면 그걸로 됐어."

— 앞으로도 무사해야 하니까 방법을 생각해야 합니다. 지금만 벗어났다고 해결될 것 같지 않습니다. 비행기 표 끊었습니다. 시간 다 되었으니까 바로 오시면 절 보실 수 있습니다.

"지금 공항에 있다는 거야? 알았어."

연지를 위험하게 둘 수는 없었다. 김 비서의 말대로 근본적인 해결 방법을 찾아야 했다. 천명은 김 비서를 만나기 위해 서둘러 움직였다. 연지가 선생님 댁에 있다는 말은 천명의 불안했던 마음을 단번에 안정시켰다.

문 회장은 천명이 제주도로 가는 비행기를 탔다는 보고에 차라리 잘됐다는 생각이 들었다. 실수 없이 일을 처리할 수 있는 기회였다.

"제주도로 애들을 다 보내. 실수 없이 처리하고 거기에 잘 붙잡아 둬. 내가 곧 뒤따라갈 테니까."

그동안 희성의 반대 때문에 큰 일거리를 얻지 못했던 불량배들에게 이번 기회는 돈을 벌 좋은 기회였다. 문 회장은 그런 그들의 사정을 최대한 이용할 생각이었다. 재개발 소유권도 유지하고 지불했던 재산도 모두 되찾을 생각이었다. 아무도 없는 천명을 짓밟는 일은 그리 어렵지 않을 것이다.

"전화위복이지. 암. 멋모르고 나댔다가 인생 끝장나는 거야."

되찾은 돈으로 재개발에 투자하면 일은 일사천리로 풀릴 것이다. 잘 굴러가는 사업이라서 투자자들은 금방 끌어모을 수 있을 것이고 시간만 잘 넘긴다면 처음 기대했던 것보다 더 큰돈을 벌어들일 것이 틀림없었다.

"아버지, 저도 가겠습니다."

"넌 여기서 할 일이 많아. 상인들을 최대한 빨리 내쫓아야 하고 권리금인지 뭔지 깎아 내려야 하니까 정신이 없어. 최대한 돈을 안 주고 쫓아낼 수 있도록 머리를 짜. 그리고 버티고 있는 건물 주인도 제주도에 내려갔다가 올라오는 대로 바로 해결할 테니 준비하고."

"원하시는 모든 일을 차질 없도록 다 할 테니 저도 함께."

"그곳에 연지가 있다고 기대하는 거냐? 물론 네 말대로라면 있을 거다. 천명이 애지중지하는 여자를 만나러 갈 확률이 어마어마하게 높으니까. 그렇지만 천명과 함께 처리해야 할 여자야. 넌 여기서 일이나 해."

"아버지!"

"착각하지 말라고 했지? 네가 일을 어떻게 하는지 보고 앞으로 회사에 자리를 줄지 안 줄지 정할 거다. 이번 일에 조금이라도 문제가 있다면 당장 해고할 테니 그렇게 알아. 희성이와 비교되어서 역시 본처 소생이 다르긴 다르다는 소리를 듣지 않게 해."

천성은 아버지의 말에 이를 악물었다. 연지만 되찾는다면 아버지 곁에 있을 이유가 없었다. 자기가 저지른 잘못을 감추기에 급급했던 아버지였다. 지금도 틈만 나면 자기 잘못이 아니라 낳은 어머니나 자신을 죄인 취급 했다. 애정이라곤 없는 아버지 곁으로 돌아온 건 전적으로 연지 때문이었다.

"최 실장은 대체 어디 간 거야?"

"큰딸이 입원했답니다."

"그래서 일을 못 한다? 말이 돼? 자기가 의사도 아닌데 병원에서 죽치고 있다고 뭐가 되는 것도 아닌데 왜 돌아와서 일을 안 한다는 거냐? 당장 불러와서 일 시켜. 지금 세상이 어떤데 공으로 월급을 받으려고 해? 이렇게 여기서 눈을 시퍼렇게 뜨고 처리해야 할 일이 많은 거 봤지? 갔다 올 테니 빈틈없이 준비해 놔."

문 회장은 일이 잘 풀릴 것이란 희망으로 힘을 얻어 힘차게 공항으로 향했다. 이제 수그러들던 인생이 다시 피어날 것이다. 너무 일찍 아들들을 의지한 거야. 이렇게 아직도 팔팔한데 세상 돌아가는 것도 모르는 어린것들한테 의지하다니 말이 안 되지.

연지는 선생님의 농장에서 온 아주머니의 부탁을 듣고 서울로 가려던 걸 포기하고 농장으로 왔다. 선생님이 만나서 급히 하실 말씀이 있다는 말을 무시할 수는 없었다. 대체 무슨 말씀이시기에 이리 급하게 부르시는 걸까? 천명이 서울로 올라오지 말라는 말과 관련이 있는 걸까? 천명에게 무슨 일이 있는 건지도 몰라. 농장에 도착하기 전부터 불안함이 커지기 시작했다.

"어서 와라."

"안녕하세요. 왔다가 인사도 안 드리고 그냥 가려고 해서 죄송해요."

마주한 선생님의 안색은 생각한 것과 달리 온유하고 부드러웠다. 천명에게 무슨 일이 있는 거라면 선생님의 안색이 이리 편안하실 수는 없는 거겠지? 안도와 함께 궁금했다. 그럼 무슨 일이지?

"아니야. 급하게 불러서 미안하구나."

"천명 씨에게 무슨 일이 생긴 건 아니죠?"

"걱정했구나? 아니야. 천명은 아주 건강하게 잘 있어. 곧 이곳으로 올 거다."

"아, 네."

선생님의 입으로 천명이 잘 있다는 소리를 들으니 안심이 되었다.

"당분간 이곳에서 지낼 생각은 없어?"

"아, 이곳에서요?"

처음 천명이 권했던 말인데. 반가운 마음에 좀 더 있다가 가라고 말씀하시는 걸까?

"별채가 있는데 천명이 지내던 곳이야. 물론 천명이 나가고 다른 사람이 또 지냈던 곳이기도 하고. 손질하면 지내는 데 불편은 없을 거다. 여기서 좀 떨어져 있어서 개인 생활도 보장이 철저한 곳이지. 사실 내 부탁이기도 한데 들어줄 수 없겠어?"

"잘 모르겠어요. 죄송해요. 서울에 작지만 살던 집도 있고 정리하려는 가게도 있어서요. 여긴 잠깐만 있다가 갈 생각으로 갑자기 내려온 거라서. 당장 말씀은 못 드리겠어요."

며칠 더 머무르라는 소리는 아니었다. 연지는 당황했다. 누군지 잘 알지도 못하는 자신에게 별채에서 오랫동안 살아 달라고 하는 것 자체가 이해하기 힘들었다. 아직 천명조차도 이곳에서 함께 지내고 싶다는 말을 하지 않았는데.

"그렇구나. 내 욕심에는 천명과 당장 함께 지내게 하고 싶지만 또 연지는 연지대로 정리를 하긴 해야 하니까."

"저, 선생님."

"그래. 어려워하지 말고 말해 봐."

"죄송한데, 저는 천명 씨에게 그리 잘 어울리는 여자는 아니에요. 이혼하고 혼자 지내는 중이거든요. 제 생각에는 잠깐이라도 떨어져서 냉정하게 생각을 해 봐야 할 것 같아요. 그건 저에게뿐만 아니라 천명 씨에게도 꼭 필요한 것 같거든요."

냉정한 시간. 그래서 천명이 없을 때 서울로 올라가려고 한 거였다. 천명의 얼굴을 보고 움직일 수 없을 것 같아서. 그와 함께 있으면 결정이란 걸 할 수 없을 게 분명했다. 천명이 없을 때 선생님께 약점을 말씀드릴 수 있어서 또 다행이었다. 천명이 없는 이 자리에서 선생님은 솔직하게 반응하실 테니까.

"내가 장담하지만 천명에게는 필요 없는 시간이야."

"네?"

"천명은 널 처음 찾았을 때부터 지금까지 한결같았으니까. 뭘 더 생각하라고 천명을 밀어 내진 말아라. 네가 생각할 시간이 필요한 건 이해해. 하지만 천명은 아니야. 그리고 네가 결혼했었다는 건 이미 아는 일이야. 그 일로 천명이 한동안 많이 힘들어했지."

"제가 처음 인사드렸을 때부터 다 아셨어요?"

"기분 나쁘다면 미안하다."

"아니에요. 놀라서요. 천명 씨 혼자만 알고 있을 줄 알았거든요. 사실, 믿기 힘든 일이잖아요. 전생이 어떻고 하는 일인 데다가 아직까지 그리워할 수 있다는 것도 그렇고요."

"천명은 기억만 가지고 널 생각하지 않아. 잘 생각해 봐라. 아무리 전생의 기억을 가지고 있다고 한들 사람 마음이 그렇게 기억대로 움직여지는 거냐? 현재 아무런 감정도 없는데, 아니면 좋아하지 않는데 예전에 좋아했다는 것 하나로 좋아할 수 있느냐 말이지."

"천명은 처음부터 저와 사귀자고 했었어요."

"그래서 네가 거절했지?"

"네."

"넌 다른 사람과 결혼해서 살다가 이혼하고 천명을 다시 만났어. 이건 전생이 없는 사람에게도 있을 수 있는 일이지. 오랫동안 마음에 품고 있다가 기회가 되어 다시 만나 시작할 수 있는 거지."

"아, 그렇죠."

"천명을 기억하고 만난 건 아니었을 텐데, 싫었어?"

"아니요."

"그래. 싫었다면 만나자마자 여기로 함께 올 수는 없는 거지. 좋아하는 마음이 크진 않았어도 관심도 있었고 어느 정도 마음도 움직였으니까 함께할 수 있었던 거야. 그건 역시나 다른 사람들의 만남과 다르지 않아. 모두들 그렇게 연애하니까."

"네."

"그리고 이제 천명이 좋아진 거냐?"

"네? 아, 네. 그런데 기억 때문에 감정이 생긴 걸까 봐 겁이 나요."

"걱정하지 마라. 다른 모든 사람들도 다 어떤 계기로 감정을 키워 나가기 시작하는 거니까. 그런 것 없이 어떻게 깊은 관계를 만들 수 있겠어?"

"그럴까요?"

"손수건을 집어 준 일로 반했다든가 아니면 무심하게 건네준 볼펜 한 자루에 감동해서 좋아하게 됐다는 사람들이 얼마나 많아? 그럼 그 사람들 모두 별것 아닌 일로 시작되었다는 생각에 감정을 부정해야 하는 거냐?"

"아니에요. 절대로 그렇지 않죠."

"과거 기억이라는 계기는 있었지만 전부는 절대로 아닐 거다."

"네. 사실 천명 씨에 대한 기억에 문제가 많아서 고민 많았어요. 결국 기억이 준 건 확인뿐이었어요. 천명 씨가 과거에든 현재에든 저를 많이 생각한다는 걸 확인할 수 있었죠."

"자, 그럼 올라갈 테냐? 따로 더 생각해야 할 시간이 필요해?"

"……."

"시간이 더 필요하다면 지금 곧장 공항으로 데려다주마. 천명을 마주하면 말하기 불편할 테니까 오기 전에 올라가는 게 좋겠어."

"……."

연지는 잠시 말을 할 수 없어 고개만 숙이고 있었다. 선생님은 그런 연지를 위해 아무 말 없이 기다려 주었다.

제주도 공항에 도착한 천명과 김 비서는 곧바로 선생님 댁으로 향했다. 둘은 뒤따라 나오는 불량배들을 조금도 신경 쓰지 않았고 그들도 주변의 눈길에 신경 쓰지 않고 위험한 분위기를 풍기며 우르르 천명과 김 비서를 뒤따랐다.

평소처럼 천명은 준비된 자동차를 타고 선생님의 농장으로 향했다. 운전을 하는 천명의 머릿속엔 연지 이외엔 없었다. 캄캄한 밤 농장으로 가는 길이 마치 앞으로의 시간처럼 막막하게 느껴졌다.

"왜 막아 두셨지?"

"얼른 전화해 보겠습니다."

농장으로 진입하는 외길 입구가 평소와 달리 문이 굳게 닫혀 있었다. 천명은 연지를 보호해 주시려는 처사라 생각해서 안심이 되긴 했는데 오기로 한 그들을 알면서 아무런 말도 없이 문부터 막아 두신 것이 이상했다. 닫힌 문 앞에 서 있는 동안 뒤를 따르던 두 대의 택시도 도착을 했다.

택시에서 내린 무리들은 택시를 돌려보냈다. 그들은 차라리 잘된 일이라 생각했다. 아무도 없는 곳에서 증인이 될 수 있는 택시

기사들마저 없으니 둘을 잡아 어떻게 해도 알기 힘들었기 때문이다. 어두운 밤이 더욱 무리에게 용기를 주었다.

탕탕.

천명의 자동차로 다가온 무리들이 위협을 목적으로 자동차를 주먹과 발로 소리 나게 찼다. 전화를 하던 김 비서는 상황을 간단하게 알리고 전화를 끊었다. 자동차 문을 단단히 잠그고 기다리고 있으라는 말에 따라 가만히 있었다. 자동차가 무리들의 힘에 의해 흔들렸고 여기저기 찌그러지고 흠이 나기 시작했다.

"어이, 창 사장인지 뭔지 하는 분. 갈 곳도 없는데 그만 내리시죠? 우리 회장님이 곧 오실 텐데 어린것이 이런 식으로 대하는 게 몹시 건방지지 않겠어?"

파창.

주변에 굴러다니던 나무토막을 들고 차 유리창을 께 버렸다. 하나씩 깨 가면서 위협을 증가시킬 목적이었다. 무리가 사방으로 에워싸서 갈 곳도 없었다. 후진을 할까 봐 그것도 다 막아 둔 상태였기 때문이다. 고양이가 쥐를 잡아 두고 괴롭히는 걸 즐기듯 무리는 다 잡은 두 사람을 최대한 겁먹게 하고 싶었다.

"무슨 일입니까?"

갑자기 어둠 속에서 검은 그림자들이 하나둘 모습을 나타내기 시작했다. 작업복을 갖춰 입은 남자들은 농장 사람들이었다. 무리들은 흠칫했다. 농장 일꾼 복장인데 왜 위험한 느낌이 드는 걸까?

"형씨들 일해서 먹고살려면 몸을 아껴야지? 괜히 남의 일에 끼어들지 말고 꺼지쇼."

무리의 우두머리인 종팔이가 제법 호기 있게 소리쳤다.

"남의 일이 아니라서 꺼지기가 어렵습니다, 형씨."

불량배 무리를 에워싼 농장 일꾼들이 점점 진영을 좁혀 왔다. 차에서 천명과 김 비서가 내렸다.

"사장님은 뒤로 물러나 계십시오."

"괜찮습니다. 이렇게 폐를 끼쳐 죄송합니다."

연지에게 농장에서 제일 높으신 분이라고 소개했던 중년의 상식. 상식은 모자를 고쳐 쓰며 천명에게 깍듯하게 인사했다. 천명도 마주 인사하며 감사를 표했다.

"어이, 이것들이 지금 사람을 두고 뭐 하는 짓이야?"

종팔이는 싸울 준비를 했다. 숫자는 많아도 밑바닥에서 구르던 자신들과 붙어서 이길 수는 없다고 생각했다. 그러나 완전히 무시하지는 않았다. 아까부터 느껴지던 위협적인 분위기가 마음에 걸렸기 때문이다. 슬슬 데려온 애들도 주변에 무기가 될 만한 것들이 없나 살피기 시작했다. 쉬운 일일 줄 알고 신나게 따라왔는데 생각보다 어려운 일이 될 것 같아 짜증이 났다.

"섣불리 싸우려고 들지 말고 네놈들 형님 이름이나 말해."

상식이 종팔이에게 다가서며 말했다. 가까이 다가서는 그를 자세히 살펴보니 떡 벌어진 어깨가 예사롭지 않았다. 종팔이는 어둡고 모자를 써서 눈빛을 자세히 볼 수 없었지만 생각보다 센 사람일지도 모른다는 생각이 들었다.

"뭐라고?"

"형님이 없는 것들이면 대화할 가치도 없는데 혹시라도 위에 있는 형님이 있으면 말할 기회는 있으니까 하는 말이다. 있어 없어?"

"이, 이것들이 지금 뭐라고 하는 거야?"

상식이 다가올수록 종팔이는 몸이 굳었다. 모자 챙 아래로 서늘한 눈빛을 봤기 때문이다. 이상하다. 그냥 농장 일꾼이 아니야. 뭐지? 천명이란 자는 하늘 아래 아무도 없는 고아 나부랭이 사기꾼이랬는데 뒤에 누가 있는 거 아니야?

"내가 우리 선생님의 은혜로 이 바닥 떠난 지가 오랜데 그래도 날 기억하는 동생들이 상당히 많거든. 여기 있는 사람들 절반 이상이 너보다 좀 더 잘 놀던 형님들이다. 그러니까 네놈 형님한테 얼른 전화해서 바꿔."

상식의 말에 종팔이와 무리가 날카로운 기운을 뿜으며 둘러싸고 있는 사람들을 살펴보았다. 어둠에 익은 눈으로 자세히 살펴보니 일꾼 복장의 한 사람 한 사람이 죽지 않고 살아나기도 벅찬 상대라는 걸 느낄 수 있었다.

종팔이는 본능적인 두려움에 떨며 형님에게 전화를 걸어 상식을 바꿔 주었다.

"내 이름은 알 것 없고, 너 어디서 뭐 하냐? 네가 있는 지역을 말해야 대화할 사람을 바꿔 줄 수 있으니까 말해. 뭐? 알았어."

상식의 말에 종팔이와 모두가 놀라서 흠칫했다.

"정수야, 네 구역이다. 받아."

일꾼 중 한 사람이 척척 앞으로 나오더니 상식에게서 전화를 받았다. 유일한 불빛인 자동차의 불빛에 드러난 일꾼의 민머리 뒤쪽으로 흉측한 흉터가 보였다.

"나다. 정수. 네 동생들이 일을 잘못 맡은 것 같다. 여기 형님들이 다 불편해하고 계셔. 특히나 상식이 형님이 제일 불편해하시지. 일수 형님은 잘 계시냐? 앞으로도 잘 계시면 좋겠다. 서로 안건드리기로 했는데 이러면 안 되지. 몰라서 그런 거라서 그냥 잘 넘기려는데 추후에 다시 걸리면, 뭐, 성격상 소란스럽게는 안 놀아. 그냥 제일 위에 한 놈만 잡아 죽인다."

"어허, 정수야, 그렇게 말하는 거 선생님이 아시면 속상해하신다."

"아, 예. 잘못했습니다."

전화를 받다 말고 정수가 상식에게 고개를 숙였다.

"우리 형님이 예의 바르게 하라고 하신다. 고이 보내 줄 테니 앞으로 얼씬도 하지 말고 일 맡을 생각 하지 마. 어이, 전화받아."

통화를 끝낸 정수가 종팔이에게 전화를 넘겼다. 종팔인 형님의 말을 듣기가 두려웠다. 귀에 댄 전화기에서 익숙한 목소리가 튀어나왔다.

— 야, 이 새끼야! 발발 기어서 조용히 물러나. 그리고 그 문회장인지 뭔지 하는 늙은이하곤 지금 당장 끝이니까 알은척하지 말고. 또 거기서 본 사람들, 천명인지 하는 사람 잘 기억해 뒀다가 관련된 사람들 가까이 가지도 마, 알았어?

"예, 예."

전화를 조용히 끊은 종팔이는 상식에게 넙죽 인사를 했다.

"저희는 이만 물러가 보겠습니다!"

"나중에 후회하지 말고 주변 잘 살피면서 살아라. 인생 길지 않아."

"예. 반드시 명심하겠습니다!"

"배고프거나 일자리 필요하면 언제든 농장으로 와. 우리 선생님은 일해서 먹고살려는 사람 다 받아 주시고 보살펴 주신다. 알았어?"

"예. 그것도 잊지 않겠습니다!"

종팔이와 무리들은 깍듯하게 인사하고 재빨리 왔던 길로 사라졌다. 한참 걸어 나가야 겨우 택시를 탈 수 있었지만 그런 걸 따질 상황이 아니었다. 죽다 살아났다는 걸 감사하며 바삐 도로를 향해 걸었다.

"죄송합니다."

천명이 상식에게 말했다.

"아닙니다. 선생님이 혹시라도 문제가 생길 수 있다면서 문을 달아걸으신 걸 마음에 담지 마십시오."

"물론입니다. 농장 식구들을 지키시려는 일인데 오히려 감사하고 죄송합니다. 가서 인사드리겠습니다."

천명과 김 비서는 찌그러진 자동차를 타고 사람들이 열어 준 문으로 천천히 들어갔다.

문 회장은 제주도에 내려서 황당했다. 앞서 보낸 사람들과 연락이 끊겼기 때문이다. 어디에 어떻게 잡아 뒀는지 모르는데 어디로 갈 수 있겠는가?

"이것들마저 왜 이래?"

자식들이고 최 실장이고 다 마음에 안 맞게 삐걱대고 있는데 머리 빈 돈벌레 같은 놈들마저 그를 무시하는 것 같아 울컥 분노가 솟았다. 그러나 간신히 이성을 붙들고 가까운 호텔로 향했다. 저녁도 먹지 않고 달려온 것이 생각난 데다가 곧 한밤중이라 쉴 곳도 필요했기 때문이다. 기다리고 있으면 연락이 되겠지. 그땐 호통을 쳐 줘야지.

호텔에 들어가 저녁을 먹고 기다렸다. 중간중간에 몇 번이나 전화를 했던 건 말할 것도 없었다. 그러나 도통 전화도 되지 않고 오는 전화도 없었다. 천명을 놓쳐서 전화를 피하는 것일까? 아니다. 제주도 공항이라면서 마지막으로 연락했을 때는 일이 거의 다 이루어졌다는 걸 느꼈다. 천명 하나를 여섯이나 되는 사람들이 놓쳤을 리는 없었다.

"뭐, 연락 온 거 없었어?"

천성에게 전화를 했다. 혹시라도 사무실로 연락을 한 건지 확인하기 위해서였다.

— 무슨 소립니까? 연락이라뇨? 그 사람들한테서 말입니까? 아버지와 한창 바빠서 통화가 안 되는 줄 알고 있었는데요?

"넌 무슨 소리냐? 나하고 바빠서 통화가 안 되다니? 너, 나 몰래 그 사람들한테 일시킨 거 있었어?"

설마 연지를 따로 잡아 오라고 했던 걸까? 이런 괘씸한 녀석.

— 그냥 어떻게 돼 가는가 연락이라도 해 달라고 전화했던 겁니다. 그런데 아버지하고도 연락이 안 됩니까?

"긴박한 상황인가 보지 뭐. 거기로 연락이 오면 즉시 나한테도 연락해. 연지인지 뭔지 하는 아이 때문에 큰 실수 하지 않기를 바란다."

— 알겠습니다.

전화를 끊고 문 회장은 최 실장에 대해 물어보지 못한 걸 후회했다. 다시 전화해서 알아보고 싶지는 않았다. 여기서 문제를 잘 해결하지 못한다는 걸 천성에게 알리는 게 싫었다. 대체 왜 이렇게 연락이 안 되는 걸까? 중간에 받아 간 돈이 얼만데 이렇게 말을 안 들어서야 어디 계속 쓰겠나?

한밤중이 다 되어 갈 때엔 더 이상 참지 못했다. 문 회장은 불량배들과 다리를 놓아 준 사람에게 전화를 걸었다.

"지금 일을 시켜 놓은 게 있는데 연락이 끊겨서 알아보려고 전화했어. 가타부타 말이 있어야 하는데 갑자기 사라진 것처럼 끊어졌거든."

— 앞으로는 연락하지 마시기 바랍니다. 회장님이 시킨 일에서 손을 뗐을 겁니다.

"뭐라고? 그게 무슨 소리지?"

— 저도 사정을 자세히는 모르지만 문 회장님 때문에 곤란해진 사람이 많다고 들었습니다. 앞으로 얼마 동안 제대로 다리 펴지 못할 것 같다고 불만이 대단합니다. 지금 하시는 일 중단하시고 멀찍이 물러나시는 게 좋을 겁니다. 그동안 오갔던 것도 있고 하니까 마지막으로 말하는 겁니다.

"이, 이봐, 이봐!"

전화는 또 끊어졌다. 다시 걸려고 했지만 거절당했다. 이게 무슨 일인가?

"손을 떼라고? 웃기는군. 불량배들이 배신을 한 거겠지. 내 돈을 그대로 꿀꺽하시겠다고? 내 이것들을 그냥!"

대체 왜 이렇게 일이 꼬이는 걸까? 천명이 불행을 몰고 오는 존재 같았다. 연락 없이 혼자 할 수 있는 일이 아무것도 없었다. 돈을 들여서 사람들을 부릴 때는 불가능한 것이 없을 것 같았다. 그런데 지금 아무것도 할 수 없었다. 천명을 찾으러 다닐 수도 없었고 찾았다고 해도 그를 잡아다 위협하거나 몰고 갈 수도 없었다. 오히려 일대일로 마주하면 당연히 자신이 불리했다.

자존심이 상하고 화가 났지만 그것마저 해결할 방법이 없었다.

"다른 녀석들을 고용해야겠어."

돈에 굶주린 불량배들은 차고 넘쳤다. 중개인이 발을 뺐으니 찾아내는 데 시일이 좀 걸릴 것이란 사실에 또 화가 났다. 그러나 포기할 수도 없었고 멈출 수는 더더욱 없었다. 새로운 사람들을 찾아내면 일을 다 처리하고 배신한 것들을 가만두지 않을 것이다. 이미 늦었으니 자고 일어나 바로 서울로 다시 올라가야지.

천성은 연지를 잡아 달라고 부탁한 사람들과 연락이 끊어져서 아는 번호는 죄다 걸어 봤지만 아무도 대답이 없었다. 심지어 최실장과도 연락이 되지 않았다. 아버지가 오시기 전에 회사로 불러

들이려고 했는데 그것마저 할 수 없었다.

"딸이 잘못된 걸까?"

최 실장의 딸이 잘못되었다면 연락이 되어도 소용없었다. 포기하고 재개발 사업에 대한 일에 다시 매달렸다. 천명이 그냥 승승장구하게 둘 수는 없었기 때문이다. 아버지가 천명을 잡아 재산을 다시 되찾기까지 시간이 분명 필요할 것이다. 그 안에 할 것이 많았다.

"아버지!"

며칠은 아니라도 어젯밤에 제주도에 간 아버지가 오늘 아침 일찍 회사로 나올 것이란 기대는 하지 않았다. 그런데 기대하지 않던 문 회장이 피곤을 감추지 못한 얼굴로 사무실에 나타났다.

"네가 쓸데없는 일로 내 사람들을 함부로 부리니까 엇나간 거 아니야? 누가 멋대로 사람들을 쓰라고 했어? 다 너 때문에 망쳤어. 천명이고 연지고 다 너 때문에 날려 버린 거야, 알아?"

"그게 무슨 소립니까?"

"무슨 소리긴 무슨 소리야? 들어 보면 모르겠어? 그놈들이 내돈만 먹고 사라졌어. 잡으라는 천명은 잡지도 않고 제주도에서 휴가를 보내고 있을 거란 말이다."

"그게 왜 저 때문입니까? 연지를 찾아 달라는 일이 천명과 별개의 일도 아닌데 왜 그게 걸림돌이 됐다고 하시는 겁니까? 아버지가 그 사람들을 제대로 잘 보고 뽑으셨어야죠?"

"뭐가 어쩌고 어째?"

벌컥.

문 회장이 천성의 말에 분노하는 그 순간 사무실 문이 위험하게 활짝 열렸다.

　"검찰에서 나왔습니다. 문석구 회장님과 문천성 사장님은 함께 가 주셔야겠습니다."

　"뭐, 뭐라고? 이게 무슨."

　"제보가 들어왔습니다. 수사가 시작되었으니 함께 가시죠."

　"잠깐만. 아니 왜들 이래? 내가 누군지나 알고 이러는 거야?"

　"누군지 정확히 알고 온 거니까 서로 좋게 함께 가시죠."

　"이, 이건 꿈이야, 이럴 리가 없어. 이건 아니야! 희성아, 희성아!"

　문 회장은 끌려가며 외쳤다. 희성아. 가장 두렵고 막막한 그때 생각나는 사람은 큰아들 희성이었다. 희성이라면 일이 이렇게까지 가게 두지 않았을 거라는 생각이 들었지만 너무 늦었다. 늦어도 너무 늦었다.

12

천명은 농장 안으로 들어서자마자 연지 생각에 초조해졌다. 안에 잘 있을 거라는 걸 알지만 얼굴을 보고 확인하고 싶었다. 집안으로 들어가면서 선생님께 고맙고 죄송해서 티를 내지 않으려고 애를 썼다.

"어서 오너라."

"걱정 끼쳐 드려 죄송합니다."

선생님께 인사를 드리며 천명은 살짝 실망했다. 연지가 선생님과 함께 맞이해 줄 줄 알았기 때문이다. 농장에 있다더니 왜 선생님 옆에 없는 거지?

"큰일 하느라 애 많이 썼다. 법을 어기는 사람들의 잘못된 행동에 마음 쓸 것 없다. 난 네가 처음부터 끝까지 치우침 없이 잘 끝냈다고 믿는다. 창식이가 혼자 남아서 애 많이 쓴다고 들었다."

"몇 년 후엔 창식이도 분가해서 자기 사업을 해야 하니까 이번 기회에 많이 가르치려고 했습니다."

"잘했다. 법만이도 애 많이 썼다. 우리 법만이는 어딜 가나 제 몫은 잘해 내니까."

김 비서의 본명이 김법만이었다. 이름에 열등감이 많았던 김 비서는 본명을 절대 사용하지 않았다. 오직 그의 이름을 아무렇지도 않게 부를 수 있는 사람은 선생님 한 분뿐이었다. 김 비서의 미간이 찔끔한 걸 보고 선생님은 정확하게 이름을 한 번 더 불러 주었다.

"저, 연지는 괜찮습니까?"

"연지?"

선생님의 반문에 천명은 철렁했다. 그러다 선생님의 장난기 있는 미소를 보고 마음을 놓았다. 방금 전까지 김 비서를 놀렸던 선생님을 잠깐 잊었던 것이다.

"연지는 나하고는 크게 인연이 있는 아이는 아니니까."

"여기 있다고 해서……."

선생님 옆에 연지가 없었던 건 이곳에 연지가 없을 확률이 높다는 증거였다. 분명 안전하게 보호해 주셨을 텐데 어디에 있는 걸까?

"서울에 정리할 것이 많다고 하더구나."

"알고 있습니다. 그래도 지금 서울에 가면."

"위험할 것은 없지."

단호한 선생님의 말에 천명은 입을 다물었다. 뒷정리를 완벽하게 해 주셔서 위험할 수는 없었다. 위험을 핑계로 품 안에서 보호하고 싶었는데 마음대로 안 되는군.

"오늘은 다들 피곤할 테니 돌아가서 쉬어라. 참, 천명인 내일 떠나기 전에 연지 줄 굴 좀 챙겨서 올라가."

"예."

"홀아비 앞에서 그렇게 대놓고 힘 빠진 얼굴 하는 거 아니다."

"죄송합니다."

"저녁 먹고 쉬어라."

선생님이 자리에서 일어나시자 함께 따라 일어나 인사를 한 천명과 김 비서는 선생님이 올라가시는 걸 보고 다시 자리에 앉았다. 식당으로 개조한 거실이 횅하니 비어 보였다. 저녁이 차려지고 두 사람은 기계적으로 식사를 했다. 방금 전까지 일어난 일들이 꽤나 아슬아슬했다는 걸 감출 수 없었다.

"당장에 서울로 따라 올라가고 싶겠지만 참으십시오. 선생님이 오늘따라 심술이십니다. 나이가 드셔서 그런 걸까요?"

식사를 다 마치고 물을 마신 김 비서가 한마디도 않고 있는 천명의 생각을 읽으며 말했다.

"내가 실망시켜 드린 건 아닌지 모르겠다."

"괜한 자책은 하지 마십시오. 선생님 말씀대로 양심껏 한 후에 일어나는 일에 신경 쓰지 말아야 합니다. 그 사람들은 뭘 해도 자기 식으로 나쁘게 해석하는 사람들이니까요."

천명은 연지 때문에 기운이 나질 않았다. 선생님께 실망시켜 드렸을지도 모른다는 말은 반은 진실이 아니었다. 조금 죄송한 마음은 있지만 한 일에 대해 부끄러움은 없었기 때문이다. 힘이 빠진 이유의 대부분은 연지 때문이었다. 내일 서울로 따라 올라간다고 해도 연지가 어떻게 나올지 걱정이었다. 자신을 피해 기어이 서울로 올라간 걸 보면 뭔가 어긋난 것이 분명했다.

"사장님하고 김 비서는 별채에서 주무실 거죠?"

아주머니가 들어와 식탁을 챙기며 둘에게 물었다.

"예. 늦었는데 죄송합니다."

"아닙니다. 그리고 김 비서는 선생님이 지금 따로 좀 보자고 하세요."

"저를요? 알겠습니다."

아까 이름을 너무 많이 말해서 미안하신 걸까? 김 비서는 선생님과 독대할 때 좀 따져야겠다고 생각했다. 앞으로는 절대 사람들 있는 데서 본명을 말하지 말라고 부탁드릴 생각이었다.

"저는 선생님 뵙겠습니다. 사장님은 먼저 가서 쉬십시오."

"알았어."

천명은 기운 없는 몸으로 별채를 향했다. 조금 떨어져 있는 곳이라 깊은 밤길을 산책해야 했다. 하늘을 올려다보니 별이 쏟아질 것처럼 많이 보였다. 하늘에 대한 잘못된 생각이 고쳐졌지만 여전히 어색했다.

별채는 아주머니가 미리 정리해 두신 덕분인지 불이 환하게 켜져 있었다. 별채 현관문을 잡고 잠시 머뭇거렸다. 선생님이 내일 올라가라고 말씀하셨지만 그냥 지금 올라갈까? 아니야. 지금이든 내일이든 몇 시간 차이인 데다가 늦은 밤 연지를 불러낼 수는 없지. 괜히 자는 사람 깨웠다고 싫은 소리나 들을 게 뻔해.

한숨을 길게 쉬고 현관문을 열었다. 따뜻한 공기가 연지 대신 맞아 주는 것 같았다. 신발을 벗고 아늑한 거실을 지나 방으로 향했다. 이 층 방으로 향하면서 옷을 천천히 벗었다. 욕실로 들어가기 전에 다 벗을 생각이었다. 김 비서는 아래층 방을 쓰기 때문에 다른 사람들의 눈을 의식할 필요는 없었다.

이 층을 다 올라 그대로 욕실로 향하면서 옷을 다 벗었다. 힘든 하루였다. 연지가 없어서 더욱 힘들었다는 건 말할 필요도 없었다. 따뜻한 물을 맞으며 내일 일찍 연지를 보러 올라가야겠다고 다짐했다. 첫 비행기를 타야지.

몸을 대충 닦고 큰 수건으로 아래만 가린 채 방으로 들어왔다.

"어! 연지?"

정말 깜짝 놀랐다. 침대 위에 불편한 자세로 웅크리고 누워 있는 사람은 다름 아닌 연지였다. 눈을 의심하며 다가갔는데 확실했다.

"연지야, 기다리고 있었어?"

"으응?"

웅크린 연지를 품에 안으며 조금 흔들었다. 연지는 천명의 손길에 잠을 깨려고 눈을 억지로 떴다.

"이러고 있지 말고 편히 자지 그랬어?"

"아, 왔어요?"

"편하게 누워."

"아야!"

"어디, 어디가 아파?"

침대에 편안하게 눕혀 주려는데 몸을 펴려던 연지가 신음 소리를 냈다.

"파, 팔이, 으, 저려."

한쪽으로 한참이나 쪼그려 누운 탓에 팔에 피가 통하지 않아 저린 것이다. 인상을 쓰며 다시 웅크리려는 연지를 천명이 바로 눕게 해 주고는 팔을 주물러 주었다.

"당신이 기다리고 있는 줄 알았으면 선생님께 인사드리고 바로 달려왔을 텐데."

"서울에서 무슨 일 있었어요?"

"있었지."

"무슨 일인데요?"

"제주도에 숨겨 둔 여자가 있는데 그 여자를 보고 싶어 미칠 뻔했거든."

천명은 장난스럽게 말하면서 이제 잠이 거의 달아난 연지의 뺨에 입을 맞추었다. 처음 의도는 가벼운 입맞춤 몇 번이 전부였지만 몇 번 하는 동안 생각이 바뀌었다. 뺨에서 입술로 옮아간 순간부터 처음 생각은 다 사라졌다. 연지는 이번에도 거절하거나 주저하지 않고 그대로 받아 주었다.

"으, 차가워."

옷을 반쯤 벗겼을 때 연지가 고개를 돌리며 몸을 웅크렸다. 천명의 손이 그런 연지 때문에 멈추지는 않았지만 왜 그런지 살펴보기는 했다.

"왜?"

"당신 머리카락. 아직 덜 말랐나 봐요. 물이 떨어졌어요."

"어디에?"

"여기, 요기."

연지는 드러난 가슴을 가리며 어깨와 가슴 바로 위를 가리켰다. 천명은 연지가 가리킨 곳에 입술을 찍었다. 당황한 연지는 눈을 동그랗게 뜨더니 더욱 몸을 움츠렸다.

"얼른 벗자."

"시, 싫어요."

환한 불빛이 갑자기 크게 의식된 연지는 이불 안으로 들어가려고 애를 썼다. 그러나 천명은 그런 연지를 잡아 남은 옷을 벗기려고 했다. 연지는 금방 그의 손길에 잡히지 않았고 천명의 인내는 얼마 남지 않았다. 마음만 먹으면 힘으로 얼마든지 목적을 달성할수 있지만 연지의 허락 없이 억지로 하고 싶지 않았다.

"불 꺼 줄까?"

"네."

기어들어 가는 소리로 대답한 연지를 위해 천명은 얼른 불을 꺼 주었다. 지금은 보는 것보다 더 하고 싶은 것이 있었으니까. 불을 끄자마자 이불을 들추며 들어가 긴 시간 동안 마음 졸이며 불안에 떨었던 마음을 풀었다. 연지의 따뜻하고 부드러운 몸이 닿자 더 이상은 손과 입으로 채울 수 없었다.

연지를 놀라게 하고 싶지 않았지만 이번엔 미안하지만 급하게 파고들었다. 연지의 놀란 비명 소리는 천명의 키스로 잠시 사라졌다가 새로운 소리로 바뀌었다.

김 비서는 별채에 아침을 차려 주고 온 아주머니를 불렀다. 어젯밤 선생님께 불려 올라가 보니 별채에 연지가 있다면서 근처라도 얼씬하지 말라는 소리를 들었다. 장난기 많은 선생님의 천명을 위한 깜짝 계획이었다.

"사장님 얼굴은 어떻습니까? 좋아서 입이 찢어질 것 같습니까?"

"모르겠는데요? 주무시는 것 같아서 얼른 식탁 위에 차려 놓고 도망쳐 왔어요."

"도망은 왜 칩니까?"

"마주치면 서로 무안하니까 그렇죠?"

"왜 무안합니까?"

"총각은 몰라도 돼요."

"너무하십니다."

"이 층에 방이 있기에 그나마 먹을 걸 챙겨 줄 수 있는 겁니다. 아니면 어떻게 신혼집 문을 함부로 열고 들어가요? 혹시라도 볼 일이 있어도 함부로 들어가지 마세요. 전화도 최대한 삼가시고 말이에요."

"아무것도 모르는 총각이 뭘 하든 어떻습니까?"

"나중에 사장님한테 맞을지도 몰라서 경고해 드리는 겁니다. 우리 사장님 실력 아시죠?"

"알죠. 아니까 깍듯하게 사장님으로 모시는 거 아닙니까? 상식이 형님하고 맞짱 떠서 이기는 실력인데 말해 뭣합니까?"

"어머머, 우리 그이가 이겨요. 그날 사장님한테는 져 준 거라고요. 뭘 알고 말하세요."

"아, 예, 예. 우리 형수님을 제가 깜빡했습니다."

김 비서는 서럽고 심술이 나서 한숨을 쉬었다. 창식이도 오래
되진 않았지만 마음이 맞는 여자가 생겼고 평생 한 여자밖에 모
르던 천명은 그 한 여자와 함께하게 되었다. 피비린내 풍기며 사
고를 치다가 교도소에 갔다가 온 저 많은 농장 일꾼들도 모두들
자기 남편이 최고라고 말해 주는 아내가 있었다. 아, 서럽다. 이
외로운 인생에는 언제가 되어야 짝이 나타나게 되는 걸까?

연지는 온몸에 느껴지는 온기의 주인공을 생각하며 잠을 깼다.
그러나 혹시나 해서 움직이지는 않았다. 긴 밤 내내 또다시 천명
의 다정한 속삭임에 따라 움직여 주었다는 걸 기억했다. 그러지
않으려고 마음을 먹기 전에 일어난 일이라 어쩔 수가 없었다. 별
장에서의 첫날도 자다가 안겼고 어젯밤도 그를 기다리느라 잠깐
잠이 든 틈에 일어난 일이었다.

그러고 보니 좀 억울하기도 했다. 완벽하게 멀쩡한 정신으로
천명에게 허락한 적은 없다는 생각이 들었다. 휘둘리는 것 같다
는 불안은 그래서 생긴 거였는데. 좀 더 이성적이고 현실적인 정
신을 갖기 위해 정리한다는 핑계로 서둘러 올라가려고 했던 것
이다. 선생님의 도움으로 천명을 사랑한다는 확신은 얻었지만 앞
으로 살아가면서 그 확신을 지키고 키울 다짐을 다시 하고 싶었
다.

"무슨 생각 해?"

"어머, 어떻게 알았어요?"

눈만 잠시 떴다가 감았는데 깨어났는지 어떻게 알았을까? 신기

하고 놀라서 천명을 올려다보며 물었다.

"숨소리가 달라져서."

천명은 연지와 마주하자마자 이마에 입을 맞추며 바짝 품으로 끌어안았다.

"깨어 있었어요?"

"아래층에 우리 식사 차려 주시는 소리에 깼어."

연지는 천명의 손길을 등에서 느끼며 반응하지 않으려고 애를 썼다. 점점 허리 아래로 내려가는 손길의 목적지를 생각하지 않으려고 대화에 집중했지만 그리 큰 도움은 되지 못했다. 엉덩이에 닿은 손길을 무시하지 못하고 눈을 감으며 한숨을 흘렸다.

"하, 그런 소리도 들어요?"

"아직 덜 채워져서 예민한 상태거든."

연지의 한숨 소리에 용기를 얻은 것인지 아니면 처음부터 그러려고 했던 것인지 천명의 입술이 연지의 입술 근처를 움직였다. 천명의 입술과 손길에 정신이 빼앗기는 바람에 온몸을 누르는 천명의 무게를 뒤늦게야 깨달았다.

"뭐가 덜 채워, 아니, 천명."

"아침은 조금 늦게 먹어도 되지?"

"아니, 안 돼요."

이번에도 연지의 마지막 말은 천명의 키스로 사라졌다. 연지는 첫날처럼 두렵거나 억울하다는 생각은 없었다. 잘 자고 일어났으니 천명의 요구를 들어줘도 좋지 않을까 하는 생각까지 들었다. 그러나 그런 안일한 생각은 곧 흔적도 없이 사라졌다. 긴 밤 내내 해 주었던 다정한 속삭임 대신 천명의 거친 숨소리와 신음 소리를 깨닫는 순간 생각이라는 걸 제대로 할 수 없게 되었다.

"연지야, 보고 싶다."

"지금, 보고 있으면서 뭘."

가쁜 숨을 거의 몰아내고 화사한 햇살에 미소를 지으려는데 천명이 뺨에 입술을 부비며 말했다. 연지는 미소를 지으며 천명의 입술을 찾아 입을 맞추어 주었다. 보고 싶다는 말을 들을 때마다 가슴이 뛰었다.

"봐도 되지?"

"응? 뭘?"

천명은 연지의 키스에 굴복하지 않고 다시 입술을 뺨에 부비며 알아듣지 못할 말을 했다. 연지는 천명의 말을 이해하려고 눈을 떴다.

"당신. 당신 보고 싶어서."

"그러니까, 그게, 어, 어어? 천명!"

왜 서늘한 기운이 점점 온몸에 느껴지는가 싶었다. 천명이 어느새 잘 덮고 있던 이불을 한 번에 끌어 내린 것이다. 드러난 몸을 가려야겠다는 생각보다 놀라고 당황해서 천명을 밀어 내리려고 했다.

"예쁘네."

벌떡 일어나 앉은 천명은 연지의 두 팔을 잡아 누르며 드러난 몸을 살폈다.

"설마, 설마 예전부터 보고 싶다고 했던 그 말, 그 말의 의미가 이거였던 건 아니죠?"

"맞는데. 난 언제나 연지를 다 보고 싶었으니까. 성공한 건 지금이 처음이야. 정말 예쁘다."

"저, 저리 가요. 보지 말아요. 바보. 미워!"

연지의 저항은 오래가지 못했다. 밉다는 말이 천명의 키스로 사라지자마자 서늘해졌던 몸도 천명의 더운 몸으로 온도를 되찾았다. 밤보다 더 밤 같은 사랑이 시작되었다.

상식의 아내가 정성스럽게 차려 준 아침은 점심이 지나서야 겨우 제 몫을 다했다. 천명은 아침 겸 점심을 다 먹고 다시 이 층으로 올라가려고 했지만 연지가 반대를 해서 다시 올라가지는 못했다.

"연지야, 꼭 올라가야 해?"

"꼭 올라가야 해요. 결심했어요."

천명은 짐을 정리하는 연지를 안으며 뒷목이며 뺨에다가 수없이 입을 맞췄지만 토라진 연지의 마음을 되돌릴 수 없었다.

"선생님께 인사드릴래요."

"어차피 올라가서 정리해야 한다는 거 알아. 그러니까 나하고 함께 며칠 있다가 올라가자."

"절대 안 돼요."

"왜?"

"왜인지 한번 잘 생각해 보세요."

연지는 잔뜩 불쌍한 표정을 짓는 천명을 외면하고 가방을 메고 별채를 나왔다. 아침의 일을 생각하지 않으려고 부지런히 걸었다.

조금이라도 여유가 있으면 천명이 했던 일이 생각나서 얼굴이 달아올랐다. 지금, 최고로 이성적일 때 얼른 선생님께 인사를 드리고 도망쳐야 했다.

아, 세상에. 민망해서 혼났던 그 꿈을 다시 재현할 줄 정말 상상도 못 했다. 천명과 함께 있다가는 그보다 더한 일도 하게 될지 모른다는 생각이 들어서 가만히 있을 수 없었다. 안 돼. 못 해. 안 해!

"선생님."

연지는 아침 일찍부터 하우스에서 일을 하고 계신 선생님을 찾았다. 일하시는 많은 분들을 보며 이제까지 침실에 있었던 자신이 또 부끄러웠다. 미워.

"오, 그래. 어? 천명이 벌써 올라가자고 해?"

"아니요. 제가 올라가려고요."

"왜? 아니, 내가 물어볼 말은 아니지. 천명이 뭘 잘못했나 보구나."

"꼭 그런 건 아니지만, 올라가서 정리해야 할 게 많아서요. 계속 신경이 쓰이네요."

"그래, 올라가서 정리하고 얼른 다시 내려와."

"네."

"내려오면 천명이 별장에서 지내. 저 별채는 여기 새로 오는 사람들을 위해 항상 비워 두는 곳이거든."

"네."

"아, 천명과 함께 올라가는 거구나. 난 또."

선생님의 말에 뒤를 돌아보니 천명이 옷을 다 차려입고 다가오고 있었다. 연지는 얼른 외면했다.

"그럼 가 볼게요. 안녕히 계세요."

"그래. 얼른 다시 와. 귤 품평도 네가 해 줘야 하니까 기다리고 있으마."

"아, 예."

여차하면 확 도망가려던 생각을 선생님이 아신 건지 단단히 당부하는 느낌을 받았다. 연지는 옆에 선 천명의 어깨를 흘끗 올려다보고는 얼른 선생님께 인사를 했다. 바짝 붙어 있는 천명을 떼어 낼 방법이 떠오르지 않아 할 수 없이 그가 태워 주는 차를 타고 농장을 나왔다.

"화났어?"

"말 안 해요. 아무 말도 안 했으면 좋겠어요."

"미안해."

"또 뭔지도 모르면서 그 말 하는 거죠?"

"내가 그렇지 뭐. 미안해."

뭔지는 몰라도 정말 미안하기는 한가 보다. 연지는 천명의 한숨 소리에 잔뜩 솟아올랐던 감정이 누그러지는 걸 느꼈다. 그러나 선언했던 것처럼 더 이상 말은 하지 않았다. 비행기를 타고 오는 내내 말하지 않은 건 같았지만 비행기에서 내려 차를 타러 가는 동안에 천명이 연지의 손을 가만히 잡고 이끌었던 건 처음과 달랐다.

"집에 같이 올라가도 되지?"

연지의 집 앞에 차를 댄 천명이 기가 잔뜩 죽은 목소리로 물었
다.

"올라가서 뭐하게요?"

"이사하는 거 도와야지."

"이사요?"

"이사하려고 올라온 거 아니야?"

"아닌데요."

"연지야, 또 떨어져야 해? 난 안 되는데."

"뭐가 안 돼요?"

"너 없이 못 살아. 알지?"

"몰라요."

"그만 토라지고 뭘 잘못했는지 말해. 싫어하는 거 다 고칠게.
요즘엔 싸우러 나갈 곳도 없단 말이다. 너한테 가고 싶은 거 참는
건 이제 더 이상 안 하고 싶은데 안 되겠어?"

"진짜 유능한 사업가는 확실해."

"무슨 소리야?"

"설득의 달인에다가 사람 마음 약한 곳은 너무 잘 안단 말이에
요. 이사하려고 온 거 진짜 아닌데."

"아니야? 그럼 왜 올라왔어?"

"몰라요. 이왕 온 김에 이사해요. 그런데 어디로 가요?"

"제주도에 가는 거지."

"별장에 들어가려면 짐은 거의 갖고 가지 말아야겠네요."

"괜찮아. 중요하거나 챙기고 싶은 건 다 챙겨. 별장 말고 다른

곳도 있으니까."

"다른 곳?"

"나중에 가서 보여 줄게. 올라가자. 이삿짐센터 불러야겠다."

천명은 자기 집에 올라가는 것처럼 앞장섰다. 연지는 처음의 모든 계획과 감정들을 모두 잊어버리고 천명을 따랐다. 이사를 하기는 해야겠지. 가게 물건도 정리하고 빼야 하니까 온 김에 그 일도 좀 해 놔야겠네. 얄미워. 미워할 수 없어서 더 얄미워.

에필로그

오늘도 천명은 좀 늦는다고 했다. 연지는 요즘 바빠서 매일 늦게 들어오는 천명을 생각해서 간식을 준비했다.

"으. 왜 이러지? 체했나?"

장을 보면서 갑자기 생각나서 사게 된 치즈를 꺼냈는데 냄새가 역하게 느껴졌다. 배를 문지르고 다시 음식을 하려는데 여전히 치즈 냄새가 지독했다.

"약을 먹어야 하나? 요즘 속이 안 좋은 것 같더니 기어이 체한 건가 보네."

치즈를 놓고 주방에서 나오며 중얼거렸다. 소화제를 사 둔 적이 있었던가 생각해 보며 거실을 살펴보려고 했다.

"아."

아니야. 설마.

배를 다시 만져 보고 휴대폰을 들고 달력을 살폈다. 천명과 지내느라 잊고 있었던 생리. 그럼 임신일까? 제주도에 내려와 함께 산 지 한 달이 넘었으니 그럴 수는 있었다. 거실 소파에 주저앉은 연지는 불안한 가슴을 쓸었다. 아이를 가져도 되는 걸까?

천명이 임신한 걸 어떻게 생각할지 몰라 두려웠다.

'벌써?'

정호의 실망한 목소리가 다시 들렸다. 왜 아이를 벌써 가졌냐고 말했던 정호처럼 천명도 그러면 어쩌지? 겨우 한 달인데. 결혼도 하지 않고 사는데 아이까지 가지면 싫어할지도 몰라. 연지는 불안하고 두려워 소파에서 일어섰다. 거실을 서성거렸지만 두근거리는 심장이 가라앉지를 않았다.

"말하지 말고 있어 볼까?"

말하지 않으면 얼마 동안은 감출 수 있을지도 모른다. 그런 후엔? 모르겠다. 지금 당장 어떻게 해야 할지 모르겠다. 이러다가 또 유산되면 어쩌지?

아이를 기뻐하지 않는 자신의 마음이 미안하고 미워서 눈물이 났다. 첫 아이가 사라진 건 자신의 미운 마음 때문이었는지도 모른다. 미안해. 또 그런 생각하면 안 되는데. 천명이 싫어해도 나만은 기쁘게 대해 줘야 하는데.

천명과 함께하는 시간이 너무 좋아서 다른 어떤 것도 생각하질 못했다. 아이. 특별한 이상이 없다면 두 남녀가 함께 살면 자연스럽게 아이가 생기는 건데 왜 그런 생각을 못 했을까? 아이를 어이없이 잃어버리고 상처도 받았으면서 너무 생각이 없었다.

무책임한 자신의 행동을 아무것도 모르는 소중한 아이에게 떠넘기는 자신이 그래서 더 밉고 싫었다. 앞으로 어쩌지? 아직 천명과 헤어지고 싶지 않은데. 천명이 아이를 싫다고 하면 어떻게 감당하지?

눈물이 멈추질 않았다. 연지는 닦아도, 닦아도 흘러내리는 눈물을 어쩌지 못하고 멍하니 거실 소파에 앉아 있었다.

"연지야."

흐린 시야만큼 흐리게 천명의 목소리가 들렸다.

"연지야, 왜 그래? 울어? 어디 아파? 무슨 일이야?"

"아, 벌써 왔어요?"

"벌써라니? 언제부터 이러고 있었던 거야? 누구야? 누가 널 울렸어?"

천명이 바짝 끌어안으며 등을 토닥여 주었다. 연지는 어떻게 말을 해야 좋을지 몰라서 그냥 소리 내서 울었다. 이 복잡하고 불안한 마음을 말로 표현할 수가 없었다. 천명은 그런 연지를 다그치지 않고 울음이 잦아들 때까지 안고 기다려 주었다.

눈물이 줄어들고 연지의 떨림이 옅어질 때 천명이 눈물을 닦아 주며 물었다.

"무슨 일이야? 나한테 말해야지."

"내가."

"그래. 괜찮아. 말해 봐."

"내가, 이, 임신한 것 같아요."

"뭐? 임신?"

"당신한테 말 안 해서, 몰랐어요. 그게, 미리 준비해야 하는데, 나는."

"드디어. 우리 연지 예쁘네. 이제 연지는 엄마가 되는 거니까 아기하고 내 옆에 꼭 붙어 있을 거지?"

"네?"

"미안해. 내가 미리 말 안 해서. 놀랐어? 그런데 난 아기 많이 기다렸어. 사실 과거 그 시절부터 기다렸다고 해도 돼. 너하고 나하고 영원히 이어 줄 소중한 아이를 갖게 해 달라고 바라고 또 바랐으니까. 시간이 좀 걸리려나 보다 했는데 기특하게 벌써 생겼네. 웃음이 나오려고 하는데 웃어도 돼? 당신은 힘들 텐데 너무 기뻐하면 속상하려나?"

"좋아요?"

정말 좋아하는 걸까? 그냥 좋아해 주는 척하는 건 아닐까? 매일 지치도록 안으면서도 모자르다고 투덜거리는 남잔데 아기를 가지면 그마저 더 할 수 없을 텐데 당연히 싫어해야 하는 게 아닐까? 왜 좋다고 하지?

"말이라고 해? 안아 들고 막 뛰어다니고 싶은데 그러면 위험하겠지?"

"정말 좋아요?"

"오늘은 너무 늦었으니까 내일 병원에 가자. 당신 건강이 먼저 니까 이상이 없나 살펴보자. 요즘 많이 피곤해하는 것 같더니 엄마가 되려고 그랬던 거였어."

천명은 연지의 이마며 뺨에다가 정신없이 입을 맞추었다. 사이사이 입술에 키스하며 웃음을 감추지 못했다. 연지는 그런 천명의 태도에 어떻게 반응해야 좋을지 몰라서 멍하니 있었다. 꿈인지 생시인지도 구분할 수 없을 만큼 연지의 머릿속은 복잡했다.

"아, 아직 정확한 거 아니에요. 그러니까."

"겁나?"

"……."

입술을 피해 고개를 돌린 연지의 표정이 좋지 않았다. 천명은 연지가 아기를 원하지 않는 것은 아닌지 걱정이 되었다. 너무 자기생각만 하면서 기뻐하느라 연지를 살피지 않은 것 같아 미안했다.

"아직 정확히 모르는 거라면 다른 것도 생각할 거 없어. 내가 너무 소란스럽게 굴어서 미안해. 내일 일찍 병원에 가서 알아보자."

"아이를 정말 원해요?"

"당신한테 강요하거나 일방적인 건 싫어. 아이를 원하는 진짜이유가 당신 때문이라서 아이한테는 미안하기도 하고."

"그건 무슨 말이에요?"

"당신이 결혼도 싫다고 하고 미래에 대해 불안해해서 나도 불안했거든. 아이가 있다면 당신이 그런 불안을 떨치고 내 곁에 있어 주지 않을까 해서. 아이라는 강력한 끈으로 우리 둘이 묶일 수 있다는 생각에 기뻐한 거야."

천명은 처음으로 연지의 눈을 피했다. 진짜 죄인이 된 것 같아서였다. 아이를 연지를 잡을 끈으로 생각했다는 게 미안했다. 연지가 자꾸만 아이를 원하느냐고 물었던 건 그런 본심을 들여다봤기 때문이라고 생각했다. 실망했을까?

"하루 종일 일하느라 피곤했을 텐데 이제 그만 자요."

"아, 그래."

실망했나 보다. 천명은 불안한 마음으로 잘 준비를 마치고 연지 곁에 누웠다. 불을 끄고 눈을 감았지만 잠은 오지 않았다.

"천명."

"왜?"

"안아 주지 않아요?"

"뭐? 아, 미안."

연지를 매일 품에 꼭 끌어안고 자다가 오늘따라 바로 누워서 무덤덤하게 있었다. 연지가 자신에 대한 실망감으로 닿는 것도 싫어할까 봐 조심한 거였는데 품에 안기며 안아 달라고 말해서 깜짝 놀랐다. 평소처럼 품에 꼭 끌어안고 이마에 입을 맞추었다. 아이에 대해 기뻐한 건 잘못된 걸까?

연지의 등을 다독이며 다시 생각해 보았다. 연지가 불안해하는 이유가 뭔지 궁금하고 걱정이 되었다. 혹시 유산 때문일까? 유산의 경험이 있어서 아이에 대해 바짝 긴장하는 건지도 모른다. 그걸 잊었던 것이 미안했다. 좀 더 조심스러웠어야 하는 건데. 천명은 미안한 마음에 한 번 더 연지를 꼭 안아 주고 잠이 들었다.

의사의 임신이라는 말을 듣자마자 천명은 연지의 눈치를 봤다. 좋아서 웃음이 나오려고 하는데 연지가 싫어하는 건 아닐까 하는 걱정 때문이었다. 담담한 척 웃음을 참아 내는데 가슴이 쿵 하는 소리가 들렸다.

"혹시 유산하신 적은 없죠?"

"네?"

연지도 꽤나 충격을 받았는지 손을 맞잡으며 떨었다.

"유산한 적 있습니다."

천명은 얼른 연지 대신 대답했다. 연지는 불안한 숨소리를 내며 침묵했다.

"그러면 조심하셔야 해요. 첫 아이를 유산하면 유산 확률이 높아요. 아직까지는 이상 없이 건강하지만 각별히 조심하세요. 그렇다고 너무 걱정하시지 말고요. 임신했을 때 조심해야 하는 건 기본이잖아요? 평소보다 좀 더 신경을 쓰라는 소리니까 너무 겁먹지 마시고요."

하얗게 질린 연지의 표정을 본 건지 의사 선생님이 웃으며 다독이는 말을 해 주었다.

"알겠습니다."

"병원에 정기적으로 오는 거 잊지 마시고 뭔가 이상하다 싶으면 바로 확인해야 해요."

"잘 알겠습니다."

연지는 천명의 손에 이끌려 병원을 나왔다.

"선생님 말씀 들었지? 뭔가 조금만 이상해도 나한테 말해. 내가 얼른 병원에 데려다줄 테니까."

"네."

함께 병원에 가자고 보채는 사람이 없었다. 모두들 병원에 가 보라는 말만 했다. 심지어 정호까지도 함께 병원에 가 주지 못해서 미안하다는 말을 하지 않았다. 회사에 다니는데 당연히 함께 못 가는 거 아니냐는 생각을 하고 있었기 때문이다. 다들 그러니까 연지도 섭섭한 티를 내지 못했다.

그런데 천명은 임신 사실을 알자마자 병원에 가 봐야겠다고 말해 줘서 그게 고마웠다. 건강이 우선이니까 검사를 해서 건강에 이상이 없는지 알아봐야겠다는 천명의 말은 모두 연지 자신을 걱정하는 말이었다. 천명이 결혼 생활을 몇 번 해 봤을 리는 없었다. 그래도 천명은 임신에 대해 기뻐해 주었고 건강을 염려해 주었다.

유산했었다는 걸 알고 있었다는 것도 놀라웠다. 천명이 의사 선생님에게 그 사실을 말하며 더 걱정해 주었을 때 눈물이 날 뻔했다.

"연지야, 뭐 먹고 싶은 거 없어?"

"없어요."

"밤이고 새벽이고 일어나 이상한 거 사러 다니는 게 내 꿈인데 우리 연지는 내 꿈 안 들어주려나 보네."

"말은 그래도 진짜 새벽에 일어나서 나가려면 화날걸요?"

"그런지 안 그런지 한번 해 봐. 아니 지금 당장 해. 아침도 겨우 먹었잖아. 뭐 먹을까?"

"별로."

"그럼, 선생님 댁에 가도 되겠어?"

"네? 갑자기 거긴 왜요?"

"당신 임신한 것도 말씀드리고 맛있는 것도 얻어먹게."

"아, 갑자기 큰 아주머니가 해 주신 해물파전 먹고 싶다."

연지는 상식을 큰 아저씨라고 부르고 그의 아내를 큰 아주머니라고 불렀다.

"그래? 잘됐네. 가자."

"아니, 그래도 선생님께 말씀드린다는 건 좀, 뭔가, 쑥스러워요."

"아버지 같은 분이시라서 말씀드리고 싶어. 말씀은 안 하셔도 기다리고 계실 거야."

"그럴까요? 당신이 그러고 싶다면, 알았어요."

연지는 긴장했다. 정호와의 결혼 생활에서 어른들 모두 임신을 크게 기뻐하지 않았던 기억이 연지를 불안하게 했다. 내키지 않지만 선생님은 천명에게 아버지 같은 분이신 데다가 이제까지 잘 대해 주신 분이라 용기를 냈다.

"선생님!"

천명은 농장에 들어서자마자 아이처럼 선생님을 큰 소리로 불렀다. 연지는 민망해서 그를 막고 싶었지만 농장 사람들이 몰려나와서 기회를 놓쳤다.

"무슨 일이야?"

모두들 잔뜩 상기된 천명의 상태가 신기하고 놀라워서 선생님이 나오시기 전에 뭔가 알아내려고 두 사람의 주위를 둘러쌌다.

"무슨 일인데 날 그렇게 불러?"

선생님도 천명의 처음 보는 모습에 걱정이 되어 다가오셨다. 연지가 나서서 얼른 해명을 하고 싶었지만 뭐라고 말해야 할지 몰라 그저 눈만 굴리고 있었다.

"선생님 드디어 할아버지 되셨습니다."

"뭐?"

"우리 연지가 아이 가졌습니다."

연지는 천명의 말에 민망하고 부끄러워 그의 등을 툭 쳤다. 조용히 말씀드려도 될 일을 무슨 큰 상이라도 받은 것처럼 말해서 정말 부끄러웠다. 세상에 임신한 여자가 오로지 한 명뿐인 것처럼 유난스러워하는 것 같아 더욱 민망했다.

늘 시댁 어른들이 하던 말이었다. '임신은 너만 해? 다 애 생기면 낳는 거지. 유난스럽게 굴면 아이한테 더 안 좋아.' 그래서 입덧도 참았고 배가 아픈 것도 참았다. 다 참아야 한다고 생각했는데 천명은 반대로 너무 다 드러내는 것 같아 당황스러웠다.

"그래? 그랬어? 우리 천명이가 드디어 아빠가 되는 거로구나. 이보시게 상식 동생, 잔치라도 열어야 하는 거 아닌가?"

상식이 크게 웃으며 고개를 끄덕였다.

"어머, 선생님. 너무하신 거 아니에요? 우리들 아이 가질 땐 그런 거 없었단 말이에요."

상식의 아내가 웃으며 항의했다.

"그래? 상식이가 제수씨 찾으러 울며불며 다닐 때 아이가 중학생이었던 걸로 기억하는데, 아닌가? 이제 다 커서 회사에 다니는 아들을 새로 축하해 줄 수는 없으니 늦둥이라도 어떻게 계획을 해 보시든가."

"어머나, 선생님도 참. 저 사람이 되겠어요?"

"동생, 자네 능력이 그사이 많이 떨어진 것 같네."

"어허! 남 탓 하기는. 웃기는 소리 하지 말고 어서 상이나 차려."

상식이 얼굴이 벌게져서 아내에게 호통을 했다. 모두들 웃음을 참지 못하고 크게 웃었다.

"연지는 안으로 들어가자. 얼굴이 벌써 까칠해. 천명이 힘들게 하는 거 있으면 나한테 다 말해라. 여기 있는 사람들 다 달려들면 혼내 줄 수 있으니까."

"여기 있는 사람들이 다 달려들어야 혼내 줄 수 있어요?"

"선생님도 참. 연지야 들어가자."

선생님의 웃음과 천명의 난감한 표정을 번갈아 보며 연지는 안으로 들어갔다. 불안과 긴장감은 벌써 날아가 버렸다. 연지는 선생님과 농장 식구들의 축하를 받으며 맛있게 음식을 먹었고 천명과 함께 집으로 돌아와서는 금방 곯아떨어져 잘 수 있었다.

이제 연지도 아이를 진심으로 감사하며 기다리게 되었다. 다른 사람과 함께 살아가려면 불안과 긴장 속에서 매일을 보내는 것이 당연하다고 생각했던 연지는 천명과의 함께함을 통해 그렇지 않을 수도 있다는 걸 알게 되었다.

천명은 새로 시작한 제주도 개발 사업으로 바쁜 것이 연지에게 미안했다. 일찍 들어가서 저녁 하는 것도 도와주고 싶은데 일이 많아 시간 내기가 어려웠다. 최대한 열심히 일해서 평소보다 조금 일찍 퇴근할 수 있게 된 그는 어제 연지가 텔레비전을 보면서 말한 떡볶이를 샀다.

"연지야."

집으로 들어서면서 벌써 보고 싶어진 연지를 크게 불렀다.

"어, 일찍 왔네요?"

쪼르르 달려와 품에 안기는 연지에게 입을 맞추었다. 요즘 연지는 많이 웃었다. 함께 살기 시작했을 때보다 병원에 다녀와 아기의 존재를 확인한 후부터 더 많이 웃고 많이 안겼다. 어딘가 거리감을 느끼던 것이 다 사라졌다. 역시 아이가 둘 사이를 더 가깝게 해 준 것 같았다.

"연지 보고 싶어서 달려왔어. 이거."

"어머, 떡볶이다. 먹고 싶었는데. 어떻게 알았어요? 초능력이라도 생긴 거예요?"

"아빠가 되니까 능력이 생기는 거겠지."

"치, 웃기지만 믿어 줄게요. 아, 맛있겠다. 어서 먹을래요."

연지가 좋아하며 주방에 들어가는 모습을 보고 천명은 기뻤다. 얼른 씻고 나와 벌써 반은 먹어 치운 연지 앞에 앉았다.

"그렇게 맛있어?"

"맛있어요. 고마워요."

"잘 먹는 거 보니까 좋다. 오늘 하루 어땠어?"

"집안일 천천히 하고 바느질했어요."

"힘들지 않았어?"

"아니요. 당신은 하루 종일 힘들었죠? 당신처럼 유능한 일꾼이 이렇게 늦게까지 일해야 한다면 정말 힘든 일 같아요."

"연지가 위로해 주니까 피로가 다 풀려. 더 일찍 와서 시간 보내고 싶은데 그게 안 돼서 미안해."

"아니에요. 난 바쁘니까 걱정하지 말아요."

"바빠?"

"아기 이불하고 옷하고 등등, 만들어야 할 게 얼마나 많은데요. 아기가 좀 천천히 나왔으면 좋겠다고 생각할 정도예요."

"그럼 안 되는데."

"왜요? 아주머님들이 그러시는데 아기는 배 속에 있을 때 제일 편하대요. 나오면 정신이 하나도 없다는데."

"난 그래도 빨리 나왔으면 좋겠어. 더 오래 걸리면 아기한테 화낼 거야."

"아기가 그렇게 보고 싶어요?"

"아니. 연지가 보고 싶어서."

"어머. 설마, 또?"

"마저 다 먹어."

"안 먹어. 몰라. 그때, 다 봤으니까, 할 거 다 했으니까 끝내야죠."

"다 못 봤는데. 할 것도 남았고."

"씨, 삼 년 동안 나오지 말라고 기도할 거예요."

마지막 남은 떡을 놓고 연지가 일어섰다. 천명은 다 먹은 후에 말할 걸 하고 후회했다. 그러나 후회는 아무리 빨라도 늦는다고 했던가? 연지는 벌써 씩씩거리며 방으로 들어가 버렸다. 천명은 뒷정리를 하고 방으로 들어갔다.

"벌써 자는 거 아니지?"

가만히 이불을 쓰고 누운 연지를 안으며 다독였다. 슬쩍 풍만해진 가슴을 쓸었는데 연지가 거부하지 않고 가만히 있었다.

"안 자요. 당신이 안아 주지 않으면 잠 못 자는 거 알면서."

토라진 목소리로 품에 안기는 연지 때문에 천명은 소리 내서 웃었다. 연지는 매번 먼저 토라졌고 풀어지는 것도 빨랐다. 가끔 꿈을 꾸는 것처럼 믿어지지 않을 만큼 행복할 때가 있었다. 지금도 품에 안긴 연지가 진짜인지 확인해 보고 싶었다.

"우리 아기는 얼마나 자랐나 만져 봐야겠네."

"어림없어요. 어머. 어디다가, 웃."

연지는 천명의 다정한 손길과 입술에 못 이기는 척 그를 받아들였다. 그녀가 뭘 방어하고 계산하기 전에 천명이 조심을 먼저 해 주었기 때문에 안심이 되었다.

이렇게 살 수도 있는 거였구나. 서로 배려하면서 일방적이지 않은 수고와 시간을 나누며 살아가는 것이 행복한 삶이라는 걸 느꼈다. 이렇게 사는 것이 오히려 정상이 아닐까 하는 생각도 들었다. 비정상일 때 정상을 알 수 없다. 이제 정상적인 삶을 살아 보니 그동안 살았던 삶이 비정상이었다는 걸 알게 되었다.

연지는 삶이란 행복할 권리와 행복하게 해 줄 의무가 있다는 걸 새삼 느끼며 감사의 마음으로 천명에게 키스했다.

천명의 일상과 그녀의 일상에 큰 변화는 없었다. 천명은 일하느라 늦게도 들어오고 가끔 출장도 떠났다. 연지 그녀도 집안일이 다를 것이 없었다. 매일 끼니를 걱정하고 장을 보고 청소를 했다. 그런데 이제까지의 일상과 느껴지는 게 달랐다. 집안일을 해도 기뻤고 천명이 안아 줄 때 큰 위로와 사랑을 느꼈다.

집으로 들어오는 천명의 손에는 가끔 맛있는 것들이 들려 있었고 주말에 쉬는 날에는 함께 바닷가를 산책하거나 재밌는 영화를 보러 나갔다. 삐쳐서 토라지면 서로 눈치를 봤고 화해하려고 웃기는 짓도 했다. 천명은 점점 불러 오는 연지의 배를 보며 기뻐하면서도 마음껏 안을 수 없다고 투정했고 연지는 집안일이 가끔 지루하고 싫증이 나서 아무것도 하지 않는 태업을 벌였다.

선생님을 찾아뵈면서 가족 아닌 가족의 정을 느꼈고 전직이 수상한 농장 식구들의 살벌한 갈등을 전해 들으며 마음을 졸이기도 했다.

정말 평범하지만, 금 수저를 쓰고 금 욕조에 목욕하며 금 침대에 누워 자는 것이 아니지만 그것들과 비교할 수 없는 가치와 만족감이 요즘 연지의 일상 여기저기에 가득했다. 남들 다 하는 걱정을 하며 남들처럼 세끼 잘 먹으려고 번거롭게 움직이지만, 살아가면 갈수록 허무하고 허망한 것이 아니라 기쁘고 뿌듯한 시간이 쌓여 가는 것 같았다.

연지는 과거의 연지에게 고마웠다. 천명을 다시 사랑할 수 있게 해 줘서 고마웠고 천명이 시간을 넘어 여전한 사랑으로 다가와 준 것에도 감사했다. 무엇보다 아무것도 아닌, 장점보다 단점이 더 많은 자신에게 당신이 아니면 안 된다는 귀한 존재 의미를 부여해 준 천명의 사랑에 감사했다.

—The end

작가 후기

　함께한다는 건 결혼이라는 형식에 맞추는 게 아니라 상대의 일상을 이해해 주고 함께 그 일상을 나누며 아끼는 것이 아닐까 합니다. 서로의 다름을 인정하고 사랑해 주기 위해 결혼이라는 형식을 이용하는 것이지, 결혼이라는 보이는 형식을 위해 각자의 삶을 희생시키는 건 아닌 것 같습니다.

　함께하기 위해 결혼하는 것인지, 결혼하기 위해 함께해야 하는 것인지 잘 생각해 보는 시간이기를. 무엇보다도 결혼이든 함께하는 것이든 두 가지 다 내가 어떤 것을 얻기 위해서가 아니라 서로를 위하고 싶어서, 서로를 보듬고 싶어서 결정된 것이길 바랍니다.

　함께하는 두 사람이 바르고 행복하다면 따로 주변 사람들을 위하려고 작정하지 않아도 행복이 전파되어서 평안한 향기가 주변 사람들을 행복하게 만들어 주는 것 같습니다. 다른 사람들을 위해서, 부모님이나 가족을 위해 먼저 바르고 참된 행복을 스스로 누릴 수 있기를 바라 봅니다.

유수경 드림.